THÉRÈSE LAMBERT

DIE REBELLIN

atb aufbau taschenbuch

Ich bin Erinnerungen
treu für immer,
Menschen werde ich es niemals sein.
LOU ANDREAS-SALOMÉ

Ich glaube an Nächte.
RAINER MARIA RILKE

PROLOG

BERLIN, 1. NOVEMBER 1886

»Heiraten Sie mich, Fräulein von Salomé! Heiraten Sie mich, oder ich sterbe!«

Lou betrachtete den Mann, der vor ihr auf die Knie gesunken war. Friedrich Carl Andreas war ein Gelehrter, Orientalist, hatte die Doktorwürde. Er sprach nicht weniger als zehn Sprachen, vornehmlich ostasiatische und nordeuropäische, und sah mit seinem dunklen Haarschopf für sein Alter – er hatte das vierzigste Lebensjahr überschritten – gut aus. Seine Augen waren dunkel wie die Nacht, die Züge fein, fast aristokratisch. Das Aussehen und sicher auch sein Temperament, das in diesem Moment aufblitzte wie ein Sonnenstrahl an einem stürmischen Tag, hatte er von seiner persischen Mutter geerbt. In seiner rechten Hand hielt er ein kurzes Taschenmesser und presste sich die Spitze an die Brust.

»Ich schwöre Ihnen, Fräulein von Salomé, ich schwöre Ihnen, dass ich mein elendes Dasein in dem Moment beenden werde, in dem Sie sich meinem Antrag verweigern. Denn eins ist gewiss: Ohne Sie an meiner Seite ist mein Leben keinen Pfifferling wert.«

Lou spürte die Angst ihr Herz umklammern wie eine eiserne Faust. Dieser Mann meinte es ernst, er würde seine Drohung wahr machen, das wusste sie. Dabei kannte sie ihn fast gar nicht. Er gab einigen der türkischen Soldaten, die in der gleichen Pension wie sie wohnten, Sprachunterricht, und so waren sie sich hin und wieder auf dem Flur der Pension begegnet und ins Gespräch gekommen. Sie hatte ihn bei ihren Plaudereien als wohlerzogenen und gebildeten Mann kennengelernt.

Doch dieser Heiratsantrag überraschte sie vollkommen.

Dabei war es nicht der erste Antrag, den Lou bekam. Sie würde im Februar das sechsundzwanzigste Lebensjahr vollenden und konnte von sich – mit mehr oder weniger Bedauern – behaupten, bereits drei im Großen und Ganzen geeignete Kandidaten abgewiesen zu haben.

»Wenn ich eine Ehe für mich überhaupt in Erwägung ziehen würde …«, fing sie an, doch Friedrich Carl Andreas unterbrach sie mit funkelnden Augen.

»Mein Fräulein, ich kann keinen Widerspruch dulden. Es ist mein bitterer Ernst. All mein Streben, mein Sein ist vergebens, und ich kann es genauso gut in die Gosse werfen, wenn Sie mich nicht erhören.«

Lou kämpfte mit sich. Vor mehr als sechs Jahren hatte sie sich geschworen, niemals einem Mann zu gehören. Niemals eine Ehe einzugehen. Sie hatte ihr Leben, ihren Geist der Philosophie verschrieben, wollte nichts als Denken und Schreiben in ihrem Leben. Letztes Jahr hatte sie ihr erstes Buch, die Erzählung »Ruth«, veröffentlicht, und sie wusste, dass dies der Weg war, den sie gehen wollte. Was konnte die Ehe einer Frau in diesen Tagen anderes bringen als Nachteile? Wer war sie, dass ein Mann bestimmen würde, was sie zu tun oder lassen hatte? Sie lebte allein in dieser Pension in Berlin, und genau wie sie sich schon als Mädchen vorgenommen hatte, nahm sie auf die Konventionen, die für junge Damen des niederen Adels galten, nur wenig Rücksicht. Doch der ewige Kampf um ihr kleines bisschen Freiheit, das ständige Ignorieren der tadelnden Blicke, deren sie sich nur allzu bewusst war, kombiniert mit den anklagenden Briefen der Mutter, begannen sie zu ermüden. Wie ein kleiner Teufel spukte nun der Gedanke in ihrem Kopf herum, wie viel einfacher alles werden würde, wenn sie verheiratet wäre. Keine Klagen mehr, kein Drängen, keine skeptischen Blicke. Auch wenn sie trotzdem niemals einwilligen würde, die Ehe zu vollziehen. Unter keinen Umständen! Wie eine Nonne ihr Leben und ihre Liebe keinem anderen als Gott versprochen hatte, hatte sie, Lou, ihr Leben und ihre Liebe der Wissbegierde versprochen.

Sie sah dem Mann vor sich in die blitzenden Augen und schüttelte den Kopf. »Ich … nein. Es geht nicht.«

Doch vielleicht hatte Andreas ihr Zögern bemerkt, ihre Gedanken gelesen, oder vielleicht war er tatsächlich zu allem entschlossen; auf jeden Fall ergriff er in diesem Moment mit der Linken ihr Handgelenk und drückte zu ihrem Entsetzen mit der anderen Hand die Spitze des Messers in seine Haut, da, wo sein weißes Hemd offen stand und den Hals freigab. Blut trat hervor.

Lou war wie erstarrt.

»Heiraten Sie mich, Lou, oder ich sterbe. Hier und jetzt.«

»Ja, ja. Ich tue es. Ich heirate Sie. Hören Sie nur auf damit!« Lou entwand sich seinem Griff, schlug die Hände vor das Gesicht und konnte die Tränen nicht mehr zurückhalten.

Ihr Verlobter ließ das Messer los, das mit einem leisen Klirren auf dem Boden landete.

KAPITEL 1

MÜNCHEN, 8. MAI 1897

Zehn Jahre später

Dieser Hund war wirklich keinen Deut besser als seine Vorgänger.

»Lotte!« Lou raffte lachend ihren Rock und setzte hinter der Terrier-Dame her, die übermütig quer über die Wiese am Monopteros rannte.

Lou beschleunigte, dann bemerkte sie in einiger Entfernung Spaziergänger und verlangsamte ihren Schritt, so dass sie dem gemessenen Auftreten, was einer Dame von immerhin sechsunddreißig Jahren abverlangt wurde, etwas näher käme. Sie meinte, einen tadelnden Blick der Spaziergängerin aufzufangen, und kurz sah sie sich mit den Augen der Fremden – eine nicht ganz zierliche Frau mittleren Alters mit braunem langen Haar in einem hochgeschlossenen dunklen Kleid, die über die Wiese sprang, als wäre sie ein junges Mädchen. Nein, eher als wäre sie frei von allen Zwängen und Vorgaben. Diese Spießbürger. Lou war schon als Mädchen nur zu wenigen Zugeständnissen an die Konventionen bereit gewesen. Sie hatte geheiratet, ja, das schon. Aber wie sie sich damals geschworen hatte, hatte sie die Ehe mit Carl, ihrem Ehemann, nie vollzogen. Und das würde sie auch nie. Wenigstens nicht mit Carl.

Lou sah sich um. Das Paar war verschwunden. Glücklicherweise waren um diese frühe Morgenstunde nicht viele Menschen im Englischen Garten unterwegs. Dabei blühten die Holunderbüsche und der Hartriegel in zartem Weiß, das satte Grün der Bäume schmeichelte den Augen. Sie sog die würzige Luft tief ein. Wie glücklich sich die Münchner schätzen konnten, dass sie einen so wunderbaren Park mitten in ihrer Stadt hatten. Der Tau in der Wiese saugte sich in ihren langen Rock. Sollte sie auf den Weg zurückkehren? Lotte verschwand gerade hinter ein paar Büschen. Sei's drum, nun war es auch egal. Lou raffte wieder ihren Rock und rannte weiter über die Wiese.

Eigentlich genoss sie ihre einsamen frühen Spaziergänge mit Lotte. Sobald sie kräftig ausschritt, die Wangen glühten und sie in der Natur war, sortierten sich ihre Gedanken von ganz allein. Saß sie dann später am Schreibtisch oder zu Hause in Schmargendorf am Küchentisch, flossen diese Gedanken nur so aufs Papier. Es gab nichts Schöneres, als den Tag mit einem Spaziergang zu beginnen. Wenn sich nur dieser Hund nicht immer selbstständig machen würde.

»Lotte!« Lou legte all ihre Autorität in ihre Stimme, obwohl sie ahnte, dass ihr Rufen vergeblich wäre.

Jetzt verschwand Lotte hinter den tief hängenden Zweigen einer Salweide, und gleich darauf hörte Lou ein unheilvolles Platschen.

»Verflixt.« Lou beschleunigte ihren Schritt noch einmal und schlüpfte unter das Blätterdach der Weide. Im flachen Wasser des Schwabinger Bachs suhlte Lotte sich. Lou stöhnte. Je näher sie kam, desto mehr stieg ihr ein übler Gestank in die Nase. Zwar wurde in München gerade kräftig an der Kanalisation gebaut, hier in Schwabing aber, das erst vor sieben Jahren eingemeindet worden war, kippten noch immer viele Anwohner ihren Dreck einfach in einen der vielen Stadtbäche. So war das Wasser, in dem der Hund nun stand und freudig mit dem Schwanz wedelte, alles andere als kristallklar.

Wie sollte sie das Tier da nur wieder herausbekommen? Lou ging in die Knie und lockte: »Lotte, komm, sei ein braver Hund. Wir wollen nach Hause gehen und frühstücken.«

Lotte zeigte sich nicht im Geringsten beeindruckt, sondern tollte weiter im flachen Wasser herum. Anscheinend hatte sie eine Libelle entdeckt.

»Ach, du dummer Hund.« Lou stand wieder auf und folgte dem Terrier am Ufer entlang. Da bemerkte sie eine Gestalt, die nur ein paar Meter entfernt stand und sie beobachtete. Es war ein junger Mann in einem hellen Anzug. Er war offenbar gerade erst den kurzen Hosen entwachsen. Sein Haar war blond, und der Bart, der seinen Unterkiefer bedeckte und über der Oberlippe spross, sah flaumig aus. Als hätte er ihre Not erkannt, stieg er mit zwei schnellen Schritten zu Lotte in den Bach, packte den Hund, der sich nur leicht strampelnd wehrte, und kam dann zurück ans Ufer. Nun trat er auf Lou zu, ließ Lotte aber dabei nicht los. Er sah Lou stumm an und schien auf etwas zu warten. Lou befestigte die Leine an Lottes Halsband und schaute den Fremden an. Er hatte meerblaue Augen, wie sie fasziniert feststellte.

Einen Moment lang war alles still, dann räusperte sich der Mann und schien ihr Lotte vor die Füße setzen zu wollen.

Lou beeilte sich, sich ebenfalls zu bücken, nahm ihm den Hund aus den Armen und murmelte: »Danke, das wäre nicht nötig gewesen.« Sie betrachtete seinen besudelten Anzug und seine nassen Schuhe. Nun stand sie wohl in der Schuld des Fremden.

Diese verflixte Hundedame in ihrem Arm begann zu zappeln. Lou ließ Lotte auf den Boden, nun ebenfalls nass und mit schmutzigem Kleid.

Als sie aufblickte, hatte der Mann sich umgedreht und entfernte sich rasch in Richtung Straße. Lou sah ihm verblüfft hinterher. Was für eine unwirkliche Begegnung. Lotte schüttelte ihr nasses Fell aus, und Lou seufzte.

Dann machte auch sie sich auf den Weg zurück in die Schellingstraße.

~

»Lotte! Komm jetzt!« Lou zog sanft an der Leine, was nur bewirkte, dass sich die Hundedame umso starrsinniger dagegen sträubte, die Treppen zur Haustür der Pension Thurner zu erklimmen. Kurzerhand packte Lou die widerspenstige Lotte und trug sie die wenigen Stufen hinauf. Sie drückte die Türklinke hinunter, trat in den dunklen Flur und verschloss der knurrenden Lotte schleunigst das Maul. Hastig stieg sie die knarzende Treppe in den ersten Stock hinauf, wo die Zimmer lagen, die sie mit Frieda bewohnte.

Frieda von Bülow, die gute Frieda. Lou hatte sie vor drei Jahren in Berlin kennengelernt, kurz nachdem Frieda aus Ostafrika zurückgekommen war, wo die junge Frau versucht hatte, die Plantagen ihres verstorbenen Bruders am Fuße des Kilimandscharo zu führen, irgendwann aber hatte aufgeben müssen. Zurück in Berlin hatte Frieda begonnen, ihre Erlebnisse aufzuschreiben. Und da sie nicht nur die erste Frau war, die das tat, sondern der erste Mensch überhaupt, der in Form von Novellen und Romanen über die Kolonien berichtete, hatte sie viele begeisterte Leserinnen und Leser.

Nun schrieb Frieda an einem neuen Roman über ihre Zeit in Afrika, ihrem fünften.

Lou hatte nie zuvor eine Freundin gehabt. Aber Frieda war anders als die meisten anderen Frauen, die Lou kannte. Sie war wissbegierig und scherte sich herzlich wenig um die Erwartungen der Menschen. Wie Lou schrieb sie Bücher, und ebenso wie ihre Freundin liebte sie das Reisen. Da Carl als Lous Ehemann darauf bestanden hatte, dass sie wenigstens ein bisschen die Konventionen achtete, reisten Lou und Frieda nun gemeinsam, wohin immer sie ihre Entdeckerlust verschlug – Paris, Wien oder München, wo man mit anderen Künstlern und Intellektuellen ins Gespräch kommen konnte, da wollte Lou sein. Und wann immer sie das Gefühl hatte, der Enge der kleinen Wohnung, die sie mit Carl bewohnte (er in seiner geräumigen Bibliothek, sie in ihrer kleinen Kammer), entfliehen zu müssen, konnte sie auf ihre Freundin zählen.

Frieda war die angenehmste Gefährtin, die man sich vorstellen konnte. Ein wenig launisch vielleicht von Zeit zu Zeit, aber von einer unbestechlichen Ehrlichkeit, die Lou höchst willkommen war.

Jetzt hatte sie die Tür zu ihren Räumen erreicht. Sie ließ die stinkende Lotte auf den Boden, streckte den schmerzenden Rücken durch, versuchte, ihr zerzaustes Haar zu glätten, und öffnete die Tür.

Doch ihre Bemühungen um Contenance waren offenbar vergebens, denn Frieda saß auf der Chaiselongue am Fenster und grinste bei ihrem Anblick übers ganze Gesicht.

»Hat dich die liebe Lotte wieder den letzten Nerv gekostet? Dabei ist sie doch so ein folgsames Wesen. Ganz das Gegenteil des armen Toutou damals in Paris. Dass du diesen Straßenköter adoptieren musstest, werde ich nie verstehen. Aber ich werde den Anblick auch nie vergessen, wie das Vieh einen Pferdeapfel erbeutet hat und du versucht hast, ihm den Mist wieder zu entreißen.« Frieda kicherte.

»Sei nicht so garstig, Frieda. Toutou ist in den Straßen von Paris aufgewachsen, was schrecklich gewesen sein muss. Das hat ihn geprägt.«

»Das Bemerkenswerte dabei ist, dass Toutou das einzige Lebewesen auf dieser Erde war, das deinem Charme nicht sofort verfallen ist.« Frieda stand auf und strich sich den Rock glatt.

»Du bist wirklich albern, Frieda. Lotte wollte nach der langen Reise gestern unsere Morgenrunde nur etwas verlängern und ein Bad in diesem stinkenden Rinnsal, das sie Bach nennen, nehmen. Wer sollte es ihr übel nehmen? Mir steckt die Reise selbst noch in den Knochen. Trotzdem war es wunderbar. Du hättest mitkommen sollen, die Frühlingssonne ist herrlich. Im Englischen Garten blühen die Wiesen.« Lou nahm der Hündin das Halsband ab.

Frieda winkte ab. »Lass es gut sein, Lou. Morgentau und erste Sonnenstrahlen sind nicht gerade meine Favoriten.« Sie musterte Lou und zog die Stirn in Falten. »Du bist ja nass!«

»Ach, das ist nichts.« Lou merkte, wie bei der Erinnerung an den Fremden eine leichte Röte ihr Gesicht überzog, und schüttelte ärgerlich den Kopf. Was war heute Morgen nur los mit ihr? Sie wusste genau, was passieren würde, wenn sie der hoffnungslos romantisch veranlagten Frieda von der Begegnung im Park erzählen würde: endlose Spekulationen über die Identität des Fremden. Vermutlich würde Frieda das gleich in ihrem nächsten Buch verwenden. Also setzte Lou ein Lächeln auf und hielt dem forschenden Blick der Freundin stand.

»Na gut«, sagte diese schließlich, »ich weiß nicht, wie es dir geht, aber ich verspüre Appetit. Ich werde nach unserem Frühstück läuten.«

Lou nickte und öffnete die Tür zu ihrem Zimmer, um sich und Lotte zu säubern und Lotte zu füttern.

Ein paar Minuten später, Lou kam gerade zurück in den Salon, klopfte es an der Tür zum Flur, die sich im gleichen Moment öffnete.

»Bitte schön, die Herrschaften.« In schwarzem Kleid und weißer Schürze bugsierte Frau Thurner ein Tablett ins Zimmer. Sie stellte es auf dem Tischchen ab und verließ den Salon wieder, nicht ohne Lous Hund mit einem missbilligenden Blick zu bedenken. Sie hatte für solche Schoßhündchen, wie sie Lotte abfällig nannte, nichts übrig.

Lou inspizierte das Frühstückstablett. Es gab eine Kanne mit dampfendem Kaffee, zwei zierliche Tässchen, eine Etagere mit duftendem Gebäck und die Post. Einen Umschlag reichte sie Frieda weiter, die anderen beiden waren an sie adressiert. Sie setzte sich, schenkte Kaffee ein und nahm den ersten Brief in die Hand.

Die Handschrift, ziemlich unleserlich, erkannte sie nicht, sie riss den Umschlag auf. Es war nur ein einziges Blatt Papier darin, auf das offenbar in aller Eile ein Gedicht geschrieben worden war. Ein schwülstiges Gedicht, dachte Lou. Eine Unterschrift fehlte, auch auf der Rückseite, wie sie feststellte, als sie das Blatt umdrehte.

Frieda sah auf. »Was ist? Stimmt etwas nicht?«

»Ich weiß nicht.« Lou gab Frieda den Brief, die die Zeilen überflog und ebenfalls das Blatt hin und her wendete.

»Scheint so, als hättest du einen anonymen Verehrer«, befand Frieda. »Mit einer gruseligen Handschrift.« Sie kicherte wieder und fügte in fast vorwurfsvollem Ton hinzu: »Wir sind noch nicht einmal einen halben Tag in München.«

Lou zuckte die Schultern. Sie nahm den zweiten Umschlag und öffnete ihn. Diese Handschrift hatte sie natürlich sofort erkannt, schließlich schrieb ihr Geliebter ihr in steter Regelmäßigkeit. Ein Lächeln stahl sich auf ihr Gesicht, als sie den Brief las. Dann sah sie auf und bemerkte, dass Frieda sie von Neuem neugierig musterte.

»Der hier ist von Zemek«, erklärte sie.

»Oh, der Herr Professor Leibarzt. Er kann es wohl kaum erwarten, dir in Wien seine besonderen Dienste zur Verfügung zu stellen, stimmt's? Oder wird er hierher nach München kommen?«

Lou lächelte versonnen, schüttelte aber den Kopf. »Nein. Er erwartet uns im Juni in Wien.«

»Schade, dass dieser glutäugige Arzt nur eine Schwester und keinen Zwillingsbruder hat. Nichts gegen Broncia, sie ist eine talentierte Malerin und ein absolut entzückender Mensch.« Frieda seufzte tief und nahm einen Schluck Kaffee. »Ich werde nie vergessen, wie herrlich ihr letztes Jahr bei Broncias Hochzeit ausgesehen habt. Du und Zemek, ihr habt das Brautpaar regelrecht überstrahlt. Und Zemeks Eltern waren so stolz, dich als Quasi-Schwiegertochter zu bekommen.«

»Du weißt genau, dass das nur ein Spaß war. Mehr eine romantische Geste. Carl würde niemals in eine Scheidung einwilligen, und ich vermutlich auch nicht.«

»Nicht mal für diesen schönen Medizinalrat?« Frieda sah Lou über den Rand ihrer Tasse hinweg forschend an.

»Ziemlich sicher. Du weißt, dass Zemek der Mann ist, der mir gezeigt hat, dass die körperliche Vereinigung zwischen Mann und Frau mehr ist als Fortpflanzung und Unterwerfung. Dass sie ein Schritt auf dem Weg zur Erfüllung sein kann, ein menschliches Grundbedürfnis wie Hunger oder Durst und rundherum wunderbar. Und du weißt es selbst, es liegt schon im Wesen der Erotik begründet, dass sie mit der Treue auf Kriegsfuß steht. Mit Zemek ist es wunderbar, besser, als ich je gedacht hätte. Aber ihn heiraten …«

»Wenn du nach zehn Jahren Ehe nicht gewusst hast, wie das ist, dann hättest du immer noch mich fragen können. Ich bin vielleicht unverheiratet, aber nicht unbeleckt.« Frieda schüttelte sich vor Lachen, und Lou stimmte ein.

KAPITEL 2

Wien, November 1895

Zwei Jahre zuvor

»Glaubst du nicht auch, dass es die Ehe ist, die Frauen zu Matronen macht?« Das wisperte Frieda Lou ins Ohr, kurz bevor sie der Gastgeberin des Abends entgegentraten.

»Sehe ich für dich vielleicht aus wie eine Matrone, *Fräulein* von Bülow?«, zischte Lou zurück. Sie straffte sich, strich den Rock glatt und setzte ein Lächeln auf.

Frieda grinste nur.

Dann standen sie Rosa Mayreder gegenüber und schüttelten ihr die Hand. Lou musste zugeben, dass Rosa tatsächlich die ersten Anzeichen von Rundlichkeit zeigte, vor allem im Gesicht, das mit seinen Pausbacken sehr mädchenhaft wirkte, dabei war Rosa immerhin Ende dreißig. Doch weder die Ehe noch ihre Kurven hinderten ihre herzliche Gastgeberin daran, sich politisch vehement für die Frauenrechte zu engagieren.

»Wie schön, Sie in Wien begrüßen zu dürfen«, wandte sich Rosa an Lou. »Ich habe ganz begeistert Ihr letztes Buch gelesen, hieß es nicht ›Ruth‹?«

»›Jesus der Jude‹ ist noch danach erschienen«, korrigierte Lou lächelnd.

»Oh, ein neues? Wie wäre es dann, wenn wir hier in den nächsten Tagen eine Lesung organisieren? Wäre Ihnen das möglich?«

»Sehr gern«, antwortete Lou und freute sich. Die Bücher und Essays, die sie für verschiedene Zeitschriften verfasste, brachten ihr inzwischen einen sehr willkommenen, ja notwendigen Zuverdienst ein, der immer beachtlicher wurde. Zwar lebten Carl und sie in Schmargendorf sehr bescheiden, doch Lou hatte nun einmal Gefallen daran gefunden, zu reisen, und wollte das auch weiterhin tun können. Also schrieb sie (obwohl sie wohl auf jeden Fall geschrieben hätte, selbst wenn sie nichts damit hätte verdienen können).

Dann erinnerte sie sich an Frieda, die zwar keine Geldsorgen hatte, aber etwas verloren neben ihr stand, und schlug eine gemeinsame Lesung mit der Freundin vor. Rosa war gleich begeistert, und so berieten sie zu dritt eine Weile über den möglichen Ablauf, bis Rosa aufblickte und sich entschuldigte.

Sie steuerte auf ein Paar zu, das eben den Salon betreten hatte, eine junge Frau mit dunklen Haaren und einen Mann mit ebensolchen und Vollbart, hakte sich bei beiden ein und kehrte zu Lou und Frieda zurück.

»Darf ich Sie vorstellen? Das sind Broncia und Friedrich Pineles. Broncia ist eine außerordentlich talentierte Malerin, sie ist verlobt mit Hugo Koller, einem Arzt aus Nürnberg, und ihr Bruder Friedrich hier ist ein sehr begabter Internist, der an unserem Allgemeinen Krankenhaus arbeitet. Er ist uns eine Verlobung allerdings noch schuldig. Mein Lieber, bedenken Sie, dass auch Sie nicht jünger werden!« Rosa Mayreder berührte den Angesprochenen leicht tadelnd am Arm, lachte aber dabei.

Lou und Frieda stellten sich vor. Die Geschwister machten einen sehr sympathischen Eindruck.

Nun entspann sich von Neuem eine angeregte Unterhaltung. Lou war immer begeistert, wenn sie die Möglichkeit hatte, neue Künstlerinnen kennenzulernen. Sie befragte Broncia über ihre Lehrzeit, ihren Stil und ihre künstlerischen Ambitionen, bis diese ihr lachend Einhalt gebot. »Bitte, liebe Frau Andreas-Salomé. Darf ich Sie bitten, dies alles bei anderer Gelegenheit zu diskutieren? Machen Sie uns doch morgen die Aufwartung, und ich zeige Ihnen meine Arbeiten.« Sie wandte sich an ihren Bruder: »Nicht wahr, Zemek? Das wäre doch am besten.«

Friedrich Pineles lächelte und sah Lou dabei in die Augen, und sie wunderte sich, wie intensiv sein Blick war. Dann sagte er: »Das ist eine ganz ausgezeichnete Idee, Schwesterlein. Ich würde mich freuen, die Damen morgen bei uns begrüßen zu dürfen. Bitte kommen Sie!«

Lou stimmte zu, sie freute sich auf das Wiedersehen mit den beiden, und Frieda, die kaum zu Wort gekommen war, nickte nun auch. Sie würde ebenfalls mitkommen.

Der Abend verging mit allerlei Plaudereien und Begegnungen mit interessanten Menschen, doch Lou konnte an kaum etwas anderes denken als den morgigen Ausflug. Sie war zu gespannt darauf, Broncias Arbeiten zu sehen.

~

Am darauffolgenden Tag saßen Lou und Frieda also am frühen Nachmittag im Salon der Familie Pineles, tranken Tee und plauderten mit Friedrich und Broncia, bis diese sich erhob und sagte: »Nun, meine Damen, wenn es Ihnen genehm ist, dann folgen Sie mir in den Wintergarten. Dort male ich meist, weil die Lichtverhältnisse in diesen Räumlichkeiten am besten sind.«

Auch Lou, Frieda und Broncias Bruder standen auf.

Friedrich bot Lou den Arm, und sie ließ sich in den Wintergarten führen. Frieda und Broncia folgten ihnen.

Dann sahen sie die Bilder, die Lou von einer erstaunlichen Kraft und Klarheit schienen. Sie betrachtete ein Stillleben, auf dem drei tönerne Vasen mit verschiedenen Blumen zu sehen waren. Im Hintergrund lilafarbene Schwertlilien, die sich edel abhoben von den gelben Wiesenblumen, die Broncia in die vorderen beiden kleineren Vasen gemalt hatte. Die Komposition wirkte sehr ausgewogen, gleichzeitig erzeugte die Kombination der Blumenarten eine Spannung in ihrer einfachen Darstellung.

Broncia lenkte ihre Aufmerksamkeit auf ein Porträt. Zu sehen war eine ältere Dame, über eine Stickarbeit gebeugt und ganz und gar in diese vertieft. Auch hier bemerkte Lou, dass Broncia ein gutes Auge hatte. Sie schien in der Lage, das Wesen der Dinge zu sehen und auf die Leinwand zu bannen.

Als sie sich Broncia gegenüber entsprechend äußerte, schlug diese vor, sich zu duzen. »Liebe Lou, darf ich Lou sagen? Es kommt mir vor, als kennten wir uns schon ewig. Ich freue mich, in Ihnen eine Freundin gefunden zu haben. Und in Ihnen natürlich auch, liebes Fräulein von Bülow.«

Frieda gab einen Laut des Unmuts von sich. »Meinetwegen können Sie Lou mit Vornamen anreden, aber nur, wenn Sie dasselbe mit mir tun!«

»Das sollten wir mit einem Glas Wein besiegeln«, stellte Friedrich Pineles fest, und als sie das später tatsächlich taten, erklärte er noch, warum Broncia ihn Zemek nannte. »Ich hatte als Kind schon so dunkle Augen, dass unsere polnische Amme mich Zemek nannte, Erdmann heißt das, hat sie behauptet. In welcher Sprache auch immer.«

Lou betrachtete ihn genauer und fragte sich, ob seine Augen nur dunkelbraun oder doch ganz schwarz waren. Sie konnte es nicht erkennen.

Pineles verzog das Gesicht zu einem Lächeln. Der Erdmann.

»Und nun nennen Familie und Freunde mich Zemek. Es würde mich freuen, wenn Sie es ebenfalls täten, liebe Lou.«

Lou konnte den Blick nicht von seinem lösen, diese Augen waren wirklich erstaunlich. Sie nickte.

Dann war es Zeit, zu gehen, aber als sie an der Haustür standen und sich verabschiedeten, steckte Zemek ihr einen Zettel zu, den sie rasch in ihrem Ärmel verbarg.

Erst als sie zu Hause in der Pension in ihrem Zimmer war und die Tür vor Friedas neugierigen Augen verschlossen hatte, zog Lou das Blatt Papier heraus.

Es war eine Einladung, offenbar hastig hingekritzelt. Die Handschrift war gleichwohl ausdrucksvoll. Zemek schlug vor, ihn am nächsten Abend am Prater zu treffen. Er wolle ihr Venedig zeigen.

Venedig? Wenn dieser Zemek es darauf angelegt hatte, ihr Interesse zu wecken, dann hatte er es geschafft.

~

Also verabschiedete Lou sich am nächsten Abend unter einem Vorwand von Frieda und stand etwas später tatsächlich am vorgeschlagenen Treffpunkt am Gelände der Kaiserwiese. Zemek ließ nicht lange auf sich warten, sie hatte kaum ihren Platz eingenommen, als sie ihn um die Straßenecke biegen sah. Gut sah er aus, ein großer, eleganter Mann in einem modischen dunklen Anzug. Sein dunkler Schopf verlieh ihm ein fast verwegenes Aussehen. Er begrüßte Lou mit einer kleinen Verbeugung und bot ihr dann seinen Arm, den sie ergriff. Zusammen schlenderten sie in den Park.

Und tatsächlich war es, als hätten sie die Reise nach Italien innerhalb eines Wimpernschlags getan. Lou fand sich inmitten von Kanälen, Bäumen und den lieblichsten Gebäuden wieder. Und auf den Kanälen fuhren reich verzierte Gondeln, in denen die Gondoliere ihren Passagieren Liebeslieder zuraunten. Sie war in Venedig.

Lou ließ sich staunend umherführen und bewunderte diese Zauberwelt mitten in Wien.

In einem Heurigen setzten sie sich an einen Holztisch unter einer Linde, deren Zweige sich im Abendwind wiegten, und nahmen ein einfaches, aber köstliches Abendessen ein. Dazu tranken sie aromatischen roten Wein, um dann über den nächsten Platz zu wandeln und für eine Weile dem Marionettentheater zuzusehen, wo ein prächtiger Kasper eine blondzöpfige Gretel anschmachtete, sich dabei aber überaus ungeschickt anstellte. Das Publikum bog sich vor Lachen, und auch Lou musste lächeln. Es war ein wunderbar leichter Abend, sie fühlte sich wie in einer anderen Welt. Während all der Zeit hielt Zemek ihren Arm, beugte sich zu ihr und erklärte ihr mit leiser Stimme, fast zärtlich, was sie sahen. Seine Stimme hatte gekitzelt, nicht nur an ihrem Ohr, auch tiefer in ihr. Es war ein ganz unbekanntes Gefühl, als hätte sie Bauchschmerzen, aber ohne Schmerzen, es flatterte etwas in ihr, ließ eine Sehnsucht aufsteigen. Was war das? Lou hätte gern die Zeit kurz angehalten, um dieses Gefühl zu analysieren, möglicherweise aufzuhalten oder zu verstecken, tief in ihrem Inneren. Oder war das gar nicht notwendig? War sie nicht gerade jetzt, mit knapp fünfunddreißig Jahren als verheiratete Frau, in einer so sicheren Position, dass sie solchen immer verdrängten Gefühlen nachgeben konnte? Gerade weil zwischen ihr und Carl alles geklärt war, hatte sie doch eine Freiheit erlangt, die sie nicht erwartet hatte, als sie als junges Mädchen über die Ehe nachgedacht hatte.

»Würden Sie gern mit der Gondel fahren, Lou?«

Wieder spürte Lou beim Klang von Zemeks Stimme dieses Ziehen in ihr aufsteigen. Als meldete sich in ihr der Hunger, dabei war sie ganz gesättigt, doch es war unleugbar da, dieses Sehnen, aber wonach eigentlich? Was war es, wonach ihr ganzer Körper auf einmal verlangte? Sie sah Zemek von der Seite an, er blickte zurück mit diesen dunkelbraunen Augen, in denen man versinken konnte. Lou hatte sich selten besser gefühlt, nicht sicherer, besser aufgehoben, wohler als gerade jetzt und hier in den Armen dieses Wiener Arztes.

Sie waren am Kanal stehen geblieben, wo gerade ein Gondoliere seinen Gästen dabei half, aus dem Boot zu klettern.

Lous Augen blitzten, das wäre sicher ein wunderbares Erlebnis. Sie nickte, und so stiegen sie gleich darauf in eins der schwankenden Gefährte. Der Gondoliere platzierte sie nebeneinander am ihm gegenüberliegenden Ende der Gondel. Es war ein bisschen eng auf der kleinen Holzbank zwischen den Planken, doch Lou merkte, dass sie nichts gegen Zemeks prickelnde Nähe einzuwenden hatte.

Der Gondoliere fuhr sie durch das nächtliche Venedig, sie hielten sich an den Händen, und nicht lange, da drehte Zemek seinen Kopf zu Lou, seine Lippen berührten ihre, und dann küsste er sie.

Zärtlich erst, dann fordernder, verlangender.

Es kam Lou ganz natürlich, ja geradezu zwingend vor, sie erwiderte den Kuss und war ganz und gar in Venedig.

All die Gedanken, die sie sich gemacht hatte, über das Zölibat, darüber, dass sie der körperlichen Liebe zugunsten ihrer Freiheit abgeschworen hatte, all diese Bedenken wurden in dieser Nacht in Wien ganz leicht, so dass sie sie beiseiteschieben konnte. Hier und jetzt mit diesem Mann schien ihr nicht die Gefahr zu bestehen, sich selbst zu verlieren. Nein, vielmehr schien sie etwas zu bekommen, etwas Neues, Wunderbares, und dieses Gefühl wollte sie um jeden Preis erkunden.

KAPITEL 3

München, 8. Mai 1897

Lou legte den Pelzkragen um, denn abends konnte es empfindlich kühl werden, und setzte Lotte in ihr Körbchen.

»Du bleibst mir hier, meine Kleine. Und hübsch brav sein, morgen früh machen wir unseren nächsten Spaziergang.« Sie wandte sich um und sah nach der Freundin.

Frieda rückte gerade vor dem Spiegel ihren Hut zurecht.

Dann verließen sie die Pension, um Arm in Arm die Schellingstraße hinunterzuspazieren. Rechts und links säumten breite Gehwege die Straße, an der herrschaftliche vierstöckige Bauten lagen. Die Fassaden waren prächtig verziert.

An der Schraudolphstraße blieb Frieda abrupt stehen und wies auf ein Lokal, das im Eckhaus lag. *Osteria Bavaria* stand über dem Eingang, *Weinrestaurant von Josef Deutelmoser* über dem Fenster.

»Schau, Lou. Das ist das Lokal, von dem ich dir erzählt habe. Eine echt italienische Osteria, mitten in München. Lass uns da bald hingehen. Ich muss mir das einfach ansehen.«

Lou nickte und ließ den Blick über das Haus schweifen, im Vorbeigehen lugte sie neugierig durch die verzierten Fensterscheiben, aus denen warmer Lichtschein auf die Straße drang. Der Gastraum war dunkel vertäfelt und voller Menschen. Im Hof gab es angeblich eine römische Laube, in der die Gäste sitzen konnten.

Sie überquerten die Straße und mussten einem stinkenden Müllwagen ausweichen, einem hölzernen Gefährt, das von einem Pferd gezogen wurde. Ein Mann führte es am Zügel die Straße hinunter und blieb dann stehen, um auf zwei Straßenfegerinnen zu warten, die mit ihren Schubkarren herankamen und den Inhalt der Karren in die Müllabfuhr luden.

Lou zupfte Frieda am Ärmel. »Wedekind schrieb mir, dass hier in München nur weibliche Arbeiter für die Straßenreinigung eingestellt werden. Auf den Straßen munkle man, die Männer seien zu faul dafür.«

Frieda prustete vor Lachen. »Das kann ich mir nur zu gut vorstellen. Aber«, sie wurde ernst, »wie gut, dass wenigstens diese Frauen den Unrat wegräumen. Stell dir den Geruch vor, wenn all die Pferdefuhrwerke ihren Mist einfach auf der Straße hinterließen.«

An der Amalienstraße bogen sie rechts ab und schlenderten weiter, bis sie das Café erreichten. Es war in einem stattlichen Eckhaus gelegen, an zwei Seiten zeigten große Fenster zur Straße, über denen in goldenen Lettern auf schwarzem Grund der Name prangte: *Wiener Café Stefanie.*

Da zockelte gerade die Pferdetram heran und hielt genau vor ihnen. Der Gaul hob seinen Schweif und ließ ein paar Pferdeäpfel fallen. Der kleine Wagen erinnerte an einen Zirkuswagen, bei dem man die seitliche Verkleidung vergessen hatte. Eine Handvoll Menschen kletterten über den Absatz des Wagens auf die Straße, unter ihnen Frank Wedekind.

Lou kannte ihn schon lange, vier Jahre mindestens. Im letzten Jahr in Paris hatten sie zusammen an einem Stück gearbeitet, es aber leider nicht beenden können, weil Lou ein dringendes Bedürfnis nach Einsamkeit verspürt und Paris verlassen hatte. Sie hatte keine Ruhe mehr gefunden, weder für sich selbst noch zum Arbeiten, obwohl sie die Zeit in Frankreich eigentlich sehr genossen hatte, denn mit einer Reise nach Paris hatte es den Anfang genommen, dass Lou sich herausgenommen hatte, ohne ihren Ehemann zu verreisen. Eines Abends hatte sie dann Wedekind kennengelernt, der sie überredete, die ziemlich langweilige Soiree zu verlassen und lieber etwas essen zu gehen. Die Speisen waren bei der Veranstaltung längst serviert worden, und nun folgte eine schier endlose Folge von Rezitationen und Klaviersonaten. Lou sah den jungen Mann mit dem übermütigen Grinsen an und beschloss, dass an seiner Seite auf jeden Fall amüsantere Stunden zu erwarten waren. So stimmte sie zu und brach mit Wedekind auf. Sie suchten zunächst eine Suppenküche in der Nähe auf, um sich eine Mitternachtsspeise zu genehmigen. Dabei stellte sich heraus, dass Wedekind sehr viel Hunger, aber keinerlei Geld bei sich hatte. Glücklicherweise reichte das, was Lou in ihrer Handtasche mit sich führte, um sie auszulösen. Wedekind bemühte sich, ihr einen kurzweiligen Abend zu bereiten, was ihm auch gelang, nur als er schließlich vorschlug, sie zu sich nach Hause zu begleiten, hatte sie abgelehnt, was er mit Erstaunen zur Kenntnis genommen hatte.

Später, wenn sie sich trafen, hatte Wedekind immer wieder auf diesen ersten Abend angespielt, als er hungrig gewesen war und sie seinen Hunger gestillt habe, er jedoch nicht den ihren.

Frieda steuerte auf ihn zu und zog Lou an der Hand mit sich. »Herr Wedekind!«

Der Angesprochene blieb stehen und verzog das Gesicht zu einem breiten Grinsen. Er war ein großer Mann mit einem seltsam quadratischen Schädel, den die kurz geschorenen Haare noch betonten. Aber er hatte ein so ansprechendes Lächeln, dass ihm die Herzen nicht nur der Damen zuflogen. »Ah, die Damen von Bülow und von Salomé! Welch eine Freude, Sie hier wiederzusehen!«

Lou neigte leicht den Kopf zum Gruß. »Aber, Herr Wedekind, unterschlagen Sie mir meinen Mann nicht, es heißt immer noch Andreas-Salomé.«

Wedekinds Lächeln wurde noch eine Spur verschmitzter. »Meine Gnädigste, ich habe den werten Gatten noch nie zu Gesicht bekommen, verzeihen Sie, dass er mir entfallen ist.« Er verbeugte sich mit einem theatralischen Gesichtsausdruck.

Frieda gluckste leise. »Ach, machen Sie sich keine Sorgen, Wedekind, Sie sind nicht der Einzige, dem die Existenz des Herrn Andreas hin und wieder entfällt.«

Wedekind hielt ihnen die Tür zum Café Stefanie auf und ließ sie eintreten. Eine unglaubliche Geräuschkulisse schlug ihnen entgegen. Es war zwar noch früh am Abend, aber das Lokal war gut besucht. Die Wände des Lokals waren mit einer modischen goldbraun geblümten Tapete bedeckt. Überall standen Tischchen und Kaffeehausstühle herum, wie Lou sie aus Wien kannte. Und überall waren Menschen, die tranken, durcheinanderredeten, lachten. Es war eine wilde, wunderbar lebendige Gesellschaft.

Wedekind bahnte ihnen einen Weg in den hinteren Teil des Cafés, der mit einem opulenten Samtvorhang abgetrennt war. Dort saßen an einem größeren Tisch einige bekannte Gesichter; zwei Herren standen sofort auf, um für Frieda und Lou Stühle heranzuschaffen.

Ein weiterer war sitzen geblieben. Wedekind legte Lou eine Hand auf die Schulter und wies mit der anderen auf den Mann mit dunklen Haaren und Vollbart. »Haben die Damen schon mit unserem werten Verleger, Albert Langen, Bekanntschaft gemacht? Ich kenne ihn schon seit Jahren, in Paris habe ich eine Weile als sein Sekretär gearbeitet. Haben Sie ihn dort nicht auch getroffen, liebe Lou?«

Sie schüttelte den Kopf.

»Sei's drum. Er hat gerade mein neuestes Werk verlegt, und zusammen haben wir uns den *Simplicissimus* ausgedacht. Langen, das sind die berühmten Schriftstellerinnen Lou Andreas-Salomé und Frieda von Bülow.«

»Es freut mich sehr, die Damen.« Langen streckte sich über den Tisch und schüttelte erst Lou und dann Frieda die Hand. »Sollten Sie in Erwägung ziehen, den Verlag zu wechseln, stehe ich Ihnen gern zur Verfügung. Und wenn Sie einen Beitrag für unseren *Simpl* schreiben wollten, wäre ich Ihnen verbunden.«

Frieda lachte. »Aber lieber Herr Langen, Sie sitzen doch in München buchstäblich an der Quelle, was talentierte Schreiber betrifft.«

Lou fügte hinzu: »Und wir gratulieren zum Erfolg! Der *Simplicissimus* scheint ja geradewegs zu den Sternen unterwegs zu sein. Alle Welt spricht von nichts anderem.«

Langen schien sich über das Kompliment zu freuen. Er zwirbelte seinen Schnurrbart. »Sie haben recht, in München ist es ganz gut bestellt um die Kunst. Allein in Schwabing sind zurzeit eintausendachtzig Maler und Bildhauer registriert. Den Heine, er macht uns den Titel für den *Simpl*, den kann ich Ihnen heute Abend leider nicht vorstellen, der sitzt daheim an der Leinwand. Aber da hinten, sehen Sie den Herrn da?«

Lou drehte sich um und bemerkte, dass an einem Tischchen in der Ecke ganz allein ein Mann saß und eifrig in ein Notizbuch kritzelte. Er hatte die dichten Augenbrauen streng zusammengezogen. Entweder war er verärgert oder hoch konzentriert.

»Das ist Thomas Mann, der jüngere Bruder von Heinrich, von dem Sie vielleicht schon gehört haben.« Er machte eine kleine Pause, in der Lou und auch Frieda nickten. »Der jüngere ist ebenfalls Schriftsteller, grad arbeitet er an einem größeren Werk, scheint es, äußerst diszipliniert. Er wird bald nach Hause und zu Bett gehen. Es heißt, er stehe jeden Morgen mit den Hühnern auf und sitze dann bis exakt zwölf Uhr am Schreibtisch. Dann isst er zu Mittag, und später arbeitet er weiter an seinem Roman. Muss ein ordentlicher Schinken werden. Aber ab und zu hilft er im Verlag aus. Daher kenne ich ihn als ganz umgänglich, wenn auch sehr korrekt.«

Lou betrachtete den Mann. Er saß auf dem harten Thonet-Kaffeehausstuhl und vermittelte den Eindruck, als bekäme er von dem ganzen Trubel um sich herum nichts mit. Plötzlich war sie sehr froh, dass sie zu Hause ihren Küchentisch hatte, an dem sie ganz für sich in Ruhe arbeiten konnte; auch in der Pension Thurner oder wo auch immer sie mit Frieda bisher unterwegs gewesen war, hatte sie stets ein stilles Plätzchen für sich allein gefunden, um ihre Gedanken zu Papier zu bringen.

Sie schrak hoch, als Wedekind ihr ein Glas Rotwein unter die Nase hielt.

»Hier, meine Liebe, lassen Sie uns anstoßen auf Ihren Besuch in München. Außerdem haben Sie unseren Vierten im Bunde noch gar nicht begrüßt. Das«, er zeigte mit großer Geste auf einen jungen Mann, dessen lange dunkle Locken dringend eines Barbiers bedurft hätten, auf seinen Wangen zeigten sich dunkle Schatten, die vom Bartwuchs stammen mussten, »das ist Jakob Wassermann.

Er feiert im Moment mit seinen ›Juden von Zirndorf‹ große Erfolge. Außerdem haben wir ihn natürlich auch in der Redaktion des *Simplicissimus*, so ein Talent lassen wir uns nicht entgehen.«

»Es freut mich sehr, Sie kennenzulernen, Herr Wassermann.« Lou musterte ihn neugierig. »Worum geht es in Ihrem Roman?«

»Nun«, Wassermann machte eine kleine Pause und nahm eine Prise Schnupftabak, »vielleicht sagt Ihnen der Religionsgelehrte Schabbtai Zvi etwas?«

Lou wartete seine Erklärung ab, so dass er weitersprach: »Zvi war ein jüdischer Gelehrter. Er begründete den Sabbatianismus, der unter anderem das Ziel hatte, die Missstände im osmanischen Sultanat zu bekämpfen. Leider musste er am Ende zum Islam konvertieren, zumindest offiziell.«

»Aber natürlich.« Lou erinnerte sich. »Bei den Recherchen zu meinem Essay über ›Jesus der Jude‹ ist mir der Name begegnet.«

»Nun, mein Buch ist eine Art Chronik seines Lebens und Wirkens, die ich aber bezogen auf das heutige Leben in einer jüdischen Gemeinde in einer fränkischen Kleinstadt beschreibe.« Wassermann sah sie mit seinen kohlestückschwarzen Augen gespannt an, sein Schnauzbart zuckte, als er lächelte. Ein wenig erinnerte er sie an Zemek, und das typische Sehnen meldete sich sogleich in ihr. Doch was sollte das? Sie war hier in Schwabing, umgeben von einigen sehr erfolgreichen Autoren, von Wissen und Kultur und interessanten Ideen. Da hatten die Kohleaugen und die Erdmann-Gefühle keinen Platz.

Lou war neugierig, was Wassermann zu erzählen hatte, und es entspann sich eine lebhafte Unterhaltung mit ihm über sein Buch und darüber, wie er anhand der Beschreibung einer fränkischen Kleinstadt jüdisches Leben im 19. Jahrhundert geschildert hatte.

Lou war noch ein Mädchen gewesen, als sie hatte feststellen müssen, dass ihr, der Tochter eines Generals und Förderers der protestantischen Kirche in Russland, leise schleichend und ohne dass sie es selbst hätte verhindern können, der Glaube an Gott abhandengekommen war. Doch anstatt sich damit vom Thema Religion abzuwenden, hatte Lou angefangen, sich umso intensiver mit Religion und Philosophie zu beschäftigen, mit der Geschichte, verschiedenen Formen von Gottesverehrung und zu guter Letzt auch mit der Frage, die übrig blieb, wenn man nicht mehr an ein höheres Wesen glaubte, das Erklärungen für praktisch alle Fragen lieferte: der Frage nach dem Warum. Welchen Zweck verfolgte das Dasein der Menschen, und welche Aufgabe hatte man? Diese Fragen trieben Lou an, und so war sie wie immer fasziniert, zu erfahren, was andere Suchende, wie Wassermann, dazu zu sagen und schreiben hatten.

Gegen drei Uhr morgens war die Sperrstunde gekommen, und die Bedienung hatte sie mit müden Augen ans Bezahlen erinnert. Da erst war Lou aufgefallen, dass sich das Lokal geleert hatte, nur ihre Gruppe war noch um den Eichentisch geschart. Lou angelte nach ihrer Börse und ließ einige Münzen für den Rotwein und die Rinderbrühe auf den Tisch fallen. Dann verließen Lou und Frieda das Café, und Wedekind begleitete sie bis in die Schellingstraße. Dort schickten ihn Lou und Frieda seiner Wege und spazierten die letzten Meter untergehakt nach Hause. Über ihnen spannte sich der Sternenhimmel, an den Straßenecken spendeten die elektrischen Straßenlaternen flackerndes Licht.

Nach diesem Abend war Lou erfüllt von Eindrücken, dem geschäftigen Treiben im Café Stefanie und dem Gefühl einer unbändigen Kreativität tief in ihrem Bauch. Mit Wassermann hatte sie lange über Religionsphilosophie gesprochen, es hatte sie gefreut, dass er ihre Veröffentlichungen dazu gelesen hatte. In ihrem Leben hatte sie sich mit ihren Gedanken und ihrer Wissbegierde so oft einsam gefühlt, umso mehr genoss sie Abende wie diesen in der Gesellschaft anderer Menschen, die sich mehr oder weniger mit ähnlichen Gedanken und Konzepten beschäftigten wie sie selbst. Es verringerte das immer noch nagende Gefühl der Einsamkeit und des Unverstandenseins in ihrem Inneren. Und es befeuerte ihre eigene Kreativität, gab ihr den Mut, ihren Weg weiterzugehen.

Sie drückte Frieda. »Das Leben ist doch schön!« Dann öffnete sie die Haustür und ließ Frieda eintreten.

Frieda lächelte. »Ja, wenn man gute Gesellschaft hat, ist es schön.«

KAPITEL 4

MÜNCHEN, 13. MAI 1897

Es ging schon auf die Mittagszeit zu, als die Tür zu Friedas Zimmer endlich knarrte.

Lou saß am Tisch und arbeitete an ihrer Novelle. Das Gedicht, das ihr der unbekannte Dichter heute geschickt hatte, war schon im Papierkorb gelandet, sie wusste wirklich nicht, was sie sonst hätte damit anfangen sollen. Trotzdem schweiften ihre Gedanken immer wieder zu den seltsamen Zeilen. Wer mochte der unbekannte Verfasser sein, der so konsequent jeden Morgen ein paar Verse ablieferte? Sie schüttelte den Kopf und wandte sich wieder ihrer Arbeit zu.

Fenitschka, ihre Hauptfigur und promovierte Wissenschaftlerin, war im Gegensatz zu Lou unverheiratet. Doch die Probleme, die die Gesellschaft unabhängigen Frauen, die ihren Lebensunterhalt verdienen wollten und in ungewohnten Bereichen wie der Wissenschaft, Forschung, Literatur oder Kunst sichtbar sein wollten, bereitete, kannte Lou selbst nur zu gut. Wenn man nicht dem vorgegebenen Weg folgte, war man Verleumdungen und Gerüchten ausgesetzt. Das Streben nach Unabhängigkeit und Freiheit war etwas, das die Mehrheit der Menschen nach wie vor nur Männern zugestehen wollte. Lou überlegte, wie sie die Schwierigkeiten, mit denen ihre Figur zu kämpfen hatte, darstellen konnte, ohne dass es allzu anklagend klang. Es war ihr wichtig, einfach zu schildern, wie die Situation war, den Konflikt im Text lebendig werden zu lassen. Ihre Leser sollten dann selbst entscheiden, wie sie damit umgingen.

Den Frühstückskaffee hatte sie allein zu sich genommen, allein mit Lotte ihre Morgenrunde absolviert. Die ganze Zeit über war aus Friedas Zimmer kein Ton zu hören gewesen.

Ein Geräusch ließ Lou den Kopf von ihrer Arbeit heben. Frieda stand im Rüschennachthemd da und sah schrecklich aus. Ihre kurzen Locken waren verwuschelt, das Gesicht zerknittert.

»Hast du bis eben geschlafen?«

Frieda knurrte etwas Unverständliches und sah sich im Zimmer um, als suche sie nach etwas. »Gibt es noch Kaffee?«

Lou musste lachen. Sie stand auf, trat zur Anrichte und goss aus der Kanne kalten Kaffee in eine Tasse, die sie Frieda in die Hand drückte.

»Wie fühlst du dich?«

Frieda gähnte herzhaft und ließ sich am Tisch in einen Sessel fallen. Sie schob Lous Bücher, die über den Tisch verteilt waren, zur Seite und stellte ihre Tasse ab. »Eigentlich habe ich geschlafen wie ein Engel. Und geträumt habe ich davon, dass Langen meinen neuen Afrika-Roman verlegt. Und dass der natürlich ein großer Erfolg wird. Die Massen haben mir zugejubelt.«

»Träume sind doch dazu da, wahr zu werden. Wie weit bist du denn mit dem Manuskript? Soll ich es lesen?« Lou schenkte sich auch etwas von der kalten Brühe in eine Tasse und nahm einen Schluck. Sie verzog das Gesicht bei dem bitteren Geschmack.

»Wenn es fertig ist, sehr gern, Frau Salomé. Aber das dauert noch ein paar Tage. Ich wollte es während unserer Sommerfrische beenden.«

»Ich freu mich drauf, es zu lesen.«

Manchmal fragte Lou sich, ob sie Frieda beneiden sollte um all die Eindrücke und Erfahrungen, die sie auf diesem großen unbekannten Kontinent namens Afrika hatte sammeln dürfen. Weil sie Ostafrika gesehen hatte, wilde Tiere, urtümliche Landschaften. Diese Weiten, Berge. Primitive Völker mit seltsamen Riten.

Aber gleich erinnerte sie sich daran, dass Carl Peters in Afrika Friedas Herz gebrochen hatte. Peters war ein Pionier des Kolonialismus, doch was Frieda über seine Grausamkeit gegenüber der afrikanischen Bevölkerung erzählt hatte, ließ Entsetzen in Lou aufsteigen.

Und dann war sie froh, hier zu sein, in München oder Berlin oder wo immer sie gerade war. Wenigstens konnte sie nach Herzenslust reisen und die interessantesten Menschen treffen, in Paris oder Wien oder St. Petersburg. Und Menschen, vor allem jene Künstler, Wissenschaftler und Schriftsteller, die ihr begegneten, waren wohl interessanter als Landschaften. Es war ein kleiner Kreis besonderer Menschen, die über ganz Europa verteilt zu sein schienen und deren Denken ganz darauf zielte, Neues zu entdecken und erkunden.

Frieda beugte sich zu ihr. »Aber einen Titel habe ich: ›Im Lande der Verheißung‹. Wie findest du das?«

»Verheißungsvoll.« Lou biss sich auf die Lippe, um nicht zu sagen, was sie wirklich dachte. Manches Mal waren ihr die Zeilen, die die Freundin verfasste, dann doch zu blumig und bunt. Zu verheißungsvoll. Dann fügte sie hinzu: »Bist du aufgeregt wegen des Vortrags?«

Frieda würde heute Abend im Glaspalast im Botanischen Garten über Kolonialismus in Afrika und ihre Zeit als Plantagenbesitzerin sprechen.

Nun war es Frieda, die auf ihrer Unterlippe kaute und dabei sogar ein wenig blass wurde.

Lou verstand, was los war. »Du solltest dich vielleicht noch ein wenig vorbereiten. Entspann dich, meine Liebe. Ich werde dir eine Kleinigkeit zu essen machen.«

Sie brachte der Freundin etwas Brot und Butter aus der Küche der Vermieterin. Danach gingen sie Friedas Unterlagen durch und übten den Vortrag.

~

Am Abend lief alles reibungslos, Frieda machte ihre Sache gut, sie sprach mit Überzeugung, das merkte man. Der Saal im Glaspalast in der Sophienstraße war sehr gut besucht, die Zuhörer von Frieda begeistert. Eigentlich waren es vor allem Zuhörerinnen, die sich von Friedas Mut und Forscherdrang tief beeindruckt zeigten. Nur wenige Männer saßen im Publikum, aber auch deren Gesichtern sah man an, dass sie fasziniert waren von dem, was Frieda über das Leben in Afrika zu berichten wusste.

Lou saß ein bisschen abseits und konnte den Glaspalast in Ruhe betrachten, während Frieda sprach. Sie war von der riesigen gläsernen Konstruktion, die ganz der Kunst gewidmet war, sehr eingenommen. Von außen glaubte man, ein Riese hätte Gewächshäuser gestapelt, viele nebeneinander und dann auch noch eine Etage obendrauf. Stahl und Glas, wohin man blickte. Ein Meisterwerk der Baukunst. Innen wuchsen exotische und einheimische Pflanzen, die nur einen lebendigen Hintergrund bildeten für die vielen

Statuen, Statuetten und Bilder, die hier ausgestellt waren. Eine gigantische Galerie, die in München schon vor Jahrzehnten vom ehemaligen König Maximilian von Bayern in Auftrag gegeben worden war. Es gab verschiedene Räume, von Nischen zu sprechen, wäre der Opulenz des Ortes nicht gerecht geworden, in denen Veranstaltungen stattfinden konnten.

Nun ging Lou nach vorn zu Frieda ans Pult in einer dieser riesigen Nischen, wo ihre Freundin viele Hände schütteln und Autogramme geben musste, als Jakob Wassermann auf sie zukam. Ihm folgten eine burschikos aussehende Frau und ein drahtiger dunkelhaariger Mann mit einem lustigen runden Kopf und einer spitzen Nase. Wassermann beglückwünschte Frieda zu ihrem Vortrag.

»Ich wusste gar nicht, wie überaus interessant die Kolonialisierung sein kann. Und meinen allergrößten Respekt für Ihre Leistung, den Menschen dort Krankenhäuser und Schulen zu ermöglichen.« Er verbeugte sich tief, und Lou sah am breiten Lächeln der Freundin, wie sehr sich Frieda über das Kompliment freute. Er schüttelte auch Lou die Hand.

Dann drehte Wassermann sich um und wies auf seine Begleiter, die Lou neugierig musterte. »Erlauben Sie mir, Sie mit Sophia Goudstikker bekannt zu machen. Frau Goudstikker ist Fotografin, Sie haben vielleicht schon von ihr gehört. Seit zehn Jahren betreibt sie mit Anita Augspurg ein Atelier, und nun … aber das soll sie Ihnen selbst erzählen. Wir nennen sie liebevoll unseren Puck, was natürlich nichts mit ihrer Körpergröße zu tun hat, sondern mit den magischen Fähigkeiten, die sie an ihrer Kamera entwickelt. Frau Goudstikker, lieber Puck, das hier sind Frieda von Bülow und Lou Andreas-Salomé.«

Sophia Goudstikker war keine große Frau, und eigentlich sah sie mehr wie ein junger Mann in Frauenkleidern aus, mit ihren kurz geschorenen Haaren und ihrem seltsam stechenden Blick. Der Spitzname Puck traf es genau. Lou erinnerte sich, dass damit eine Sagengestalt bezeichnet wurde, die sich durch kleinen Wuchs und magische Fähigkeiten auszeichnete. Und dadurch, weder männlich noch weiblich zu sein. Auch das schien auf Sophia Goudstikker zuzutreffen, wenn man sie so ansah.

Lou reichte ihr die Hand. »Es freut mich sehr, Sie kennenzulernen.«

»Die Freude ist ganz auf meiner Seite, liebe Frau Andreas-Salomé. Ich lese Ihre Veröffentlichungen mit großer Begeisterung. Ihre genauso, Frau von Bülow. Ich bin so froh, Sie heute endlich persönlich kennenzulernen.« Sophias Stimme war überraschend tief und warm. Einnehmend, wie Lou fand.

Auch Frieda grüßte höflich und reichte ihr die Hand.

Jetzt verbeugte sich der kleine Mann neben Sophia.

Sophia sagte: »Und darf ich Ihnen August Endell vorstellen? Er ist Designer und Architekt. Er entwirft gerade ein Gebäude für unser neues Atelier.«

Endell verbeugte sich ein weiteres Mal und ergriff Friedas Hand. »Meine sehr verehrte gnädige Frau. Sie sehen in mir einen glühenden Verehrer Ihrer Schriften.«

Frieda, ausgerechnet Frieda, errötete. Lou musste ein Lächeln unterdrücken. Abgesehen von dieser törichten Episode mit Peters war Frieda normalerweise alles andere als ein Kind von Traurigkeit und Männerbekanntschaften, auch flüchtigen, niemals abgeneigt. Aber dieser Endell nahm wahrlich kein Blatt vor den Mund und hielt Friedas Hand über Gebühr lange fest. Schließlich riss er sich doch los, oder hatte Frieda ihm ihre Hand entwunden? Nun reichte Lou ihm ihre Hand, und er bewies, dass er einer Begrüßung, wie sie der Anstand gebot, durchaus mächtig war.

Wassermann fuhr sich durch die Locken und ruinierte damit die sorgfältig gelegte Frisur, was ihm ein jungenhaftes Aussehen verlieh. »Meine Damen, lieber Endell. Wollen wir den Abend nicht zusammen ausklingen lassen? Im Stefanie vielleicht?«

Frieda verzog leicht das Gesicht, ihr steckte der Vorabend wohl noch in den Knochen. Man einigte sich also stattdessen auf ein spätes Souper in der Pension Thurner.

~

Endell erwies sich als guter Unterhalter und brillanter Architekt, er warf mit wenigen Strichen einige Beispiele seiner Ideen aufs Papier, das Lou auf seine Bitte hin eilig herbeigeschafft hatte, und sie betrachtete fasziniert die rankenden Gebilde, aus denen unter seiner Hand nach und nach ein Treppengeländer erwuchs. Jugendstil nannte er es. Art nouveau, eine ganz neue Kunstrichtung, die, wie er zugab, in München gerade einen Aufschwung erlebte.

Auch Sophia Goudstikker war eine faszinierende Person. Erst vor ein paar Tagen hatte sie mit ihrem Apparat das bayrische Königspaar porträtiert und würde sich deswegen fortan *königlich bayrische Hoffotografin* nennen dürfen. Viel erstaunlicher noch war ihre Arbeit als Frauenrechtlerin und dass sie ganz offen mit ihrer Lebensgefährtin, Anita Augspurg, zusammenlebte. Wahrlich ein Puck. Lou dachte an die Zeit zurück, als sie mit Paul Rée in Berlin zusammengelebt hatte. Unverheiratet und ohne ein Paar zu sein. So manche Dame in den Berliner Salons wäre sicherlich in Ohnmacht gesunken und vorzugsweise in diesem Zustand geblieben, hätte ihre eigene Tochter so gehandelt. Lou hatte genau gewusst, was die feinen Herrschaften über sie dachten. Aber es war ihr egal gewesen. Und sie hatte den Vorteil gehabt, dass ihre Familie in St. Petersburg weit genug entfernt war und sie daher keine spitzen Bemerkungen oder Schlimmeres in der Öffentlichkeit ertragen musste.

»Noch ist es nur eine Vision, meine liebe Frau Andreas-Salomé. Aber wir planen, mit unserem Verein für Fraueninteressen einen Frauentag auszurichten. Wir müssen die Initiativen von Frauen bündeln und in der Welt bekannter machen, was wir vollbringen können. Es würde mir sehr viel bedeuten, Sie dabeizuhaben. Ihre Arbeit inspiriert uns alle.«

Lou nahm sich Zeit, ihre Worte zurechtzulegen, bevor sie antwortete. Das Anliegen, sich für die Sache der Emanzipation einzubringen, war schon öfter an sie herangetragen worden. Doch Lou war zu dem Schluss gelangt, dass sie genug damit zu tun hatte, ihre eigenen Angelegenheiten zu verfolgen.

»Ihre Frage ehrt mich, liebe Frau Goudstikker. Und Ihre Sache ist sicher jeder Mühe wert. Jede Frau und jeder Mann sollten tun und lassen können, was sie oder er will. Das ist meine tiefste Überzeugung. Das lebe und schreibe ich. Aber ich bin mir nicht sicher, ob eine Exposition meiner Person in diesem Zusammenhang sinnvoll ist. Und im Übrigen bin ich mir dagegen sicher, dass es viel würdigere Teilnehmerinnen gibt für Ihren Kongress.« Lou war Sophias Bitte etwas unangenehm. Die Feministinnen und sie selbst mochten teilweise ähnliche Ziele haben. Trotzdem konnte Lou sich einfach nicht vorstellen, sich für deren Sache vereinnahmen zu lassen. Sie war doch ihr eigener Herr, traf ihre eigenen Entscheidungen, und das gedachte sie beizubehalten.

Und warum taten das nicht alle? Dann wäre doch für jeden gesorgt.

Sophia Goudstikker legte Lou eine Hand auf den Arm. »Überstürzen Sie nichts. Unser Frauentag wird nicht dieses oder nächstes Jahr stattfinden. Sie haben Zeit, es sich zu überlegen. Aber ich zähle auf Sie als Kämpferin für unsere Sache. Auch wenn Sie es vielleicht auf Ihre Weise tun.«

KAPITEL 5

München, 14. Mai 1897

Am nächsten Morgen fand Lou neben einem Gedicht des anonymen Verehrers, der es sich nach wie vor nicht nehmen ließ, jeden Tag zu schreiben, einen weiteren Brief auf dem Tablett vor.

In diesem las sie: *»Ich sehne mich jeden Tag nach deiner Rückkehr. Du bist die Königin meiner hungrigen Mitte.«*

Ein Lächeln stahl sich auf ihre Lippen, und sie fühlte ein angenehmes Ziehen in ihrem Inneren, oh, sie freute sich schon auf die Reise nach Wien.

Sie schenkte sich eine Tasse dampfenden Kaffee ein, setzte sich an den Tisch und machte sich daran, zu antworten.

Als Frieda verschlafen den Kopf aus ihrem Zimmer streckte und schnuppernd die Nase in die Luft hob, verschloss Lou gerade den Umschlag.

Frieda murmelte einen Morgengruß und sah erst den Umschlag, dann Lou fragend an.

»Zemek. Er möchte wissen, wann wir endlich in Wien eintreffen werden.«

»Was hast du ihm geschrieben?« Frieda verschwand aus dem Türrahmen, und Lou hörte, wie sie in ihrem Zimmer kramte.

Sie stand auf und sah aus dem Fenster auf die Schellingstraße hinunter. Es war noch früh, trotzdem waren viele Menschen auf der Straße, zu Fuß, in Fuhrwerken und Kutschen. Der Himmel spannte sich in einem zarten Blau über der Stadt. Es versprach ein wunderbarer Frühlingstag zu werden. Sie hob die Stimme. »Ich habe ihn um ein paar weitere Tage Geduld gebeten. Ist es nicht einfach wunderbar hier im Moment? So interessante Menschen. So viele Eindrücke. Ich kann hier jetzt nicht weggehen.«

»Stimmt.« Frieda kam ganz in den Salon, sie hatte einen Morgenmantel über das dünne Nachthemd geschwungen. Sie ließ sich am Tisch nieder und stützte mit einem träumerischen Ausdruck das Gesicht in die Hände.

»Also, dieser Endell …« Sie beendete den Satz nicht, aber Lou konnte sich denken, wie er weiterging. Frieda war oft so euphorisch, wenn sie jemanden kennenlernte, den sie mochte und der sie beeindruckte. Und wenn sie jemand so offensichtlich verehrte, wie es der junge Endell tat, und dazu noch ein wirklich interessanter Mensch war, konnte Frieda nur schwer widerstehen. Lou hoffte nur, Friedas geschundenes Herz würde nicht neuen Schaden nehmen müssen.

~

Nach einem arbeitsreichen Tag am Schreibtisch, unterbrochen von zwei kurzen, aber herrlichen Ausflügen in den Englischen Garten mit der herumspringenden Lotte, verließen Lou und Frieda an diesem Abend die Pension in der Schellingstraße, winkten eine Droschke herbei und kletterten hinein. Der Kutscher trieb die Pferde an, und Lou zupfte den Spitzenkragen ihres Damastkleids zurecht und zog den Pelzkragen enger um sich. Der Sommer war noch nicht da, die Sonne ging gerade unter, und in der offenen Kutsche war es kälter als erwartet. Die Fahrt führte sie durch die Maxvorstadt und die Münchner Innenstadt, vorbei an der Residenz, dem Rathaus und dem Viktualienmarkt, bis zum Gärtnerplatz. Vor dem Theater verließen sie die Kutsche. In der Abendsonne glühte das weiße Gebäude fast rosarot, die hell erleuchteten Fenster luden Flaneure ein, einzutreten und einen wunderbaren Abend zu genießen.

Zusammen mit vielen anderen Theaterbesuchern stiegen Lou und Frieda die Stufen zum Eingang hinauf, wobei Lou sich noch einmal umsah, bevor sie durch das säulengeschmückte Entree schritten. Der Himmel verfärbte sich in ein spektakuläres Rotorange, während von überall Menschen ins Theater herbeiströmten. Wie lebendig die Kultur in dieser Stadt war. Lou kannte Paris, Berlin natürlich und auch Wien, doch München war für Künstler, Schriftsteller, Maler und Bildhauer doch ein anderes Pflaster, weil der bayerische König dafür bekannt war, überaus liberal zu sein.

Beschwingt drehte sie sich um und schloss rasch zu Frieda auf, die weitergegangen war. Im Foyer herrschte schon buntes Treiben. Die Herren in schwarzen Anzügen, Westen und hochgeschlossenen Kragen, die Lou immer sehr unbequem vorkamen. Dabei war die Mode für die Damen keineswegs dafür geschaffen, es sich gemütlich zu machen, und die Kleider der Damen, aus schwerem Damast und Taft, sorgten für ein leises Rauschen, wenn sie sich bewegten.

»Was hat der Wassermann gesagt, was spielen sie heute noch gleich?« Frieda sah sich suchend um. »Und wo ist er überhaupt? Er wollte uns doch hier treffen.«

»Dass du dir aber auch nie etwas merkst, Frieda. Genau deswegen war doch der Wassermann gestern so aufgeregt und hat gemeint, wir müssten unbedingt kommen, weil das Stück eben so ähnlich wie die Zeitschrift heißt: ›Simplicius‹ von Johann Strauss. Aber wo er ist?«

Lou blickte sich ebenfalls um und entdeckte Wassermann schließlich inmitten einer Gruppe einiger Männer und Frauen an einer Säule. Sie hakte sich bei Frieda ein und spazierte mit ihr in die Richtung. Gleich darauf hatte Wassermann sie erkannt und kam auf sie zu.

»Ah, da sind ja die Damen! Kommen Sie, kommen Sie. Ich stelle Ihnen unsere kleine Gesellschaft vor.« Wassermann war offenbar bester Laune. Er lachte glucksend und führte Lou und Frieda zu seinen Begleitern hinüber. Lou war einigermaßen verblüfft, als sie unter ihnen Lottes Retter aus dem Englischen Garten entdeckte. Doch zunächst schob Wassermann eine zierliche Dame mit einem wehmütigen Blick und einem rundlichen Bauch vor sie. Sie hatte wunderbar ungebändigtes blondes Haar und mandelförmige Augen.

»Darf ich Ihnen Franziska Gräfin zu Reventlow vorstellen? Oder, wie wir sie liebevoll nennen, die Schwabinger Gräfin. Suchen Sie nicht nach dem passenden Grafen, den haben wir bisher genauso wenig gefunden wie sie selbst. Fanny, das sind Lou Andreas-Salomé und Frieda von Bülow. Du hast sicher von beiden schon gehört.«

Die Gräfin lachte und reichte Lou die Hand, dann legte sie eine Hand auf ihren Bauch und knickste vor Frieda. »Wie wundervoll, Sie endlich kennenzulernen. Ja, ja, Sie sehen richtig, ich bin guter Hoffnung. So viel zu beißen haben wir nicht, dass ich mir so einen Bauch leisten könnte.« Wieder lachte sie herzlich. »Freuen Sie sich auch schon so auf das Stück? Es wird sicher wunderbar. Ich werde nur Augen für die Bühne haben, für nichts anderes. Wissen Sie, nächstes Jahr, da hat mir der Lang, der Direktor, versprochen, dass ich ein Engagement bekomm. Dann steh ich selbst auf der Bühne!«

Für Lou war die Überschwänglichkeit der schönen Gräfin schwer zu fassen. Was für eine Persönlichkeit. Sie konnte nicht anders, als zu lächeln. »Sie sind Schauspielerin?«

»Malerin, Schriftstellerin, Schauspielerin, was Sie wollen, denken Sie sich etwas aus, ich tue es mit aller Begeisterung. Aber es muss Spaß machen oder mir zumindest eine Scheibe Brot einbringen.«

Die Gruppe hatte sich wie automatisch so umformiert, dass Fanny zu Reventlow in ihrer Mitte stand. Jetzt drehte sie sich schwungvoll um und packte den Fremden aus dem Park am Arm. »Diesen Kerl hier müssen Sie unbedingt kennenlernen, die Damen. Ein großer Dichter: René Maria Rilke! Er ist ein unfassbares Talent.«

Die Theaterglocke läutete, noch bevor Lou den jungen Mann richtig begrüßen konnte, und Fanny führte die Gruppe zu ihren Plätzen auf den Rängen, während Wassermann zur Eile antrieb. Sie stiegen eine Marmortreppe nach oben und betraten den Theatersaal durch eine kleine weiße Tür mit goldenen Beschlägen. Lou war überwältigt von der Pracht, die sie drinnen empfing. Alles war rot und weiß und gold, und hoch oben an der Decke hing ein immenser Kronleuchter über dem Parkett. Lou beugte sich über das Geländer und beäugte die Stuhlreihen unten. Sie war froh, nicht direkt unter diesem Ungetüm zu sitzen. Dann sah sie sich nach ihren Begleitern um. Rilke, der Neue, half ihr, sich auf einem der mit rotem Samt bezogenen Stühle niederzulassen, und nahm dann neben ihr Platz. Auf ihrer anderen Seite saß Frieda.

Sie hatten sich kaum hingesetzt, da erklangen schon die ersten Paukenschläge und Oboenklänge. Nach der Ouvertüre hob sich der schwere rote Vorhang, und die Operette zog ihre Zuhörer in ihren Bann. Wobei das wohl nicht für alle galt, denn immer wieder spürte Lou Rilkes intensiven Blick auf sich ruhen. Und fragte sich, was das zu bedeuten hatte.

~

Nach der Vorstellung verließen sie mit dem Schwall der anderen Besucher das Theater. Es war stockdunkel und regnete in Strömen, in der Ferne hörte man noch das Grollen des abziehenden Gewitters. Sie drängelten sich unter den überdachten Säuleneingang. Vor ihnen auf dem Gärtnerplatz warteten Kutschen in langen Schlangen auf Fahrgäste. Wassermann bot Fanny Reventlow den Arm, die müde und ein bisschen blass aussah. Von der übersprudelnden Energie von vorhin war nichts mehr zu spüren.

»Ich scheine vergessen zu haben, heute etwas zu essen«, sagte die Gräfin schwach.

Lou fing einen Blick von Wassermann auf, der kurz zu überlegen schien und dann sagte: »Ich werde mich, wenn die Herrschaften mich entschuldigen, darum kümmern, dass die Gräfin gut nach Hause kommt und etwas zwischen die Zähne kriegt. Einen guten Abend.«

Fanny nickte lächelnd zum Gruß und ließ sich widerstandslos von Wassermann zu einer Kutsche ziehen. Wassermann legte eine bemerkenswerte Energie an den Tag, mit der er die Menge der

Wartenden teilte, einen Herrn in Frack und Zylinder ausstach und die nächste Mietdroschke ergatterte. Man sah noch, wie der Mann wütend die Faust hob, dann schloss sich die Menge der Menschen vor den Droschken wieder.

Lou schaute von Endell zu Rilke, dann zu Frieda, deren Augen in der Dunkelheit funkelten. Was sollten sie nun mit dem Abend anfangen? Endell schien etwas sagen zu wollen, doch Rilke ergriff das Wort: »Nun, meine Damen, somit fiele also Endell und mir die Aufgabe zu, Sie nach Hause zu begleiten, wenn Sie uns das erlauben.« Wieder bedachte er Lou mit einem glühenden Blick. Lou bemerkte, wie unglaublich jung er im schwachen Licht der Laternen vor dem Theater aussah. Aber auch, dass er ansprechende Züge und eine angenehme, volle Stimme hatte. Sie sah von ihm zu Endell und dann zu Frieda, auf deren Gesicht ein verschmitztes Grinsen lag.

Diese Konstellation versprach die kurzweilige Fortsetzung eines unterhaltsamen Abends zu werden. Sie überlegte nicht lang und nickte.

»Ist es dir recht, Frieda?«

Die Freundin lachte. »Natürlich. Die Nacht ist doch noch jung.«

Sie eilten durch den Regen die Stufen zur Straße hinunter, wo sich die Menschenmenge mittlerweile weitgehend aufgelöst hatte.

Lou streckte den Arm aus und winkte eine Kutsche heran, in die die kleine Gesellschaft hineinkletterte, wobei Rilke sich sogleich neben sie setzte. Der Regen hämmerte auf das Kutschendach, und Rilkes Knie war dem ihren unangebracht nahe. Durch die Seide ihres Rocks hindurch meinte Lou die Berührung zu spüren. Ihr Oberschenkel brannte, als stünde er in Flammen, und doch war das Gefühl eher süß als erschreckend.

Sie warf ihm einen Seitenblick zu. Wie kam es nur, dass dieser junge Mann solch körperliche Reaktionen in ihr auslöste? Dass sie dergleichen nie für Carl empfunden hatte, wunderte sie nicht, war ihre Ehe doch mehr von Freundschaft geprägt als von jeder anderen Empfindung, die es zwischen Mann und Frau geben mochte. Zemek im Gegensatz dazu verstand es sehr wohl, auf ihrem Körper zu spielen wie auf einem Instrument, er rührte eine Saite in ihr an, von der sie lange Zeit nicht gewusst hatte, dass sie sie besaß. Auch nun, hier in der Kutsche, Seite an Seite mit dem Dichter, war sie tief im Innersten berührt, doch wiederum auf eine Weise, die sie zuvor nie gespürt hatte.

Als sie nach der Fahrt durch das nasse München, bei der Lou sich vor Kälte fast schüttelte und gleichzeitig die Hitze, die von Rilke ausging, genoss, endlich in der Schellingstraße ankamen, folgten Endell und Rilke ihnen ganz selbstverständlich ins Haus und hinauf in den Salon. Der Tisch war schnell mit ein wenig Käse und Brot gedeckt, eine Flasche Wein fand sich auch, und dann saßen sie, diskutierten, lachten, aßen und tranken.

Lou fragte Endell nach den Fortschritten beim Bau des Fotoateliers für Sophia. Er erzählte über die Planungen und seine spannenden Ideen zu dieser neuen Stilrichtung, dem Art nouveau oder Jugendstil. Und er hatte wohl Aussicht auf ein weiteres Projekt, ein Doktor Gmelin hatte vor, ein Sanatorium an der See zu bauen. Endells Blick ruhte die ganze Zeit über auf Frieda, und so entließ Lou ihn nach einiger Zeit aus ihrer Aufmerksamkeit und wandte sich Rilke zu.

Mit ihm diskutierte Lou die Operette. Es war allgemein bekannt, dass der »Simplicius« nicht gerade Strauss' bestes Werk war, aber ihr hatte die musikalische Darbietung gefallen. Die Geschichte aus der Zeit des Dreißigjährigen Krieges allerdings, die erzählt wurde, hatte durchaus Längen, und sie fand sie alles andere als dramatisch ausgereift.

»Was hätten Sie anders gemacht?«, fragte Rilke, und Lou sah ihn an. Sein Haar stand wild nach oben, seine Augen leuchteten mit unschuldigem Blick in der Farbe von kühlem Meerwasser, die Nase schwang sich in einem aufmüpfigen Bogen gen Himmel. Er saß neben ihr und schien gleich einem Schwamm aufzusaugen, was sie sagte, stellte dabei aber kluge und richtige Fragen. Sie musste zugeben, geschmeichelt zu sein. Und fasziniert.

»Nun«, sagte Lou. »Bedenken Sie, wie viele Dinge uns vorgestellt wurden: Krieg, Familiendrama und Erbstreitereien. Eine Menge Themen auf einmal. Und eine Menge Themen für ein Stück von nur zwei bis drei Stunden Länge.«

»Glauben Sie nicht, dass man wahre Kunst nur in der Vielfalt findet? Das Leben hat doch mehr Dimensionen als nur eine einzige.« Rilke sah sie aufmerksam an. Seine Wangen glühten.

»Das stimmt. Aber wie viele Dimensionen ist der Mensch in der Lage, gleichzeitig aufzunehmen? In einer Operette werden ja schon drei Dimensionen bedient, indem neben Musik auch Gesang und Sprechstücke vorgetragen werden. Ganz zu schweigen vom Bühnenbild, dem Ensemble und den prächtigen Kostümen. Das Auge kann sich nicht sattsehen, und wenn das vielleicht auch nicht die Aufnahme der musikalischen Darbietung beeinträchtigt, so ist zumindest die Rezeption der Geschichte gefährdet, wie ich meine.«

»Und doch findet die Operette nur in der Dreigestalt zu wahrer Vollendung. Wie denken Sie darüber? Wie erreicht man Vollendung? In der Kunst, im Leben?« Rilke war ernst geworden, und Lou verstand, dass es schon längst nicht mehr nur um die Operette ging, sondern um einen jungen Mann, der nach Großem strebte.

Sie trank einen Schluck aus ihrem Weinglas. Trotz seiner Jugend beeindruckte sie dieser Rilke. Und ja, es schmeichelte ihr, dass er so dringend ihre Meinung hören wollte.

Und so entspann sich eine intensive Unterhaltung, die bei Strauss begann, doch nicht bei Vollendung endete.

Als Endell und Rilke schließlich aufbrachen, war es schon nach ein Uhr.

~

An diesem Abend, obwohl es reichlich spät geworden war, notierte Frieda einen Gedanken in ein kleines schwarzes Büchlein, in dem sie Inspirationen für die Heldinnen ihrer Romane aufbewahrte. Nur zu oft diente Lou als Quelle dieser Inspiration, was diese nicht angesprochen und Frieda nicht zugegeben hätte.

»Mitleid soll ich haben mit Menschen, weil sie lieben? Wirr und vielleicht unglücklich lieben? Aber im Gegenteil! Beneiden tu ich sie. Ich möchte nur einmal in meinem Leben blind und tollköpfig lieben können! So mit allen Seufzern und Tränen und Angst. Das stelle ich mir wunderwunderschön vor!«

Frieda wusste nicht genau, woran es lag, dass Lou ihr Leben so gewählt hatte, wie sie es getan hatte. Lou hätte sicher einen großen Denker heiraten können, vielleicht nicht unbedingt diesen seltsamen Nietzsche, aber einen anderen guten Mann, der sie liebte und den sie liebte und mit dem sie auch die körperliche Seite der Ehe ausleben könnte. Selbst mit Carl Andreas hätte sie das gekonnt.

Stattdessen hatte sie sich entschieden, durch die Ehe nur das Zölibat zu verlängern, und nun, da sie diese Beschränkung aufgegeben hatte, schien sie das auch nur mit dem Körper getan zu haben. Ihr Geist schien nach wie vor einsam zu sein.

KAPITEL 6

München, 15. Mai 1897

Lous Kopfschmerzen, mit denen sie an diesem Morgen aufgewacht war, konnte auch der Spaziergang mit Lotte in der kühlen Morgenluft nicht vertreiben. Immerhin schien sich ihre gedämpfte Stimmung auf den Hund zu übertragen, der sich ungewöhnlich folgsam durch den Park führen ließ und ihr genauso brav wieder in die Pension zurück folgte. Als sie den Salon betrat, war von Frieda noch nichts zu sehen. Sie schlief wohl noch. Lou schlich auf Zehenspitzen umher und versuchte, leise zu sein, als sie Lottes Wasserschälchen auffüllte. Nicht nur, um Friedas Schlaf, sondern auch um ihre eigenen Nerven zu schonen.

Allerdings schwang kurz darauf die Zimmertür auf, knallte gegen die Wand, und Frau Thurner stand da. Sie hielt das Tablett mit dem Frühstück in Händen.

»Guten Morgen, Frau Andreas-Salomé. Ich habe Sie auf der Treppe gesehen und mir gedacht, Sie könnten einen Kaffee brauchen. Und die Post ist auch schon gekommen.« Sie blickte sich um, runzelte die Stirn, sah Lou an und hielt das Tablett demonstrativ in die Höhe.

Lou folgte ihrem Blick. Auf dem Tisch, der nun eigentlich das

Frühstück tragen sollte, standen die Gläser, Teller und Flaschen, die sie am vorigen Tag nicht mehr weggeräumt hatte. Vollgeschriebene Blätter lagen auch noch herum. Jetzt beeilte sie sich, alles zusammenzuschieben und Platz für das Tablett zu machen. Sie packte einen Stapel Papier und trug ihn in ihr Zimmer. Als sie zurückkam, hatte Frau Thurner den Tisch gedeckt. Dankbar ließ Lou sich auf einem der Fauteuils nieder. Frau Thurner goss dampfenden Kaffee für sie in ein Tässchen, stellte ein zierliches Kännchen mit Sahne auf den Tisch und verließ dann stumm, aber kopfschüttelnd den Salon.

Lou nahm einen Schluck der bitteren Flüssigkeit, die hoffentlich gleich den dumpfen Druck in ihrem Kopf vertreiben würde, und verzog das Gesicht. Nein. Ohne Sahne ging es heute nicht. Sie goss etwas davon in ihre Tasse.

Sie betrachtete den Brief, es war nur ein einziger heute, und sofort erkannte sie die Handschrift. Ein weiteres Gedicht des anonymen Poeten mit dem übermäßigen Hang zu Kitsch? Sie riss den Umschlag auf und nahm den Bogen Papier heraus. Zu ihrer Überraschung war es ein Brief:

Gnädige Frau Andreas-Salomé,

welche Freude, Ihnen gestern endlich vorgestellt worden zu sein. Ich habe das Gefühl, Sie schon seit langer Zeit zu kennen. Dr. Conrad sandte mir eine Ausgabe der Neuen Deutschen Rundschau *mit Ihrem Essay ›Jesus der Jude‹ darin. Er hat vor einiger Zeit ein wenig in meinen Christus-Visionen gelesen und glaubte wohl, Ihr Essay interessiere mich. Dabei ist Interesse ein viel zu kleines Wort, um zu beschreiben, was ich bei der Lektüre erlebte. Sie sprechen das aus, was ich denke, was ich unbeholfen zu formulieren versuchte. Der gestrige Abend hat mir gezeigt, was Sie mir in Wirklichkeit bedeuten. Darf ich Ihnen vielleicht in den nächsten Tagen meine Christus-Visionen vorlegen, ich harre voller Ungeduld Ihrer Beurteilung?*

Ihr René Maria Rilke

Lou ließ den Brief sinken. Rilke? Er war der Verfasser dieser kitschigen Gedichte? Sie war überrascht. Natürlich, die kindliche Handschrift passte zu ihm. Wie alt war er? Zwanzig? Einundzwanzig? In seinem Alter Gedichte zu schreiben war ja praktisch unumgänglich. Aber dass er den Mut aufbrachte, seine Werke, wenn auch anonym, an sie zu schicken, erstaunte sie.

Sie nahm einen Schluck Kaffee. Mit der Sahne schmeckte er wirklich besser. Lotte kam schnüffelnd zu ihr herüber und stupste sie ans Bein, woraufhin Lou aufstand und ihr etwas zu fressen in ihre Schale gab.

Sie trat ans Fenster, sah nachdenklich hinaus auf die Schellingstraße und fragte sich, was sie von diesem so mutigen jungen Mann halten sollte.

Der Gegenstand ihrer Überlegungen wanderte indes von seiner Unterkunft in der Ainmillerstraße in Richtung des Englischen Gartens.

Rilke hatte einen unverantwortlich hohen Teil des Inhalts seiner Börse darauf verwendet, einen Strauß Rosen zu erstehen, den er nun wie ein kostbares Gut vor sich hertrug. Er umrundete die Universität, überquerte die Ludwigstraße und trat nahe der Stelle in den Englischen Garten, wo er Lou zum ersten Mal getroffen hatte. Sie würde doch sicherlich den Hund ausführen? Vielleicht entwischte ihr der Terrier erneut, dann könnte er ihn wieder aus dem Bach retten und ihr übergeben. Nur, dass er diesmal nicht still bleiben würde, nicht erstarrt. Damals hatte er nicht gewusst, wer sie war, und gleichwohl hatte ihr Anblick ihn in den Bann geschlagen. Als hätte Amor in diesem Moment seinen Pfeil auf ihn abgeschossen, in weiser Vorahnung, dass diese Frau sein Schicksal sein würde.

Natürlich war er ihr gefolgt, hatte herausgefunden, wer sie war, dass sie *sie* war, hatte sogleich seine Gefühle zu Papier gebracht und sie ihr zu Füßen gelegt.

Da hinten stand eine Bank, von der aus er sehen könnte, wenn sie in den Park kam. Rilke ging darauf zu, setzte sich, stand wieder auf. Er konnte sich doch nicht einfach dort hinsetzen und nichts tun, wenn sein Herz sich so sehnte? Seit gestern Abend kannten sie sich endlich offiziell. Als Wassermann ihm erzählt hatte, wer mit ins Theater käme, hatte er ihn bekniet, ihn, Rilke, mitzunehmen.

Er schritt vor der Bank auf und ab. Gestern, ja, da hatte er dem Schicksal geholfen, helfen müssen, aber heute, da sollte es sich ihm dafür doch erkenntlich zeigen und Lou, die schöne Lou, vor seine Füße spülen!

Er malte sich aus, wie sie da drüben in den Park käme, die stolze Haltung, das Antlitz wunderschön, und wenn ihr Blick ihn träfe, sänke er vor ihr auf die Knie und übergäbe ihr die Rosen und sein Herz.

Aber es gab überhaupt keine Spur von ihr, keinen Hauch. Rilke machte sich auf, stieg zum Monopteros hinauf, von wo man ein wenig mehr vom Englischen Garten überblicken konnte. Er kniff die Augen zusammen, legte die Hand an die Stirn und versuchte, sie unter den vielen Spaziergängern zu finden. Seine Lou.

Denn das war sie, das musste sie sein.

KAPITEL 7

München, 17. Mai 1897

Lou platzierte den von Frau Thurner gepackten Picknickkorb auf dem Holztisch zwischen Fanny Reventlow und sich selbst. Lotte hatte es sich im Schatten unter dem Tisch bequem gemacht.

Lou nahm eine Tischdecke aus dem Korb und breitete sie aus. Dann holte sie die belegten Brote, den dünn gehobelten Rettich und auch einige Brezeln heraus. Sie zog ein wenig Schinken von ihrem Brot und fütterte Lotte damit, die unter dem Tisch glücklich mit dem Schwanz wedelte.

Frieda kam heran und stellte drei Krüge Bier auf den Tisch. »Ich finde es faszinierend, dass man das Bier hier kaufen muss, aber das Essen selbst mitbringen darf.« Damit setzte sie sich zu ihnen.

»Das kommt noch aus der Zeit, als die Brauereien keine Speisen verkaufen durften. Es ist eine gute Tradition, wie ich finde.« Fanny war so etwas wie ein wandelnder Schwabing-Almanach, aber das war nicht der einzige Grund, warum Frieda und Lou sie zum Essen im Biergarten an der großen Pagode im Englischen Garten eingeladen hatten. Wassermann hatte Lou am Abend zuvor im Stefanie zur Seite genommen und sie um Hilfe gebeten. Wie viele der Maler, Bildhauer, Schriftsteller und Schauspieler in Schwabing war

Fanny notorisch in Geldnöten. Das war nicht ungewöhnlich, und eigentlich, hatte Wassermann betont, schlug sie sich recht gut mit allerlei Arbeiten durch. Er selbst habe ihr in den vergangenen Wochen schon geholfen, sosehr er nur konnte, und sie möglichst zum Essen ausgeführt, auch Rilke habe sie an den Bodensee begleitet, wo sie sich habe einmieten wollen, um Geld zu sparen. Aber dort in der unbekannten Nachbarschaft zwischen Bauern und Handwerkern war es umso schwieriger gewesen, wenigstens die notwendigsten Dinge zum Überleben aufzutreiben. Eigentlich sei Fanny eine hervorragende Improvisatorin, doch nun im Moment, durch die Schwangerschaft, gehe es ihr öfter nicht gut. Als sie im Theater gesagt hatte, dass sie nicht genügend zu essen habe, sei das kein Scherz gewesen.

Lou sah sich um. Es war so ein herrlicher Frühlingstag, keine Wolke am Himmel, die Sonnenstrahlen wärmten kräftig. Über ihnen erhob sich die Pagode ins Blau. Ein gewaltiges Bauwerk aus dunklem Holz, schon über hundert Jahre alt, wie Fanny in ihrem plaudernden Stadtführerton erzählte. In allen fünf Etagen des Turms standen Menschen an der Brüstung und genossen die Aussicht über den Park. Lou wäre gern hinaufgestiegen und hätte sich ebenfalls umgesehen, aber sie ahnte, dass das für Fanny beschwerlich geworden wäre. Also begnügte sie sich mit dem Anblick von unten.

»Im Juli findet hier der Kocherlball statt«, sagte Fanny, »da trifft man sich schon morgens um sechs Uhr und tanzt bis zum Abend. Aber auch sonst gibt es regelmäßig Konzerte und Tanzveranstaltungen an der Pagode, ebenso wie an anderen Stellen, am Monopteros zum Beispiel. Der Englische Garten mit den Gaststätten ist schon ein großer Glücksfall für unser Wahnmoching. Grün und gleichzeitig spannend.« Sie nahm einen kräftigen Schluck von ihrem Bier und biss dann in eins der Brötchen, die Frau Thurner in den Picknickkorb gepackt hatte.

Fanny plauderte über die Schwabinger Künstler, von denen sie viele sehr gut zu kennen schien, über ihre Pläne, am Gärtnerplatztheater große Erfolge als Schauspielerin und Sängerin zu feiern. Sie redete wie ein Wasserfall, was Lou nur bewundern konnte, denn gleichzeitig stopfte sie sich einen Bissen nach dem anderen in den Mund. »Und wie finden Sie eigentlich unseren jüngsten Poeten? Ist der Rilke nicht herzallerliebst? Und so produktiv! Ich bekomme beinahe täglich ein Gedicht von ihm.« Fannys Lachen perlte hell.

Lou sah auf, ein wenig irritiert, doch Fanny plapperte schon weiter: »Aber natürlich ist es ganz unangenehm, dass er und die anderen selbst kaum etwas zu beißen haben. Man müsste halt groß herauskommen, und die elenden Sorgen hätten sich erledigt.«

Sie unterhielten sich und aßen, und Lou fiel auf, wie Frieda versuchte, unauffällig mehr über August Endell zu erfahren. Sie schmunzelte, erst recht bei Fannys Antwort. »Der Gustl? Ja, der ist ein echtes Arbeitstier. In jeder Lebenslage, wenn Sie verstehen, was ich meine. Gar kein Vergleich zu manch anderen.«

Frieda schnappte nach Luft, als glaubte sie, sich verhört zu haben, und ihre Augen weiteten sich. Lou hingegen betrachtete die Gräfin noch eingehender, versuchte zu erkennen, ob Schalk in ihren Augen lag. Vielleicht war sie wirklich eine gute Schauspielerin.

»Aber glauben Sie bitte nicht, dass der Endell mich in diese Lage versetzt hätte. Das war ein anderer.« Damit trank Fanny einen weiteren großen Schluck von dem kalten Bier und genoss sichtlich zufrieden das Picknick.

Als die Bierkrüge leer getrunken und die Mahlzeiten aufgegessen waren, beschlossen die drei, noch ein wenig durch den Englischen Garten zu flanieren, was Lotte mit aufgeregtem Gebell begrüßte. Sie spazierten die schattigen Wege entlang, bis sie zum Monopteros hinaufstiegen und von dort die Aussicht über die Wiesen genossen. Hinter den Bäumen ragten die Türme der Kirchen der Stadt auf, unverkennbar dabei die Zwillingstürme der Frauenkirche. Es hieß, dass die beiden Türme nicht gleich hoch wären, weil den Baumeistern das Material ausgegangen sei, doch von hier aus sahen sie gleich hoch aus, fand Lou. Sie lehnte an einer der Säulen und wünschte sich ihr Notizbuch herbei, als sie hinter sich eine Männerstimme vernahm.

»Nun bin ich durch den Park gewandert, geirrt, tagelang und immer in der Hoffnung, Ihnen zu begegnen, einmal hatte ich sogar einen Strauß Rosen dabei, den ich, als die Blumen schon die Köpfe hängen ließen, einer verdutzten Passantin in die Hand gedrückt habe, da machen heute endlich die Götter meine Träume wahr.«

Lou drehte sich um und sah in Rilkes blaue Augen. Ihr fiel auf, dass sie an den Rändern golden gesprenkelt waren, und sie hielten ihren Blick mit einer Intensität gefangen, die ein Kribbeln in ihrem Inneren auslöste. Sie schob das Gefühl schnell von sich.

»Rilke. Guten Tag. Vielen Dank für Ihre Zeilen. Ich fühle mich geschmeichelt, wenn jemand sich für mein bescheidenes Essay interessiert.«

Es gelang ihr, ihre Unterhaltung weg von Persönlichem zu halten, dennoch entspann sich ein angeregter Diskurs zwischen Rilke und ihr. Als Frieda und Fanny herankamen, Lotte an der Leine nahmen und sich verabschiedeten, bemerkte sie es kaum.

Irgendwann brachte Rilke das Gespräch auf seine Christus-Visionen.

»Liebe Frau Andreas-Salomé, schon bevor ich Sie gesehen hatte, war es mir ein Bedürfnis, mit Ihnen über mein Werk zu sprechen, das so stümperhaft versucht auszudrücken, was Sie in Ihrem Essay so klar formulierten. Und nun ist es nicht mehr nur ein Bedürfnis, es ist ein Brennen, eine unvermeidliche Tatsache, Ihnen meine Gedanken vorzustellen.«

Lou überlegte. Der junge Mann gefiel ihr. Seine Hartnäckigkeit und sein Eifer standen ihm ins Gesicht geschrieben. Er hatte ein Ziel, er wollte besser werden. Sie spürte, dass in ihm eine unerschütterliche Sicherheit war, auf dem richtigen Weg zu sein, und er alles dafür tun würde, sein Ziel zu erreichen. Das imponierte ihr. »Nun gut, Herr Rilke. Dann kommen Sie doch heute Abend zu uns, eine Weile bevor wir ins Theater fahren, und holen uns ab.«

Lou sah, dass sich in Rilkes Gesicht Hoffnung, Freude und Erwartung abwechselnd spiegelten. Hoffentlich erwartete er sich nicht zu viel von ihr. Schließlich konnte sie keine Wunder bewirken und aus einem Dilettanten einen Schriftsteller machen.

~

Tatsächlich kam Rilke nicht nur eine, sondern gleich zwei Stunden bevor sie wieder die Droschke zum Gärtnerplatztheater nehmen wollten.

Er bat sie mit blitzenden Augen, auf einem der Fauteuils im Salon Platz zu nehmen, stellte sich vor sie und fing an zu deklamieren: »Sie trollten sich. Es war ein schlecht Begängnis, die letzte Klasse. Keine Glocke klang.«

»Warten Sie!«, unterbrach Lou ihn. Sie seufzte, dann richtete sie sich im Sessel auf. »Setzen Sie sich hin! Ihre Darbietung wird nicht besser, wenn Sie sie möglichst theatralisch vortragen.«

Gehorsam setzte Rilke sich ihr gegenüber, den Rücken steif durchgebogen, der Blick flackernd.

»Beruhigen Sie sich«, sagte Lou. Sie musterte ihn aufmerksam. Er war aufgeregt wie ein kleiner Junge, dabei hatte er auf der anderen Seite doch eine sehr anziehende männliche Art an sich. Sie beugte sich vor und nahm seine Hand, drückte sie. »Richten Sie sich auf, Kopf hoch. Recken Sie Ihr Kinn nur ein bisschen. Nun lesen Sie. Ruhig. Ihre Worte sollen mich überzeugen, nicht Ihr Habitus.«

Und Rilke las.

Ruhig und mit fester Stimme, die in Lous Ohren erstaunlich warm klang. Was den Inhalt seines Vortrags nicht weniger theatralisch machte, wie sie fand, aber so war es zumindest zumutbar. Sie stellte fest, dass sie ihm sogar ganz gern zuhörte. Er ließ ihre Hand nicht los, während er sprach, und sie empfand seine Berührung als ungewohnt angenehm.

Erst als er geendet hatte, entzog sie ihm die Hand. Sie lehnte sich in ihrem Sessel zurück und atmete durch. »Verstehen Sie mich nicht falsch. Ich denke, Sie sind durchaus talentiert. Aber Sie machen hundert Worte, wo es eines getan hätte. So kommen Sie nicht auf den Grund der Dinge.«

»Zeigen Sie mir, wie!«

Lou konnte Rilke gerade noch davon abhalten, vor ihr auf die Knie zu sinken. Sein Eifer rührte sie. Dennoch zögerte sie.

»Herr Rilke, Sie sind doch Student. Lernen Sie an Ihrer Universität nichts über das Schreiben? Über das Formulieren und über das Leben?«

Seine Miene verdüsterte sich. »Niemand dort ist in der Lage, das Schreiben zu unterrichten, wie Sie es tun könnten. Ich strebe nach der Brillanz Ihrer Worte, nach Ihrer Klarheit. Helfen Sie mir dabei.«

Lou warf einen Blick auf das Manuskript. Sie konnte sein Anliegen verstehen, er brauchte Hilfe, wenn er schreiben wollte, wenn er das, was er schrieb, verkaufen wollte. Dringend. Aber war sie die Richtige dafür? Konnte, wollte sie eine Lehrerin für diesen blutjungen Lyriker sein? Lyrik war überhaupt nicht ihr Metier. Hatte sie Zeit und die Befähigung, jemanden das Schreiben zu lehren? Sie dachte an die Gedichte, die er ihr (nicht nur ihr!) geschrieben hatte. Sie dachte an die Christus-Visionen, die er ihr eben vorgetragen hatte. Sie sah ihm in die Augen, bemerkte die vorwitzige Haarsträhne, die ihm immer wieder in die Stirn fiel, und spürte ein seltsames Ziehen tief im Bauch. Sie seufzte. Dann nickte sie.

»Gut. Solange ich in München bin, können wir ja hin und wieder an Ihren Texten arbeiten.«

Rilke sprang auf. »Ja!«, rief er und reckte die Faust zur Siegerpose.

Lou musste lachen. »Setzen Sie sich, Rilke. Setzen Sie sich hin. Wir haben noch ein wenig Zeit, also werden wir sofort anfangen.« Sie stand auf, holte Federhalter und Tintenfass und bedeutete Rilke, neben ihr am Tisch Platz zu nehmen. Gehorsam ließ er sich neben ihr nieder, und sie beugten sich über das Papier.

Gegen halb acht Uhr tauchte dann Endell auf und zusammen mit ihm auch Frieda, die neben ihnen am Tisch im Salon gesessen und versucht hatte, möglichst unsichtbar zu bleiben, um sie nicht zu stören, und sie machten sich auf den Weg zum Gärtnerplatz, wo an diesem Abend die »Parisienne« gegeben wurde.

KAPITEL 8

WIEN, APRIL 1896
Ein Jahr zuvor

Lous eigene Hochzeit lag schon neun Jahre zurück und war damals nicht groß gefeiert worden. Pastor Hendrik Gillot hatte sie in der gleichen kleinen Dorfkirche in Zandvoort getraut, wo er sie 1880 schon konfirmiert hatte. Lous Mutter war zusammen mit dem Pastor aus St. Petersburg angereist, die geliebten Brüder hatte sie erst im Jahr darauf wiedersehen können. Am Nachmittag nach der Trauung hatten sie zuerst in einem kleinen Café Torte gegessen und den Rest des Tages am Nordseestrand verbracht. Lou hatte im Sand gesessen, aufs Meer hinausgeblickt und sich gefragt, wie es mit ihr und ihrem Leben weitergehen würde. Eine Antwort hatte das Meer ihr nicht gegeben, und am nächsten Tag waren sie zurück nach Berlin gereist, wo Lou zunächst in Carls Wohnung in Tempelhof mit eingezogen war, bis sie ein paar Jahre später die kleine Wohnung in Schmargendorf bezogen hatten.

Bei Lous Freundin, der Malerin Broncia Pineles, lag die Sache ganz anders.

Der Arzt Hugo Koller war aus Liebe zu ihr in einer nicht ganz unkomplizierten Prozedur vom Katholizismus zum Judentum konvertiert, was einige Zeit in Anspruch genommen hatte. Heute endlich konnten die beiden Hochzeit feiern, wie von Broncia gewünscht im Wiener Stadttempel. Allerdings hatte das ihrem Vater Saul einiges an Überredungskunst (und vermutlich eine großzügige Spende) abverlangt, weil eigentlich gerade Bauarbeiten in der Synagoge stattfanden, um eine Heizung einzubauen, wie Lous Geliebter Zemek ihr belustigt berichtet hatte.

Manche der Durchgänge waren mit Laken verhängt, dennoch beeindruckte sie das prächtige Gebäude. Der ovale Innenraum war von mächtigen ionischen Säulen umgeben, über denen sich die gewölbte Decke wie der Himmel spannte.

Die Gästeliste umfasste die erste Garde der Künstler, Maler, Bildhauer und Autoren Wiens, auch Komponisten und einige Unternehmer waren anwesend. Der in diesen Tagen wohl berühmteste Gast war Monsignore Eugène Dupont, der im Auftrag der Brüder Lumière aus Paris nach Wien gereist war, um hier den Cinematographen zu präsentieren. Lou hatte zusammen mit Zemek gleich Anfang des Monats in der Kärntner Straße eine Filmvorführung besucht und war begeistert gewesen.

Lou und Frieda durften der Zeremonie zusammen mit der Familie beiwohnen. Broncia hatte Lou sofort lieb gewonnen, ebenso wie Hugo, der seine Frau geradezu abgöttisch verehrte und alles liebte, was sie liebte.

Es war ein rauschendes Fest, das bis in den frühen Morgen andauerte und im Stadtgarten der Villa der Familie Pineles ausklingen sollte, da es für April ungewöhnlich warm war.

Lou hatte sich mit Zemek in den Pavillon zurückgezogen, der hinter einigen Rosenbüschen versteckt im Garten lag. Der Tag war wunderbar und voller interessanter Begegnungen gewesen, wobei Broncias Glück alles überstrahlt hatte. Doch nun saß Lou hier und genoss ihr eigenes kleines gestohlenes Glück. Mit Zemek erlebte sie, was sie für sich eigentlich ausgeschlossen hatte. Da sie die Ehe mit Carl nie vollzogen hatte – es auch niemals würde –, hatte Lou tatsächlich fünfunddreißig Jahre alt werden müssen, um die körperliche Vereinigung mit einem Mann, mit diesem Mann, zu erleben. Zemek war ein erfolgreicher, kluger Mediziner, der an seiner Habilitation arbeitete, in einem Fach, von dem sie keine Ahnung hatte. Und doch war er so viel mehr. Er hatte in ihr ein Feuer entfacht, tief in ihrem Inneren. Er war der Mann, nach dem es sie verlangte.

Lou fröstelte, und Zemek drückte sie enger an sich.

»Es war ein wunderbarer Tag, findest du nicht?«, sagte er mit seiner tiefen Stimme, die wie immer, wenn sie ihr lauschte, ein Kribbeln in ihrem Magen auslöste.

Lou nickte. »Ich freue mich sehr für Broncia. Sie ist ein Schatz.«

Zemek lachte ein leises dunkles Lachen und tippte auf ihre Nasenspitze. »Das stimmt. Aber mein Schatz bist du.« Er küsste sie, sie küsste ihn zurück, und eine Weile sprachen sie gar nicht.

Dann, ein wenig außer Atem vom Küssen, nahm er ihre Hand in seine.

»Lou«, begann Zemek und räusperte sich, »ich weiß, dass ich keine andere Frau als dich jemals lieben werde. Ich weiß, dass wir zusammengehören. Würdest du mich heiraten?«

Lou erstarrte. Heiraten?

Sie schluckte und lächelte Zemek an. »Du weißt doch, dass ich schon verheiratet bin.« Sie drückte seine Hand.

Er wurde ernst. »Deswegen gibt es die Möglichkeit, sich scheiden zu lassen. Ich weiß, dass du deinen Mann nicht liebst. Und ihr habt keine Kinder.«

Zemek spielte darauf an, dass es im Kaiserreich möglich war, eine kinderlose Ehe scheiden zu lassen, ohne dass das Auswirkungen auf den Ruf oder das Ansehen der Eheleute haben würde. Allerdings gab es noch eine zweite Voraussetzung.

»Carl würde niemals zustimmen, sich von mir zu trennen. Unsere Ehe mag nach außen hin etwas seltsam wirken. Und sie ist es ja auch. Aber Carl wird immer daran festhalten, dass wir zusammengehören. Er hat das vor vielen Jahren beschlossen, und er hält auch unter den Umständen, mit denen er leben muss, daran fest.«

»Aber er muss doch einsehen, dass er dich nicht zwingen kann, ihn zu lieben.« Zemeks Stimme klang heiser.

»Nein, du hast recht, lieben, wie eine Frau einen Mann lieben kann, werde ich ihn nicht. Aber im Lauf der Zeit ist eine freundschaftliche Liebe zwischen uns entstanden. Eine griechische Philia, wenn du so willst, der der Eros fehlt, die dafür aber ein wenig von der fürsorglichen, mütterlichen Liebe mit einschließt. Was uns am Anfang vereint hat, war eigentlich nur die Tatsache, dass die Ehe besteht. Im Lauf der Zeit sind wir aber auch aneinander gewachsen.«

Lou bemerkte Zemeks zweifelnden Blick. »Lieber, wenn du dir eine Familie, eine Frau zum Heiraten wünschst, dann bin ich die falsche Wahl. Dann geh auf Brautschau. Du findest sicher eine hübsche Frau, eine, die all das mit dir will. Kinder. Ich bin nicht die Richtige dafür.«

Zemek holte Luft, schien etwas sagen zu wollen, doch Lou sprach weiter: »Ich kann dir das nicht bieten. Alles, was du mit und von mir bekommen kannst, ist die Gegenwart. Das Hier und Jetzt.« Lou nahm sein Gesicht in ihre Hände und sah ihm in die Augen. »Nur mich bekommst du. Mehr habe ich nicht.«

Zemek war einen Augenblick still. Dann sagte er: »Ich nehme, was ich kriegen kann.«

Und dann senkten sich ihre Lippen aufeinander, und der Pakt, wenn es denn einer war, war besiegelt.

KAPITEL 9

München, 27. Mai 1897

Das schöne Wetter war vorbei. Als Lou an diesem Morgen die kleine Lotte die Stufen der Pension hinuntertrug, erwarteten sie ein nasskalter grauer Tag – und Rilke. Da er in letzter Zeit immer dringlicher ihre Gesellschaft suchte, hatte sie ihm erlaubt, sie bei ihren Morgengängen zu begleiten.

Sie reichten sich die Hand zur Begrüßung und schlugen den gewöhnlichen Weg in Richtung des Englischen Gartens ein. Er wollte nun beständig ihren Rat, bei allem, was er schrieb. Meist handelte es sich um Liebesgedichte, die Lou immer noch als übertrieben gefühlvoll und überbordend, ja, nicht differenziert genug in ihrer emotionalen Darstellung empfand. Und dies lag sicher nicht nur daran, dass sie selbst die Adressatin seiner Liebesschwüre war. Sie versuchte, ihn von einer zugleich einfacheren und doch konkreteren, wenn auch nicht weniger bildhaften Sprache zu überzeugen. Und um ihm Rat geben zu können, musste er ihr seine Gedichte vortragen. Denn seine Handschrift, obwohl er versicherte, täglich zu üben, war so grauenvoll, dass sie sie kaum entziffern konnte.

Sie spazierten über die Wiesen im Park, deren Feuchtigkeit von

Lous Rocksaum aufgesogen wurde und ihn beschwerte, als Rilke auf einmal sagte: »Vielleicht liegt es auch in meinem Schicksal, so weichlich, so wenig präzise zu schreiben.« Er seufzte.

»Wie meinen Sie das?« Lou zog die Stirn in Falten und sah ihn neugierig an.

»Meine Mutter verlor eine Tochter, in dem Jahr, bevor ich geboren wurde. Sie wünschte sich so sehr, eine Tochter zu bekommen, einen Ersatz für meine nicht gekannte Schwester. Doch dann kam ich. Eindeutig ein Junge. Sie gab mir diesen Namen: René, und zog mir Mädchenkleider an. Die ersten Jahre nur, bis mein Vater einschritt, aber vielleicht habe ich immer ein wenig darunter gelitten, nicht die gewünschte Tochter sein zu können.«

Er verstummte, und auch Lou schwieg für einen Moment, nachdenklich geworden. Sie folgten einem geschwungenen Weg zwischen halbhohen Hainbuchen hindurch, den Lotte inzwischen schon kannte, so dass sie weniger Aufsicht bedurfte. Lou ließ Rilkes Worte in sich nachklingen. Dann formte sich ein Gedanke in ihr. Sie blieb stehen und sah ihn aufmerksam an, um seine Reaktion abschätzen zu können. »Das verstehe ich. Aber … Wie wäre es denn, wenn Sie Ihren Namen einfach änderten?«

Wie sie gehofft hatte, spiegelten sich erst Erstaunen, dann Unglauben und schließlich freudige Überraschung in seinem Gesicht. Es war eine Lösung, mit der er glücklich sein würde.

»Einfach ändern?«

»Einfach ändern. Was dem Selbst nicht gerecht wird, muss man ändern.« Lou legte alle Überzeugung in ihre Stimme, die sie spürte.

Immer noch zögerte er, kniff die Augen zusammen und sah in die Ferne. Da beschloss Lou, ihm ein wenig mehr von sich preiszugeben. »Ich habe meinen Namen ebenfalls geändert. Getauft bin ich auf den Namen Louise, gerufen wurde ich Ljola, doch weil diese russische Version meines Namens für … manche unaussprechlich war, wurde ich in meinen jungen Jahren schon Lou. Ich blieb es und bin es.«

Rilke richtete seinen Blick auf sie. Dann nickte er.

»Aber wie sollte ich heißen?«

»Rainer«, sagte Lou bestimmt. »Das ist die deutsche Form Ihres Namens, und klingt es nicht viel männlicher? Viel mehr nach einer Eiche als einer Orchidee?«

Rilke lächelte, und in diesem Augenblick zerriss die graue Wolkendecke und gab den Blick auf ein Stück blitzblauen Himmel frei.

~

Am Abend tauchte Rilke schon wieder in der Schellingstraße auf, was Frieda mit einer hochgezogenen Augenbraue zur Kenntnis nahm. Er trug ein Bündel Papier unter dem Arm.

Lou bereitete ein kleines Abendbrot, deckte den Tisch, und Frieda, Rilke und sie aßen zusammen. Danach räumten sie den Tisch ab, und Frieda nahm sich der kleinen Lotte an und ging mit ihr für eine kurze Runde vor die Tür.

Lou breitete Rilkes Papierstapel aus. Er hatte einige Einakter mitgebracht, an denen sie arbeiten wollten. Er las vor, sie kritisierte ein ums andere Mal die Wortwahl oder den Ausdruck, er verbesserte, sie erklärte. Rilke beschrieb ihr, was er sagen wollte, und sie half ihm, die richtigen Worte zu finden, den richtigen Rhythmus der Handlung. Die Köpfe über das Papier gebeugt, merkten sie in ihrem Eifer kaum, wie Frieda zurückkam, die Sonne unterging, wie die Stunden über ihrer Diskussion verrannen.

Irgendwann blickte Lou auf und sah, dass Rilkes Wangen vor Eifer gerötet waren, was sie amüsierte. Doch auch sie selbst musste sich eingestehen, wie sehr sie ihre kreative Arbeit genoss, wie viel Freude es ihr bereitete, ihn dabei zu beobachten, wie er besser wurde und seine eigene Sprache, seinen eigenen künstlerischen Blick auf die Welt fand.

Frieda war längst schlafen gegangen, als Lou endlich sagte: »Für heute ist es genug.« Sie stand auf, reckte die verspannten Glieder, und er steckte die Manuskripte mitsamt den zahlreichen Kommentaren, Ergänzungen und Anmerkungen in seine Mappe. Zum Abschied hielt Rilke ihre Hand ein wenig zu lang, er schien gar nicht mehr von ihr weichen zu wollen.

Sie sah ihm in die schönen Augen, von denen sie sich selbst kaum losreißen konnte, und sagte: »Gute Nacht, Rainer.«

Und dann ging er.

Die Tür fiel leise hinter ihm ins Schloss, Lou trat in ihr Zimmer, zog sich um und wusch sich und kehrte dann noch einmal in den Salon zurück, um das Licht zu löschen und der kleinen Lotte über den Kopf zu streichen. Da sah sie, dass dort auf dem Tisch noch ein Blatt Papier lag, das sie vorhin übersehen haben musste. Sollte Frieda einmal früher aufstehen als sie und die Reste ihrer Arbeit finden, würde sie schon frühmorgens darüber sprechen wollen, wie hartnäckig Rilke ihre Zeit stahl.

Also ging Lou zum Tisch, nahm das Blatt auf und bemerkte, dass dies keine weitere Passage aus den Einaktern war. Sie hatte die Zeilen nie zuvor gesehen und las sie voller Erstaunen ob ihrer Schönheit.

Sehnsucht singt:
Ich bin Dir wie ein Vorbereiten
Und lächle leise, wenn du irrst
Ich weiß, daß du aus Einsamkeiten
Dem großen Glück entgegenschreiten
Und meine Hände finden wirst.

Im ersten Moment wusste Lou nicht, ob sie diese Zeilen impertinent oder anrührend finden sollte.

Doch dann formte sich vor ihren Augen Rainers Bild. Seine edlen Züge, der tiefgründige Blick, die Berührung seiner Hand. Ein warmes Gefühl durchflutete sie, ein Sehnen in ihr, ein Ziehen, wie es in ähnlicher Weise und doch ganz anders bisher nur von einem einzigen anderen Mann in ihr ausgelöst worden war. Nein, es war nicht das gleiche Gefühl, das sie beim Denken an den Erdmann empfand. Zemek berührte eine tiefe Ader in ihr, er war klug und gut aussehend, und das Zusammensein mit ihm war ein reines Sinnenfest. Aber er dachte nicht über die gleichen Dinge nach wie sie, teilte nicht ihren Blick auf die Welt, nicht so, wie dieser junge Dichter es tat.

Lou nahm das Blatt vom Tisch, las die Zeilen ein weiteres Mal und drückte es kurz gegen ihr Herz. Dann steckte sie es gewissenhaft in die Mappe mit den Seiten, an denen sie gerade arbeitete.

Mit einem versonnenen Lächeln ging sie zu Bett.

KAPITEL 10

MÜNCHEN, 28. MAI 1897

Früh am nächsten Morgen, Lou war gerade ausgehfertig für die morgendliche Runde mit Lotte und es war noch nicht einmal ganz hell, klopfte es heftig an die Haustür. Jemand schien dagegenzuhämmern, und eine Männerstimme schrie: »Lou! Lou, kommen Sie!«

Sie eilte die Treppen hinunter und öffnete mit pochendem Herzen die Haustür.

Rilke stand davor, die Hand erhoben, um eine weitere Salve auf die Tür abzufeuern.

»Hören Sie sofort damit auf, Sie wecken ja das ganze Haus auf!«, fuhr Lou ihn an, und ihre Augen funkelten. Frau Thurner war schon länger nicht sehr gut auf sie zu sprechen, der viele Besuch, nun Rilke oft allein bis abends spät. Der Himmel wusste, was diese Frau sich ausdachte, was sie taten. Sie sah Rilke mit blitzenden Augen an. Er war kalkweiß im Gesicht.

»Es ist etwas Schreckliches geschehen, weswegen ich sofort mit Ihnen sprechen muss.« Ihr Ausbruch schien ihm den Wind aus den Segeln genommen zu haben, er bemühte sich sichtlich, leise zu sprechen, auch wenn es ihm nicht recht gelingen wollte. Seine Erschütterung griff auf Lou über.

»Kommen Sie herein.« Lou trat zur Seite und ließ ihn ins Haus. Sie ging voraus, die Treppen wieder hinauf und in den Salon. Nachdem er eingetreten war, schloss sie leise die Tür hinter ihm und hieß ihn, sich hinzusetzen. Er aber blieb stehen, direkt vor ihr, und begann fast zu zittern. Als hätte er einen Geist gesehen.

»Nun sagen Sie schon, was ist denn nur passiert?« Lou musste an sich halten, um ihn nicht zu schütteln.

Mit Grabesstimme antwortete er: »Ich muss nach Prag. Ich habe einen Musterungsbefehl bekommen.«

Lou starrte ihn an. Hatte sie richtig verstanden, was er gesagt hatte? Er musste weg?

Ihm traten Tränen in die Augen. »Ich kann doch nicht fort von hier. Von Ihnen!«

Lou sah seinen unbändigen Schmerz, wusste ihn aber nicht zu beruhigen. Viel zu sehr war sie selbst schockiert. Er schien sich indes immer mehr in sein Unglück zu steigern, zitterte, und auf einmal wurde sein Kummer auch in ihrem Herzen fühlbar. Nein, das, was sie hatten, was da gerade zwischen ihnen entstand, durfte nicht so abrupt wieder beendet sein. Das war nicht richtig. Sie ergriff Rainers Hände, wollte sie festhalten und ihm Halt geben. Da fiel er ihr in die Arme, und sie hielt ihn fest, bis das Zittern nachließ. Dann löste sie sich von ihm und sah ihn an, und plötzlich war da nur noch jene Welt, in der es nichts als ihn und sie gab. Er öffnete den Mund, um etwas zu sagen, doch Lou verschloss ihm die Lippen mit den ihren. Es war nicht die Zeit zu reden.

So verharrten sie lange, sich innig küssend, im Arm haltend. Lou vergaß, wo sie waren, und Rainer wurde erst ruhiger, dann fordernder. Sie fuhren erst auseinander, als sich Friedas Zimmertür öffnete.

Lou wusste, was zu tun war, um Rilke aus seiner Trübsal zu holen.

Es brauchte nicht viel, einige kleine Planänderungen, ein Brief nach Berlin, ein weiterer nach Wien. Frieda war schnell überzeugt, die Sommerfrische in der Nähe von München anstatt in der Nähe von Wien zu verbringen.

Also fuhren Rilke, Frieda und sie selbst mit Lotte noch am gleichen Nachmittag mit der Bahn bis nach Wolfratshausen, um sich nach einer geeigneten Unterkunft für den Sommer umzusehen. Sie hatten nur leichtes Gepäck – für eine Übernachtung – dabei. Am Bahnhof in Wolfratshausen stiegen sie aus und spazierten über die staubige Straße Richtung Norden in den Ortsteil Dorfen, während der Hund übermütig um sie herumsprang. Sie fragten sich durch, und schließlich standen sie vor der Lutz-Villa, die Lou empfohlen worden war, wobei die Bezeichnung Villa ein wenig übertrieben sein mochte. Es war ein stattliches Bauernhaus, das über drei Etagen und einen sehr prächtigen grün gestrichenen Balkon verfügte und in den Hang hineingebaut worden war. Direkt hinter dem Haus schlängelte sich ein Weg in den Bergwald hinauf. Die hölzernen Fensterläden waren mit kleinen ausgesägten Sternen geschmückt. Es war perfekt. Der richtige Ort, um auszuruhen, zu arbeiten – und sich zu lieben, dachte Lou.

Hier würden Frieda und Lou Besucher empfangen und einen ganz und gar wunderbaren Sommer in der Natur verbringen, mit vielen Freunden, vielen Wanderungen und viel Diskussion, welchen Weg es beim Schreiben und beim Denken einzuschlagen gelte.

Lou strahlte mit Frieda um die Wette.

Für Rilke – und durchaus auch für Frieda, wie man an ihrem Gesicht sehen konnte – hatte Lou eine Überraschung parat. »Und sollten Sie nicht eingezogen werden, wovon ich im Übrigen ausgehe, dann wird hier ein Zimmer für Sie frei sein.«

Rilkes Gesicht glühte vor Begeisterung. Er ergriff ihre Hand, dann die von Frieda und riss beide jubelnd mit in die Höhe. »Auf den Sommer!«, rief er. In seiner Euphorie hatte er die Musterung für den Moment ganz vergessen.

Als kleinen Vorgeschmack auf den nahenden Sommer beschlossen sie, die Nacht in Wolfratshausen zu verbringen. Sie fanden drei Zimmer in einer kleinen Pension nahe dem Bahnhof und aßen in der angeschlossenen Gaststätte zu Abend. Dann wurde es Zeit, schlafen zu gehen, denn Lou hatte vor, früh am nächsten Morgen eine Wanderung zu machen. Und auch Frieda verabschiedete sich, um auf ihrem Zimmer noch zu lesen.

Doch Lou hatte ihre Zimmertür noch nicht lange geschlossen, als es klopfte. Leise. Fast zaghaft.

Lou öffnete.

Da stand Rainer.

In seinen Augen stand eine Frage, und dann, plötzlich, war in Lous Kopf nur noch ein: Ja!

Sie presste ihn an sich, er beugte sich zu ihr, ihre Lippen trafen sich. Zaghaft erst, dann drängender, dringender. Sie zog ihn ganz ins Zimmer, drückte die Tür hinter ihm zu, ohne ihn loszulassen. Sie küsste ihn, ihre Hände fuhren durch sein Haar, seinen Rücken hinab, seine Brust hinauf, fühlten, dass dort, hier, ein Mann stand. Nicht nur ein Dichter, ein angehender Philosoph, eine Seele, die der ihren nahe war. Rainer küsste ihren Hals, ihren Nacken, seine

Hände fanden ihre Brust. Eine Welle aus Glücksgefühlen brandete in Lou auf, sie packte Rainers Hemd, kein Stoff, nichts mehr durfte nun zwischen ihnen sein. Er streifte ihr Nachtgewand über ihren Kopf und drängte sie zum Bett. Lou wand sich unter den zarten Küssen, mit denen er ihren ganzen Körper bedeckte. Dann war sein Gesicht über ihrem, und sie küssten sich lange, bis er ein wenig Abstand zwischen ihre Gesichter brachte. Sie sahen sich in die Augen, hielten ihren Blick fest, während er in sie eindrang, und mit ihren Körpern verschmolzen ihre Seelen.

Dann, noch außer Atem, lagen sie nebeneinander, einander zugewandt. Lou sah in Rainers Augen, versuchte, darin zu lesen. Er streckte die Hand aus, fasste die Bettdecke und zog sie über sie beide, in einer Geste, die beschützend und unschuldig zugleich wirkte. Nur wenig Licht drang in diese Höhle, die Rainer geschaffen hatte, mit der er die Welt ausschloss, eine Welt schuf, in der es nur sie beide gab.

In dieser Nacht ließ sie ihn ein, nicht nur in ihr Zimmer, in ihr Bett. Sondern in ihr Herz und ihre Seele. Sie bemerkte, wie sie sich gegenseitig ausfüllten, wie notwendig diese Vereinigung gewesen war.

Sie schliefen nicht bis zum nächsten Tag.

Als Lou bemerkte, dass die Morgendämmerung sich anschickte, das nächtliche Schwarz in einen blasseren Ton zu verwandeln, entwand sie sich Rainers nackten Armen. Sie schlüpfte aus dem Bett, zog sich an und setzte sich mit den Resten ihrer gestrigen Jause und einem Glas Wasser auf den Balkon vor ihrem Zimmer. Alles war so still und friedlich, dass sie fast erschrak, als Rainer plötzlich neben ihr stand. Er hatte sich ebenfalls angekleidet und ließ sie mit seinem intensiven Blick nicht aus den Augen. Lange sahen sie sich schweigend in die Augen, als würden sie sich jetzt zum ersten Mal wirklich sehen. Denn nun war Rainer vom Schüler zum Gefährten geworden. Zum Gefährten ihres Geistes, ihres Herzens – ihrer Seele. Wärme durchströmte Lou und das unerschütterliche Gefühl, in ihrer ewigen Einsamkeit weniger isoliert zu sein.

Sie brach einen Kanten von dem Brot ab und reichte es ihm. Dann aßen sie und tranken Wasser und horchten in den Frieden des Morgens.

Eine halbe Stunde später standen sie Hand in Hand auf der Straße und wanderten mit Lotte in den heraufziehenden Tag hinein. Rechtzeitig gegen sieben Uhr waren sie wieder zurück, um mit Frieda im Gastraum Kaffee zu trinken und dann den ersten Zug zurück nach München zu erwischen. Wie Lou gehofft hatte, war Rainer, nun, da er wirklich Rainer war, ihr Rainer, nach diesem Tag und mit der Aussicht auf den Sommer viel ruhiger und konnte gefasst seine Sachen für die Reise nach Prag packen.

~

Am Nachmittag dann kamen Lou und Rainer wieder am Bahnhof in München an. Der Zug nach Prag wartete, die Lokomotive schickte dicke Dampfschwaden über den Bahnsteig. Um sie herum herrschte hektisches Treiben, ganz das Gegenteil der tiefen einvernehmlichen Stille, die sie am Morgen geteilt hatten. Menschen hasteten zu ihren Zügen, Gepäckträger trugen, gebeugt unter der Last, Koffer und Taschen von feinen Herrschaften nach draußen, wo die Mietkutschen warteten, oder hin zu den Abteilen. Zeitungsjungen boten ihre Neuigkeiten feil, und Marktfrauen versuchten, hungrigen Reisenden eine Jause zu verkaufen. Hier schien die Welt mit all ihren Verpflichtungen und Aufgaben ihren Tribut zu fordern. Die äußere Hektik ließ sie beide für einen Moment verstummen. Lou griff nach Rainers Hand und suchte seinen Blick. In seinen Augen las sie Zuversicht und auch eine gewisse Gelassenheit, als sei der junge Mann von gestern über Nacht in ihren Armen ein Stück erwachsener geworden.

Die Abfahrtszeit rückte näher. Gleich würde der Pfiff des Schaffners ertönen. Da drückte Rainer sie an sich und wisperte: »Nun weiß ich, dass ich fahren kann, weil ich zurückkehren kann. Ich habe eine Heimat gefunden.«

KAPITEL 11

München, 3. Juni 1897

Ohne Rainer kam Lou Schwabing seltsam leer und farblos vor. Der Frühsommer war zurück, aber das Himmelblau strahlte nicht, es wirkte fahl. Wahnmoching nannte Fanny Schwabing, und tatsächlich kam es Lou vor, als seien die letzten Wochen in der Stadt wie im Rausch vergangen. Gleichsam wie ein Traum kamen Lou die Stunden mit Rainer vor, eine Zeit, die Frieda sicher als Wahn bezeichnete, auch wenn sie es Lou gegenüber nicht laut aussprechen würde. Wie auch immer, Lou blies Trübsal. Dabei bemühte sich die Sonne, ihre trübe Stimmung zu vertreiben, und Lotte schien mit jedem Sommertag toller zu werden.

Frieda und Lou trafen sich mehrmals mit Wassermann und Endell, Lou diskutierte mit Wedekind eine Idee für eine neue Novelle (wobei sie immer geübter wurde, seine anzüglichen Bemerkungen zu ignorieren), und an diesem Nachmittag hatte Sophia Goudstikker sie eingeladen. Sie wollte Frieda und Lou fotografieren.

Frieda war ganz aufgeregt bei der Aussicht, auf Fotopapier gebannt zu werden, und kicherte, als sie sich anschickten, das Haus zu verlassen.

Lou beschloss, Lotte mitzunehmen, auch wenn sie sich nicht

ganz sicher war, ob sich die Dame beim Fotografieren gut benehmen würde. Sie legte dem Hund das Halsband an, das leise klingelte, als Lotte die Stufen der Treppe hinunterhopste, um vor der Haustür aufgeregt schwanzwedelnd zu warten. Gerade als Lou die Tür aufmachen wollte, klopfte es. Sie öffnete, und der Bote, der davorstand, schien erschrocken, gleich zwei Damen und einem Hund gegenüberzustehen.

Er stammelte: »Ein Telegramm für Frau Andreas-Salomé.« Dabei hielt er einen Umschlag unbestimmt vor sich in die Höhe, vermutlich in der Hoffnung, dass sich die richtige Dame schon bedienen würde.

Das tat Lou. Dann kramte sie in ihrer Börse nach ein paar Münzen für den Boten, der sich damit eilig davonmachte und im Getümmel auf der Schellingstraße verschwand.

Lou hielt den Umschlag unschlüssig in den Händen. Sie hatte den Absender schon erahnt, und ihr Herz musste sich kurz von einigen unregelmäßigen und gänzlich unpassend schnellen Schlägen erholen. Dann holte sie tief Luft und riss den Brief auf.

Frei und auch bald froh. Rainer

Mehr stand da nicht. Musste aber auch nicht, um Lou sogleich ein Jauchzen unterdrücken zu lassen. Sie atmete tief durch, selbst ein wenig erstaunt darüber, wie sehr sie sich freute, wie sehr sie sich offenbar gewünscht hatte, dass die Zeit mit Rainer weitergehen würde. Dann verstaute sie das Telegramm in ihrer Tasche und sah Frieda an, die neugierig die Nase reckte.

»Gehen wir los?«

Sophias Atelier befand sich ebenfalls in Schwabing (natürlich, wo sonst als an diesem Ort der Kunst) und nur einen Spaziergang entfernt. Sie liefen gemütlich in Richtung des Englischen Gartens, was zur Folge hatte, dass Lotte begann an der Leine zu ziehen, wohl in der Hoffnung, gleich über die Wiesen rennen zu dürfen. Doch noch bevor der Park zu sehen war, hatten sie die Kaulbachstraße erreicht und hielten nach dem Atelier Ausschau.

Es lag in einem ganz normalen Eckhaus.

Als Lou und Frieda das Geschäft betraten, klingelte es irgendwo, und Sophia kam aus dem Hinterzimmer nach vorn, um sie zu begrüßen. Das Atelier war vollgestopft mit allen möglichen Requisiten, mit denen man sich fotografieren lassen konnte. Lou musste Lottes Leine kürzer halten, sonst wäre die Hündin in ihrem Entdeckerdrang wohl zwischen all den interessant riechenden Gegenständen, Vasen, Trockenblumen und Stoffrollen, in einer Ecke stand sogar ein ausgestopfter Eisbär, verschwunden und erst Stunden später wieder aufgetaucht.

Sophia hatte allerdings vor, sie beide ohne derlei Schabernack zu porträtieren, und bat sie, nacheinander vor einer einfachen grauen Leinwand Platz zu nehmen. Frieda setzte sich zuerst, während Lou sich neugierig weiter umsah und Lotte schnüffeln ließ.

Sie entdeckte eine Art Leiterwagen zwischen all den Requisiten und fühlte sich an einen anderen Fototermin vor langer Zeit erinnert, den sie nie vergessen würde. Wehmut überkam sie, als sie daran zurückdachte, welche Pläne die einundzwanzigjährige Lou gehabt hatte. An die beiden Männer, brillante Denker, gute Freunde. Und wie anders alles gekommen war. Lou seufzte leise.

KAPITEL 12

Luzern, 5. Mai 1882
Fünfzehn Jahre zuvor

Seit dem Morgen, seit dem Augenblick, als Nietzsche erneut vor ihr auf die Knie gesunken war und Lou ihm einmal mehr hatte sagen müssen, dass sie nicht zu heiraten gedachte, weder ihn noch Paul Rée noch irgendeinen anderen, seit diesem Moment trieb Nietzsche sie wie ein Wahnsinniger durch Luzern. Sie schätzte ihn sehr – als Philosophen und als Menschen. Das ja. Auch mochte sie ihn. Sie verbrachte gern Zeit mit ihm, das Beisammensein mit ihm war stets ebenso inspirierend wie aufregend oder amüsant. Aber wie hätte sie einer Ehe mit ihm zustimmen können? Einer Institution, die in ihren Augen doch vornehmlich dazu geeignet, ja eigens ersonnen worden schien, um Frauen zu gängeln und zu unterjochen. All die kleinen Erfolge, die sie bisher errungen hatte, das gegen den Willen der Mutter erkämpfte Studium in Zürich, ihre mit viel Mühe erreichte Eigenständigkeit, ihr unermüdliches Bestreben, ihre Gedanken zu den großen Fragen der Zeit nicht nur mit Nietzsche, Paul Rée und anderen zu diskutieren, sondern auch irgendwann zu veröffentlichen – all das hätte sie eintauschen müssen gegen ein Leben am Herd. Ein Leben im Schatten eines Mannes, der nach Lust und Laune über sie hätte verfügen können.

Sie wusste, dass Nietzsche gerade deswegen fasziniert von ihr war, weil sie anders war als alle anderen Frauen, die er kannte. Weil er es nicht gewohnt war, dass ihm ausgerechnet eine Frau in seinen Gedanken folgen konnte, auch wenn sie schnell umhersprangen zwischen Themen wie Frösche auf Kieseln im Bach. Dass jemand infrage stellen konnte, was er dachte, hinterfragen und gleichzeitig verstehen. Lou war sich dessen bewusst, sie genoss ja gerade die Diskussionen mit ihm. Aber deswegen heiraten? Den Eid, den sie sich selbst gegenüber abgelegt hatte, brechen?

Lou hatte zuerst gedacht, dass Nietzsche diesmal ganz vernünftig reagiert hatte, ganz still war er geblieben, doch diese Ruhelosigkeit, die ihn nun erfasst hatte, beunruhigte sie zusehends, und etwas wie Angst stieg in ihr auf. Angst auch um ihn, Nietzsche, den Freund, den Lehrmeister. Erst hatte er hinuntergehen wollen an den See und dort ein Picknick veranstalten. Also hatten Lou und Rée in ihrer Pension einen Korb voller Leckereien packen lassen, den Rée dann bis hinunter in den Ufschötti, das kleine Strandbad am Ufer des Vierwaldstättersees, geschleppt hatte, wo Nietzsche hin und her gelaufen war, bis er eine geeignete Stelle gefunden hatte und den Befehl zum Beginn des Picknicks gegeben hatte.

Sie saßen auf ihren Jacken im Gras und hatten gerade jeder ein belegtes Brot gegessen und etwas von dem köstlichen Wein, den Rée aufgetrieben hatte, getrunken, als Nietzsche schon wieder aufsprang. »Los, los. Gehen wir weiter. Das ist nicht der rechte Tag für ein Picknick.« Er klopfte sich einen nicht vorhandenen Fleck von der Hose und wartete ungeduldig, bis auch Rée sich erhob, der Lou die Hand reichte und ihr half aufzustehen. Lou schüttelte seufzend ihren Rock auf und zupfte ein paar Grashalme herunter.

»Kommen Sie, kommen Sie! Wir wollen weiter.« Nietzsches

Blick sprang von ihr zu Rée und dann weiter zum Weg, der zurück in die Stadt hinaufführte. Er stemmte die Hände in die Hüften.

Rée öffnete den Mund und wollte wohl protestieren, doch Nietzsche hob die Hand, um seine Rede schon vor ihrem Beginn zu unterbrechen. »Mein Freund, zögern Sie nicht. Wir haben uns gestärkt, nun müssen wir weiter. Oder hatten Sie an ein Bad im See gedacht?« Er legte seine Hände an den Schoß seines Hemds, als wolle er es jeden Moment von sich streifen und in den See springen.

Rée sah seinen Freund an, als traute er seinen Ohren nicht. »Das hatte ich keineswegs.«

»Nun denn, mein Freund, meine liebe Freundin, lassen Sie uns keine Zeit verschwenden. Der Tag wird nicht jünger.«

Lou seufzte leise, sammelte aber gehorsam die Reste des Picknicks in den Korb, den Rée ihr dann aus der Hand nahm. Was war nur los mit diesem Mann? Ja, er gab den Ton an, wie immer in ihrer Dreiergruppe, aber heute wirkte er nicht, als hätte er die Situation im Griff. Eher so, als würde er selbst von irgendetwas getrieben, was er dann ohne Reflexion und Nachsicht an sie und Paul Rée weiterreichte. War das eine Bestrafung für ihre Absage? Lou fühlte ein wenig Widerwillen in sich aufsteigen. Woher nahm Nietzsche eigentlich das Recht, sich in einer solchen Art und Weise über sie zu erheben? Sie warf ihm einen Blick zu. Der Mann stand da, die Hände nun in den Hosentaschen vergraben, das Gewicht unruhig von einem Bein auf das andere verlagernd. Sein Blick flog wieder hin und her. Lou schob den Widerwillen beiseite und bemerkte ein anderes Gefühl dahinter. Mitleid. Als sie das erkannt hatte, dass sie sich nicht angegriffen fühlen musste von Nietzsches seltsamem Verhalten, konnte sie lächeln.

»Kommen Sie, Paul. Sehen wir uns an, welche Idee Freund Nietzsche nun hat.« Damit hakte sie sich bei Paul ein, und sie folgten Nietzsche am Ufer entlang und am Bahnhof vorbei zurück in die Stadt. Er führte sie kreuz und quer durch die Gässchen der Altstadt, scheinbar ziellos. Mehrmals versuchte Rée, diesen Irrwegen eine Richtung zu geben, aber Nietzsche winkte immer wieder ab. Er schien etwas zu suchen und blieb wie angewurzelt stehen, als ein Fotoatelier vor ihnen auftauchte.

»Meine Freunde! Das ist es. Hier werden wir diesen denkwürdigen Tag für immer festhalten!«

Der Raum, den sie durch eine schwere Eingangstür betraten, war groß, größer, als Lou es von außen erwartet hatte. Doch er war beinahe überfüllt mit Mobiliar, es sah eher wie eine Lagerhalle aus.

Ein dünner Herr in einem dunklen Anzug kam auf sie zu und fragte nach ihren Wünschen. Nietzsche erklärte ihm, dass sie ein Gruppenbild wünschten.

»Das tun wir doch, stimmt's?« Er schien Rées Zustimmung einzuholen, aber Lou wusste, dass er eigentlich nur deswegen fragte, weil Rée das Foto würde bezahlen müssen. Nietzsche war klamm, wie immer.

Der gutmütige Rée tat ihm den Gefallen und nickte.

Dann machten sich die beiden daran, mit dem Fotografen die Einzelheiten zu besprechen, wobei Nietzsche redete und Rée dazu nickte. Lou streifte währenddessen durch das Atelier und betrachtete die Gegenstände. Stühle, Pelze, Stoffe. Getrocknete Rosen und allerlei andere, leicht staubige Dinge.

»Lou! Kommen Sie.« Nietzsche hatte wohl gefunden, wonach er gesucht hatte.

Einen Karren.

Lou warf ihm einen Blick zu. Meinte er das ernst?

Nietzsche bedeutete ihr, in den kleinen Wagen zu klettern. »Nun zögern Sie nicht, liebe Lou. Das wird ein Spaß, wir in unserer Dreieinigkeit als Dreifaltigkeit!« Seine Begeisterung schien echt.

Rée, dessen Blick Lou suchte, zuckte nur entschuldigend mit den Schultern. Na gut. Sie seufzte innerlich. Dann würde sie eben mitspielen. Kaum war sie in den Karren geklettert, als Nietzsche ihr eine kurze Peitsche in die Hand drückte. Lou schüttelte den Kopf und wollte ihm das Ding wieder zurückgeben. Doch er achtete gar nicht darauf und positionierte sie in dem hölzernen Wagen, so dass sie nach vorn schaute, aber den Kopf seitlich zum Fotografen wenden konnte. Er war mit einem solchen Eifer dabei, dass Lou nun doch lachen musste. Als Nächstes schob Nietzsche Rée an die Deichsel des Wagens und stellte sich selbst daneben.

»So machen wir es. Lou ist Freya in ihrem Wagen, wie sie herrschaftlich über den Himmel rast, und wir sind ihre treuen Zugtiere. Das sind wir doch, nicht wahr, mein Freund?« Er sah Rée an, lächelte eines seiner seltenen Lächeln und sagte dann zum Fotografen: »Nun machen Sie schon, guter Mann. Das ist unser Motiv.«

Dieser tat, wie ihm geheißen, und dann bekamen sie das Foto, das Nietzsche sich ausgedacht hatte.

KAPITEL 13

MÜNCHEN, 6. JUNI 1897

An dem Tag, als Rainer endlich wieder in München eintraf, wurde Lou erst richtig bewusst, wie sehr sie sich in der kurzen Zeit ihrer Bekanntschaft an ihn gewöhnt hatte, wie sehr sie ihn vermisst hatte. Und wie schnell er von einem Schüler zu etwas anderem geworden war. Zu jemand, der einen Platz sehr nah bei ihr beanspruchte, ja, in ihr. Jemand, dessen Seelenverwandtschaft ihr immer deutlicher wurde, je mehr Zeit sie mit ihm verbrachte.

Rainer hatte ihr seine Ankunftszeit am Bahnhof geschrieben, doch zur entsprechenden Zeit saß Lou gerade mit Frank Wedekind im Salon und arbeitete mit ihm an ihrer Novelle. Wedekind würde sie nicht in Wolfratshausen besuchen kommen können, er reiste aus Schwabing ab, also war die Zeit zum Arbeiten knapp. So saßen sie und brüteten über ihrem Text, obwohl Lous Gedanken immer wieder zum Bahnhof abschweiften.

Es war Pfingstsonntag, die Sonne schien, der Spaziergang mit Lotte am Morgen war wunderschön gewesen, und Frieda und Lou würden sich am Abend im Café Stefanie mit Wassermann, Endell und Fanny Reventlow treffen. Lou hatte Rainer geschrieben und ihn eingeladen, sich zu ihnen zu gesellen. Sie hatte keine Antwort bekommen.

Doch als sie im Stefanie saßen, ging die Tür auf, und Rainer kam herein.

»Gnädigste«, grüßte er Lou ein wenig steif, anschließend Frieda, dann gab er Fanny, Endell und Wassermann die Hand. Lou war verwundert über seine distanzierte Art. Er setzte sich an den Tisch und ließ die Gruppe an der guten Nachricht, dass er ausgemustert war, teilhaben. Er berichtete über die Reise nach Prag, die lange Zugfahrt, die Untersuchung und die Erleichterung, die er verspürt hatte, als er ausgemustert worden war, aus gesundheitlichen Gründen, wie er berichtete.

»Was werden Sie jetzt tun?«, fragte Fanny.

Rainer sah Lou einige Sekunden lang an. Lag eine Frage in seinem Blick? Sie schien den Test zu bestehen, denn er antwortete: »Ich denke, ich werde in die Sommerfrische fahren.«

Zwei Tage später, so lange dauerte es immerhin, war es, als sei Rainer nie weg gewesen. Lou und er verbrachten jede freie Minute miteinander.

Und eine Woche später schließlich war es Zeit, die Sachen für Wolfratshausen zusammenzupacken. Kleider, Geschirr, Bücher, Papier, es war so vieles, was sie in der Lutz-Villa brauchen würden. Da Rainer immer bei ihnen war, half er mit. Er brauchte zwar Anleitung, fragte mal Lou, mal Frieda, zwischendurch ging er mit Lotte spazieren.

Als er gerade aus der Tür war, drückte Frieda ihrer Freundin ein Tässchen Kaffee in die Hand und sagte ernst: »Setz dich. Ich möchte mit dir sprechen.«

Lou war erstaunt ob der Ernsthaftigkeit in Friedas Blick, setzte sich jedoch und nahm einen Schluck von dem dampfenden Getränk. »Was ist denn?«

»Lou, ich, nein, wir sind es gewohnt, ein offenes Haus zu führen. Wir sind gewöhnlich der Angelpunkt für viele, und das ist durchaus die Art zu leben, die ich sehr liebe. Es macht das Reisen mit dir aus, deswegen ist es immer spannend und voller Leben, wo wir auch sind. Aber, verzeih mir meine offenen Worte, mit Rilke scheint es anders zu sein. Störe ich?«

Lou sah die Freundin ungläubig an. »Wo denkst du hin? Du störst auf keinen Fall. Es ist – ja, es ist etwas anderes als mit Wedekind, mit dem ich nur arbeite, oder mit Zemek, den ich nur liebe. Es ist eine Kombination aus beidem – das ist für mich selbst ganz neu. Aber Rainer ist nur ein Junge. Er wird sich bald eine andere Lehrmeisterin suchen und vor allem ein anderes Objekt seiner stürmischen Liebe.«

Frieda schien nur teilweise beruhigt. »Wir hatten vereinbart, dass wir zusammen in die Sommerfrische gehen, wir Freundinnen. Weißt du, nun fühlt es sich so an, als führest du zusammen mit ihm und ihr nähmt mich mit.«

Lou sah Frieda an, wie schwer ihr diese Worte fielen. Sie stellte die Tasse auf dem Tisch ab und zog die Freundin in die Arme. »Liebste. Natürlich gehe ich mit dir in unsere Sommerfrische. Und wir beide nehmen Rainer mit.«

Frieda sah ein wenig beruhigt aus. »Und was sagst du Zemek? Erwartet er uns nicht in Wien?«

Lou runzelte die Stirn. Zemek hatte in ihrem Kopf im Moment keinen rechten Platz mehr, aber Frieda hatte natürlich recht. Viel zu lang hatte sie es vor sich hergeschoben, sich bei ihm zu melden und sich zu erklären. »Ich schreibe ihm noch einmal. Ich werde ihn in Hallein treffen.«

KAPITEL 14

WOLFRATSHAUSEN, 15. JUNI 1897

Wolfratshausen empfing sie mit herrlich sonnigen Tagen. Nach der Hektik in Schwabing, wo es immer irgendwo surrte und schnurrte, die Straßen voller Menschen und Mistkübel waren, immer jemand über eine neue Idee sprechen, ein neues Stück vorlesen oder ein Bild präsentieren wollte, kam es Lou in der Lutz-Villa vor wie im Paradies. Einem ruhigen Paradies, das nur darauf wartete, von ihr und Frieda und Rainer mit Leben gefüllt zu werden.

Sie wanderten von einem Zimmer ins nächste, während Lotte schnüffelnd das ganze Haus untersuchte. Das Haus war an den Hang gebaut, im untersten Stockwerk gab es nur einen alten Stall und im hinteren Bereich Lagerräume, wo sie ihre Vorräte verstauen konnten. Die erste Etage wurde ganz und gar von einer wunderbar großen Küche und einer anschließenden Stube eingenommen. Über eine hölzerne Treppe gelangte man schließlich zu den Schlafzimmern, alle drei mit Möbeln aus Kiefernholz eingerichtet, die Betten waren mit rot karierter Bettwäsche bezogen, und alles strahlte einen urigen Charme aus. Sie konnten sich kaum entscheiden, wer welches beziehen sollte, bis schließlich Frieda den Bann brach und verkündete: »Ich nehme dieses!« Und sie schleppte ihren Koffer in die mittlere der drei Schlafkammern im zweiten Stock.

Lou und Rainer räumten ihre Koffer in die Zimmer rechts und links davon und stellten fest, dass man auch über den umlaufenden Balkon in alle Kammern gelangen konnte.

Lou stand an der Brüstung, breitete die Arme aus und rief den zwitschernden Amseln im Kirschbaum, den Schäfchenwolken am Himmel und dem leisen Knacksen der Holzbalken in der Hitze zu: »Sommer, nun kannst du kommen, wir sind bereit!«

Rainer trat von hinten an sie heran, umschloss sie mit seinen Armen und küsste zärtlich ihr Ohr. »Auch ich bin bereit«, flüsterte er, und Lou durchfuhr ein wohliger Schauer.

Dann befreite sie sich und stellte fest, dass es noch einiges zu tun gab. »Na los, Herr Rilke, die Truhe mit dem Geschirr und den Büchern wartet in der Küche!«

Der Sommer hielt, was er versprochen hatte. Es war eine Herrlichkeit. Morgens wachte sie mit Rainer zusammen auf, sie saßen mit Frieda auf der Terrasse und tranken Kaffee, anschließend machten sie einen langen Spaziergang mit Lotte, dann arbeiteten sie, er schrieb Gedichte, über die sie am Abend entscheiden sollte, und fiel ihr Urteil negativ aus, landeten sie im Feuer. Lou genoss diese Art, zu leben und zu arbeiten. Immerzu hatte sie jemand um sich, der so dachte wie sie, der die gleichen Fragen stellte. Denn auch Rainer fragte sich ein ums andere Mal, wo dieser Gott, der von so vielen Menschen verehrt wurde, denn abgeblieben war. Auch er beschäftigte sich mit Menschen, die gläubig waren, und versuchte herauszufinden, woran das lag. Gleichzeitig fühlte es sich an, als würde, wenn sie mit Rainer zusammen war, nicht nur ihr Geist gesättigt, nein, auch ihr Körper und sogar ihre Seele. Wenn sie an Zemek dachte, was immer seltener vorkam, dann hatte sie nun das Gefühl, dass ihr mit ihm immer etwas gefehlt hätte.

Frieda arbeitete unterdessen an ihrem Buch, unterbrach die Arbeit jedoch nur zu gern, sobald Endell auftauchte, der sich durch sein humorvolles Wesen, seine rasche Auffassungsgabe und sein Interesse an allem Neuen schnell einen Platz in Lous innerem Kreis eroberte. Ein wenig beruhigte sie seine Anwesenheit auch, weil er ihr abnahm, sich um Frieda zu kümmern, die tapfer versuchte, nicht allzu eifersüchtig auf Rilke zu erscheinen. Lou, wenn Rainer sie nicht in Anspruch nahm, schrieb selbst, so viel sie konnte. Sie arbeitete an verschiedenen Texten, die sie noch in diesem Jahr in einer russischen Zeitschrift veröffentlichen wollte, aber das Wichtigste war im Moment ein Aufsatz zu russischer Dichtung und Kultur, den sie bald an den Herausgeber schicken wollte.

Aber dann, es war in der Zwischenzeit Juli geworden, war es Zeit für den Besuch aus Russland, aus der Heimat, den Lou schon seit Längerem erwartete, auch, damit er ihr bei ihrem Essay helfen konnte. Es war nachmittags, als sie die Nachricht erhielt. Sie saß mit Frieda und Rainer auf der Terrasse und trank Tee, als der Bote angetrabt kam und Lou einen Brief aushändigte, den sie gleich aufriss und las. Wolinski schrieb, dass er am nächsten Tag aus München eintreffen würde.

Lou ließ den Brief sinken und machte ein ernstes Gesicht. »Nun, mein lieber Rainer, müssen wir unsere gemeinsame Zeit ein wenig pausieren. Wir bekommen Besuch.«

Rainer riss die Augen auf. »Wie? Warum? Aber nein! Das …«

Lou sah ihn streng an. »Nicht nein. Wolinski und ich haben schon seit Langem, schon letztes Jahr, als ich mit Frieda in Petersburg war, vereinbart, zusammen an seiner Novelle zu arbeiten, außerdem wird er so freundlich sein und meinen Aufsatz begutachten. Und nun ist die Zeit gekommen.«

»Aber ich kann dir doch helfen.« Rainers Stimme hatte einen verzweifelten Klang.

»Wie gut sprichst du Russisch?«

Lou wusste natürlich, wie die Antwort auf diese Frage lautete, und damit war es beschlossene Sache.

Noch am gleichen Tag begab sich Rainer auf den Weg nach Wolfratshausen, um in der Pension nach einem Zimmer zu fragen, nicht ohne seine Meinung zu der neuen Situation allzu deutlich mit hängenden Schultern und Trauermiene kundzutun. Lou verstand nicht recht, warum er so ein Aufheben machte.

Am nächsten Vormittag packte er seine Sachen aus Lous Zimmer und brachte sie dorthin. Nachmittags stand er jedoch wieder auf der Terrasse und begrüßte Akim Wolinski, den russischen Literaturkritiker und Kunstgelehrten, mit argwöhnischem Blick. Der Russe war gerade erst vom Bahnhof in die Villa gekommen. Er war ein kleiner Mann, kleiner als Lou sogar, mit einem hageren, ernsthaften Gesicht und der Statur eines Bürogehilfen. Dürr war er, und in seinen russischen Anzug müsste er noch hineinwachsen. Doch das war nichts, was Lou interessierte. Wolinski würde mit ihr zusammen an einigen Aufsätzen arbeiten, die sie gemeinsam in Russland veröffentlichen wollten. Außerdem brachte er Nachrichten aus der Heimat, von Mama und den Brüdern. Von Sascha, dem Ältesten, der mit seinem trockenen Humor und seinem ansteckenden Lachen immer wusste, was zu tun war; von Roba, der so gern Künstler geworden wäre und es dann zu einem exzellenten Ingenieur gebracht hatte, und Genja, dem Kinderarzt, der immer allem auf den Grund gehen wollte, ihren Familien. An diesem Abend schwelgte Lou mit Wolinski in Heimatgefühlen und gemeinsamen Erinnerungen aus dem letzten Jahr. Frieda, die sich auf der Reise im letzten Jahr ein paar Worte Russisch angeeignet hatte und Wolinski schon kannte, bereitete eine Suppe zu, der Nachbarsjunge wurde losgeschickt, Bier vom Humplbräu in Wolfratshausen herbeizuschaffen, und Lou genoss den Abend über die Maßen. Allein Rainer stand immerzu im Weg herum.

Lou war hin- und hergerissen. Natürlich war sie gern mit Rainer zusammen, und natürlich arbeitete sie auch gern mit ihm. Nun hatte sie aber anderes zu tun, warum konnte er das nicht einfach akzeptieren? Es würde ja nicht ewig dauern. Sie sprach mit Wolinski Russisch (einer anderen Sprache war der auch gar nicht mächtig, und sie schrieben natürlich auch auf Russisch) und ignorierte Rainer, bis er aufgab und sich am späten Nachmittag endlich in seinen Gasthof trollte.

Lou meinte, in Friedas Blick einen kleinen Triumph wahrzunehmen. Aber auch für derartige Kinderei hatte sie nun keine Zeit. Sie und Wolinski und Frieda saßen und plauderten. Es dauerte bis spät in die Nacht, und als Lou ins Bett fiel, war sie todmüde.

Vielleicht war das der Grund, warum sie nicht antwortete, als sie hörte, wie ihr Rainer vom Garten vor ihrem Fenster aus einen Gutenachtgruß zurief.

KAPITEL 15

Wolfratshausen, 16. Juli 1897

Es stockte. Sie kamen einfach nicht voran. Solange Lou und Wolinski auch zusammensaßen, es fiel ihnen einfach nicht ein, wie diese Novelle weitergehen sollte. Das Manuskript sperrte und wehrte sich.

Vielleicht lag es daran, dass sowohl Frieda als auch Rainer immerzu um sie herumlungerten und keine Ahnung hatten, wovon sie da auf Russisch sprachen, und selbst wenn sie etwas verstanden hätten, hätten sie doch nicht unterstützen können. Kaum hatten sie sich beispielsweise in den Pavillon im Garten verzogen und sich über Wolinskis Notizen gebeugt, da fiel plötzlich ein Schatten auf Lou und Rainer stand da, mit erwartungsvollem Blick. Oder Frieda rief laut durch den Garten, ob jemand Kaffee trinken wolle. Es war nicht zu glauben.

Sie brauchten eine Veränderung.

Lou überlegte kurz, Frieda und Rainer einfach für ein paar Tage nach München zurückzuschicken, verwarf den Gedanken aber wieder. Es juckte sie in den Beinen, sie wollte wandern.

Nach dem Mittagessen, als sich die anderen zu einer Ruhepause zurückgezogen hatten, machte sie also allein einen kleinen Ausflug zum Bahnhof in Wolfratshausen und erkundigte sich nach den Abfahrtszeiten nach Kufstein. Richtige, echte, würzige Bergluft war genau, was sie jetzt brauchte. Der Zufall wollte es, dass sie noch am gleichen Tag fahren konnten, und sie kaufte die Billets für sich und Wolinski.

Als sie später von ihrem Plan berichtete, war Wolinski begeistert von der Idee, ein paar Tage ihre ungeteilte Aufmerksamkeit zu bekommen und die Berge aus der Nähe zu sehen.

Frieda sprach davon, Endell für ein paar Tage einzuladen, doch Rainer …

Er war am Boden zerstört. Er verarbeitete es, indem er reihenweise Gedichte schrieb, sie wieder einfach hinwarf, ohne nachzudenken, ohne Sinn und Verstand, eben so, wie er es schon zuvor getan hatte. Seine Handschrift, sie wusste nun, dass sie meist seine psychische Verfassung spiegelte, war desolat. Daher machte sie sich auch nicht die Mühe, die Gedichte zu lesen, die er ihr vor der Abreise zusteckte.

Aber als sie in der Pension in Kufstein ein Brief von ihm erreichte, las sie ihn doch. Sie schrieb ihm zurück und beruhigte ihn. Ja, sie vermisse ihn auch. Nein, sie habe nicht vor, ihr Bett mit Wolinski zu teilen. Es ging ihr einzig um ihre Arbeit, um die gemeinsamen Texte. Wolinski war ein angesehener Literaturkritiker in Russland, sie schrieb über die zeitgenössische Literatur, die von Frauen verfasst wurde. Und über russische Kunst. Warum musste sie das überhaupt erklären?

~

Die Idee, nach Kufstein zu fahren, war richtig gewesen. Dessen war sich Lou schon binnen Kurzem gewiss.

Am ersten Tag ging sie mit Wolinski, von dem sie nicht genau wusste, wie gut zu Fuß er war, eine leichte Tour, an den Hechtsee, den Längsee und den Pfrillsee und wieder zurück durch den Wald, und Lou verbot Wolinski und sich selbst, auch nur an die Novelle zu denken. Am nächsten Tag gingen sie eine weitere kurze Tour, die sie den Inn entlang und durch den Wald führte, und nun rauschten die Ideen nur so heran wie das eisige Wasser den Inn hinunter. So fanden Lou und Wolinski in kürzester Zeit den richtigen Faden und konnten den Text noch in Kufstein beenden. Nach einer Woche, während der Lou eine undamenhafte Bräune im Gesicht erlangte, machten sie sich auf den Rückweg nach Wolfratshausen.

Als sie in der Lutz-Villa ankamen, war es schon dunkel, und Frieda saß bei Kerzenschein allein auf der Veranda. Sie hatte ein Glas Wein vor sich stehen und schien mehr Trübsal zu blasen als üblich, wenn Lou sie allein lassen musste. Doch es war an diesem Abend nichts aus ihr herauszubekommen, und die Reise im Zug hatte Lou einen bohrenden Kopfschmerz beschert, so dass sie bald ihr Zimmer aufsuchte.

Wolinski packte am nächsten Morgen seine Sachen und räumte sein Zimmer, das eigentlich Rainers Zimmer war (auch wenn der das Bett nicht benutzt hatte), und reiste über München nach Hause ab. Er wollte die nächste Ausgabe seiner Zeitschrift *Sewerny Westnik*, Bote des Nordens, vorbereiten, in der auch Lous Arbeit erscheinen sollte.

Rainer bezog das Zimmer und Lous Bett so schnell und ohne weiteres Aufheben, als sei er nie weg gewesen.

Zu Lous Leidwesen verkündete Frieda am Tag darauf, als sie gerade in der Küche stand und den Kaffee zubereitete, sie verlassen zu wollen.

»Sei mir nicht böse, liebe Lou. Aber ich will nach Hause. Dieses Jahr ist unsere Sommerfrische ganz anders als gedacht, und ich brauche Ruhe, um mein Buch zu beenden. Wenn ich mir dabei wie das fünfte Rad am Wagen vorkomme, leidet nicht nur mein Selbstbewusstsein, sondern auch meine Kreativität.« Damit ließ sie Lou stehen und ging hinauf in ihr Zimmer.

Lou war wie vor den Kopf geschlagen. Sie folgte ihr die Treppe hinauf und in den Raum. »Frieda, warte! Nein. Tu mir das doch nicht an. Du bist doch wie die Schwester, die ich nicht hatte, für mich. Ich werde …«

Frieda unterbrach sie mit blitzenden Augen: »Hör auf damit, Lou. Du wirst mich nicht vermissen, und das weißt du auch. Du bist auf einer Wolke mit Rilke, in Sphären, wo euch niemand von uns Irdischen erreichen mag. Bleib da, sei da, hab dein Vergnügen, aber verlange nicht von mir, dass ich dir zusehe und wie ein Möbelstück stumm in der Ecke stehe.« Sie holte ihren Koffer unter dem Bett hervor und klappte ihn auf.

»Du bist doch kein Möbel, Frieda. Du bist meine scharfsinnige, spitzzüngige Begleitung, meine beste Freundin, die ich nicht missen möchte.« Lou musste einen Schritt zur Seite machen, weil Frieda um das Bett herum zum Schrank ging und ihn öffnete.

»Scharfzüngig mag ich sein. Aber überflüssig wie Platzregen an einem Sommertag.« Damit warf sie einige Kleidungsstücke in den Koffer.

Lou redete beständig auf sie ein, aber Frieda ließ sich nicht umstimmen. Und schließlich waren alle Koffer gepackt und Frieda war reisefertig. Sie hatte vor, gegen Mittag mit dem Zug nach München zu reisen, um von dort den Nachtzug nach Berlin zu nehmen.

»Damit bin ich morgen schon zu Hause. Und wenn du wieder

in Berlin bist, Lou, dann komm zu mir. Dann wird es wie vorher.« Sie drückte Lou an sich, winkte Rilke kurz zu und kletterte dann in den Pferdewagen des Nachbarsbauern, der sich für ein paar Münzen bereit erklärt hatte, die Dame und ihr Gepäck zum Bahnhof zu chauffieren.

Lou stand am Gartenzaun und winkte ihr nach. Sie würde die Freundin vermissen, auch wenn sie ahnte, dass Frieda recht hatte. Rainer und sie, Lou-Rainer, ihre Seelenverwandtschaft nahm so viel Raum ein, dass für Frieda nicht viel Platz übrig war. Doch Lou wusste, dass diese Nähe und Vereinigung notwendig waren. Sie spürte, dass noch Größeres auf sie wartete, wenn sie mit Rainer weiter zusammenlebte und -arbeitete.

Sie reckte den Kopf, denn Frieda drehte sich um und erwiderte ihren Gruß, bevor die Kutsche hinter der nächsten Wegbiegung verschwand.

Und dann waren sie allein.

KAPITEL 16

WOLFRATSHAUSEN, 30. JULI 1897

Natürlich stellte sich schnell heraus, dass die Lutz-Villa viel zu groß für sie beide war. Sie brauchten ja nur ein Schlafzimmer, in das sie sich auch tagsüber zurückzogen, die Fensterläden schlossen und in ihre eigene Welt eintauchten.

Obwohl Lou die Villa sehr lieb gewonnen hatte, mussten sie ausziehen. Das Geld lag schließlich nicht auf der Straße, und Lou musste ja für ihre Unterkunft allein aufkommen, seit Frieda abgereist war. Nachdem Lou geheiratet hatte, war ihre kleine Apanage, die es für Töchter russischer Generäle gegeben hatte, weggefallen. Seither lebten sie und Carl von dem, was Carl mit Übersetzungen und Lou mit ihren Veröffentlichungen verdienten. Wobei Lou den wesentlich größeren Teil des Unterhalts bestritt.

Und Rainers kleine Apanage gab solche Ausgaben einfach nicht her. Sie fragten im Ort herum und fanden ein altes Bauernhaus, eine Kate eher, die sich so sehr an den Berg schmiegte, dass man glaubte, sie wolle damit verschmelzen. Unten gab es einen Stall, aber obendrüber, über eine wackelige Treppe und einen hölzernen Balkon erreichbar, drei winzige Kammern. Die Besitzerin war eine alte Bäuerin, die in einem Haus lebte, das kaum in besserem Zustand als das Bauernhaus war. Sie verlangte nicht viel Miete, und was diese Frau aus der Stadt und der junge Mann dort tun würden, interessierte sie nicht.

Sie packten ihre Sachen, und endlich waren sie in ihrem eigenen Reich.

Rücksicht auf die Befindlichkeiten anderer Menschen (und sei es Frieda, die sie so sehr liebte) nehmen zu müssen lag Lou nicht besonders, und nun konnte sie sich genau so verhalten, wie sie sich fühlte.

Schon frühmorgens, wenn sie die Augen aufschlug, genoss sie die Wärme, die von Rainer an ihrer Seite ausging. Dann aber siegte ihre Natur, und sie musste aufstehen, den Morgen begrüßen, Lotte nach draußen lassen. Lou kochte Kaffee auf dem winzigen Kanonenofen, den sie zusammen tranken, bevor sie Hand in Hand losgingen, um den Morgen im Wald willkommen zu heißen und um Lotte auszuführen, natürlich. Nachts fühlten und forschten sie, entdeckten jeden Tag wieder den Körper des anderen neu. Und Lou merkte, wie die körperliche Liebe sie nicht aufhielt und zurückwarf (wie sie bisher stets angenommen hatte), sondern die Vereinigung vielmehr ein so gewaltiges Maß an Kreativität freilegte, ja ihr vielmehr ein Gefühl von Freiheit schenkte, dass sie nur staunend den Kopf schütteln konnte. In diesen Tagen beherrschte sie das Gefühl, dass die beständige Nähe zu Rainer ganz und gar unabdingbar war, dass durch den Kontakt ihrer beider Körper eine Energie floss, die sich mit Atlas messen und die Welt aus den Angeln heben konnte. Nun, obwohl auch in der kleinen Unterkunft mehr als genug Platz für zwei Personen war, beherrschte sie (und auch Rainer) das Bedürfnis, möglichst eng beieinanderzusitzen, den anderen immerzu körperlich zu spüren, als Bestätigung, dass dieses Glücksgefühl, das in ihrem Bauch brodelte und ihren Körper in Schüben überkam, wirklich wahr und wahrhaftig war.

Sie lebten ein karges Leben, leisteten sich Kaffee, tranken Bier und aßen Brot und Eier und Milchsuppe und was der Bauer nebenan für ein paar Pfennige hergab. Doch das war Lou einerlei. Sie verspürte ohnehin nur wenig Hunger, dafür einen umso größeren Drang, eine weitere Novelle zu schreiben und Rainer in der Kunst, sich geradliniger auszudrücken, zu unterrichten.

Eines Abends, als Lou in ihr Zimmer kam, fand sie ein Blatt Papier auf ihrem Bett. Sie hatten den ganzen Tag miteinander gearbeitet, so intensiv, dass Lou sich eine kleine Pause auserbeten hatte und den Abend bis zum Sonnenuntergang allein mit Lotte im Wald umhergestreift war. Zunächst war sie nicht ganz sicher, ob sie ein weiteres seiner schwülstigen Gedichte ertragen konnte, denn so bildhaft Rilkes Sprache einen auch ins Reich der Phantasie zu entführen vermochte, so abgedroschen muteten manche seiner ersten Entwürfe an. Sie nahm sich Zeit, wusch sich, streifte ein Nachthemd über.

Aber dann las sie, überrascht und immer mehr überwältigt.

Lösch mir die Augen aus: ich kann Dich sehn
Wirf mir die Ohren zu: ich kann Dich hören
Und ohne Fuß noch kann ich zu Dir gehen
Und ohne Mund noch kann ich Dich beschwören.
Brich mir die Arme ab: ich fasse Dich
Mit meinem Herzen wie mit einer Hand
Reiß mir das Herz aus: und mein Hirn wird schlagen
Und wirfst Du mir auch in das Hirn den Brand
So will ich Dich auf meinem Blute tragen.

Lou ging zu Rainer. Für diesen Tag waren Worte genug gemacht, das wusste sie.

Aber am nächsten Morgen, als ein erster vorwitziger Sonnenstrahl in die Kammer fiel, da küsste sie Rainer und eröffnete ihm, dass sie an diesen Zeilen nichts auszusetzen hatte.

Als Endell sie am Samstag besuchen kam, brachte er einige Kissen und Decken aus München mit, so dass sie es anschließend mehr als gemütlich hatten. Lou bereitete ein kaltes Abendbrot, während Rainer und Endell, die sich mittlerweile angefreundet hatten, Bier holen gingen. Das Wetter war unvergleichlich, die Sonne brannte tagsüber, und sie konnten bis spät in den Abend hinein draußen sitzen und trinken und das neue Heim feiern.

Die Sonne war längst untergegangen, als Endell ein Stück Stoff aus seiner Tasche zog und es ihnen präsentierte.

»Das, meine sehr verehrte Dame, mein lieber Herr«, begann er und verbeugte sich dabei, »das habe ich mir in aller Bescheidenheit und als Ihr persönlicher Architekt für die Villa Ihrer Exzellenz Lou von Dorfen anzufertigen erlaubt.«

Mit einem Ruck entrollte er den Stoff, auf dem mit schwarzen Lettern der Name *Loufried* geschrieben stand.

Lou jauchzte und schlug die Hände vors Gesicht. »Das ist ja wunderbar, Endell! Sie sind fürwahr ein Künstler, der beste Ihres Fachs! Sie werden sehen, bald werden alle Könige und Fürsten und Verleger dieser Welt ihre Prachtbauten von Ihnen bauen lassen!«

Es war der perfekte Name für ihren kleinen Rückzugsort, und

am nächsten Morgen befestigten Endell und Rainer die Fahne auf dem Dach des alten Gemäuers.

Nach ein paar Tagen reiste Endell wieder ab, und das war auch gut so, denn Lous Herz sehnte sich nach Zweisamkeit mit Rainer. Bald schon würde der nächste Besuch vor der Tür stehen, und der brauchte unbedingt ein eigenes Zimmer (und auch Rainer musste seine Sachen in seine eigene Kammer bringen).

Carl Friedrich Andreas hatte sich angekündigt, der Loumann, wie Frieda ihn gewöhnlich nannte. Alterchen sagte Lou manchmal zu ihm, sogar, wenn er es hören konnte.

Als Carl, der Loumann, dann vor Loufried stand, mit einem Koffer in der rechten Hand und einem Spazierstock in der linken, da war es Lotte, die ihn ankündigte, indem sie vor Aufregung wie verrückt kläffte.

Carl ließ den Koffer ins Gras fallen und überließ sich zunächst ganz seiner und Lottes Wiedersehensfreude. Lou beobachtete die beiden vom Balkon aus. Ein regelrecht schlechtes Gewissen befiel sie, weil sie ihm den geliebten Hund nun schon so viele Wochen vorenthalten hatte, und als Carl endlich zu ihr aufsah, winkte sie ihm vergnügt zu. Dann raffte sie ihren Rock und eilte die schwankende Treppe hinunter in den Garten.

Carl richtete sich auf.

Lou ging auf ihn zu, reckte sich auf die Zehenspitzen und küsste ihren Ehemann auf beide Wangen. Er nahm ihre Hände, schob sie ein wenig von sich und betrachtete sie aufmerksam.

»Gut siehst du aus, Ljola. Braun gebrannt. Die Landluft scheint dir gutzutun, du strahlst ja richtig.« Ein zufriedenes Lächeln erschien auf seinem Gesicht, und Lou war in diesem Moment sehr dankbar, dass Carl so war, wie er eben geworden war. Ruhig und eher ein Felsblock als der Vulkan, der er früher einmal gewesen war.

Sie zog ihn an der Hand mit sich. »Komm, ich zeig dir unsere prächtige Herberge!«

Carl stieß ein heiseres Lachen aus. »Ja, die Pracht, die von dieser Ruine ausgeht, ist nicht zu übersehen.«

»Keine Sorge, es ist warm und trocken und ganz zauberhaft.«

Ein Knarren ließ Lou aufblicken. Rainer stand auf halber Höhe auf der Treppe und sah unsicher in den Garten herunter.

»Ach ja, wir haben noch einen Gast, Carl. Darf ich dir Rainer Maria Rilke vorstellen? Kommen Sie herunter, Rainer, und begrüßen Sie meinen Ehemann!«

Rainer beeilte sich, die restlichen Stufen herunterzukommen, und machte einen braven Diener vor Carl.

Lou wies auf den Koffer, der einige Meter entfernt im Gras stand. »Würden Sie sich bitte um das Gepäck kümmern, Rainer?« Damit zog sie Carl endgültig mit sich, die Treppen hinauf, und zeigte ihm seine Kammer, die mittlere, in die Rainer den Koffer schleppte, und den Balkon, den sie sich mit Endells Kissen und Decken zum riesigen Diwan umfunktioniert hatten.

Dann bat Carl um ein wenig Ruhe, denn er wollte sich von der Fahrt erholen, und Lou sandte Rainer zur Brauerei, um Bier zu holen.

Doch der protestierte: »Haben wir nicht gestern erst begonnen, an einer Novelle zu schreiben? Wir sollten daran weiterarbeiten!«

Lou warf ihm einen Blick zu, der ihn zum Verstummen brachte. »Wir werden daran weiterarbeiten, wenn die Zeit reif dafür ist. Jetzt werden Sie sich erst einmal um das Wohl von Herrn Andreas kümmern.«

Ihr Ton duldete keinen Widerspruch, und so trollte Rainer sich, wenn auch murrend.

Die nächsten Tage liefen ähnlich ab. Rainer steigerte sich in eine weinerliche Unzufriedenheit, bettelte um Lous Aufmerksamkeit, fast wie ein Kind. Dabei saßen sie ja nachmittags, wenn Carl seine Pfeife rauchte und las, nebeneinander, wobei sich ihre Schenkel heimlich berührten, und Rainer rezitierte, was er in der Nacht geschrieben hatte, während Lou fragte und bohrte, bis sie auf den Grund dessen kamen, was er eigentlich hatte ausdrücken wollen, um dann neue Worte zu finden, die besser zu passen schienen. Wenn sie gut fand, was er geschrieben hatte, dann jubilierte er. Wenn sie aber Kritik an einem Text übte, dann überantwortete Rainer diesen sofort dem Feuer im Ofen.

Es war ein friedliches Gleichgewicht eingetreten, die Atmosphäre war entspannt. Auch Rainer schien sich in seine Rolle hineingefunden zu haben.

Bis Lou ein Brief aus Wien erreichte.

KAPITEL 17

Wien, Hallein, Sommer 1896
Ein Jahr zuvor

Frieda war abgereist, und Lou blieb allein zurück in Wien, wo sie die Zeit abwechselnd mit Arthur Schnitzler, mit dem sie in Paris brieflich Bekanntschaft geschlossen hatte, mit Marie von Ebner-Eschenbach, einigen anderen Wiener Literaten und mit den Geschwistern Pineles verbrachte. Sie bewohnte zwei winzige Zimmerchen in einem Nebengebäude eines sehr guten großen Hotels direkt am Stephansdom. Hier konnte sie sogar Freunde empfangen, auch wenn es reichlich beengt zuging. Aber man trank und aß und plauderte.

Nachdem sie nun Paris kannte und Berlin natürlich, neben St. Petersburg und Moskau, überlegte sie, was Wien als Großstadt auszeichnete, und sie fand, es müsse ein besonderer, spezieller Zusammenhang zwischen dem geistigen und dem erotischen Leben sein. An anderen Orten gab es entweder Lebemänner oder Geistesmenschen, in Wien jedoch schien das eine mit dem anderen verbunden zu sein. Praktisch jeder Künstler, dessen Bekanntschaft sie machte, inszenierte sich auch als großer Liebhaber. Und dazu kam, dass die Männer hier, obwohl sie gleichzeitig in geistigen und erotischen Belangen miteinander in Konkurrenz standen, untereinander eine besondere Art von Freundschaft zu entwickeln in der Lage zu sein schienen.

Nun wurde es aber in Lous Dachkammern und in ganz Wien immer heißer und trockener, der Sommer forderte seinen Tribut, und die Stadt leerte sich, denn die Menschen zogen ins Umland, begaben sich in die Sommerfrische, wenn sie konnten. Es wurde ruhig, und als Zemek ihr vorschlug, doch auch für ein paar Tage oder Wochen die Stadt zu verlassen, ins Salzkammergut zu reisen und wandern zu gehen, da stimmte Lou begeistert zu. Dabei war sie vorher praktisch noch nie wandern gewesen, aber so schwer konnte es ja nicht sein, einen Fuß vor den anderen zu setzen und dabei Berge zu erklimmen. Und schließlich hätte sie ja immer einen Arzt an ihrer Seite.

Zemek buchte zwei Billets für den Zug, der sie von Wien über Linz bis kurz vor Salzburg bringen würde.

Am Attersee in Steinbach stiegen sie aus dem Zug, allerdings nur mit zwei Rucksäcken. Das restliche Gepäck fuhr weiter nach Salzburg, wo es abgeholt und nach Hallein auf das Gut der Pineles' gebracht werden würde. Wenn sie genug vom Wandern hätten, würden sie dorthin reisen und auch Broncia und ihren Mann Hugo treffen.

Es war schon später Nachmittag, die Luft warm und trocken, die Schwalben hoch oben am Himmel auf Jagdflug. Lous Kleider klebten an ihrem Körper, und ihre Hände waren schwitzig, ihr Haar sicherlich in einem wirren Zustand.

»Komm«, sagte Zemek, »wir gehen zuerst einmal zum Brunnen und machen uns frisch.« Als hätte er gehört, was sie gedacht hatte.

Das Wasser war eiskalt, der kleine Ort sehr entzückend. Doch

Zemek trieb sie zur Eile an, er hatte eine kleine Pension außerhalb im Sinn, wo sie übernachten konnten.

Auf dem Weg durch den Ort erzählte er aber von den prominenten Besuchern. »Gustav Klimt kommt regelmäßig im Sommer hier an den See.«

»Wirklich? Wir sollten ihn besuchen!«, sagte Lou sofort.

Zemek lachte sein kehliges Lachen. »Das, meine Liebe, würde er uns sehr übel nehmen. Er hat sich absolute Ruhe ausgebeten, und wir wollen ihn und seine Kunst doch nicht aus dieser schönen Umgebung vertreiben.«

Lou war nicht ganz seiner Meinung, doch er nahm ihre Hand, und sie gingen vergnügt weiter.

»Außerdem ist er nicht die einzige Berühmtheit. Gerade sind wir am Gasthof Föttinger vorbeigegangen. Den hat sich Gustav Mahler für die Sommermonate ausgesucht.«

»Gustav Mahler, der Komponist? Lass uns sofort umdrehen!«

Zemek drückte ihr lachend einen Kuss auf den Mund. »Nein, mein Herz. Wir sind uns heute und die nächsten Tage selbst prominent genug. Sei bei mir, ich bin bei dir. Wir, du und ich, und die Berge. Das sollte uns genügen.« Er sah sie so liebevoll an aus seinen Kohleaugen, dass sie nicht anders konnte, als ihn wieder zu küssen.

»Dann sei es so. Herrlich.«

Und das war es. Herrlich. Das Wetter war wie für Kaiser gemacht. Die Luft klar und warm, aber nicht so heiß wie in der Stadt. Je höher sie hinaufkamen, desto erfrischender wurde es. Lou kam gut damit zurecht, praktisch den ganzen Tag auf den Beinen unterwegs zu sein. Vermutlich zahlte sich aus, dass sie in Berlin, aber auch sonst, wo immer sie war, regelmäßige Spaziergänge unternahm und Lotte ausführte.

Doch an einem Tag, er war besonders heiß, hatte sie das Gefühl, keinen Schritt mehr in ihren Schuhen gehen zu können. Also zog sie sie kurzerhand aus. Zemek sah ihr erst ein wenig überrascht zu, dann schlüpfte auch er aus seinen Stiefeln. Er nahm Lous Schuhe, verknotete die Enden der Schnürsenkel und befestigte die Konstruktion an seinem Rucksack. So brauchte Lou die Schuhe nicht in der Hand zu tragen. Sie waren recht hoch oben, über der Baumgrenze, und liefen nun Hand in Hand über die pikenden Halme der Grasmatten. Der Blick über die Berge war herrlich hier oben, und die Sonne schickte sich an, bald unterzugehen. Im Westen zeichnete sich ein Alpenglühen ab, von dem Lou kein Auge lassen konnte.

Zemek führte sie, und ab und an machte er sie leise auf Preiselbeeren oder eine besonders hübsche Blume aufmerksam. Und dann hörte Lou schrille Pfiffe. Sie sah sich um, konnte aber außer ihnen beiden keinen anderen Menschen hier oben entdecken.

Zemek lachte leise über ihren verwirrten Gesichtsausdruck. »Das war ein Murmelbär, liebste Städterin. Ein Murmeltiermann, der vermutlich seiner Familie mitgeteilt hat, dass wir in der Nähe sind. Und auch gleich den Nachbarn.«

Lou blickte sich wieder um, wollte die Tiere entdecken.

»Wir müssen ganz leise sein, vielleicht erbarmt sich dann eins und zeigt sich.« Zemek schob seinen Hut ein wenig in den Nacken und fuhr sich über den Bart. »Aber wir sollten bald weitergehen. Dort vorn fängt der Wald wieder an, dort gibt es eine Hütte, in der wir übernachten können. Komm, Liebe.«

Es waren wunderbare Tage, die sie mit Zemek im Salzkammergut verbrachte. Er war ein kompetenter Bergführer und ein interessanter Wegbegleiter. Und nicht nur das. Sie gewann die Berge lieb und Zemek mit, immer mehr. Er war ein kluger Mann, der, obwohl er noch nicht dreißig Jahre alt und damit immerhin sieben Jahre jünger als Lou war, in seinem ganzen Wesen Selbstsicherheit und Verbindlichkeit ausstrahlte. Lou hatte viele Männer kennengelernt, bei denen sie sich als Frau und Schriftstellerin erst hatte durchsetzen und um Anerkennung kämpfen müssen. Auch einige Künstler und Autoren, die zwar ihre Fähigkeiten schätzten, dabei aber mehr um ihre Aufmerksamkeit buhlten und Lob für ihre Leistungen, wie groß oder klein sie auch sein mochten, von ihr brauchten. Zemek war anders. Er war kein Künstler, nein. Sein Metier war ein anderes, die Medizin, die sie im Prinzip nur aus der Sicht der Patientin, als immer wieder einmal kränkelnde Frau, kannte. Und darin war er ganz ausgezeichnet, was er auch wusste. Zemek brauchte ihre Bewunderung, ihr Lob und ihre Anerkennung nicht. Er wollte sich auch nicht mit einer intellektuellen Frau schmücken. Er wollte einfach sie, als Mensch. Als Frau, ganz unabhängig davon, was sie wollte, konnte oder wusste. Und ganz abgesehen davon, dass er sehr gut aussehend war, eloquent und interessiert an dem, was sie tat, worüber sie nachdachte und schrieb, fühlte sie sich in seiner Gesellschaft einfach wohl. Angenommen und glücklich.

KAPITEL 18

WOLFRATSHAUSEN, 4. SEPTEMBER 1897

Als Carl wieder abreiste, war Lous Abschiedsschmerz groß, was daran liegen mochte, dass er Lotte mit nach Hause nach Berlin nehmen würde.

Wie zehn Tage zuvor stand Carl im Garten, den schwarzen Rock trotz der Hitze zugeknöpft, in einer Hand den Koffer, und in der anderen hielt er nun zusätzlich zum Spazierstock Lottes Leine.

Lou küsste ihn zum Abschied wieder auf beide Wangen, trat einen Schritt zurück, und er sah sie ernst an. »Ich freu mich schon auf deine Rückkehr, Ljola. Es ist einsam in Schmargendorf ohne dich.«

Lou nickte nur kurz und hob das Päckchen hoch, das sie in der Hand hielt. »Ich habe eine kleine Jause für dich und Lotte vorbereitet. Habt eine gute und sichere Fahrt.«

Carl sah sie noch einmal an, mit seinen weisen dunklen Augen, dann drehte er sich um, schnalzte einmal mit der Zunge, damit Lotte wusste, dass es nun losginge, und spazierte die Straße hinunter zum Bahnhof. Lotte sprang fröhlich um seine Beine, sichtlich aufgeregt, welches Abenteuer sie erleben würden. Wenn sie gewusst hätte, dass sie stundenlanges Stillsitzen in einem Waggon erwartete …

Lou lehnte sich an den Lattenzaun und blickte ihnen nach, bis sie nicht mehr zu sehen waren. Und auch danach blieb sie noch stehen, in Gedanken an Schmargendorf versunken, bis Rainers Stimme hinter ihr erklang.

»Lou, liebe Lou. Wo bist du nur?«

Sie fuhr herum, sah ihn an, den jungen Mann, den Dichter, den Lernenden, Verschmelzenden. Den Gegenwärtigen.

»Komm, wir gehen ein bisschen.«

Rainer wollte sich umdrehen, ins Haus gehen, wohl um seine Schuhe zu holen, doch Lou hielt ihn auf.

»Lass. Ich muss heute die Erde spüren unter mir. Wir gehen barfüßig.«

Rainers verwirrten Gesichtsausdruck ignorierte sie, nahm ihn an der Hand und zog ihn einfach hinter sich her über die Wiese zum Weg in den Wald. Hier am Ortsrand, wo der Bauer hin und wieder mit dem Wagen in den Wald fuhr, fühlte sich der Weg erdig und weich unter ihren Sohlen an. Lou merkte, wie Energie sie erfüllte. Aber das reichte nicht.

Sie spürte, wie es in ihr gärte und brodelte. Sie bog vom Weg in den Wald ab, zog Rainer einfach mit sich, froh, dass er nichts sagte, sondern ihrem wunderlichen Bedürfnis einfach den Lauf ließ. Sie fühlte Moos und Reisig unter den Füßen, spürte Rainers feingliedrige Hand in ihrer, und das brachte den Gedanken an eine andere Hand zurück, eine kräftige, die zupacken konnte. Die sie so gut kannte. Die den Brief geschrieben hatte.

Zwei Tage später eröffnete Lou ihm, dass sie nach Hallein reisen würde. Allein.

Rainer reagierte zunächst mit Sprachlosigkeit, dann mit Wehklagen. Doch damit erreichte er nur, dass Lou umso emsiger ihren Koffer packte. Sie würde am Mittag abreisen, mit dem Zug ins Salzkammergut fahren und zehn Tage in Gesellschaft ihrer guten Freundin, der Malerin Broncia Koller-Pinell, verbringen. Er solle hierbleiben, dichten und sich gefälligst erholen.

Sie nahm den Zug nach Salzburg und stieg dort in die Bahn nach Hallein um.

Als sie aus dem Waggon kletterte, wurde sie schon erwartet. Friedrich Pineles, Zemek, ihr Zemek, stand da, strahlend, als hätte sie ihn nicht immer wieder vertröstet, ihren Besuch immer weiter aufgeschoben, weil es nun auch Rainer gab. Sie begrüßten sich, als wäre sie nur ein paar Tage weg gewesen. Er hob ihren Koffer in den Karren, dann half er ihr auf den Kutschbock und setzte sich neben sie. Er schnalzte mit den Zügeln, sie fuhren los, und Lou spürte das Spiel seiner Muskeln in seinem Arm, der ihr nur zu nahe war, den er nun um ihre Schultern legte, als das Pferd in einen gemächlichen Schritt gefallen war. Es war ein heißer Tag, aus Lous Zopf hatten sich Strähnen gelöst, die sie aus dem Gesicht streifte, und danach sank ihre Hand einfach hinab auf Zemeks Oberschenkel, was zusammen mit seiner Nähe und seinem Männerduft ein Ziehen tief in ihr auslöste, eine Lust, die nur er stillen konnte. Die so klar, pur und erdverbunden war, kopflos. Die nur der Erdmann in ihr weckte.

Sie bogen in einen Waldweg ein, keine Menschenseele war mehr zu sehen, dann lenkte Zemek das Gespann noch einen kleineren Weg in den Wald zu einer Lichtung, wo er schließlich die Zügel fahren ließ, was das Pferd zum Anlass nahm, den Kopf zu senken, um zu grasen.

Zemek drehte sich zu Lou und sah sie an.

»Lou«, sagte er nur, dann stieg er aus, nahm sie in seine Arme und hob sie vom Kutschbock. Er breitete eine wollene Decke aus, ließ sich nieder und lud Lou mit einer Handbewegung ein, sich zu ihm zu gesellen. Sie sank vor ihm auf die Knie, wollte etwas sagen, aber mit Zemek waren keine Worte notwendig. Er zog sie an sich und küsste sie.

Ihre Hände tasteten nach dem Körper, von dem sie nicht gewusst hatte, wie sehr sie ihn vermisst hatte. Es fühlte sich an, als sei eine zu Unrecht zerrissene Verbindung endlich wieder geknüpft. Zemek küsste sie wieder, seine Hand fuhr unter ihren Rock, und das allzu bekannte Feuer flammte in ihr auf.

Als sie Zemek und Lou ein paar Stunden später in ihrem Haus begrüßte, betonte Broncia lächelnd, wie frisch und erholt Lou aussähe.

»Wirklich eine ganz entzückende Gesichtsfarbe hast du«, fügte sie hinzu und beugte sich zu Lou, um ihr einen dürren Zweig aus dem Haar zu ziehen. Bevor Lou etwas sagen oder eine noch gesündere Röte sich auf ihre Wangen legen konnte, hakte sich die Freundin bei ihr ein. »Komm, ich zeige dir dein Zimmer.«

Am Abend gab Broncia eine kleine Soiree, bei der sie zwei gerade vollendete Gemälde präsentierte. Lou, deren Metier die Worte waren, war fasziniert von der Klarheit, mit der Broncia ausdrückte, was sie in den Menschen sah. Wieder einmal. Wenn sie nur Worte wie diese Farben und ihren Federhalter wie Broncia ihren Pinsel beherrschen würde!

Die nächsten Tage waren für Lou nichts als wundervoll. Sie plauderte mit Broncia, machte lange Spaziergänge mit Zemek, genoss die Ausschließlichkeit seiner Aufmerksamkeit ebenso wie die Zeit, die sie in seinen Armen verbrachte.

Allerdings erreichte sie beständig jeden Tag ein Brief aus Wolfratshausen. In den blumigsten und überladensten Worten, die man sich vorstellen konnte (wozu hatte sie eigentlich den ganzen Sommer mit ihm daran gearbeitet, sich besser auszudrücken?), schrieb Rainer ihr, wie sehr er sie vermisse und dass er ohne sie ganz und gar verloren sei. Dabei hatte sie ihm doch immer wieder erklärt, dass sie gar nicht das Ziel seiner ausschließlichen Liebe sein wollte, denn auch sie konnte (und wollte) ihm ja nicht zugestehen, der einzige Mann auf Erden zu sein, der das Ziel ihrer Aufmerksamkeit und Liebe war. Immerhin war sie verheiratet. Und auch abgesehen davon gab es ja diese kleinen Lieben, wenn sie mit jemand wie Wedekind oder Wolinski arbeitete, diese Vereinigungen im Geistigen, beim Schreiben, wenn sie das Glücksgefühl, etwas Großes zu erschaffen, mit einem anderen Menschen teilte. Und dann gab es Zemek, mit dem es ganz anders war. Anders als mit Rainer vor allem, der ja abgesehen von der körperlichen Liebe auch diese Schaffenskraft mit ihr teilte.

Broncia zog sie auf mit ihrem Verehrer. Zemek sagte gar nichts dazu, er schien die Möglichkeit, dass es einen anderen geben könnte, nicht in seine Wirklichkeit lassen zu wollen, wenigstens nicht, solange sie selbst nicht mit ihm darüber sprach.

Lou waren diese Briefe und die Beachtung, die sie erregten, eher lästig. Nun war sie in Hallein und eben nicht in Wolfratshausen, ganz und gar mit Haut und Haaren. Sie war bei Zemek und nicht bei Rainer. In Loufried hatte sie im Augenblick gelebt, und genau das Gleiche tat sie nun. Sie nahm sich fest vor, sich von diesen Briefen nicht davon abbringen zu lassen. Und dennoch tauchte in ihr der Gedanke auf, dass sich die Vereinigung mit Zemek, die sie so genoss, doch von der mit Rainer unterschied, bei dem sie das Gefühl hatte, dass nicht nur ihr Körper, sondern auch ihr Geist mit dem seinen verschmolz.

Um eine lange Wanderung zu machen, fehlte diesmal die Zeit, doch Lou überredete Zemek zu einer Tageswanderung direkt von Hallein aus. Sie brachen früh am Morgen auf und spazierten die Salzach entlang flussaufwärts. Es war kühler als in den letzten Wochen, der Herbst kündigte sich an. Die Luft war klar, die aufgehende Sonne ließ das Blätterdach des Auwalds glitzern. Lou seufzte. Es war eine Schande, dass dieser Sommer vorbeiging. Aber wie jedes Jahr ergriff sie im Herbst eine gespannte Erwartung auf das, was die neue Jahreszeit bringen würde. Obst und Feldfrüchte wurden geerntet, die Felder umgegraben, die Zeit der Besuche, Reisen und Aktivitäten ging zu Ende, und bald war es Zeit, sich an den Schreibtisch zu setzen und zu schreiben, zu lesen, all die Eindrücke, die sie gesammelt hatte, zu verwerten. Die zweite Ernte, geistiger Natur, die sie erhielt, weil sie über das Jahr den Boden bearbeitet, Menschen getroffen, Gespräche geführt und Neues entdeckt hatte. Nun folgte die Zeit der inneren Verarbeitung, und Lou freute sich schon darauf. Auch wenn sie noch nicht recht wusste, wie ihr Herbst und ihr Winter in diesem Jahr aussehen würden. Sie musste ja doch irgendwann heimkehren zu Carl. Und was wäre dann mit Rainer?

»Was ist los, Kleines?«

Lou sah Zemek verwirrt an.

»Du hast so tief geseufzt, da muss ich als dein Arzt befürchten, dass es dir nicht gut geht.« Er sah sie lächelnd an.

Lou seufzte wieder, leiser diesmal. »Mir geht es gut. Du solltest dir keine Sorgen machen.«

»Lou, du weißt, dass du mir alles sagen kannst. Ich kenne dich, ich weiß, wie du bist.«

Lou zögerte. Er wusste es wirklich, wenige Menschen wussten so sehr, wie sie war. Frieda vielleicht noch. Zemek war nicht nur ihr Liebhaber, er war auch ihr Freund geworden. Aber ob er ihr einen Rat geben konnte, der gegen seine eigenen Interessen war?

»Es geht um diesen jungen Dichter, der dir schreibt, Rilke. Nicht wahr?«

Lou seufzte zum dritten Mal. Er kannte sie wirklich zu gut. »Ja, du hast recht.«

»Lou, weißt du noch, als wir uns letztes Jahr auf Broncias Hochzeit unser eigenes Eheversprechen gegeben haben? Ich habe dir die Treue geschworen, weil ich weiß, dass es in meinem Leben keine andere Frau als dich mehr geben kann. Und du hast mir Liebe geschworen, weil du gesagt hast, dass du Erinnerungen treu sein kannst, aber nicht Menschen. Das war unser Schwur. Ich wusste damals – und ich weiß jetzt –, dass da andere Männer sein werden. Ich muss das nicht mögen, aber ich akzeptiere es. Ich weiß es. Du wirst mir niemals ganz gehören.«

Im Unterholz flog mit lautem Krachen ein Vogel auf. Für einen Moment war alles still, dann setzte das Vogelgezwitscher wieder ein. Lou nahm Zemeks Hand und drückte sie.

»Aber was auch geschieht«, sprach er weiter, »ich werde immer für dich da sein, Kleines.«

Lous Herz wurde warm in ihrer Brust. Dann lächelte sie, seufzte erneut und sagte: »Ja, der Dichter. Rainer.«

Lou erzählte Zemek von Rainer, von seiner Arbeit, seinen Gedichten, seinem Schaffensdrang. Zemek hörte sich alles an, fragte nach, interessierte sich für Lou und den Menschen Rainer. Und als alles gesagt war, da gingen sie weiter, Hand in Hand durch den Wald, während die Salzach unter ihnen rauschend ihrem eigenen Weg folgte.

Lou hatte Rainer auf keinen seiner Briefe geantwortet, aber als eine letzte Karte ankam, da änderte sie ihre Meinung.

Rainer hatte sie ganz schwarz getuscht. Nur in der Mitte leuchtete ein weißer Stern hervor. Es sah aus wie die Fensterläden in der Lutz-Villa, die sie geschlossen hatten, um die Welt auszusperren und ganz für sich zu sein. Es war ein Zeichen, das nur sie verstehen konnte. Und sie verstand.

Sie verstand auch, dass sie zurückkehren musste, dass dort mit Rainer mehr auf sie wartete als reine Lust, sosehr sie deren Erfüllung mit Zemek auch genoss. Also beantwortete Lou diese letzte Nachricht. Sie würde direkt nach München kommen und lud Rainer ein, den Haushalt in Dorfen aufzulösen, sich in München mit ihr zu treffen und mit nach Berlin zu fahren. Sie musste endlich nach Hause, aber Rainer würde mitkommen, das wusste sie nun.

Als sie vor Zemek stand, um sich zu verabschieden, hatte sie keine Worte. Aber was hätte sie ihm noch sagen sollen? Es war Zeit, sich Rainer zuzuwenden. Sie drückte ihm einen Kuss auf die Wange und ging.

KAPITEL 19

MÜNCHEN, 1. OKTOBER 1897

Seit Lou beschlossen hatte, Hallein den Rücken zu kehren und gemeinsam mit Rainer nach Berlin zurückzufahren, war sie wieder bei ihm. Im Kopf, im Herzen.

Am Bahnhof nahm sie den Regionalzug, der in unendlicher Langsamkeit über Salzburg bis nach Freilassing ruckelte, wo sie in den Zug nach München umstieg. Sie hievte ihren Koffer ins Abteil in der zweiten Klasse und nahm am Fenster Platz, um den Blick auf das Voralpenland zu genießen. Die Bäume hatten das Grün des Sommers gegen bunte Herbstkleider getauscht, die Felder waren abgeerntet und zeigten ihre Ackerkrumen wie frisch aufgerissene Wunden, aus denen nun der Morgentau dampfte. Die Natur bereitete sich auf den Winter vor. Die Luft war klarer, der Himmel schien sich anzustrengen, noch blauer zu sein als in all den Wochen und Monaten zuvor. Die Natur gab ein Versprechen auf Erneuerung, nicht so leicht und luftig wie im Frühling, nein, ernsthafter, genauer. Haltet aus, konzentriert euch auf euch selbst, ihr Menschlein, schien sie zu sagen, wir machen eine kurze Pause, holen tief Luft, lassen ruhen, was ihr erreicht und erledigt habt über den Sommer, um dann umso strahlender in ein neues Jahr zu gehen.

Und dann endlich stieg Lou am Hauptbahnhof in München aus dem Zug und sah sich auf dem Bahnsteig um. Die dampfende Lokomotive machte unglaubliches Getöse, Hunderte Reisende hasteten über die Bahnsteige. Sie kannte den Bahnhof nun schon so gut, und doch fühlte sie sich mit einem Mal einsam und verloren. Sie hatte Rainer an seine Münchner Adresse geschrieben, wann ihr Zug einträfe, und war sich sicher gewesen, dass er sie abholen würde. Doch er war unter den vielen Menschen am Bahnsteig nicht zu entdecken. Würde er nicht kommen? Hatte er es sich anders überlegt?

Ein freier Gepäckträger war auch nicht in Sicht. Seufzend hievte sie ihren Koffer hoch und machte sich auf den Weg in Richtung Bahnhofshalle. Der Zug nach Berlin würde erst in einer Stunde abfahren, so lange wollte sie eine Kleinigkeit essen, vielleicht eine Brezel kaufen. Sie fühlte sich leer und erschöpft.

»Lou!«

Lou sah auf, erkannte Rainer, der seinen Koffer zu Boden fallen ließ und in wildem Lauf auf sie zurannte, und auf einmal war ihre Trübsal wie weggeblasen. Sie blieb stehen und stellte ihren Koffer ab, und als er sie erreicht hatte, riss Rainer sie in seine Arme.

»Meine Lou!«

Eine Stunde später bestiegen sie gemeinsam den Nord-Süd-Express nach Berlin. Lou hatte keinen Schlafwagen gebucht, sondern zwei Plätze in einem Abteil, das sie die meiste Zeit für sich allein hatten.

Vor dem Fenster ratterte die herbstliche Landschaft vorbei, an langen Stangen sah Lou Hopfenpflanzen wuchern, teilweise waren sie schon abgeerntet.

Sie saßen nebeneinander auf samtbezogenen Sitzen, einander zugewandt, weil sie die Augen nicht voneinander lassen konnten und auch die Hände nicht, obwohl sie ja nicht allein im Abteil waren und vorsichtig sein mussten, nicht das Missfallen der Mitreisenden zu erwecken. Aber sie saßen und spürten sich, und Rainer berichtete Lou, wie er die Tage ohne sie verbracht hatte.

»Ich habe Abschied genommen, von unserer Zeit, von all den Plätzen, die uns gehörten, dort in Wolfratshausen. Ich war überall noch einmal. In der Brauerei, in der Lutz-Villa. Ich bin gegangen, wo wir gegangen sind. In unserem Wald, über unsere Berge. Und zuletzt, da habe ich die alte Frau besucht, der Loufried gehört. Ich habe ihr die Fotografie geschenkt, die uns zeigt, über dem Kuhstall. Weißt du noch?«

Lou lächelte bei der Erinnerung. Ja, das war ein schöner Tag gewesen. Carl war noch da gewesen, Endell war an diesem Tag zu Besuch gekommen, und er hatte Sophia Goudstikker mitgebracht. Sie hatten einen vergnüglichen Nachmittag gehabt, mit Nachrichten aus Schwabing. Fanny zu Reventlow hatte ein paar Tage zuvor, am 1. September, einen gesunden Jungen entbunden. Und Endell hatte ihnen den neuen *Simplicissimus* mitgebracht.

Nach einer großen Maß Bier vom Wolfratshausener Braumeister hatte Sophia gebeten, ein Foto machen zu dürfen. Und zwar von der Kuh, die so keck aus der Stalltür sah. Also posierten Carl, Endell, Rainer und Lou neben der Kuh, die allerdings im rechten Augenblick den Kopf zurückzog und auf dem Bild nicht zu sehen war. Als Sophia ein paar Tage später die Fotografie vorbeigebracht hatte, war das Gelächter groß gewesen.

»Du hast die Fotografie verschenkt?« Lou erfasste plötzlich ein wenig Wehmut.

»Ja, sie war so lieb und rührend. Sie sprach mit so großer Liebe von dir, ich konnte es ihr so gut nachfühlen. Und dann erzählte sie immer wieder, wie ihr die paar Mark, die du ihr gegeben hast, über den Winter helfen werden. So dankbar.« Rainer brach ab und richtete seinen Blick aus dem Fenster. Dann sah er Lou wieder an, mit einem seltsam verletzten Blick. »Ich wünschte, diese Frau wäre meine Mutter gewesen.«

Er sagte nichts weiter, aber das musste er auch nicht. Lou wusste, dass Rainers eigene Mutter nur Liebe für die Vorstellung einer kleinen Renée, eines kleinen Mädchens, übrig gehabt hatte. Mit dem Sohn, der entgegen ihren Wünschen in ihre Wirklichkeit geworfen worden war, mit dem hatte sie nichts anfangen können.

Als sie am Abend in Berlin in den Anhalter Bahnhof einfuhren, führte Lou ihn hinüber zum Bahnhof, wo die Straßenbahnen hielten. Sie luden ihr Gepäck in die Linie Richtung Schmargendorf und kletterten auf den offenen Wagen, der sich bald darauf in Bewegung setzte. Lou hielt während der ganzen Fahrt Rainers Hand und spürte, wie ihr der Wind des aufkommenden Herbstes ins Haar fuhr. Am Bahnhof Schmargendorf stiegen sie aus. Sie liefen etwa zwei Kilometer die Hundekehlestraße hinunter bis ins Dorf. Schmargendorf war wirklich noch ein Dorf, der Vorort hatte mittlerweile gerade mal etwas über zweitausend Einwohner, auch wenn hier genau wie in Berlin ohne Unterlass gebaut wurde, um dem Ansturm der neuen Einwohner gerecht zu werden. Anders als in Berlin entstanden hier allerdings keine Mietskasernen, hier bauten reiche Berliner, die der Enge der Großstadt entfliehen wollten, ihre Villen.

Vor einem dreistöckigen Backsteingebäude hielt Lou an. Hier

bewohnte sie mit Carl seit einigen Jahren die Wohnung im Hochparterre. Hinten hatten sie über die Küche Zugang zum Garten, wo sie ein bisschen Gemüse anbauen konnten und Holz lagern für den Ofen. Auch hier war alles still und dunkel. Nur in dem Zimmer, in dem Carl, wie Lou wusste, noch über seinen Büchern saß, brannte die helle Lampe, die er zur Benutzung der Bücher in den hoch aufragenden Regalen brauchte. Von der Straße aus konnten sie Carls Kopf deutlich erkennen.

Rainer zog sie in eine dunkle Ecke unter einem Baum.

»Geliebte Lou, wie soll ich mich von dir trennen, wenn mein Herz nichts als deine Nähe ersehnt? Wenn mein Geist sich nicht von deinem lösen kann?«

»Rainer, unsere Seelen bleiben verbunden, selbst wenn wir getrennt sind. Und es ist doch nicht für lange. Gleich morgen früh kommst du zu uns, und dann trinken wir Kaffee. Und danach machen wir uns auf die Suche nach einem Zimmer für dich ganz in der Nähe.« Sie drückte ihm einen Kuss auf die Wange, woraufhin er sie noch enger an sich zog.

Lou löste sich seufzend aus seiner Umklammerung. Ja, auch sie fühlte, dass es falsch war, sich schon wieder zu trennen. Aber es musste sein. »Sei vernünftig, Lieber. Ich werde nun hineingehen und Carl begrüßen. Und du wirst die Straße hinuntergehen, da hinten links abbiegen und im Gasthof dein Zimmer beziehen. Und morgen früh sehen wir uns wieder.«

Rainer gehorchte endlich und ließ von ihr ab. Er ließ die Schultern hängen. Lou küsste ihn erneut, drehte ihn sanft in die richtige Richtung. Rainer machte ein paar Schritte, drehte sich noch einmal um und warf ihr einen traurigen Blick zu. Dann trottete er davon.

Lou sah ihm nach, bis er um die Straßenecke verschwunden war. Schließlich ging sie zur Tür, in der, wie immer, der Drücker steckte, so dass sie sehr leise eintreten konnte. Sie schlich in die Küche, begrüßte die kleine Lotte und setzte Wasser für Tee auf. Während sie wartete, putzte sie die Lampe und polierte zwei Becher. Sobald es finanziell möglich wäre, musste sie dafür sorgen, dass während ihrer Abwesenheit eine Haushälterin nach dem Rechten sah. Carl war zu nachlässig in allem. Dann kochte das Wasser, und sie goss den Tee auf. Sie trug ihn in Carls Studierzimmer, begrüßte ihren Mann, und beim Tee berichtete sie ihm von ihrer Rückreise nach Berlin. Sosehr Lou eben gerade noch den Schmerz gefühlt hatte, weil sie Rainer hatte wegschicken müssen, so sehr fühlte sie sich jetzt wohl, weil sie nach den vielen Monaten, in denen sie unterwegs gewesen war, endlich wieder zu Hause angekommen war. Und so wie ihre Küche, ihre Kammer und der Garten dazugehörten, gehörte auch Carl zu ihrem Zuhause. Seit er vor einigen Jahren verstanden hatte, dass er sie immer wieder ziehen lassen musste, damit sie zu ihm zurückkehren konnte, waren sie Freunde geworden. Und an Abenden wie diesem, wenn Lou spürte, dass sie froh war, ein Heim zu haben, verstanden sie sich besonders gut. Carl erzählte, was Lotte angestellt hatte, seit er sie mit nach Hause genommen hatte, Lou berichtete von all den Menschen, die sie getroffen hatte. So unterhielten sie sich, bis die Morgennebel heraufzogen.

KAPITEL 20

TEMPELHOF, FEBRUAR 1888

Neun Jahre zuvor

An diesem Morgen saß Carl ihr in der Küche seiner Tempelhofer Wohnung gegenüber, die nun auch die ihre war. Er hatte einen tiefschwarzen Mokka für sie beide zubereitet und ihr eröffnet, mit ihr sprechen zu müssen.

Sie waren nun schon einige Monate verheiratet, aber Lou konnte sich an den Gedanken immer noch nicht recht gewöhnen. Sie fühlte sich nicht wie eine Ehefrau, wie hätte sich das auch anfühlen sollen, schließlich hatte sie nie vorgehabt, eine zu werden. In der Konsequenz verhielt sie sich ihrem Mann gegenüber auch nicht so, sondern, nun ja, neutral. Fast so, wie sie auch Paul Rée behandelt hatte. Doch im Gegensatz zu Paul, der sich nie über die immerwährende Distanz zwischen ihnen beschwert hatte, tat sich Carl schwer, die Situation zu akzeptieren. Immer wieder versuchte er, sie zu küssen, sie zu umarmen, seine Hände über ihren Körper gleiten zu lassen. Immer wieder stand er nachts an ihrer Zimmertür. Immer wieder wies sie ihn mit harschen Worten ab, und immer wieder musste sie ihn darauf hinweisen, was sie zur Bedingung für ihr Jawort gemacht hatte, ja, *dass* sie es zur Bedingung gemacht hatte, ihr Zölibat nicht aufzugeben. In den ersten Wochen hatte er es noch akzeptiert, aber dann hatten endlose Diskussionen begonnen. Und auch jetzt rechnete sie wieder damit, ihm alles von vorn erklären zu müssen. Wie müde sie war.

»Ljola, ich habe schlechte Nachrichten.«

Lou horchte auf. Das war ein ganz anderer Ton, als sie ihn von ihm gewohnt war. »Ist etwas passiert?« Für einen Moment fuhren lauter schreckliche Nachrichten durch ihren Kopf. Mama tot, die Brüder verunfallt, Rée schwer krank. Aber hätte Carl ihr einen Brief vorenthalten und selbst gelesen? Das glaubte sie eigentlich nicht.

»Ich habe meine Stelle an der Universität verloren.« Carl sah angestrengt in seine Tasse, als könne er dort im schwarzen Kaffeesatz etwas finden, was seine Worte abmildern würde.

Lou stieß die Luft aus. »Du hast …«

Fast ärgerlich wiederholte Carl: »Ja, ich habe meine Stelle verloren. Wir müssen umziehen.«

Lou wusste nicht, was sie sagen sollte. Ihre einzige Einnahmequelle war sein Gehalt von der Universität. Wovon sollten sie nun leben? Sie sah Carl an und tat sich schwer, ihre Fassungslosigkeit zu verbergen.

»Umziehen«, wiederholte sie.

»Ja, umziehen. Ein …«, Carl räusperte sich, »ein ehemaliger Kollege hat mir eine kleine Wohnung in Schmargendorf vermittelt. Meine Ersparnisse werden reichen, um uns dort einige Monate über Wasser zu halten. Danach müssen wir weitersehen.«

»Weitersehen«, echote Lou und ärgerte sich über sich selbst. Fiel ihr denn nicht mehr ein, als nachzuplappern, was Carl sagte?

Carl ging nicht darauf ein. »Ja. Morgen oder übermorgen können wir einziehen. Ich möchte, dass du deine Sachen zusammensuchst, und wenn du damit fertig bist, wäre ich froh, wenn du mir helfen könntest, meine Bücher zu verpacken.«

Lou dachte kurz an das Arbeitszimmer ihres Mannes. Dort stapelten sich Bücher bis unter die Decke in hohen Regalen.

»Selbstverständlich«, sagte sie.

Sie fingen an, sobald Lou ihren Kaffee getrunken hatte, die nicht recht wusste, ob sie froh sein sollte, dass ihr nun eine neuerliche Tirade über das vermaledeite Zölibat erspart geblieben war.

Sie arbeiteten den ganzen Vormittag und legten sich nach einem kleinen Mittagessen, Lou hatte nur einige Scheiben Brot abgeschnitten und Butter gesalzen, beide kurz zur Ruhe, um danach mit neuen Kräften weitermachen zu können.

Lou musste eingeschlafen sein. Sie wurde aus dem Schlaf gerissen, weil sich eine dunkle Gestalt über sie beugte, sich schwer auf sie legte. Wo war sie? Wer war das? Panik stieg in ihr auf. Das Atmen fiel ihr schwer, als hätte sie einen asthmatischen Anfall. Ihre Hände suchten Widerstand, wollten den Angreifer abwehren, fanden schließlich bloße Haut. Dagegen drückte sie mit aller Kraft, in Panik. Immer fester drückte sie, presste ihre Hände zusammen, bis die Gestalt über ihr zusammensackte. Da hörte sie auf und stemmte den Körper von sich, der neben ihr liegen blieb.

Heftig sog Lou Luft in ihre Lungen, kurz und schnell, dann beruhigte sie sich, ihr Herz schlug langsamer, und sie drehte sich um.

Da lag Carl. Er stöhnte.

Lou erschrak. Hatte sie ihn schwer verletzt? Sie stand auf, holte ein Glas Wasser und reichte es ihm.

Er setzte sich vorsichtig auf, trank in kleinen Schlucken, und als es ihm besser zu gehen schien, stand er auf und verschwand in seinem Arbeitszimmer.

Lou wagte nicht, ihm zu folgen.

Erst am nächsten Morgen begegneten sie sich wieder. Lou versuchte, einen Blick auf Carls Hals zu erhaschen, doch er hatte das Hemd hochgeschlossen und trug einen Schal. Sie tranken Kaffee, packten den restlichen Hausstand zusammen ein und fuhren dann gemeinsam mit dem Gepäck von Tempelhof, der Wohnung, in die Lou als junge Braut gekommen war, in ihr neues Zuhause, eine winzige Dreizimmerwohnung in der Hundekehlestraße in Schmargendorf. Immerhin war sie schön gelegen.

Carl kam von diesem Tag an kein einziges Mal mehr auf das Zölibat zu sprechen, und er bedrängte Lou nie wieder.

KAPITEL 21

Berlin, 3. Oktober 1897

Die Rheingaustraße war nicht besonders lang, die Nummer drei fanden sie gleich. Lou öffnete das Gartentor und stieg die Stufen zum Eingang des Hauses hinauf, der unter einem kleinen efeubewachsenen Vordach lag. Rainer folgte ihr.

Seit sie in Berlin angekommen waren, waren Lou und Rainer auf der Suche nach einem Zimmer für ihn. Zuerst hatte Lou versucht, in Schmargendorf etwas zu bekommen, nachdem das erfolglos geblieben war, waren sie stundenlang durch Berlin gelaufen. Aber es war absolut nichts zu machen gewesen. Berlin quoll nur so über von Menschen. Überall wurde zwar gebaut, riesige Mietskasernen mit winzigen Räumen, an den Straßen, in den Hinterhöfen und den hinteren Hinterhöfen, wo fast kein Tageslicht mehr in die Häuser drang. In einem dieser Löcher zu übernachten, noch dazu einen Fußmarsch von bald zwei Stunden von Lou entfernt, kam für Rainer nicht infrage.

Lou war zwar der Auffassung, dass, wer wenig Geld besaß, ebenso wenig Wahl hatte, aber Rainer hatte durchaus darauf bestanden, dass er Lyriker sei und kein Fabrikarbeiter, was Lou wiederum nicht bestreiten konnte. Ein annehmbares Zimmer oder wenigstens eine Schlafgelegenheit zu einem annehmbaren Preis in der Stadt zu bekommen, hatte sich als schier unmöglich erwiesen. Abgesehen von einem großen Zimmer in einem der teuren Hotels natürlich, aber das verbot sich von selbst. Rainer hatte dazu nicht die Mittel, auch wenn er mit sehnsüchtigem Blick vor dem Hotel Bristol Unter den Linden stehen geblieben war und neugierig am Pförtner in Livree vorbei ins vornehme Innere des Hotelpalastes spähte.

Als sie am Abend mit schmerzenden Füßen nach Hause in die Hundekehlestraße gekommen waren, hatte Carl eine gute Nachricht gehabt. Er hatte sich ein wenig umgehört und erfahren, dass in Friedenau eine Dachkammer zu vermieten wäre.

»Alterchen«, hatte Lou gejuchzt, »du weißt, wie man mich glücklich macht.«

Sie hatte Carl einen Kuss auf die Wange gedrückt und in Rainers versteinertes Gesicht gesagt: »Friedenau, das ist nicht weit. Du wirst sehen.« Und als sie sicher sein konnte, dass Carl es nicht sah, drückte sie heimlich Rainers Hand. Ja, sie war verheiratet, aber das musste ihn doch nicht stören?

Und tatsächlich waren sie nicht viel länger als eine halbe Stunde gelaufen. Frisch ausgeruht und frohen Mutes wäre die Strecke sogar noch schneller zu bewältigen gewesen. Doch Rainer war, je weiter sie sich von der Wohnung in Schmargendorf entfernt hatten, immer langsamer geworden. Er schlurfte wie ein Kind, nahm die Füße beim Gehen nicht von der Straße.

»Versteh doch, liebste Lou. Jeder Schritt bringt mich weiter weg von dir. Mein Herz, mein Leben.«

Lou drehte sich um und sah, dass Rainer wie ein bockiges Kind dastand, die Arme vor dem Körper verschränkt. Sie seufzte.

»Rainer, wo willst du denn schlafen? Im Treppenhaus? Im Garten? Es wird Herbst, auf den folgt der Winter. Liebe hin oder her, man braucht doch ein trockenes Dach über dem Kopf und ein Bett, auf das man den dicken Dichterkopf zur Ruhe betten kann. Nun setz ein freundliches Gesicht auf und freu dich, dass das Alterchen so schnell helfen konnte.«

Damit drehte sie sich wieder um und zog am Klingelzug.

Die Kammer war einfach, aber vollkommen ausreichend, und das Beste war, dass Rainer sofort einziehen konnte, als er versicherte, ein ruhiger Mieter zu sein.

In den nächsten Wochen stellte sich heraus, dass er genau das war, ein ruhiger Mieter. Rainer ging nur zum Schlafen in die Rheingaustraße, den Rest des Tages verbrachte er bei und mit Lou in der Wohnung in Schmargendorf.

Lous und Carls Wohnung war alles andere als großzügig. Sie bestand aus jeweils einer kleinen Schlafkammer für Carl und Lou, in die nicht viel mehr als ein schmales Bett und ein Kasten für Kleidung hineinpasste. Außerdem gab es eine gemütliche Küche mit einem großen Tisch und ein größeres Empfangszimmer, das von Carl als Arbeitsraum und Bibliothek genutzt wurde. Lous Bücher stapelten sich in ihrer Kammer neben ihrem Bett. Wenn sie schrieb, dann in der Küche. Dort war sie für sich, versorgte den Haushalt, arbeitete und verdiente den Lebensunterhalt für Carl und sich selbst. Hier recherchierte und las sie, hier plante sie Aufsätze und Artikel, auch die letzten Novellen und das Buch »Jesus der Jude« waren hier am Küchentisch entstanden. Wenn sie sich mit einem Verleger oder einem Kollegen treffen musste, wählte sie meist ein

Café in Berlin. Dort musste sie sich um nichts kümmern, und es fiel nicht auf, dass ihre Wohnung so klein war und sie sich keine Hausangestellten leisten konnten. Keiner der Schriftsteller, mit denen ihre Werke konkurrieren mussten, konnte sich wohl vorstellen, dass sie über die Jahre auch noch eine gute Hauswirtschafterin und eine ganz passable Köchin geworden war. Doch Carls Arbeit brachte nicht viel ein, und obwohl er die Hoffnung auf eine Stelle an einer Universität nicht verloren hatte, war die Aussicht darauf doch gering, weil er einfach zu wenig veröffentlichte. Er saugte das Wissen über persische und nordische Sprachen lieber in sich hinein, als es mit anderen zu teilen. Aber so war es eben in der Hundekehlestraße, mit alldem war Lou zu Hause.

Nun gab es dazu noch Rainer.

Er tauchte morgens auf, kaum dass die Sonne sich über den Horizont gewagt hatte, schlüpfte durch die Küchentür herein, und Lou versorgte ihn mit einer heißen Tasse Kaffee aus dem hochmodernen elektrischen Kaffeeautomaten, den Carl unbedingt hatte kaufen wollen. Sie gab Kaffeepulver in das Metallsieb und schraubte es zu, dann füllte sie Wasser ein und steckte den Stecker in den Stromanschluss, um das Wasser zu erhitzen. Nach einiger Zeit hörte man das Wasser leise kochend rauschen, es wurde durch den Perkolator gedrückt, und der gebrühte Kaffee war fertig. Lou fand die Prozedur faszinierend, allerdings war der Kaffee so stark, dass sie ihn nicht ohne Sahne trinken konnte.

Danach gingen sie gewöhnlich eine Runde mit Lotte. Gleich hinter dem Haus führte ein Weg in den Grunewald, und man brauchte nicht lange, um am Grunewaldsee zu stehen und übers herrliche Wasser zu blicken. Wenn sie nach Hause zurückkehrten, schürte Lou den Ofen wieder an und sandte Rainer hinaus, um

Holz zu hacken. Mittags half er dabei, Kartoffeln und Rüben zu schälen, was ihm erst nach einiger Übung tatsächlich zufriedenstellend gelang.

»Rainer«, pflegte Lou zu sagen. »Du bist wie ein verwöhntes Kind. Hast du dich nie selbst versorgen müssen?« Natürlich wusste sie, dass er das eben nicht gemusst hatte, auch wenn er nicht mit einer großzügigen Apanage ausgestattet war. Wie sie war er im niederen Adel aufgewachsen, einer gesellschaftlichen Klasse, die einen mit Bildung und Benehmen ausstattete, aber nur in geringem Maß dafür sorgte, dass man einen Beruf ergriff, mit dem man sich ernähren konnte.

Hinzu kam, dass Rainer schon seit frühster Kindheit gewusst hatte, dass er Dichter werden wollte – was dazu geführt hatte, dass er, obschon blutjung mit seinen einundzwanzig Jahren, auf einige Jahre an Erfahrung im Schreiben und auf eine Reihe von Veröffentlichungen zurückblicken konnte. Daran, dass es mehr werden würden, arbeiteten sie nun in der Küche, sobald Carl Andreas mit seinem Mittagessen versorgt worden war. Dieser pflegte dann mit Lotte einen langen Spaziergang zu machen und sich anschließend hinzulegen.

Lou und Rainer saßen, wenn Carl das Haus verließ, einträchtig nebeneinander am Küchentisch über ihre Aufzeichnungen gebeugt. In dem Moment, in dem die Haustür ins Schloss fiel, waren die Aufzeichnungen jedoch erst einmal vergessen.

Rainer konnte seine Leidenschaft keine Sekunde länger im Zaum halten und riss Lou an sich, um ihr Gesicht mit Küssen zu bedecken. Auch Lou spürte die Macht des Bandes, das sie beide aneinanderkettete wie eine Nabelschnur. Es war immer da, ob

Rainer in der Rheingaustraße in seiner Kammer lag, draußen vor dem Küchenfenster das Reisig sortierte oder sich mit ihr auf dem Küchentisch vereinigte. Ihre geistige und körperliche Verbundenheit war so stark, dass sie manchmal meinte, sie fast vor sich sehen zu können. Und je mehr Zeit sie in dieser innigen Vereinigung mit Rainer verbrachte, desto mehr spürte sie eine Veränderung in sich vorgehen. Es war eine Art inneres Wachstum, nicht wie mit einem Kind im Leib, aber sie spürte, wie das, was sie gewesen war, die Suchende, Forschende, zu einer Größeren wurde. Als sei sie innerhalb der wenigen Monate, die sie nun Rainer an ihrer Seite hatte, zu mehr Vollendung gelangt. Die Lehrerin, die Muse, die sie für ihn gewesen war, trat in den Hintergrund, sie war … nein, nicht Geliebte geworden, sie war zum ersten Mal Liebende.

KAPITEL 22

Berlin, November 1897

Lous kleiner Berliner Kreis nahm Rainer mit großer Selbstverständlichkeit auf. Sogar Frieda lud ihn gnädig zu sich ein, wenn sie eine ihrer Soireen veranstaltete.

Der kreative Kreis in Berlin war anders als der in Schwabing, wo der ganze Ort nur aus Malern, Bildhauern und Schriftstellern zu bestehen schien und dadurch eine gewisse Freiheit in der Kunst und Gestaltung möglich war, die andernorts nur im Verborgenen gedeihen konnte.

Berlin war größer, viel größer, und ungleich brodelnder. Die Stadt wuchs, Jahr für Jahr kamen Zehntausende Menschen neu an diesen Ort, wollten hier leben, arbeiten, sich entfalten, ihr Glück machen. »Parvenupolis«, so hatte der Unternehmer Rathenau die Stadt genannt, wie Carl ihr aus der Zeitung vorgelesen hatte, die Stadt der Emporkömmlinge. Rathenau hatte angeblich später relativiert und gesagt, Parvenü hieße »auf Deutsch: Selfmade-man«, wie man auf einer von Friedas Abendveranstaltungen munkelte.

Die Künstler, Lyriker, Maler und Autoren, die sie hier traf, bildeten eine eigene Schicht, streng abgegrenzt von der beständig wachsenden Masse der Arbeiter und der Garde der Politiker und des Adels, mit wenig Spielraum, zwischen beidem hin und her zu wechseln oder gar der eigenen Kaste zu entkommen. Mitglieder von Politik und Hochadel waren hier viel zu sehr mit der Führung des Staates beschäftigt, um in Kunst etwas anderes zu sehen als den Anlass für ein gesellschaftliches Zusammentreffen. Ähnliches galt für den gerade neu entstehenden Geldadel, die Unternehmer, die direkt am Ku'damm in riesigen Zwölfzimmerwohnungen lebten und unter deren Führung viele Arbeiterhände Waren herstellten und letztlich Geld erwirtschafteten. Für die Arbeiter wenig, für die Unternehmer umso mehr, weshalb auch die Arbeiter keinen Zugang zu den Künsten hatten. So begegneten sich in Lous Kreisen Menschen, die dem Bürgertum oder dem niederen Adel angehörten, die einen Grundstock an Bildung und Kreativität mitbekommen hatten, aus dem sich mit Interesse, Fleiß und Willen etwas machen ließ. Und sie ließen sich tatsächlich in zwei Gruppen einteilen: einerseits die wilhelminischen Künstler, die von der staatlichen, adligen oder vermögenden Elite gefördert wurden, und auf der anderen Seite die Vertreter einer oppositionellen Moderne, die stets auf der Suche nach neuen Gedanken und Ideen waren.

Was in Berlin zuhauf gab, waren Salons, die allerdings oft ebenso strengen Restriktionen (und einer strikten Teilung in politisch und künstlerisch) unterworfen waren. Lou besuchte hin und wieder einige davon, und an diesem Abend würde sie Rainer zum ersten Mal mitnehmen.

Cornelie Richter war die Witwe des Malers Gustav Richter, und sie führte bereits seit einigen Jahren einen sehr erfolgreichen Salon. Sie war Mitte fünfzig, und in ihrem prachtvollen dunklen Haar zeigten sich graue Strähnen, dabei war sie in ihrer Art so sanft, mütterlich und zurückhaltend, dass man nicht anders konnte, als sie umgehend ins Herz zu schließen. Eine Einladung in ihr Haus zu bekommen war nicht leicht. Lou war in Berlin jedoch seit so vielen Jahren etabliert – schon vor zehn Jahren, als sie noch mit Paul Rée zusammengelebt hatte, war sie ihrer Gastgeberin zum ersten Mal begegnet, was sie Rainer gegenüber allerdings nicht erwähnte –, dass sie immer ein gern gesehener Gast in Cornelie Richters Haus war.

Auch heute begrüßte die Hausherrin sie mit größter Herzlichkeit und nickte Rainer neugierig, aber freundlich zu.

»Liebe Frau Andreas-Salomé, welch eine Freude, Sie zu begrüßen. Sie haben sich einen ganz besonderen Abend ausgesucht. Unser lieber Hugo von Hofmannsthal hat angekündigt, dass er uns einige seiner neuesten Werke vortragen wird, und ebenso sein guter Freund, der Lyriker Stefan George. Haben Sie von ihm schon gehört?«

Lou musste verneinen. »Aber ich vertraue Ihrem Urteil voll und ganz, meine Liebe, und wir sehen dem Abend mit nichts weniger als freudiger Erwartung entgegen.«

»Sie werden nicht enttäuscht werden. Bitte, kommen Sie doch in den Salon, nehmen Sie Platz, trinken Sie etwas. Genießen Sie den Abend!«

Damit entließ Cornelie Richter sie und Rainer, und die beiden sahen sich im Salon um. Es waren vielleicht zwanzig Personen im Raum, aber Cornelie Richter begrüßte nach ihnen noch einige weitere. Lou kannte die meisten Gäste mit Namen. Natürlich der junge Hofmannsthal, der mit einem Mann in Lous Alter an einem Pult stand. Stefan George, wie Lou annahm. Der Dichter war in ein schwarzes, langes Gewand gekleidet, in dem er sehr an einen Priester erinnerte, dazu waren seine Haare etwas zu lang und nach hinten gekämmt, was ihm ein leicht dämonisches Aussehen verlieh, fast wie ein Fabelwesen sah er aus. Sein Gesicht war kantig, die Nase breit, die Augen unter einer markanten Stirn stechend.

Vor dem Pult waren in mehreren lockeren Reihen Stühle aufgestellt. Lou und Rainer suchten sich Plätze im hinteren Bereich, von wo sie trotzdem einen guten Blick auf die Künstler hatten.

Hofmannsthal, der gut aussehende Blondschopf, begann, rezitierte jedoch nur zwei kurze Gedichte, übergab dann das Wort an seinen älteren Begleiter und nahm selbst auf einem der Stühle Platz.

George trat neben das Pult und wartete ab, bis vollkommene Stille im Raum eingekehrt war. So lange stand er nur da, schweigend, den Blick fast hochmütig.

Dann hob er an, mit einer leisen, sehr monotonen Stimme:

»Komm in den totgesagten park und schau:
Der schimmer ferner lächelnder gestade ·
Der reinen wolken unverhofftes blau
Erhellt die weiher und die bunten pfade.

Dort nimm das tiefe gelb · das weiche grau
Von birken und von buchs · der wind ist lau ·
Die späten rosen welkten noch nicht ganz ·
Erlese küsse sie und flicht den kranz«

Mit ernstem Gesicht starrte der Dichter ins Publikum, dann reckte er in einer gebieterischen Geste die Nase ein wenig in die Höhe und fuhr fort:

»Vergiss auch diese letzten astern nicht ·
Den purpur um die ranken wilder reben
Und auch was übrig blieb von grünem leben
Verwinde leicht im herbstlichen gesicht.«

Lou war fasziniert, und ihr Interesse wurde immer größer, je länger sie George lauschte. Mit wenigen Worten drückte George präzise aus, was er für den Kern der Dinge hielt. Als der Dichter geendet hatte und sich eine zwanglose Plauderei im Salon entwickelte, ging Lou zu Cornelie Richter und bat sie, George vorgestellt zu werden, der inzwischen in einem Nebenraum Hof hielt.

Zusammen mit Rainer stellte sie dem Dichter einige Fragen über seine Gedichte, besonders interessierte sie, wie er seine Inspiration fand, und George war in seiner steifen Art so freundlich, alle zu beantworten. Er wirkte unglaublich charismatisch auf sie, auch wenn sie spürte, dass sein Interesse mehr Rainer galt, der neben ihm stand. Sie bemerkte, wie er ihren Begleiter genau in Augenschein nahm, die grünen Augen, die hohe Stirn, die blonden Haare und das Leuchten der Jugend, das Rainer umgab wie eine Aura. Lou gratulierte George zu seinem Erfolg an diesem Abend und zog damit dessen Aufmerksamkeit wieder auf sich, was er mit einem dämonischen kurzen Lächeln quittierte. Er schien zufrieden zu sein, wahrscheinlich auch, weil er sich sicher zu sein glaubte, in Lou eine weitere glühende Verehrerin gefunden zu haben. Und damit hatte er nicht ganz unrecht, dachte Lou.

Rainer war, wie er später auf dem Weg nach Hause erzählte, vor allem davon fasziniert, wie selbstsicher Stefan George gewirkt hatte. Ja, seine Gedichte mochten neu sein und irgendwie ungewohnt. Aber er präsentierte sie mit einer Geisteshaltung, die den Zuhörern den Gedanken an Kritik schlicht nicht erlaubte. Wenn er das nur auch könnte.

KAPITEL 23

Berlin, Dezember 1897

Auch Weihnachten verbrachten Lou, Rainer und Carl zusammen, sie besuchten zu dritt die Messe in der kleinen Kirche in Schmargendorf. Auf dem Weg dorthin, es hatte leicht zu schneien begonnen, erzählte Carl mit leiser Stimme die Weihnachtsgeschichte, Lou und Rainer sangen anschließend Weihnachtslieder. Es war eine sehr heitere kleine Gesellschaft. Überhaupt hatte sich alles sehr gut eingespielt, fand Lou. Rainer war zu einem festen Bestandteil ihres Haushalts geworden, und Carl hatte irgendwie einen Weg gefunden, Rainer als Schüler seiner Frau zu sehen und seine Anwesenheit zu akzeptieren.

Spätnachts, als die Messe beendet war, wanderten sie gemächlich und in Stille nach Hause. Lou empfand ein großes Glücksgefühl, gleich unter dem Rippenbogen saß es und wärmte sie von innen.

Als sie vor der Tür in der Hundekehlestraße standen, sagte Carl: »Nun, so schnell sollte man den Weihnachtsabend nicht ausklingen lassen. Kommen Sie doch noch herein, Rilke, und trinken Sie ein Glas heißen Rotwein mit uns.« Er sagte es in einem Ton, wie ein Vater vermutlich seinen Sohn einladen würde, nicht in der Kälte herumzustehen.

Lou betrachtete Rainers Gesicht. Die Wangen waren vor Kälte gerötet, und er hatte sich einen dicken Schal um den Hals geschlungen, der fast bis zu den Ohren reichte, die auch der Hut zu bedecken suchte. Der Ausdruck in seinen Augen war zögerlich. Lou wusste, er wollte mit hinein, natürlich. Er wollte mit ihr zusammen sein, aber nicht unbedingt mit Carl. Üblicherweise ging Rainer der Tatsache, dass ihre Zweisamkeit genau genommen eine Dreisamkeit war, aus dem Weg. Carl war immerhin neunundzwanzig Jahre älter als er und wurde in seiner Art, wenn sie zusammensaßen, schnell väterlich gegenüber dem Jüngeren. Das ließ Lou bisweilen daran denken, dass sie vor sehr langer Zeit einmal eine Dreisamkeit geplant hatte, aus der dann eine Zweisamkeit geworden war, wie sie keiner der Männer, mit denen sie nun lebte, gewollt hätte.

Nun aber beschloss sie, das Zögern zu beenden. »Was für eine ausgezeichnete Idee, lieber Carl. Lasst uns hineingehen und uns aufwärmen!«

Sie drehte sich auf dem Absatz um, schloss die Haustür auf und ging ins Haus, überließ es den Männern, ihr einfach zu folgen.

Lou legte Mantel und Hut ab, schürte das Feuer in der Küche und legte ein paar Holzscheite nach. Dann füllte sie den Inhalt einer Flasche Rotwein in einen Topf und fügte das *Sbiten* hinzu, das sie dafür angesetzt hatte.

»Was ist das?« Rainer war hinter sie getreten und schnupperte.

»Das ist eine russische Spezialität, die Menschen trinken es seit Jahrhunderten im Winter.« Lou rührte mit einem Kochlöffel die goldene Flüssigkeit unter den roten Wein.

»Wie wird es gemacht?«

»Es besteht aus Honig, Zucker, Wasser und Gewürzen. Ich habe

Zimt, Nelken, Muskatnuss und Anis verwendet, aber es gibt auch andere Zubereitungsarten. Ich habe meine von unserer Köchin auf unserem Gut bei St. Petersburg gelernt.«

Schließlich stiegen kleine weiße Nebelschwaden aus dem Topf auf. Lou füllte mit einer Schöpfkelle drei Becher und stellte sie auf den Küchentisch. Sie rief nach Carl, den man im Nebenzimmer kramen hörte, und hieß Rainer, sich hinzusetzen.

Die Glocke der Kirchturmuhr schlug gerade eins, als sie sich alle um den Küchentisch versammelt hatten und mit dem dampfenden Glühwein anstießen. Lou genoss die süße Würze des Getränks, Erinnerungen an ihre Zeit in St. Petersburg wurden wach und ließen sie melancholisch werden. Sie liebte ihre Familie und hatte sie nicht im Streit verlassen, das war es nicht, was es für sie unabdingbar gemacht hatte, sie zu verlassen. Sie hatte damals verstanden, dass sie dahin gehen musste, wo ihr Geist eben jene Anregung fand, die er brauchte. Die sie brauchte, ebenso wie ein Baum Wasser und Licht zum Leben benötigte. Doch das hieß nicht, dass sie ihre Lieben, ihre Familie, nicht vermisste. Ihre Mutter, aber auch die Brüder. Sascha würde das Weihnachtsfest für die ganze Familie ausrichten, seine Kinder und die von Roba, dem zweitältesten, würden um den Baum tanzen. Und Genja, der liebe Genja, er fehlte ihr am meisten, zu ihm, dem jüngsten der älteren Brüder, hatte Lou immer die innigsten Bande gespürt. Für einen kleinen Moment spürte sie einen Stich im Herzen, der zu einem Schluchzer werden wollte. Sie atmete tief ein und ließ das Gefühl der Sehnsucht mit einem leisen Seufzer aus sich herausfließen. Dann war sie wieder hier in der Küche in Schmargendorf mit Carl, dem treuen Gefährten ihrer Tage, und Rainer, diesem geliebten Mann, mit dem sie eine Absolutheit der Verbindung erlebte, wie sie sie nie zuvor empfunden hatte, und ein Lächeln stahl sich auf ihre Züge.

»Beinahe hätten wir die Bescherung vergessen!«, sagte sie und strahlte, weil sie wusste, dass die beiden Männer nicht daran gedacht hatten, ein Geschenk für sie zu besorgen. Lou sprang auf und holte aus dem Kasten in ihrem Zimmer zwei sorgfältig in Zeitungspapier eingeschlagene Pakete, die sie mit je einer hübschen roten Schleife verziert hatte. Das kleinere überreichte sie Carl, der sich mit einem Brummen bedankte. Sie wartete ab, bis er ausgepackt hatte, und war beglückt über die Freude in seinem Gesicht, als er den neuen Tabakbeutel betrachtete, den sie in nächtelanger Arbeit bestickt hatte.

»Meine liebe Ljola! Selten habe ich eine so famose Aufbewahrung für die Zutaten meiner Sünde gesehen. Ich danke dir aufrichtig für deine Mühe!« Er streckte die Hand aus, sie ergriff sie, und sie spürte, wie er sanft und liebevoll ihre Finger drückte.

Ein Räuspern war von Rainer zu hören, und sie entzog ihrem Mann langsam ihre Hand. »Ja, und nun zu dir, mein lieber Rainer.«

Lou schob das größere Paket über den Tisch, so dass es vor ihm lag. Scheu schaute er sie an.

Sie nickte. »Mach nur auf.«

Rainer löste vorsichtig die Schleife und schlug dann das Papier auseinander. Vor ihm lag ein blaues Kleidungsstück aus Leinen.

»Das, mein Lieber, ist eine *Kossoworotka.*«

Sie lachte über seinen verwirrten Gesichtsausdruck, und auch Carl schmunzelte.

»Eine *Kossoworotka* ist das Oberhemd der traditionellen russischen Bekleidung für Männer. Du erinnerst dich, was ich dir von den russischen Arbeitern erzählt habe? Wie ehrlich und vollendet sie sind in ihrer Arbeit, bei ihrem Tun, verwurzelt in der Ewigkeit? Damit wirst du aussehen und dich womöglich auch fühlen wie ein Russe.«

Die Zweifel aus Rainers Gesicht verflogen. Er erhob sich, streifte sein gutes Hemd ab und schlüpfte in die *Kossoworotka*, wobei ein Stoffgürtel zu Boden fiel.

Lou bückte sich, um ihn aufzuheben, und betrachtete Rainer. Das Hemd reichte ihm fast bis zum Knie, auch die Ärmel schienen ein wenig lang zu sein. Sie stand auf und schlang ihm den Stoffgürtel um die Hüfte, verknotete ihn und rückte den Knoten zurecht, so dass die Fransen auf Rainers linker Seite herabfielen. Dann trat sie einen Schritt zurück und betrachtete ihr Werk.

»Nun sieht er aus wie ein echter russischer Bauerndichter, meinst du nicht, Carl?«

Carl grunzte zustimmend, und Rainer war nun ganz Freude und Dankbarkeit. Er zog Lou an sich und küsste sie auf die Wange.

Schnell machte Lou sich los, Carl musste ja nicht mit der Nase darauf gestoßen werden, dass Rainer mehr als ihr Schüler war, und trat einen Schritt zurück. »Wie schön, dass es dir gefällt.«

Sie setzte sich wieder, bedeutete auch Rainer, Platz zu nehmen, und sie tranken noch mehr von dem süßen russischen Glühwein und genossen den Abend in einträchtiger Dreisamkeit.

Die nächsten Tage ließen sie alle Arbeit Arbeit sein, ließen Feder und Papier im Regal und genossen es, ausgiebig zu essen, zu trinken und Freunde zu besuchen. Rainer trug dabei beständig und zu einzelnen dieser Gelegenheiten die *Kossoworotka*. Es machte ihn nicht zum Russen, er sah immer wie ein verkleideter deutscher

Dichter in russischem Gewand aus. Und dennoch erinnerte es Lou an die Heimat, die sie in manchen Momenten so vermisste, und sie freute sich darüber, dass sie ihre neue Liebe mit der uralten Heimatliebe in ihr verbinden konnte.

KAPITEL 24

SCHMARGENDORF, JANUAR 1898

Eines Abends, es war Januar geworden, nieste Rainer, als Carl mit ihnen beim Essen in der Küche saß, und ein missbilligender Blick traf ihn. Lou lächelte in sich hinein, denn sie wusste, was nun kommen würde. Sie kannte ihren Ehemann.

»Mein Junge«, so sprach Carl ihren jungen Gefährten nun immer an. Als sei er der Vater und Rainer sein Sohn, was der Altersunterschied zwischen den beiden zwar mehr als zugelassen hätte, angesichts ihrer besonderen Konstellation Lou jedoch stets aufmerken ließ. »Mein Junge, Sie sollten sich nicht immer in Ihrer immer dunkler werdenden Stube verstecken.« Dabei erwähnte er nicht, dass es nun schon zur Gewohnheit geworden war, dass Rainer das Holz hackte, das Carls Studierstube und die Küche so behaglich wärmte. »Es ist notwendig, dass Sie etwas tun, was der Gesundheit zugutekommt. Ich zum Beispiel bin sehr überzeugt von den positiven Auswirkungen des Barfußgehens.« Damit wandte er sich wieder dem Teller mit der Erbsensuppe zu, die Lou bereitet hatte.

Lou schmunzelte innerlich. Sie lief ja selbst gern barfuß – im Sommer.

Am nächsten Morgen allerdings, als sie sich bereit für den Spaziergang mit Lotte machten, streifte Rainer vor der Tür seine Schuhe ab. Es war ein nasskalter Tag, der Himmel verhangen.

Lou zögerte.

»Worauf wartest du?« Rainer sah sie an.

»Meinst du nicht, dass es einen besseren Tag gäbe, damit anzufangen? Einen schönen warmen Frühlingstag zum Beispiel?« Lou fröstelte und zog den Pelzkragen enger um sich.

Rainer richtete sich auf, und sie sah etwas wie Abenteuerlust in seinen Augen glitzern.

»Der beste Tag, etwas Neues anzufangen, ist immer heute.«

Lou sah ihn an und seufzte. Er hatte ja recht. Und wenn sie darüber nachdachte: warum eigentlich nicht?

So schlüpfte auch sie aus ihren Stiefeln, und sie liefen Hand in Hand über die kalte Wiese in den Wald. Der Weg war weich gepflastert mit nassem Laub, und Lou spürte, wie ihre Zehen zu kribbeln begannen, als das Blut in sie schoss. Ein Glücksgefühl durchfuhr sie. Ja, so musste es sein. Das Wahre, Echte spürte man eben nur, wenn man mit beiden Füßen dem Erdboden verbunden war.

An den Ästen der Bäume glitzerten Tautropfen, als sich einige Sonnenstrahlen ihren Weg durch die Wolkendecke bahnten. Mit einem Mal war die Welt eine andere, alles strahlte. Lou blieb stehen, wollte alles in sich aufnehmen.

Rainer neben ihr sagte: »Das sollte man malen. Dieses Licht auf die Leinwand bringen.«

Lou betrachtete nachdenklich sein Gesicht. »Ja, das Licht … aber wäre es nicht erst wahre Kunst, wenn das, was auf der Leinwand zu sehen ist, auch dieses Gefühl hervorruft«, sie führte die Hände ans Herz, »das tief hier drin entspringt, wenn man hier steht und dieses Bild vor Augen hat.«

Rainer sah sie an, dann nahm sein Gesicht einen abwesenden Ausdruck an. Leise sagte er:

»Es lärmt das Licht im Wipfel deines Baumes
Und macht dir alle Dinge bunt und eitel,
sie finden dich erst wenn der Tag verglomm.
Die Dämmerung, die Zärtlichkeit des Raumes,
legt tausend Hände über tausend Scheitel,
und unter ihnen wird das Fremde fromm.«

Rainers Augen leuchteten, sie konnte nicht anders, als ihn zu küssen, immer und immer wieder, bis Lotte kläffend um sie herumsprang und sie weitergingen. Er konnte stolz auf sich sein, ebenso wie sie selbst, denn in den Monaten ihrer Zusammenarbeit, ihres Zusammenseins und -lebens hatte er als Dichter so große Fortschritte gemacht. Sicher konnte sich jeder Mensch nur selbst entwickeln, aber sie war doch diejenige, die ihm Weichen gestellt und neue Wege aufgezeigt hatte. Und gleichzeitig war ihr Zusammensein von einer Leidenschaft geprägt, die Lou nie zuvor gekannt hatte, die alles in ihr und um sie herum einnahm. Sie genoss es, auch wenn sie manchmal das Gefühl beschlich, dass ihre eigene Arbeit doch mehr Raum bräuchte, als ihr im Augenblick dafür blieb.

Als sie am See ankamen und im menschenleeren Wald auf niemanden getroffen waren, da zog sie Rainer zu der kleinen Bank, die sich unter der Trauerweide vor allzu neugierigen Blicken verbarg. Sie zog ihn an sich, fühlte seinen glühenden Körper unter seinem Hemd, und er schob ihre Röcke hoch, öffnete seine Hose, drang in sie ein und vollendete die Verbindung zwischen Lou, ihm und der Erde.

Wie sie für diesen Ausflug büßen mussten, wurde Lou am nächsten Morgen klar. In ihrem Hals kratzte es unangenehm, und als Rainer auftauchte, war sein Husten nicht mehr nur ein Hüsteln.

Sie ignorierte ihre eigenen Kopfschmerzen und die glühenden Wangen, beorderte Rainer auf die Küchenbank und machte sich selbst auf den Weg zum Fleischer.

Wieder zu Hause setzte sie eine kräftige Hühnerbrühe auf, das einzige Mittel, das ihrer Erfahrung nach gegen eine aufkommende Erkältung half. Noch bevor die Suppe fertig war, verschlechterte sich Rainers Zustand, bis er schließlich schlotternd und glühend vor Fieber kaum noch die Augen aufhalten konnte. Lou flößte ihm Suppe ein, als Carl in die Küche polterte, einen missbilligenden Blick auf Rainer warf, sich eine Schale Brühe nahm und damit wieder im Arbeitszimmer verschwand. Auch ohne Worte wusste Lou, was er dachte. Ein abgehärteter Naturbursche nach Carls Geschmack würde Rainer niemals werden.

Als Rainer jeden weiteren Löffel Suppe verweigerte, packte sie ihn und sich selbst warm ein und brachte ihn nach Hause in die Rheingaustraße.

Sie befahl ihm, sich ins Bett zu legen und erst wieder aufzustehen, wenn er nicht mehr fieberte. Dann steckte sie dem Dienstmädchen des Hausherrn in der Rheingaustraße ein paar Münzen zu, damit sie Rainer mit Essen und Wasser versorgte. Auf dem Weg nach Hause spürte sie, wie ihr selbst die Hitze immer mehr in den Kopf stieg.

Die nächsten beiden Tage verbrachte auch Lou die meiste Zeit im Bett. Sie hatte Fieber, und die Kopfschmerzen waren fast unerträglich. Es war seit ihrem Ausflug nach Hallein die längste Zeit, die sie von Rainer getrennt war.

Sie vermisste ihn.

Und doch … Es war, als wehte ein frischer Frühlingswind durch ihren Kopf. Als könne sie, trotz der verstopften Nase, trotz der Kopfschmerzen und der Hustenanfälle, die nun auch sie gepackt hatten, endlich wieder durchatmen. Als rückten sich die Dinge in ihrem Kopf gerade.

Sobald es ihr besser ging, verbrachte sie jede freie Minute am Schreibtisch. Sie musste schreiben. Was sich da gefunden hatte in ihrem Kopf, das musste auf Papier.

Denn was war die Kunst eigentlich? Was stellte sie dar, wenn nicht die Essenz des menschlichen Daseins? Und musste man sie daher nicht unbedingt als Aufforderung verstehen, zu den Abgründen der Seele des Verfassers hinabzutauchen? Musste Kunst nicht viel mehr sein als die Kombination von Handwerk und Gefühl? Bedingte nicht gerade die kulturelle Entwicklung der Kunst den Zwang für den Künstler, sich besonderer Klarheit und sprachlicher Präzision zu bedienen? Es erschien Lou mit einem Mal sehr dringlich, klarzustellen, was Kunst sein sollte, was Lyrik, ja, diese Lyrik, um deren Beherrschung Rainer so sehr rang, was eben sie zur Kunst machte. Die bloße Beschreibung eines Zustands, einer Begebenheit konnte es ja nicht sein. Es musste mehr sein als das. Die Aufgabe der Kunst war hier größer, umfassender.

Sie begann zu schreiben:

»Wenn man ein Werk aus dem Gebiet unmittelbarster, unabgeleitetster Kunstform, zum Beispiel ein Gedicht einfacher Lyrik, auf die Bestandteile

seiner seelischen Entstehung hin liest, so glaubt man zunächst, nur mit zwei Faktoren rechnen zu müssen: nämlich mit dem, in der Kunst diesem Gedicht zugrundeliegenden, Gefühlsstoff und mit der dichterischen Technik, die ihm zum lyrischen Ausdruck verhalf. Und der steigende Unterschied zwischen der primitiveren und der kulturell mehr entwickelten Kunst scheint demnach darin zu liegen, dass anfangs die emotionellen Bestandteile naiver scheinen, während später die Form immer mehr über den Inhalt siegt, bis die künstlerisch-technische Prägung in den Vordergrund tritt.«

Innerhalb weniger Stunden warf sie den Entwurf eines Essays aufs Papier.

Dann legte sie sich wieder ins Bett und schlief bis in die Mittagsstunden.

Nach dieser Erfahrung ließen sie es langsam angehen mit dem Barfußgehen. Aber als sich der Schnee verzogen hatte und die Tage wieder wärmer geworden waren, versuchten sie es wieder. Mit größerem Erfolg.

Sie gewöhnten sich (und ihre nackten Füße) an die ungewohnte Bewegungsart, indem sie mehrmals am Tag für kurze Spaziergänge den Küchentisch verließen. Oft ließen sie Lotte bei Carl, und eines Tages, als sie, die Schuhe in den Händen, im Wald standen, ganz ruhig, und den Wald in seiner Gänze auf sich einwirken ließen, da kam ein junger Rehbock heran. Lou stand still, so still sie nur konnte. Das edle Tier tapste vorsichtig näher. Es schien zu schnuppern. Aus den Augenwinkeln bemerkte Lou, wie Rainer das Tier anstarrte, angstvoll, als sei es ein Ungeheuer. Sie beschwor ihn innerlich, einfach ruhig zu bleiben, und auf wunderbare Weise schien ihre Verbindung das zu transportieren. Sie fühlte mehr als sie sah, wie Rainers Muskeln sich entspannten.

Das Tier kam noch näher, hob schnuppernd die Nase und interessierte sich ganz offensichtlich für den Inhalt von Lous Manteltasche. Lou war in einem Zwiespalt. Ganz sicher würde sie das Reh verschrecken, wenn sie ihre Hand bewegte, um das Stückchen Brot, das sie als Wegzehrung eingepackt hatte, herauszunehmen. Andererseits war es praktisch unmöglich, dass der freche Besucher allein den Weg zu der Leckerei fand. So langsam sie konnte, bewegte sie zuerst nur einen Finger, dann, als das Reh sich nicht rührte, wurde sie mutiger, schob fast unmerklich die Hand in die Tasche und zog den Kanten Brot heraus. Sie hielt ihn dem Rehbock hin, der sie mit seinem Gehörn dankbar in die Seite stieß.

Und während sie das edle Tier beobachtete, das sich so zutraulich von ihr füttern ließ, und den Ausdruck puren Erstaunens in den Augen ihres jungen Geliebten, fragte sie sich, ob dieser Moment nicht genau so war, wie das Leben sein sollte.

KAPITEL 25

SCHMARGENDORF, FRÜHJAHR 1898

Sie lebten in Schmargendorf ineinander, umeinander und miteinander. Ihre Tage bestanden aus Gesprächen und Schreiben, bei dem sie die diskutierten Gedanken zu Papier brachten, natürlich auch aus den Haushaltsdingen und aus der Versorgung von Carl, der sich hauptsächlich mit seinen Übersetzungen von alten Schriften aus dem Persischen beschäftigte, wenngleich er nur wenig damit verdiente. Rainer indes schrieb unter Lous Anleitung immer besser, es gelang ihm zunehmend, seine Inhalte präzise und klar zu fassen, während seine Sprache immer reiner wurde, ohne von ihrer Bildmächtigkeit einzubüßen.

Doch Lous eigene Arbeit an den Novellen stockte, die Aufsätze und Rezensionen flossen nicht wie gewohnt aus ihrer Hand. Was nicht hätte passieren dürfen. Nicht jetzt. Nicht so.

Eine kalte Faust griff nach Lous Herz, als sie in der Küche Geld für den Fleischer aus der Zuckerdose nehmen wollte. Sie war praktisch leer.

Ihre Mittel gingen zur Neige. Carl hatte angefangen, an einem Buch zu schreiben, von dem sie ziemlich sicher war, dass es nie erscheinen würde, und sie brachte einfach nichts zustande, was irgendein Verleger kaufen wollte. Sie war wie blockiert. Würde sie bald nicht zu mehr in der Lage sein, als Suppe zu kochen und den Fußboden zu schrubben? Zu allem Überfluss bald bei fremden Menschen, denn wenn es so weiterging, würden sie sich keinen eigenen Fußboden mehr leisten können. Und erst recht keinen Braten.

Lou verschloss die Zuckerdose, in der ein paar wenige Geldstücke traurig klimperten, und stellte sie zurück ins Regal.

Rainer bekam ihre aufkeimende Unruhe als Erster zu spüren. Er kam in die Küche, als sie gerade das Geschirr wusch, ein strahlendes Lächeln auf den Lippen, als wäre alles wie immer und in bester Ordnung. Er trat an sie heran, legte ihr die Arme um die Schultern und küsste sie in den Nacken.

Lou entzog sich seiner Umarmung.

»Lass das bitte. Du siehst doch, dass ich beschäftigt bin.« Sie drehte sich nicht zu ihm um, spülte den nächsten Teller ab, konnte jedoch seine Verwirrung spüren.

»Ich dachte, wir setzen uns gleich an meinen neuen Aufsatz? Das Wetter ist so wunderbar, wir könnten im Garten sitzen, und ich erkläre dir, wie ich deine gestrigen Vorschläge eingearbeitet habe.«

Lou hielt inne, den Teller noch in der Hand. Begriff dieser Mensch denn gar nichts? »Wie du siehst, bin ich damit beschäftigt, meinen täglichen Aufgaben nachzugehen. Und das wird noch ein Weilchen dauern. Danach sollte ich mich um meinen eigenen Aufsatz kümmern. Und du dich selbst um deinen.« Sie drehte sich schließlich doch um und funkelte Rainer an.

Der ließ sich ungerührt auf einen Stuhl sinken. »Das geht nicht. Ich brauche dich.«

Lou spürte den Ärger in ihrem Magen aufbrodeln. Er brauchte sie? Wozu? Wie war dieser Mensch auf die Idee gekommen, er könnte mit seinen plump-blumigen Versen jemals irgendjemand erreichen? Warum ging er davon aus, sie, Lou Andreas-Salomé, sei dazu auserkoren, Ziel seiner schwülstigen Erklärungen zu sein? Lehrerin für das verkannte Genie, als das er sich sah? Ha! Wieso wagte er es, seine Aufschriebe als Lyrik zu bezeichnen? Hatte er überhaupt eine Ahnung von Kunst? In diesem Augenblick hätte sie gern den Teller in ihrer Hand nach Rainer geworfen, doch sie beherrschte sich und atmete tief durch.

Dann sandte sie Rainer in den Garten, sie brauchte Feuerholz und Zeit zum Nachdenken.

Sie schälte und schnitt Rote Bete, zerhackte sie mehr, so sehr gärte es in ihr. Borschtsch würde es geben, eins von Rainers Leibgerichten. Außerdem brauchte man dafür nicht den Fleischer zu bezahlen.

Während sie auf das Gemüse einhieb, die Hände voll vom blutroten Saft, keimte eine Idee in ihr. Sie brauchte eine Pause davon, Lehrerin zu sein. Eine Pause von dieser Liebe. So eng, so ausdauernd wie mit Rainer war sie nie zuvor mit einem Mann zusammen gewesen. Selbst mit Carl, mit dem sie immerhin zusammenlebte, hielt sie mehr Abstand. Zeitlich, räumlich, emotional und seelisch. Sie spürte, dass sie diesen Abstand jetzt brauchte, um wieder sie selbst zu werden. Sie musste zu sich und ihrer Arbeit zurückfinden und ihre Gedanken klären. In sich und ihre Welt zurückfinden, um den Blick wieder weiten zu können.

Den Blick weiten …

Vielleicht war das die Lösung. Rainer hatte noch nicht viel von der Welt gesehen. Prag, Wien, München, ja, aber die Antiken fehlten ihm.

Doch um die Art von Kunst erschaffen zu können, nach der er sich so sehr sehnte, musste er mehr sehen, mehr wissen, seine Bildung vervollkommnen. Wäre es nicht eine ganz und gar ausgezeichnete Idee, wenn er sich aufmachte und das nun erledigte?

Als Rainer, die Arme voller Holzscheite, in die Küche zurückkam, hieß sie ihn, sich ihr gegenüber an den Tisch zu setzen, und unterbreitete ihm ihren Vorschlag.

»Ich soll dich verlassen?« Mit großen runden Augen sah er sie an, als hätte sie ihm vorgeschlagen, zu Fuß nach Paris zu laufen. Dann wandte er den Blick ab, sichtlich verletzt.

Lou atmete durch. »Es geht doch überhaupt nicht um verlassen. Erst recht nicht für immer. Es geht darum, dass du etwas siehst von der Welt. Dass du dich entwickelst, in deinem Denken ebenso wie in deinem Schreiben.« Sie stand auf, ging zu ihm und legte die Hände auf seine Schultern. »Sieh mich an.«

Rainer hob den Blick, aus dem sie seinen Schmerz lesen konnte. Den Schmerz des Verlassenen. Er sah fast aus wie ein Kind, das die Eltern abends allein im dunklen Schlafzimmer zurückließen, um ins Theater zu gehen. Sie küsste seine Stirn.

»Rainer. Ich werde dich nicht verlassen, und du wirst mich nicht verlassen. Du wirst lernen und wachsen. Du wirst eine Grand Tour machen. Genau!«

»Eine Grand Tour?«

Sie merkte, wie Rainers Widerstand zu bröckeln begann, als der die Bezeichnung für die Bildungsreisen der Söhne des Adels vernahm. Dieser klassische Abschluss der Erziehung junger Männer war zwar etwas aus der Mode gekommen, der Glanz der alten Zeiten war jedoch von der Legende noch nicht ganz abgefallen.

Und Rainer, dessen Erziehung bisher nicht sehr glücklich verlaufen war, schien die Idee zu gefallen. Sie sah, dass sich seine Miene aufhellte, und beeilte sich hinzuzufügen: »Du wirst eine wunderbare Zeit verleben, und ich werde hier in Schmargendorf in meiner kleinen Küche auf dich warten.«

Und endlich wieder durchatmen und künstlerisch wieder zu mir finden, fügte sie in Gedanken hinzu, bemühte sich aber, ihn nicht merken zu lassen, wie es um sie stand. Wenn er gewusst hätte, wie sehr sie im Moment seine Abreise herbeisehnte, wäre er wohl nicht gegangen, aus Furcht, dass es wirklich einen endgültigen Abschied bedeutete.

»Ja, eine Grand Tour ist vielleicht eine gute Idee. Du hast recht. Aber du, Liebste, du kommst mit!«

Sie ließ sich auf seinem Schoß nieder. Dann sah sie ihm in die Augen, küsste ihn kurz auf den Mund und beugte sich vor, so dass ihre Stirn die seine berührte. »Mein Liebster, nichts würde ich lieber tun als das. Aber ich muss hierbleiben. Ich muss meine Arbeit tun, Carl versorgen, und ich muss hier auf dich warten. Meine Aufgabe ist eine andere, meine Zeit im Leben eine andere. Reise, sieh und lerne. Dann kehre zurück zu mir, und wir werden auf eine neue, bessere Art zusammenarbeiten können. Und uns lieben.«

Leise sagte Rainer: »Dann will ich es tun. Dann werde ich reisen.«

Sie belohnte ihn mit einem langen Kuss.

Noch in der Nacht schrieb Lou einige Briefe, um zu organisieren, wo Rainer auf seiner Reise übernachten und wen er treffen konnte. Er selbst verbrachte den nächsten Vormittag in der Stadt, um sich mit kleinen schwarzen Notizbüchern einzudecken, in denen er seine Erlebnisse festhalten wollte. Als er zurück in die Hundekehlestraße kam, präsentierte er sie Lou mit einem Blick, aus dem Eifer und ein gewisser Stolz sprachen. Feierlich überreichte er Lou eines der Bücher.

»Ich werde ein Tagebuch schreiben, das nur für dich bestimmt ist. Und du? Wirst du für mich das Gleiche tun? Mir schreiben und mich an deinem Leben Anteil haben lassen, auch wenn ich nicht bei dir bin?«

Lou lächelte über seinen Eifer und nickte. Ja, schreiben würde sie, während er weg war. Dieses Tagebuch und noch so einiges andere.

Es dauerte nicht weniger als zehn weitere Tage, bis Rainer endlich seine Tasche packte und die Reise antrat. Lou brachte ihn zum Anhalter Bahnhof, von wo die Züge nicht nur nach München, sondern überhaupt gen Süden fuhren. Sie winkte, als der Zug sich in Bewegung setzte, und blieb am Bahnhof stehen, bis nichts mehr von dem stählernen Ungetüm zu sehen war. Dann machte sie sich auf den langen Weg zurück nach Schmargendorf. Fast zwei Stunden brauchte sie, über das Tempelhofer Feld, dann über Felder und Wiesen nach Friedenau und schließlich weiter nach Schmargendorf. Auf ihrem Weg musste sie immer wieder allen möglichen Gefährten ausweichen, die Menschen strebten mit Droschken, Zwei- und Dreirädern oder zu Fuß der Stadt zu. Die Straßen zu überqueren, glich um diese Uhrzeit einem Kunststück. Wie in den meisten Städten rund um Berlin entstanden auch hier immer mehr Häuser. Nicht so hoch und eng aneinandergequetscht wie in den Arbeitervierteln in Moabit oder Kreuzberg, aber es wurde doch allerorten gebaut, um Platz für noch mehr Menschen zu schaffen. Sie arbeiteten bei Siemens & Halske, bei der AEG, bei Borsig oder einem der zig anderen Unternehmen, die wie Pilze aus dem Boden schossen. Morgens saugten sie Arbeiter in die Fabriktore wie Schlünde ein, abends spuckten sie müde Gestalten wieder aus, die nach Hause wankten, wo mit viel Glück wenigstens eine kleine Mahlzeit und ein Bett auf sie warteten.

Lou dachte an ihre kleine Küche in Schmargendorf, an die leere Zuckerdose und an Carl. Ihr Schritt wurde schneller. Sie war eine gute Wirtschafterin. Und eine gute Köchin. Es würde Carl gar nicht auffallen, dass in der nächsten Zeit die Suppe ein wenig dünner war und Braten seltener serviert würde. Vor allem aber wäre sie eine gute Schriftstellerin. Sie konnte schreiben, und nun würde sie damit wieder Geld verdienen und zu jener Form des künstlerischen Ausdrucks zurückfinden, die sie von sich selbst erwarten konnte, würde dank ihrer neuen, alten Freiheit ihre gedankliche Entwicklung endlich wieder vorantreiben. Und dann wäre die Misere vorüber, und ihr Geliebter konnte wiederkommen.

KAPITEL 26

ROM, FEBRUAR 1882
Sechzehn Jahre zuvor

Die letzten Tage waren so warm und sonnig gewesen, dass Lou die kühle Luft genoss, die auf ihren nackten Armen prickelte, als sie eins der Portale zum Petersdom aufstemmten und in die Kirche traten. Die Pracht aus hellem Marmor und Gold wollte sie schier überwältigen, doch Paul Rée ergriff Lous Hand und zog sie mit sich durch das Kirchenschiff. Ihre Schritte klackerten laut auf dem steinernen Boden, was Lou ein Kichern entlockte. Wenn ihre Mutter wüsste, was sie taten! Oder Malwida von Meysenburg, die sie, auf eine Empfehlung ihres Professors für Kunstgeschichte in Zürich, wie eine Verwandte in Rom aufgenommen hatte, damit sie sich hier, zusammen mit ihrer Mutter selbstverständlich, von ihrem Bluthusten erholen konnte. Ihre Hand flog zu ihrem Mund, um das Kichern schnell zu ersticken. Da stoppte Rée ihren unangemessenen Lauf, blieb stehen und zeigte auf die Beichtstühle, die die Seitenwände flankierten.

»Hier, meine liebe Lou, werde ich schreiben, und Sie, bezauberndes Fräulein, Sie werden, nein ... Sie dürfen ... ich würde mich freuen, wenn Sie Wache halten würden.« Rée geriet ins Stottern, was Lou ein Lächeln entlockte. Die Beichtstühle sahen alle gleich aus. Reich verzierte schrankartige Gebilde, in der Mitte eine Tür, rechts und links kleine Kammern, die nur eine Kniebank für die Besucher bereithielten. Über der Tür war in goldenen Lettern vermerkt, welche Sprache die Beichtväter sprachen.

Rée drückte ihre Hand und führte sie zu einem der Stühle vorn in der Reihe, auf dem *Deutsch* vermerkt war.

»Hier ist so gut wie nie jemand, absolute Ruhe und bestes Licht für meine Studien.« Rée breitete die Arme aus und schwang Lou herum. Sie lachte auf, verstummte aber sogleich, denn sie waren natürlich nicht allein im Dom, und einige missbilligende Blicke wurden ihnen von den anderen Besuchern zugeworfen. Lou reckte das Kinn. Sie hatten sich schließlich nichts zuschulden kommen lassen, und in ihrem schwarzen hochgeschlossenen Kleid sah sie doch wohl aus wie die Rechtschaffenheit in Person.

Rée ließ sie los und legte ein Ohr an den Beichtstuhl, er schien angestrengt zu lauschen. Kein Mucks war zu hören, zumindest für Lou, und auch Rée schien beruhigt, denn er warf einen Blick über die Schulter und öffnete dann die Tür zum Beichtstuhl.

»Ihre Aufgabe, verehrte Lou, wäre nun, hier draußen Stellung zu beziehen und eventuelle Sünder davon abzuhalten, die Beichte abzulegen.«

Lou sah ihn an.

»Können Sie das, Fräulein Salomé?«

Sie lachte. »Natürlich kann ich das, Herr Rée.«

Damit rückte Rée grinsend die runde Brille zurecht und verschwand im Beichtstuhl. Lou sah noch, wie er ein Notizbuch und seinen Bleistift zückte und sich niederließ. Dann schloss er die Tür.

Lou war allein und natürlich doch überhaupt nicht allein, mitten in einer riesigen Kirche mit vielen Besuchern. Sie betrat den Beichtstuhl und fand gegenüber der Kniebank, die doch zu unbequem aussah, ein schmales Brett, das ihr als Sitzgelegenheit dienen konnte. Lou ließ sich nieder.

»Sind Sie da, Lou?« Rées Stimme drang ein wenig gedämpft durch die Wand. Es war ein geschnitztes Gitter eingelassen, durch das Lou gerade eben sehen konnte, dass auf der anderen Seite jemand saß, nicht aber, wer es war.

»Ich sitze hier«, antwortete sie. »Arbeiten Sie ruhig an Ihrem Aufsatz, Paul.« Sie hörte, wie etwas nebenan raschelte, und machte es sich auf ihrem Platz bequem. Von hier aus hatte sie einen besseren Blick in den Dom, als sie erwartet hatte. Sie konnte hier sitzen und die Gläubigen beobachten und sich im Geiste Notizen machen, die sie später in ihrer Unterkunft in ihr Notizheft übertragen würde.

Sie musste schon mindestens eine halbe Stunde so gesessen haben, als ihr ein Mann auffiel, der offensichtlich suchend die Beichtstühle auf der gegenüberliegenden Seite des Kirchenschiffs abschritt. Der Mann trug einen Wintermantel, der ihm ein wenig zu groß war, die Ärmel verdeckten die Hände fast vollständig. Als er das Gesicht in ihre Richtung wandte, sah Lou, dass er einen beeindruckenden Schnauzbart unter der Nase trug. Sein Haupthaar war etwas zu lang und fiel ihm in die Stirn, was ihm einen etwas zerstreuten Ausdruck gab. Ihre Blicke trafen sich, und etwas im Gesicht des Mannes hellte sich auf. Er kam schnurstracks auf Lou zu. Sie stutzte. War das etwa …?

Der Mann blieb direkt vor dem Beichtstuhl stehen. Mit einem kleinen Knall, der im Dom widerhallte, schlug er seine Hacken zusammen und verbeugte sich leicht vor Lou.

»Fräulein von Salomé, wie ich annehme? Friedrich Nietzsche.« Er verstummte und musterte Lou, die den Kopf leicht zum Gruß neigte.

»Außerordentlich, außerordentlich«, murmelte er dann. Er streckte Lou die Hand entgegen, die sie nahm und aus dem Dunkel des Beichtstuhls ins helle Licht trat.

»Fräulein von Salomé.« Es klang wie eine Feststellung in Lous Ohren. »Von welchem Stern sind wir einander zugefallen?«

Lous Wangen röteten sich ein wenig. Rée hatte ihr von seinem Freund Nietzsche erzählt, natürlich, und sie war gespannt gewesen, diesen gelehrten Mann kennenzulernen. Womit sie nicht gerechnet hatte, war, dass er zu versuchen schien, sie mit seinem etwas holprigen Charme von sich zu überzeugen. Sie war sich nicht ganz sicher, wie sie darauf reagieren sollte. Zum Glück öffnete sich da die Tür des Beichtstuhls, und Paul Rée kam heraus. Die beiden Männer begrüßten sich laut und klopften sich auf die Schultern, was zur Folge hatte, dass sich wieder einige Besucher zu ihnen umdrehten und sogar zischend um Ruhe baten. Rée erfasste die Lage mit einem Blick und bot Lou einen Arm, eine Geste, der sich Nietzsche sofort anschloss, so dass Lou schließlich mit einem gelehrten Herrn an jedem Arm den Petersdom verließ.

Was folgte, waren eine ganze Reihe unbeschwerter Tage in Rom, während derer sie die Sehenswürdigkeiten der Stadt besichtigte. Anlässlich eines Besuchs am Kolosseum führte Nietzsche Lou und Paul Rée zur Ruine des Tempels der Venus und der Roma. Man konnte noch erahnen, wie gewaltig das Gebäude einmal gewesen sein musste.

»Sehen Sie, Fräulein Salomé, sehen Sie sich das an. Wie prächtig haben die alten Römer gebaut. Wie haben sie gelebt, mit wie viel Hingabe haben sie ihre Götter verehrt.« Damit zeigte er wieder auf die Ruine.

Paul Reé legte den Kopf schief und betrachtete die Steine, Lou tat es ihm gleich. Ja, Nietzsche hatte recht. Je länger sie die Reste des Tempels ansah, desto mehr nahm er in ihrem Geist seine ursprüngliche Gestalt wieder an. Sie kniff die Augen ein wenig zusammen und konnte nun auch Menschen vor ihrem inneren Auge sehen. Römer, die in Togen gekleidet die Straße entlangflanierten, Priester, die Opfergaben für Venus und Roma entgegennahmen und über die Feuer wachten, die im Tempel brannten.

»Sehen Sie es?« Nietzsches Stimme war nun nur ein Flüstern.

Lou nickte, konnte den Blick nicht von dem Bild lösen, das in ihr entstanden war.

Er sprach weiter: »Sehen Sie es? Die Philosophen, die hier die Straße hinunterwandeln? Umringt von ihren Schülern? Sehen Sie das Weltreich?«

Lou sah es. Sie lächelte.

»Und für wen haben die alten Römer so gebaut? Für ihre Götter. Für Religion. Und sehen Sie sich an, was daraus geworden ist! Ruinen. Und was ist aus den Göttern geworden, die sie verehrt haben? Eine solche Hingabe, so viel Energie haben die Römer darin investiert, diese Götter zu beschwichtigen, sie zu ehren, ihnen Opfer zu bringen. Und nun sind sie weg. Verschwunden. Niemand käme mehr auf die Idee, zu Venus zu beten oder der Roma ein Opfer darzubringen.«

»Nein«, sagte Paul Rée, »diese Zeiten sind vorbei.«

»Ja«, bestätigte Nietzsche, »diese Zeiten sind vorbei. Und auch für die Götter des Islam, des Christentums und des Judentums, für den riesigen Reigen der hinduistischen Götter wird die Zeit kommen, zu der sie nur noch eine Erinnerung sind.«

Lou wandte den Blick von der Ruine ab und sah Nietzsche an, der seinerseits noch starr auf den Tempel schaute. Eine steile Falte zeigte sich zwischen seinen Augenbrauen. Das war wohl der Beweis, dass auch Nietzsche mit der Existenz Gottes haderte, so wie sie es tat.

KAPITEL 27

Berlin, März 1898

Lou empfing jeden zweiten Tag einen Brief, in dem Rainer schilderte, wo er gerade war, was er tat und wen er traf. Und wie tapfer er seine »Verbannung« ertrug.

»Nur Kraft brauche ich. Alles andere weiß ich in mir, um zum Verkünder zu werden. Ich will nicht durch alle Lande gehen und versuchen, meine Lehre zu verbreiten. Ich will es überhaupt nicht zur Lehre erstarren und versteinern lassen. Ich will es leben. Und nur in Deine Seele, Liebling, will ich pilgern, tief, tief hinein, bis hin, wo sie Tempel wird. Und dort will ich meine Sehnsucht wie eine Monstranz heben in Deine Herrlichkeit hinein.«

Das schrieb er ihr, wie um sie zu erinnern, dass er eigentlich nur gegangen war, weil sie es so gewollt hatte.

Lou schrieb ihm auch. Allerdings nur alle paar Tage, sie hatte zu arbeiten.

Frieda, die sie leider in letzter Zeit nur sehr selten gesehen hatte, weil sie ja doch meist mit Rainer beschäftigt gewesen war, hatte sie auf die Idee gebracht, Josef Ettlinger zu kontaktieren. Dieser weilte seit einiger Zeit in Berlin und beabsichtigte, eine Literaturzeitschrift herauszugeben.

Lou sandte ihm eine Nachricht und vereinbarte ein Treffen mit ihm. Ihn zu treffen war nicht ganz einfach, er ging nämlich nicht gern in die lauten Künstlerkneipen, in denen sich die übrigen Schriftsteller, Maler und Schauspieler Berlins gewöhnlich verabredeten, wie er ihr erklärte, als sie frierend mit ihm an einem der Tische draußen vor dem Restaurant saß.

»Wissen Sie, wenn es um mich herum nicht zu laut ist, dann kann ich mich noch recht gut unterhalten.« Während er auf ihre Antwort wartete, hielt er sich ein großes schwarz glänzendes Hörrohr ans Ohr und drehte ihr die Seite zu.

Lou nahm einen Schluck der süßen heißen Schokolade, zu der Ettlinger sie eingeladen hatte, und erklärte ihm mit kurzen Worten und lauter Stimme die Ideen zu einigen Artikeln, die sie gehabt hatte und von denen sie hoffte, sie würden ihn interessieren. Ettlinger zeigte sich beeindruckt von ihrem Essay über Tolstoi, das Anfang des Jahres in der *Neuen Deutschen Rundschau* erschienen war.

Tatsächlich wurden sie handelseins, und Lou machte sich daran, ihren ersten Aufsatz für ihn zu verfassen.

Zunächst beschäftigte sie sich mit dem neuen Buch von Adine Gemberg, »Der dritte Bruder«. Lou kannte Adine, denn sie stammte wie sie selbst aus St. Petersburg, wo sie zusammen zur Schule gegangen waren. Adine war die Tochter eines Englischlehrers am Zarenhof gewesen, hatte dann aber einen Offizier geheiratet, etwas, was wohl die Gesellschaft auch für Lou vorgesehen hätte. Obwohl Adine nun schon seit mehreren Jahren in Berlin lebte wie Lou, hatten sie den Kontakt nicht wiederaufgenommen. Aber um einen Aufsatz über diese Novelle zu schreiben, musste sich Lou ja nicht mit ihr anfreunden. Adine hatte mit ihrem vorherigen Buch »Morphium« einiges an Aufsehen erregt, weil sie darin ablehnte, dass über Drogensucht in Familienzeitschriften geschrieben wurde. Und nun, in »Der dritte Bruder«, schien sie diese Haltung weiter begründet zu haben. Lou war gespannt.

Lou saß jetzt wieder regelmäßig bis spät in die Nacht in der Küche und las und schrieb und arbeitete beim blakenden Licht der Petroleumlampe.

Mit Erfolg. Lou fand die Novelle gut zu lesen. Allerdings hielt sie nichts davon, bestimmte Themen einfach auszusparen, sei es, weil sie unbequem waren, nicht dem Zeitgeist entsprachen oder gegen krude Moralvorstellungen verstießen. Die Zeilen flossen ihr nur so aus den Fingern, und sie beendete das Essay schneller, als sie erwartet hatte.

Nach diesem ersten Essay kaufte Ettlinger ihr vier weitere ab, und Lou konnte die Zuckerdose wieder auffüllen. Sogar ein Braten war möglich, was Carl ebenso erfreut zur Kenntnis nahm wie Lotte.

KAPITEL 28

FLORENZ, APRIL 1898

Pension Benoit
Lungarno Serristori 13j
San Niccolò

Geliebte Lou,
ob ich schon ruhig genug bin, das Tagebuch, das ich Dir heimbringen will, zu beginnen – ich weiß es nicht. Aber meine Freude über diese Reise ist nicht vollkommen, solange Du nicht daran teilhaben kannst. Also fange ich einfach mit diesem Brief an, und es soll ein gutes Omen sein, dass nicht einmal ein ganzes Jahr vergangen ist, seit wir uns kennenlernten. Damals wusste ich noch nichts davon, dass Du die Erfüllung bist, für die ich mich in lauschenden Liedern vorbereitete. Seit vierzehn Tagen wohne ich in Florenz. Stell Dir vor: Mein Zimmer ist auf einem Drittel des Daches der Villa gebaut. Ein anderer Teil ist eine riesige Terrasse hoch über Florenz. Hier wohne ich. Es ist ein Traum, eine Dichtervision. Ich trete aus meinem Zimmer und genieße den Blick über die ganze Stadt. Eine herrliche Aussicht. Aber am dekorativsten sind die Abende. Über dem Parco delle Cascine geht mit dem letzten verlöschenden Glanz die Sonne unter, und die Ponte Vecchio, an der die Häuser wie Nester kleben, flicht sich wie

ein schwarzes Band durch sonnengelbe Seide. In warmen braunen und grauen Tönen liegt die Stadt, und die Berge von Fiesole tragen die Farbe der Nacht. Nur San Miniato al Monte strahlt noch im letzten Licht, und ich versäume es nie, mir dieses letzte Lächeln vor Einbruch der Nacht anzusehen und es in mir einzuschließen. Und, da die Dachterrasse Teil meines Zimmers ist, ein Anblick, der mir ganz allein gehört.

Vor ein paar Tagen allerdings, da wurde meine einsame Zweisamkeit mit dieser Schönheit abrupt gestört. Einer der Hausgäste veranstaltete im Hof eine Art Dämmerschoppen, eine Zusammenkunft, die vor allem dem leiblichen Wohl der anwesenden Herren diente, wie ich hörte, allesamt Künstler, Maler, Dichter, Kunstliebhaber und auch ein Architekt. Schließlich kam diese Gesellschaft die Treppe in mein Zimmer heraufgepoltert, vorgeblich, um den Glanz der Stadt in der untergehenden Sonne zu bewundern. Zu der Zeit arbeitete ich gerade an einigen Gedichten, die ich Dir mit späterer Post zur Begutachtung zukommen lassen werde. Ein älterer Herr mit schweizerischem Akzent entschuldigte sich wortreich bei mir für das Eindringen, so dass ich den Herren nur zu gern den Durchlass gewährte, um sie an der Schönheit der aufkeimenden Nacht teilhaben zu lassen. Doch der Schweizer blieb stehen und mit ihm ein anderer Herr, und sie befragten mich bewundernd zu meiner Arbeit. Der zweite Herr, er stellte sich mir als Heinrich Vogeler vor, entpuppte sich als Maler, der sogleich bedauerte, seinen Skizzenblock nicht dabeizuhaben. Denk Dir, liebe Lou, später begleitete ich die Gesellschaft für den restlichen Abend, aber als der Trubel mir zu wild wurde, setzte ich mich mit Vogeler, dem es ähnlich ergangen war, auf die Terrasse eines Cafés. Und dann entspann sich eine Unterhaltung über Gott und die Welt, wie zwischen alten Freunden, liebe Lou. Ich fühle mich sehr geehrt, die Bekanntschaft dieses Heinrich Vogeler gemacht zu haben, und freue mich darauf, ihn einmal in Worpswede zu besuchen, wozu er mich herzlichst eingeladen hat.

Auch meine Studien vernachlässige ich nicht. Sei versichert, dass sich mein Aufenthalt gelohnt haben wird, wenn wir uns wieder in die Arme schließen. Für die nächsten Tage habe ich den Besuch in den Uffizien geplant, auch Santa Maria del Fiore werde ich besichtigen. Meine Studien führe ich mit großer Ernsthaftigkeit durch und nehme mir Zeit für die Betrachtung jedes noch so kleinen Details.

So sei gegrüßt aus Florenz, Geliebte, wo mir zu meinem vollendeten Glück nur eins fehlt: Du.

Rainer

KAPITEL 29

Schmargendorf, Mai 1898

Sie vermisste Rainer, und sie vermisste ihn auch nicht. Einerseits war sie so vertieft in ihre Arbeit, die ihr Herz höherschlagen ließ und den Kopf von wirren Gedanken reinigte, dass sie gar keine Zeit hatte, lange über die Trennung nachzudenken. Und wenn sie es tat, wenn sie morgens ihre Runde mit Lotte im Wald drehte, dann verspürte sie vor allem große Dankbarkeit. Dankbarkeit dafür, dass sie diesen blutjungen Dichter kennengelernt hatte und er ihr gezeigt hatte, dass Liebe sich anfühlen konnte wie ein Vulkanausbruch.

Im Mai, als sich der Jahrestag ihres Kennenlernens näherte, befiel sie dann aber eine seltsame Einsamkeit, obwohl sie doch immer Carl um sich hatte.

Wie gern hätte sie dieses besondere Datum mit ihm begangen, in Zweisamkeit und größter Nähe. Stattdessen feierte sie ganz allein und still den Tag, indem sie alle Plätze ablief, an denen sie in Berlin gemeinsam gewesen waren. Sich an alle Begebenheiten erinnerte, so intensiv, dass sie fast seine Hand auf ihrer Haut zu spüren vermeinte.

Befeuert wurde das Gefühl durch einen flammenden Brief, den sie im Juni aus Florenz erhielt.

Liebste Lou,
hier in Florenz braut sich eine mörderische Hitze zusammen. Gestern ist ein großer bunter Vogel immer wieder gegen mein Fenster geflogen und schien völlig verwirrt. Ich schließe die Augen und folge dem Rauschen ins Blau. Die Hitze pocht gegen die Mauern, beflügelnd, aufzehrend. Wenn ich im Bett liege, klebt das Leintuch auf meiner nackten Haut, die sich nach Deiner Berührung sehnt. Die Arbeit scheint schwieriger, mein Geist schwerfälliger. Ich habe angefangen, laut mit Dir zu sprechen, obwohl Du ja gar nicht in der Nähe bist. Doch Du fehlst so sehr. Ich möchte nur noch hier liegen und warten, dass Du kommst, um mich aus diesem Glutofen zu retten. Rainer

Lou zögerte nicht, sie schrieb ihm zurück und fragte, wie weit seine Studien der antiken Künstler nun gediehen waren. Hatte er all die Statuen angesehen? Sich damit beschäftigt, welchen Ausdruck Michelangelo der David-Statue gegeben hatte? Im Bett zu liegen, dafür war er nicht nach Italien gegangen! Sie wusste, dass er nach Rom reisen wollte, um die Laokoon-Gruppe einer eindringlichen Untersuchung zu unterziehen. Nun ermunterte sie ihn, das endlich zu tun, selbst wenn es in Rom vermutlich noch heißer sein würde als in Florenz.

Ein paar Tage später erreichte sie seine Antwort. Auch in Berlin hatte das schöne Wetter Einzug gehalten, und sie las den Brief im Garten sitzend, während die Sonne ihre kalten Glieder wärmte.

Liebste Lou,
endlich bin ich weitergereist, habe Florenz mit all seinen Wundern hinter mir gelassen und weile nun in Rom, von dem Du mir so viel erzählt hast.

Du kennst diese Stadt wahrscheinlich besser als ich nach so kurzer Zeit, so werde ich mich kurzfassen, denn jede Minute, die ich hier verweile, hält mich davon ab, endlich zu Dir zurückzukehren. Ich habe mich also mit Eifer in meine Studien gestürzt.

Doch auch über meine Fortschritte möchte ich berichten.

Weißt Du noch? Wir haben einmal darüber gesprochen, ob der Künstler sich von den übrigen Menschen unterscheidet. Heute weiß ich die Antwort. Schon in Florenz saß ich stundenlang vor irgendeinem Bild oder einer Statue und habe mir eine Meinung darüber gebildet. Dann habe ich in Burckhardts Aufzeichnungen über Kunstgeschichte nachgelesen und festgestellt, dass sich meine Meinung nicht von der anderer unterschied. Aber dann, liebe Lou, geschah es. Ich saß vor der Madonna del Magnificat von Botticelli, sah einen Kampf, fühlte aber einen Sieg. Ich vergaß, was ich über das Bild gelesen hatte, vergaß, was ich mir vorher davon erwartet hatte. Sah nur und fühlte. Und meine Freude hätte nicht größer sein können. Der Bann war gebrochen. Es war, als sei ich endlich würdig, einem Bund von Männern beizutreten, von dem ich bisher nur gehört hatte. Nur die besten von uns gehören zu diesem Kreis. Und was sie schaffen, bewirkt, dass ihre Sehnsüchte in uns überdauern. Unsere Sehnsüchte, dergestalt ausgedrückt, bleiben, auch wenn wir selbst ermatten, in anderen erhalten, bis sie irgendwann bis zum letzten Menschen weitergegeben worden sind. Und das ist erst der Anfang. Wir bestehen aus Ahnungen und aus Träumen.

Rainer

Lou verstand, dass Rainer an einem Punkt angelangt war, an dem ihre geistige Begegnung wieder neue Impulse bekäme. Er war ein Stück gewachsen, hatte von der Welt gesehen, was ein Künstler ihrer Zeit gesehen haben musste. Lou fühlte Wärme in sich aufsteigen, als sie an Rainer dachte. Wie würde er sein? Gereift? Als Dichter erwachsener geworden? Was hatte diese Zeit der Reise und ihre Trennung mit ihm gemacht?

Sie selbst fühlte in sich hinein und spürte, dass da wieder Platz war für Rainer. Die Enge und Bedrängnis, die sie gespürt hatte, die sie belastet hatte, bevor Rainer gefahren war, waren einer sehnsuchtsvollen Erwartung gewichen. Sie gestand sich ein, dass sie ihn vermisste. Die Gespräche mit ihm, aber auch seine Nähe, seinen Geruch, seinen Anblick, ihre Vereinigung. Und schließlich verstand sie, dass sie nicht anders konnte, als dieser Sehnsucht nachzugeben – und lud ihn ein, sich nach Abschluss seiner Aufgabe in Rom auf den Weg nach Hause zu machen.

KAPITEL 30

BERLIN, AUGUST 1898

Es wurde August, bis Rilke wieder in Berlin eintraf. Als Lou ihn vom Bahnhof abholte, trat ihr ein gesund aussehender Rainer entgegen, ein junger Mann, der deutlich von seiner Kindlichkeit verloren hatte. Seine Gesichtszüge schienen schärfer definiert, der Blick aus den blauen Augen wissender. Gut sah er aus. Wie immer umarmte er sie zur Begrüßung etwas steif, seine gesetzte Art hatte er offenbar über den italienischen Frühling und Sommer gerettet. Lou wusste zunächst nicht, warum, aber er kam ihr fremd vor.

Sie nahmen eine Kutsche in die Hundekehlestraße, denn Lou hatte ein Zimmer in einer neu eröffneten Pension an der Ecke zur Berkaer Straße für Rainer reservieren können. Es war ein kleiner Raum, ausgestattet nur mit Bett, einem Kasten und einem kleinen Schreibtisch, aber ein Paradies verglichen mit der Dachkammer in Friedenau. Außerdem würde er so in Lous unmittelbarer Nähe sein, Tag und Nacht. Eine Aussicht, die nun ein strahlendes Lächeln in Rainers Gesicht zauberte, was Lou wiederum klarmachte, dass seine Distanziertheit nur Unsicherheit war.

Sie selbst sah auch den praktischen Nutzen des Arrangements. Die langen Wege nach Friedenau und zurück nach Schmargendorf entfielen nun, so dass sie mehr Zeit für ihre Studien hatten und ihr Rainer gleichzeitig mehr bei den Haushaltsaufgaben helfen konnte.

Carl war in der letzten Zeit sehr in sich zurückgezogen gewesen, es machte ihm zu schaffen, wenn Lou mehr zum Lebensunterhalt beitrug als er. Dabei war das in den letzten Jahren eher die Regel als die Ausnahme geworden. Doch führte seine wirtschaftliche Schwäche keinesfalls dazu, dass er wenigstens mehr mithalf, indem er etwa Feuerholz hackte oder die Wäsche aufhängte. All das blieben Lous Aufgaben. Rainer im Gegensatz dazu war bereit, seinen Teil beizutragen, zu tun, was Lou ihm auftrug.

Und so dauerte es nicht lange, bis Rainer das Nötigste ausgepackt hatte, und als er in Lous Küche saß, war es, als sei er nie weg gewesen.

Nun, nicht ganz.

Er schien merkwürdig angespannt, saß aufrecht da und berichtete von der Reise, wiederholte vieles, was er schon in seinen Briefen geschrieben hatte, und überreichte Lou schließlich nach dem Abendessen feierlich das Tagebuch, das er während der Reise geschrieben hatte.

Lou schlug es auf und sah, dass die Seiten eng bekritzelt waren, in seiner Handschrift, die sie inzwischen so gut kannte.

Lou, liebste Lou.

Die Reise nach Florenz, diese blühende Stadt, war so unerträglich lang, in stinkenden, engen Zugabteilen, ohne dich an meiner Seite. Der Zug ruckelte so sehr auf den Gleisen, dass es fast unmöglich war, auch nur einen einzigen Gedanken auf Papier zu bringen. Da ich, wie Du mir ja sehr ans Herz gelegt hattest, schon gleich zu Anfang der Reise sehr auf meine Börse achten wollte, verbrachte ich zwar die meiste Zeit im Speise-

wagen, allerdings auf Einladung einer Gräfin von X, die zufällig auch in Richtung Süden unterwegs war …

Lou las ein wenig in diesen Notizen, bis die Sicherheit in ihr keimte, dass sie alle wichtigen Entwicklungen in seinen Briefen dargelegt bekommen hatte, dann nickte sie nur. Sie würde später weiterlesen. Rainer stand vor ihr und sah sie erwartungsvoll an, doch sie wusste nicht recht, welche Reaktion er von ihr wollte. Abgesehen davon hatte sie keine Zeit, irgendetwas mit ihm zu diskutieren, nun musste das Abendessen gekocht werden. Rainer half schweigend, die Gemüsesuppe zuzubereiten, und sie aßen zusammen mit Carl zu Abend.

Als Carl sich in sein Studierzimmer zurückgezogen hatte und Lou sich an den Abwasch machte, packte Rainer sie plötzlich am Arm.

»Lou!«

Ärgerlich befreite sie sich aus seinem Griff und tauchte den nächsten Teller ins Spülwasser.

»So hör doch.«

Sie drehte sich um und sah ihn an. »Was ist los, Rainer? Möchtest du nicht dabei helfen, die Teller abzutrocknen? Hast du etwas anderes zu tun?« Sie merkte, dass sich ihr Ton schnippisch anhörte.

»Lou, siehst du denn nicht, dass wir über andere Dinge sprechen sollten als über saubere Teller? Ich bin ganz erfüllt von all der Kunst und meinen Erkenntnissen aus Rom und Florenz. Endlich kann ich dir einmal mit Erkenntnissen dienen.«

Lou konnte ein Schmunzeln nicht unterdrücken, und sie legte ihm eine Hand auf den Arm. »Rainer, Junge …«

»Junge?«, fuhr er auf. »So siehst du mich? Als Jungen? Nicht als

Gewachsenen? Es kann nicht sein, dass immer nur du die bist, die für Erfahrung und Lebensweisheit bei uns steht.« Sein Ausdruck schwankte jetzt zwischen Missmut und Ärger.

Lou verschränkte die Arme vor der Brust und sah ihn stirnrunzelnd an. Mit so einem Ausbruch hatte sie nicht gerechnet.

»Kannst du das nicht sehen? Siehst du mich nicht?« Rainer stand mit glühenden Augen vor ihr, raufte sich die Haare und schüttelte den Kopf. »Nein, du siehst es nicht. Nichts kann ich dir geben. Gar nichts.« Nun ließ er den Kopf hängen.

Lou verfolgte das Schauspiel, das er ihr bot, und versuchte zu verstehen, was in Rainer vorging. Natürlich wollte sie zu gegebener Zeit alles hören, was er erlebt hatte, was ihn bewegte, aber gab es nicht für alles seine Zeit? Dann wurde ihr klar, was es war, das sie trennte. Rainers jugendliche Ungeduld, seine Art, die eigenen Anliegen für die wichtigsten der ganzen Welt zu halten, diese Haltung war ihr über die Jahre verloren gegangen. Das Ausmaß an Lebenszeit, ja Lebenserfahrung, die sie trennte, erschreckte sie in diesem Moment mehr als je zuvor. Würde es etwa immer so bleiben zwischen ihnen, dass sie die Ältere, Vernünftige sein musste?

Mit zwei schnellen Schritten trat Rainer nun zur Küchentür, die hinaus in den Garten führte. Er warf ihr einen bösen Blick zu. »Dann muss ich gehen!« Er blieb stehen, die Klinke der Tür in der Hand.

Lou drehte sich wieder zu ihrem Spülwasser um. Dann hörte sie, wie die Tür geöffnet wurde und gleich darauf wieder ins Schloss fiel.

Sie seufzte leise. Rainer war nicht der erste jüngere Mann, mit dem sie zu tun hatte. Es gab so vieles, was sie an ihm schätzte, was sie an ihm liebte, als Frau, als Geliebte, manchmal auch als seine

Lehrmeisterin. Aber wäre ihre Liebe nicht um vieles schöner, ja eine bessere, wenn er nicht so ungeduldig wäre, wenn er mehr Weitblick und Ruhe hätte, um den Herausforderungen des Lebens – und der Kunst – zu begegnen?

~

Am nächsten Morgen tauchte kein Rainer zum Frühstück auf, dabei war sein Weg jetzt viel kürzer als zuvor. Lou setzte sich mit einer Tasse Kaffee und seinem florentinischen Tagebuch an den Gartentisch. Er schilderte darin seine Ankunft in der Stadt, unterbrochen von Gedichten, dann aber hatte er seine Gedanken zur Kunst notiert. Die Religion sei die Kunst der Nichtschaffenden, hatte er aufgeschrieben. An diesem Punkt stutzte Lou und holte ihre eigenen Aufzeichnungen herbei. Vorige Woche erst hatte sie das notiert: *Auch der Künstler darf nicht die Absicht hegen, sich seinen Stoffen aufzudrängen, wenn er sie bewältigen will, auch er schafft nur durch eine hingerissene Liebe zu ihnen, nur dass sie einer anderen Seite an ihnen gilt, als die Liebe des Erkennenden. Wie auf allen Lebensgebieten kennzeichnet diesen typischen Widerspruch, in dem alle Räthsel unseres Menschenthums sich lösen am unbedingtesten unser religiöses Verhalten zu etwas: der ›Gott‹ ist immer nur das Erhaltende, Erlösende, das uns vollkommen Ansprechende für uns …*

War Rainer, während er dort in Italien über den Ursprung der Kunst nachsann, zu ähnlichen Überlegungen gekommen wie sie selbst? Sie las weiter, blätterte im Tagebuch, suchte in ihren Notizen, bis ein Rascheln sie aufsehen ließ. Da stand er. Er sah sie forschend an, fragend.

Lou lächelte ihn an.

Da stürzte Rainer zu ihr, ließ sich vor ihr auf die Knie fallen und bettete seinen Kopf in ihren Schoß. Doch Lou legte beide Hände an sein Gesicht, führte es an ihres und küsste ihn. Lang und zärtlich.

Am Abend las Lou noch einmal einige Zeilen am Ende des Tagebuchs: *Als Du mich nach der Zukunft fragtest und ich hilflos lag und eine Nacht überwachte über dieser Bangigkeit, da wusste ich, als ich Dich am Morgen wiederfand, dass Du die immer Neue, die immer Junge, das ewige Ziel bist und dass es für mich eine Erfüllung gibt, welche alle umschließt: DIR entgegengehn.*

Du bist nicht ein Ziel für mich, Du bist tausend Ziele. Du bist alles, und ich sehe Dich in allem; und ich bin alles und führe Dir alles zu bei meinem Dir-entgegen-Gehen.

KAPITEL 31

Berlin, September 1898

Den Abend verbrachten Lou und Rainer im Salon von Sabine und Rainer Lepsius. Das Malerehepaar hielt einen der gefragtesten Salons Berlins ab. Lou mochte die Werke der beiden, Rainers schienen ihr in ihrem Blick auf die Welt spannender zu sein, auch wenn ihr sehr wohl bewusst war, dass es Sabine Lepsius war, die unermüdlich die Gören reicher Berliner auf die Leinwand bannte, um für den Lebensunterhalt der Familie zu sorgen.

Lou saß mit Sabine Lepsius auf einem Canapé in einer Fensternische, und sie unterhielten sich über die Berliner Secession, der die Malerin angehörte. Die Secession war geschaffen worden, um ein Gegengewicht zu den Kunstakademien zu bilden – da die moderne Kunst, der Impressionismus, von den Kuratoren der gewöhnlichen Kunstausstellungen immer öfter abgelehnt wurde, wollte man eine Möglichkeit schaffen, sie der Öffentlichkeit dennoch zugänglich zu machen. Man beriet sogar über ein eigenes Gebäude in der Kantstraße, würde sich jedoch noch gedulden müssen. Sabine Lepsius war mit Käthe Kollwitz und Julie Wolfthorn Gründungsmitglied der Secession – neben zweiundsechzig männlichen Künstlern. Aber immerhin.

Lou befragte Sabine Lepsius nach ihren Möglichkeiten als Malerin. Noch immer war es so, dass Frauen der Weg zu den Akademien verwehrt blieb. Wollte eine Frau ihre künstlerischen Fähigkeiten unter fachkundiger Anleitung weiterentwickeln, sah sie sich gezwungen, teure Privatstunden zu nehmen. Aus diesem Konflikt heraus war schon fast ein kleiner Wirtschaftszweig entstanden; nicht wenige männliche Absolventen der Akademie verdienten sich auf diese Art und Weise ein lukratives Zubrot, was Lou skandalös fand. Wie war es möglich, warum war es erlaubt, dass Frauen, die etwas lernen und sich weiterbilden wollten, auf derartige Weise ausgenutzt wurden? Warum wurden sie nicht gefördert, weil sie Talent hatten, etwas, das man bei manchen der männlichen Absolventen durchaus vermisste?

Dann kam ein kleiner Junge angelaufen und klammerte sich an die Knie seiner Mutter. Er war fast noch ein Baby, gerade erst in der Lage, seine kleinen Beinchen selbstständig zu benutzen.

Sabine Lepsius beugte sich zu ihrem Sohn und hob ihn auf ihren Schoß.

»Entschuldigen Sie bitte, ich kann ihm einfach nichts abschlagen, unserem kleinen Stefan. Stefan George ist sein Patenonkel.«

Lou lächelte und erinnerte sich an den Abend, als sie den Dichter kennengelernt hatte. Er war ihr im Gedächtnis geblieben, einerseits wegen seiner wirklich außergewöhnlichen Persönlichkeit, andererseits weil seine Art zu dichten so neu und innovativ war. Einen Künstler wie ihn musste man lange suchen, auch in Berlin. »Da hat er aber ein großes Vorbild als Paten. Ich gratuliere Ihnen und dem kleinen Stefan.«

Sabine Lepsius schien geschmeichelt. »Wissen Sie, ich darf Stefan, den älteren natürlich, mit Fug und Recht als Freund der Familie bezeichnen. Wir sind sehr glücklich, ihn zu kennen.«

Der kleine Stefan auf dem Schoß der Mutter gähnte herzlich und kuschelte sich enger an seine Mutter. Sabine Lepsius lächelte.

»Du kleiner Racker. Es ist Zeit, schlafen zu gehen. Deine Schwestern sind sicher schon lange im Reich der Träume.« Sie nickte Lou entschuldigend zu und erhob sich, das schon fast eingeschlafene Kind auf dem Arm.

Lou stand ebenfalls auf und ging hinüber zu Rainer, der sich mit Stefan George unterhielt. Der Dichter erklärte Rainer gerade, wie es gekommen war, dass sich ihm immer mehr junge Menschen anschlossen. Tatsächlich war der Andrang so groß, dass George eine Art Aufnahmeprüfung entwickelt hatte: Wer sich seiner Entourage anschließen wollte, musste ein Gedicht rezitieren. Dabei war es ihm besonders wichtig, dass die Person, die sprach, in der Lage war, sich selbst zurückzunehmen. George duldete nicht, wenn jemand seinen Worten eine eigene Prägung gab. Die Worte sollten für sich selbst stehen.

Lou hatte gehört und auch schon gesehen, dass George diese Zurückhaltung auch bei seinen Texten erwartete. Er verzichtete auf den Gebrauch von Großbuchstaben und hatte eine Handschrift entwickelt, bei der alle Buchstaben die gleiche Größe hatten. Nichts sollte die Aussagekraft seiner Worte stören. Dieser Mann beeindruckte sie, auch wenn sein Äußeres sie eher abstieß. In seiner Priesterhaftigkeit war George ihr doch ein wenig unheimlich.

Auf dem Nachhauseweg diskutierte sie mit Rainer über die Gastgeber. Rilke äußerte sich abfällig über die Bilder, die Sabine malte (es mochte am weiblichen Geschlecht liegen, dass es ihr reichte, derart öde Gemälde zu erschaffen, behauptete er), woraufhin Lou ihn scharf zurechtwies. »Wer, glaubst du, finanziert das alles? Ihr gemeinsames Leben?« Wie kam Rainer nur dazu, eine solche Geringschätzigkeit zu zeigen? Wie kam er überhaupt dazu, sich ein Urteil zu erlauben über die Werke, die Sabine Lepsius schuf? Sie hatten doch gehört, dass die Malerin hauptsächlich wegen des Einkommens malte, so malte, wie sie es tat. Wenn man etwas verkaufen wollte, musste man eben darauf achten, dass es den Käufern gefiel oder sie wenigstens nicht überforderte. Aber das war doch kein Grund, einem Künstler gleich die Kompetenz abzusprechen. Vor allem nicht, wenn es eine Frau war.

Als sie vor ihrer Wohnung in der Hundekehlestraße angekommen waren, legte sie Rainer nahe, nach Hause zu gehen, er könne ja am nächsten Vormittag vorbeikommen.

Das tat Rainer auch, die Atmosphäre blieb jedoch eher kühl, während sie ihren Morgenkaffee zu sich nahmen. Als der letzte Rest aus der Kanne getrunken war, stand Lou auf.

»Lass uns in den Wald gehen«, schlug sie vor.

Rainers Gesicht leuchtete auf.

»Ja, lass uns das tun!« Er sprang auf und verließ die Küche. Gleich darauf hörte Lou die Haustür klappen. Sie seufzte und verzichtete darauf, ihn zurückzurufen, als sei er ein Kind, sondern räumte die Tassen selbst vom Tisch, verstaute Milch und Zucker in der Kammer und legte sich dann ihr Tuch um die Schultern.

Als sie das Haus verließ und Rainer unten an der Treppe stand, bemerkte sie, dass er keine Schuhe trug. Er beugte sich zu ihr, als sie noch oben auf dem Absatz vor der Haustür stand, und löste die Verschnürung an ihren Stiefeln. Dann legte er die Hand an den Absatz ihres rechten Schuhs und zog ihren Fuß sanft nach oben, so dass Lou auf einem Bein stehen musste. Lachend beugte sie sich vor und hielt sich an seinen Schultern fest, weil sie Gefahr lief, das Gleichgewicht zu verlieren. Mit Rainers Hilfe schlüpfte sie erst aus dem rechten und dann auch aus dem linken Schuh. Dann streifte Rainer ihr die Strümpfe von den Füßen, und Lous Haut kribbelte unter seiner Berührung. Sie wackelte mit den Zehen, lachte wieder und stieg dann die Treppe von der Haustür hinab, bis ihre Zehen das noch feuchte Gras im Vorgarten berührten.

Rainer sah sie erwartungsvoll an und streckte ihr seine Hand entgegen. Lou reckte das Kinn, machte einen hoheitsvollen Schritt auf ihn zu und reichte ihm ihre Hand mit der Geste einer Kaiserin.

»Ihre Kaiserliche Hoheit, Auguste Victoria, könnte nicht edleren Antlitzes sein als Sie, meine Dame.« Das Lächeln in Rainers Augen war in seiner Stimme zu hören.

Lou konnte nicht anders, als ihm das Lächeln zurückzugeben. Der Gegensatz zu seiner schroffen Art, mit der er gestern Sabine Lepsius' Kunst abgefertigt hatte, hätte nicht größer sein können. Nun war er wieder ihr Rainer, nun spürte sie wieder diese enge Verbindung ihrer Seelen. Das Sehnen danach, dem ähnlichen Menschen nahe zu sein, das Gefühl, in seiner Gegenwart mehr zu sein als nur sie selbst. Wenn Rainer weg war oder sie eine Meinungsverschiedenheit hatten, hatte sie das Gefühl, sich selbst erst wieder finden zu müssen.

Der Weg durch den Wald war so herrlich wie nur was. Das Moos federte ihre Schritte ab und machte den Gang leicht und damit auch Lous Herz. Die Sorgen der letzten Monate fielen von ihr ab. Und endlich, endlich konnte sie wieder mit ihm zusammen lachen.

KAPITEL 32

BERLIN, SEPTEMBER 1898

Als sie nach Hause kamen, wartete ein Brief auf dem Küchentisch. Rainer hatte ihn zuerst entdeckt und winkte damit. Lou trat zu ihm und nahm ihm den Umschlag aus der Hand. Sie betrachtete die Handschrift, war sich aber nicht sicher, ob sie sie kannte. Lou griff nach einem Buttermesser, trennte das Kuvert vorsichtig auf und entnahm ihm einen Bogen Papier. Sie las.

»Ach, Rainer, welche Freude! Endell kommt! Er will uns schon morgen in Berlin treffen.« Sie drehte sich strahlend um und sah in Rainers Gesicht, in dem sie nicht die gleiche Begeisterung lesen konnte, die sie selbst empfand. »Was ist los? Freust du dich gar nicht?«

Rainer trat einen Schritt von ihr zurück und räusperte sein Herrenräuspern.

»Nun ja«, begann er, »ich glaube, du verstehst, dass ich mich so sehr auf einige Tage nur mit dir gefreut habe. Wir waren so lange getrennt, und ich möchte mit dir meine Aufzeichnungen aus Florenz durcharbeiten. Das sollte nicht lange warten müssen.«

Sein Blick war ein wenig hochmütig, fast herausfordernd, aber nachdem Lou ihn einige Sekunden lang angesehen hatte, wohl wissend, dass er an ihrem Gesicht ablesen konnte, was sie dachte, nämlich, dass er sich mit seiner Eifersucht gerade jetzt zurückhalten sollte, wurden seine Züge leichter, weicher und verzogen sich schließlich zu einem Lächeln.

»Aber natürlich«, sagte er dann, »werden wir uns mit Endell treffen, wenn er nach Berlin kommt. Wenn du es wünschst.« Er ergriff Lous Hand und zog sie an seine Lippen.

Lou entwand ihm ihre Finger und stemmte die Hände in die Hüften.

»Nun, dann werden wir zunächst eine Antwort an unseren Freund verfassen und uns danach um deine Aufzeichnungen kümmern. Aber zuallererst brauche ich Feuerholz, damit ich uns ein Mittagessen kochen kann. Wenn du so freundlich wärst …«

Gehorsam verließ Rainer die Küche, und wenig später hörte Lou, wie er draußen im Garten Holzscheite spaltete, damit sie in den Ofen passten.

Sie bereitete ein Gulasch vor, das den restlichen Tag duftend auf dem Herd köchelte und nur hin und wieder ihre Aufmerksamkeit brauchte. Und dann beugten sie sich zusammen über Rainers Notizbücher. Lou bemerkte, dass einige neue dazugekommen waren, die Rainer auf der Reise gekauft haben musste. Nicht weniger als drei Bücher waren mit weißem Leder bezogen und kostbar verziert. Ganz anders als die schlichten schwarzen Hefte, die sie benutzte und zu denen sie Rainer mehrmals geraten hatte. Es kam schließlich auf den Inhalt und nicht auf die Verpackung an. Aber Rainer hatte wohl seinen eigenen Kopf, den er anscheinend immer dann durchsetzte, sobald sie nicht in der Nähe war.

Am nächsten Nachmittag wollten sie Endell treffen, den lustigen kleinen Mann mit dem steifen Stresemannkragen, im Café

Möhring, einem erst in der vorigen Woche eröffneten Lokal am Kurfürstendamm in Charlottenburg. Sie beschlossen wieder einmal, zu Fuß in die Stadt zu gehen, was einen sehr langen Spaziergang ergab, aber Lou brauchte die Bewegung, um die Dinge zu durchdenken. Und immerhin hatten sie am Vortag und genauso am Vormittag schon lange Zeit über den Aufzeichnungen gesessen, die Rainer aus Italien mitgebracht hatte.

Sie bogen gerade auf den Kurfürstendamm ein, da mussten sie stehen bleiben. Ein Menschenauflauf verhinderte, dass sie weitergehen konnten.

»Was ist denn los?«, fragte Lou eine Passantin, die in einer komisch hüpfenden Bewegung versuchte, einen Blick auf die Straße zu erhaschen.

»Der Kaiser!«, meinte die Frau nur und warf Lou einen kurzen Blick zu, der wohl sagen sollte, wie verwunderlich sie es fand, dass jemand nicht wusste, was der Grund für ihre Neugier war. Rainer reckte sich, um ebenfalls auf die Straße sehen zu können.

Offenbar hatte Kaiser Wilhelm II. seine offene Kutsche anhalten lassen, um den Flaneuren auf der Straße die Möglichkeit zu geben, ihm zuzujubeln. Rainer wollte sich ihnen wohl anschließen, doch Lou nahm seine Hand und zog ihn weiter. Den Kaiser konnte man schließlich oft genug in Berlin sehen, Endell indes war nur kurze Zeit in der Stadt.

»Nun, lieber Freund, wie schreitet Ihre Karriere als Architekt denn weiter voran? Haben Sie neue Aufträge in Aussicht?« Lou winkte dem Kellner, um eine Tasse heiße Schokolade zu bestellen, Rainer und Endell wollten lieber Kaffee.

Endell räusperte sich, hob an zu sprechen, und Lou bemerkte

den Stolz in seiner Stimme. »Gerade nun komme ich von Wyk auf der Insel Föhr, wo ich für den Dr. Karl Gmelin ein Nordsee-Sanatorium baue.«

Nun war er in Berlin, um über den Bau einiger Geschäftshäuser am Hackeschen Markt zu verhandeln. Das Fotoatelier in München war fertiggestellt, und Lou stellte fest, dass sie es bald besuchen musste, schon allein, um Sophia Goudstikker wiederzusehen.

Vielleicht zöge er bald ganz nach Berlin, wo so viel gebaut werde, versicherte Endell.

Es wurde ein amüsanter Nachmittag, bis irgendetwas Rainers Stimmung so eintrübte, dass sie sich gezwungen sahen, vorzeitig den Heimweg anzutreten. Rainer war aschfahl im Gesicht, abgesehen von zwei hektisch roten Flecken auf seinen Wangen. Sein Atem ging stoßweise, und seine Augen glänzten fiebrig.

Lou entschuldigte sich bei Endell, dem sie eigentlich gern noch länger zugehört hätte, er wusste so viel davon zu berichten, was die Künstler des Jugendstils vorhatten. Doch sie spürte, dass Rainer in seinem Zustand einem weiteren Gespräch nicht gewachsen wäre. Sie dankte Endell für seine Zeit und führte ihren apathisch wirkenden Geliebten am Arm aus dem Lokal und winkte eine Mietdroschke herbei.

Als sie darin Platz genommen hatten, nahm sie Rainers Hand in ihre.

»Rainer, sieh mich an.«

Zögernd hob er den Kopf.

»Was, mein Liebster, was ist los. Sag mir, wie du dich fühlst.« Sie streichelte beruhigend seine Hand.

Rainer räusperte sich. »Ich …« Er brach ab. Ein Zittern durchlief seinen Körper.

Lou verstärkte ihren Griff, wollte ihn hier halten, in der Realität, bei ihr. »Liebster.«

»Schweig. Du kannst nicht die Wahrheit sprechen, mich nicht lieben. Ich bin kein Dichter, nur ein Nichtsnutz. Nicht würdig, Worte in den Mund zu nehmen und zu versuchen, sie zu etwas Gefälligem zu formen.«

«Du redest Unsinn, Rainer, du weißt es. Du hast schon Wunderbares geschrieben.«

Er stieß bitter die Luft aus. »Wunderbares? Wie sollte das genug sein? Wie sollte ich jemals in der Lage sein, zu schreiben, was ich zu sagen habe? Was die Welt von mir wissen muss? Ans tiefste Innere der Welt zu gelangen? Wie nur, Lou? Wie sollte das gehen? In all meiner Unzulänglichkeit?« Er begann sich die Haare zu raufen, schien sie sich vom Kopf reißen zu wollen.

Lou hielt seine Hände fest. »Rainer. Rainer, hör mich an.« Sie legte all ihre Autorität in die Stimme, und tatsächlich hob er den Kopf, so dass sie in seine vom Weinen verquollenen Augen sehen konnte.

»Rainer, merkst du, dass da ein anderer in dir ist? Ein kleiner, missgünstiger Herr, der dir nicht vergönnt, wie du mit deinen Studien und deiner Entwicklung weiterkommst? Er ist es, der sich klein fühlt. Nicht du. Lass dir nichts einreden von diesem kleinen Mann in dir.«

Sie drückte seine Hände. Das Herz tat ihr weh, wenn sie ihn ansah. Sie wusste, dass da ein Dichter in ihm schlummerte, der die Welt klarer sah als andere. Der die besseren Worte fand, um das Schöne in der Welt zu beschreiben ebenso wie das Schreckliche. Doch gerade diese Sicht auf alles schien es zu sein, mit der er immer wieder zu kämpfen hatte. Er lebte nicht wie andere Menschen in einem Panzer aus Unwissenheit oder Ignoranz. Rainer musste die Welt in ihrer ganzen Klarheit sehen und ertragen. Und manchmal war er davon mehr als überfordert.

Rainer nickte, schniefte jedoch noch und entzog ihr dann seine Hände, um sich kräftig in sein Taschentuch zu schnäuzen.

Bis sie zu Hause angelangt waren, hatte er sich wieder in der Gewalt, und Lou ließ ihn an der Ecke vor seiner Unterkunft aus der Droschke steigen, damit er sich hinlegen und erholen konnte.

KAPITEL 33

Schmargendorf, November 1898

Eines Nachmittags platzte Carl beim Kaffeetrinken mit der Nachricht heraus, dass er in den Südkaukasus reisen müsse.

Lou sah ihn erstaunt an und goss Kaffee in seine Tasse nach. »Ist etwas geschehen?«, fragte sie.

Carl sah sie mit sehr feierlicher Miene an, warf auch Rainer einen Blick zu, bevor er weitersprach: »Es ist ein sehr wichtiges Schriftstück aufgetaucht, das ich unbedingt im Original sehen muss, am liebsten würde ich selbst eine Abschrift anfertigen, um sie zu übersetzen. Denk dir, Ljola, es könnte der Durchbruch meiner Studien zum ›Avesta‹ sein!«

Lou griff seine Hand. Das Avesta war so etwas wie das heilige Buch des Zoroastrismus, der altpersischen Religion, die der altiranische Prophet Zarathustra begründet hatte. Carl forschte seit Jahren daran, weil man bisher keine Ahnung hatte, wann und wo Zarathustra wirklich gelebt hatte. »Das sind ja wunderbare Neuigkeiten! Natürlich wirst du fahren, und wir werden dich begleiten, nicht wahr, Rainer?«

Der Angesprochene zuckte erst leicht zusammen, dann nickte er eifrig.

»Ich dachte«, fuhr Carl fort, »ich könnte die Zeit nutzen, um eine längere Studienreise zu machen. Du weißt doch, meine Liebe, ich liebe es, über meinen Büchern zu sitzen und Schriften zu enträtseln. Doch hin und wieder zieht es mich doch nach draußen.« Er nahm einen kräftigen Bissen von dem Hefezopf, den Lou am Morgen gebacken hatte. Noch kauend sagte er: »Ich würde zu gern einige Kollegen treffen.« Ein paar Krümel landeten auf seinem Hemd.

Lou überlegte. So eine Reise kostete Geld. Viel Geld. Auch wenn sie im ersten Moment begeistert war und unbedingt mitreisen wollte, musste die Sache wohlüberlegt sein. Seit dem Frühjahr hatte sich ihre finanzielle Lage einigermaßen verbessert, sie hatte mehrere Essays veröffentlicht, aber es konnte nicht die Rede davon sein, dass sie wirklich vermögend waren. Andererseits war es wichtig, dass Carl seine Studien nicht vernachlässigte, wenn er jemals wieder eine feste Anstellung an einer Universität bekommen wollte. Was wiederum eine nur zu willkommene Verbesserung ihrer Lage zur Folge gehabt hätte.

Rainer erhielt zwar eine kleine Zuwendung aus Prag von seiner Mutter, doch die war sehr bescheiden. Auch er hielt sich mühsam mit dem Schreiben von Essays und Artikeln über Wasser, wenn er nicht an seinen Gedichten arbeitete. Und wenn er nicht gerade in einem Sturm von Selbstzweifeln unterzugehen drohte – was, seitdem sie Endell getroffen hatten, mehrmals vorgekommen war. Dann erschien er ihr kraft- und geistlos, hilflos den Dämonen ausgeliefert, die in seinem Inneren tobten. Aber in den letzten vier Wochen war alles gut gegangen. Rainer hatte viel geschrieben und erst vor ein paar Tagen einen Scheck erhalten.

Also nickte sie, schenkte auch Rainer und sich selbst noch Kaffee ein und nahm sich ein weiteres Stück Gebäck. »Gut, wir werden sehen, wie wir das anstellen. Es wird schon werden.«

Carl lächelte sie dankbar an. Er hätte es nicht zugegeben, aber natürlich war ihm durchaus bewusst, dass Lou das Geld erst verdienen musste, das er bei seiner Reise auszugeben gedachte. Aber es wäre nicht infrage gekommen, ihm diesen Wunsch abzuschlagen. Schließlich war er ihr Ehemann. Daran änderte ja auch ihre Beziehung zu Rainer nichts.

In den nächsten Wochen arbeitete Lou intensiv an verschiedenen Essays, die sich möglichst einfach an Zeitschriften verkaufen ließen, und Rainer, der angefangen hatte, Russisch zu lernen, saß über der Übersetzung eines Werks von Dostojewski, das er einem Verleger anbieten wollte.

Doch gerade als Lou sich sicher war, die Reise bezahlen zu können, nicht nur für Carl, sondern auch für sich und Rainer, der allerdings seinen Wechsel würde zusteuern müssen, kam eine niederschmetternde Nachricht aus dem Kaukasus. Das Dokument, das Carl so dringend hatte in Augenschein nehmen wollen, hatte sich als Fälschung herausgestellt.

Carl wurde von so großer Trübsal erfasst, dass er mehrere Tage sein Zimmer nicht verließ. Lou musste ihm Kaffee, Wein und belegte Brote bringen, die er in aller Einsamkeit verzehrte.

Nach ungefähr einer Woche fand Lou, dass es an der Zeit war, das Trauerspiel zu beenden.

Es ging auf Weihnachten zu, und sie hatte in diesem Jahr ihre Familie nicht sehen können. Was lag also näher, als eine Reise nach St. Petersburg zu unternehmen? Sie könnten auch nach Moskau reisen.

Was für eine Gelegenheit, ihrem stürmischen Geliebten ihr Heimatland zu zeigen! Rainer musste natürlich mit.

KAPITEL 34

Berlin, Herbst 1898

An diesem trüben Tag tat Lou etwas, was sie schon viel zu lange nicht mehr getan hatte: Sie besuchte Frieda.

Als sie an der Tür stand, nahm sie sehr wohl den leichten Vorwurf wahr, der in Friedas Begrüßung mitschwang, doch sie überging ihn. Frieda hätte sich ja genauso auch auf den Weg in die Hundekehlestraße machen können, dachte sie. Auch wenn Lou genau wusste, dass ihre Freundin das nicht tun würde, solange sie Tag und Nacht damit rechnen musste, Rilke dort zu begegnen. Doch der heutige Nachmittag gehörte Frieda.

Sie führte Lou in ihren eleganten Salon und klingelte nach Tee. Dann unterhielten sie sich über die neuesten Klatschgeschichten aus Berlin, über diesen und jenen aufstrebenden Maler und diese Bildhauerin, deren Namen sie beide vergessen hatten, der aber doch wohl eine großartige Zukunft bevorstand. Außerdem hatte Lou einen Brief von Wedekind erhalten, den sie Frieda vorlas.

»Liebe Lou!

Wochen-, nein monatelang fragten wir uns in unserem kleinen München, wann Sie uns wohl wieder einmal mit Ihrer geschätzten Anwesenheit beehren würden. Die Straßen der Stadt, jede Kunsthalle, jedes Theater werden ein wenig heller, wenn Sie da sind. Aber nun, werte Lou, muss ich Ihnen von einem Besuch der Metropole, wenigstens zum Zwecke eines Treffens mit Heine, unserem alten Pinselschwinger, mit Langen, dem redlichsten aller redlichen Verleger, oder gar mit meiner unwerten Person, leider abraten. Sie würden keinen von uns in der schönen Stadt antreffen können, wir mussten sie leider in recht unangemessener Hast verlassen, so schreibe ich Ihnen nun aus Paris, wo Langen eine recht hübsche Wohnung bezogen hat und mir darin Unterschlupf gewährt. Dies, obwohl man vielleicht der Meinung sein könnte, ich hätte ihm den Schlamassel eingebrockt. Ich arbeite jegliche Schuld, die ich so gar nicht empfinde, ab, indem ich alles Korrektur lese, was Langen mir in die Hände drückt, zumindest so lange, bis die Dämmerung hereinbricht und Paris aus dem Dämmerschlaf des Tages erwacht. Erinnern Sie unsere Nächte in Paris, werte Lou?

Jedenfalls, vielleicht können Sie dort in Berlin einer Ausgabe der Nummer drei des dritten Jahrgangs unseres Simplicissimus *habhaft werden. Mit Ihrem Kennerauge werden Sie gewiss feststellen, welch kleines hingeworfenes Gedicht für das ganze Übel verantwortlich ist, und außerdem natürlich auch, dass es ganz und gar übertrieben ist, dahinter gleich Majestätsbeleidigung zu vermuten.«*

Lou hielt inne und lächelte Frieda an, die kicherte. »Dieser Wedekind ist wirklich ein Charmeur erster Güte. Er schreibt von einem Vorfall, den man beim besten Willen nicht nur als einen Fauxpas bezeichnen kann, und lässt es klingen wie eine Ode an die Liebe. Sein Talent hätte ich gern.«

Lou schmunzelte. »Lass dem Mann sein Talent. Stell dir vor, du bekämst gleichzeitig sein Temperament! Wir wären immerzu damit beschäftigt, dich außer Landes zu schaffen oder in irgendwelchen

Hinterzimmern vor dem langen Arm des Kaisers zu verstecken. Und wie ich die Lage einschätze, ist der bayrische König weit langmütiger als unser Kaiser Wilhelm. Der ist doch sehr darauf bedacht, dass in den Zeitungen nur Gutes über ihn zu lesen ist.«

Frieda verzog das Gesicht zu einem Lächeln. »Wie aufregend das wäre! Ich muss schon sagen, manches Mal fällt mir doch auf, wie langweilig es in Berlin sein kann.«

Lou lächelte. Frank Wedekind hatte einmal gesagt, dass Berlin, er hatte nur wenige Wochen in seinem Leben in Berlin verbracht, eine Tortur für Geist und Körper sei. München dagegen sei für Künstler der reine Luxus. Vermutlich lag es daran, dass sich im kleinen München durch die liberale Haltung des Königs eine ungewöhnlich große Menge an Künstlern und Schriftstellern versammelt hatte. In Berlin, das wuchs und wuchs und dabei tobte wie ein hungriges Kleinkind, wurde man zwar früher oder später von einer unruhigen Aufbruchsstimmung erfasst, die auch Kreativität wecken konnte. Gleichzeitig konnte man nie die vielen Menschen ignorieren, die in Mietskasernen gepfercht waren, wenn sie überhaupt ein Dach über dem Kopf hatten, die auf den Straßen zu sehen waren, wenn sie zur Arbeit in die riesigen Fabriken gingen oder versuchten, etwas Essbares zu ergattern. Und ganz obenauf auf dem ganzen brodelnden Etwas schwammen wie dünne Haut auf gekochter Milch der Kaiser, der Adel und all die Fabrikbesitzer, die in kurzer Zeit zu Millionären geworden waren. Berlin war eben laut und arm und reich zugleich.

»Hat das Fernweh dich wieder gepackt?« Lou legte die Hand auf den Arm der Freundin. Hin und wieder wurde Frieda von einer Schwermut erfasst, die Lou nur zum Teil nachvollziehen konnte, womöglich, da sie noch nicht so weit in die Welt hinausgereist war wie ihre Freundin. In diesen Momenten schien es, als weiche alle Lebensfreude aus Frieda, als bliebe hier in Berlin nur die leere Hülle eines Körpers, der eigentlich nach Afrika gehört hätte. Rasch nahm sie den Brief wieder auf und las weiter:

»Sollten Sie sich also, liebe Lou, vielleicht mit der ebenfalls verehrten Frieda von Bülow, mit dem Gedanken an eine Reise tragen, dann denken Sie an die armen Vertriebenen in Paris, die von Ihrer werten Anwesenheit zehren könnten. Im Übrigen könnten wir ja schließlich einen weiteren Versuch wagen, doch noch ein kleines Theaterstück zusammen auf die Beine zu stellen. Empfangen Sie hiermit meine kolossal besten Grüße und senden Sie einige davon an Fräulein von Bülow.

Ihr Frank Wedekind«

Sie machte eine Pause und betrachtete Frieda, auf deren Gesicht sich ein leises Lächeln abzeichnete. Im Gegensatz zu so manchem ihrer Bekannten vergaß Wedekind immerhin nie, Frieda zu grüßen, auch wenn er nie auch nur eine einzige Zeile an sie direkt richtete.

Frieda strahlte. »Ist das nicht eine wunderbare Idee? Lass uns nach Paris fahren. Du kannst mit Wedekind arbeiten, und wir verbringen ein paar schöne Wochen an der Seine!«

Lou tat es leid, die Begeisterung der Freundin aufhalten zu müssen. Sie holte tief Luft und stieß sie mit einem Seufzen wieder aus. »Ach Frieda, ich wünschte, das ginge. Du weißt, dass ich unsere Zeit in Paris in bester Erinnerung behalten habe. Nur muss ich ehrlich mit dir sein: Ich kann mir im Moment eine Reise nach Paris nicht leisten. Eine andere Unternehmung steht an, die mich nach Osten, nicht nach Westen, führen wird.« Sie erzählte

Frieda von den Reiseplänen, die Rainer und sie und, ja, auch Carl hegten.

»Möchtest du uns nicht begleiten, Frieda?« Lou beugte sich vor und ergriff die Hand der Freundin. »Das wäre doch genauso gut!«

Frieda zog ihre Hand zurück, das Lächeln gefror auf ihrem Gesicht. »Lou, du weißt, dass ich immer und jederzeit mit dir verreise. Und Paris ist ohnehin …« Sie strich sich seufzend eine Strähne aus dem Gesicht. »Aber für diese Reise nach Russland scheinst du schon mehr als genug Reisegefährten zu haben.«

Einen Augenblick trat Stille ein, und Lou schluckte. Frieda war wohl immer noch nicht mit ihrer Liebe zu Rainer versöhnt, dabei hätte sie sich gewünscht, dass die wichtigen Menschen in ihrem Leben sich verstünden. Aber wünschte sich das nicht jeder?

Sie räusperte sich. »Hast du nicht den *Simplicissimus* abonniert?«, fragte sie dann.

Frieda nickte und erhob sich, wobei ihr seidenes Nachmittagskleid raschelte. Da Frieda ja keinen Carl Friedrich und erst recht keinen Rainer hatte, den sie durchfüttern musste, und zudem ihre Apanage recht großzügig ausfiel, waren sowohl ihre Wohnung als auch ihre Garderobe merklich luxuriöser als Lous. Frieda ging zu einem Sekretär und suchte aus einem Stapel Papier, der darauf lag, eine Zeitung heraus. Auf dem Titelblatt prangte groß der Name *Simplicissimus,* und darunter sah man eine bunte Zeichnung. Frieda brachte die Ausgabe zu Lou. Dann beugten sie sich über die Zeitschrift und blätterten neugierig die Seiten um, bis die Verse eines gewissen Hieronymus ihre Aufmerksamkeit erregten.

Lou überflog die Zeilen und las sie laut vor:

»Willkommen, Fürst, in meines Landes Grenzen,
Willkommen mit dem holden Eh'gemahl,
Mit Geistlichkeit, Lakaien, Exzellenzen
Und Polizeibeamten ohne Zahl.
Es freuen rings sich die historischen Orte
Seit vielen Wochen schon auf deine Worte,
Und es vergrößert ihre Sehnsuchtspein
Der heiße Wunsch, photographiert zu sein.
Ist denn nicht deine Herrschaft auch so weise,
Daß du dein Land getrost verlassen kannst?
Nicht jeder Herrscher wagt sich auf die Reise
Ins alte Kanaan. Du aber fandst,
Du sei'st zu Hause momentan entbehrlich;
Der Augenblick ist völlig ungefährlich;
Und wer sein Land so klug wie du regiert,
Weiß immer schon im voraus, was passiert …«

Dann brach sie ab und las still weiter. Als sie fertig war, traf ihr Blick den von Frieda, deren Augen blitzten. Dann kicherten sie beide los. Kein Wunder, dass Frank Wedekind München hatte verlassen müssen, so ein Schmählied war selbst für den liberalsten König zu viel.

KAPITEL 35

Schmargendorf, Dezember 1898

In der Schmargendorfer Küche kochte Lou, hier fütterte sie Lotte, hier arbeitete sie, und hier brachte sie Rainer die russische Sprache bei. Und nicht nur das: Vor allem versuchte sie, Rainer ihre Gefühle für ihr Heimatland zu erklären, ihm ihre feste Überzeugung näherzubringen, dass die Menschen dort ursprünglicher, ja frei von Künstlichkeit und Verstellung waren. Für Lou waren die Russen die Essenz von Natürlichkeit, und damit mussten sie die Grundlage aller Kunst sein. Denn wie so viele der Impressionisten war Lou auf der Suche nach dem Ursprung der Schönheit, des Sinns. Nachdem sie festgestellt hatte, dass die Religion nicht dazu ausreichte, ihre Fragen nach dem Warum zu beantworten, war vielleicht die Kunst das geeignete Gebiet, um zu finden, was sie suchte. War die Kunst doch genauso alt wie die Religion.

In Russland waren die Menschen Lous Meinung nach religiöser als im Rest von Europa. Dazu waren sie, gerade auf dem Land, frei von jeglicher moderner Beeinflussung. Warum sollte sie also nicht dort den Anfang von allem finden?

Ihr Buch »Fenitschka. Eine Ausschweifung«, in dem zwei Erzählungen enthalten waren, an denen sie in den letzten Monaten immer wieder gearbeitet hatte, war gerade bei Cotta in Stuttgart erschienen, und Adolf Kröner, der Verleger, hatte Lou eine großzügige Summe als Vorschuss für zukünftige Verkäufe zukommen lassen. So hatten Rainer und sie nun beschlossen, im April abzureisen, und Lou wurde immer unruhiger, so sehr freute sie sich auf dieses unglaubliche Erlebnis. Selbst Carl hatte sich von der guten Laune anstecken lassen und zugesichert, dass auch er mitreisen würde, um seine Schwager endlich wieder einmal in den Arm nehmen zu können.

Die Stimmung hätte also nicht besser sein können an jenem Vormittag, drei Tage vor Heiligabend des Jahres 1898, als Lou sich an den Küchentisch setzte, um die Post zu öffnen. Sie nahm einen der Briefe in die Hand und wedelte damit vor Rainers Gesicht herum.

»Sieh, Rainer, er ist von meiner Mutter, sicher schreibt sie uns, wie sehr sie sich freut, uns bald zu begrüßen!« Lou nahm ein Küchenmesser und schlitzte den Umschlag sorgfältig auf. Dann zog sie ein dicht beschriebenes Blatt Papier heraus und begann, laut vorzulesen:

»Liebe Tochter,
sicher hast Du andere Neuigkeiten erwartet, oder doch gar keine, weil wir bald zusammensitzen können und endlich plaudern. Doch ich muss Dir die allerschrecklichsten Nachrichten überbringen, die eine Mutter niemals auszusprechen gezwungen sein sollte …«

Lou verstummte. In ihren Augen sammelten sich Tränen.

Rainer rückte näher zu ihr hin. »Was ist geschehen, Liebste?« Er strich ihr übers Haar.

Lou wehrte seine Hand ab und straffte sich. Dann las sie weiter: *»Eugène, unser über alles geliebter Genja, er ist tot. Vor ein paar Wochen hat er die Schwindsucht bekommen, er muss sich bei einem seiner jungen Patienten angesteckt haben. Tuberkulose nannte er die Krankheit, Du weißt, wie begierig Genja immer war, wenn es etwas Neues zu lernen gab. Und er hat darauf bestanden, dass seine Schwindsucht von eben diesem Erreger Tuberkulose ausgelöst worden sei. Doch die Krankheit hat keine Rücksicht darauf genommen, wie er sie nannte. Sie hat ihn ausgesaugt, das Leben aus ihm herausgepresst. Und nun ist er tot.«*

Lou konnte nicht weiterlesen. Genja, ihr Genja! Er war der jüngste ihrer Brüder, der, mit dem sie am meisten verbunden hatte, der mit ihr auf Bäume geklettert war und sie während ihrer Schulzeit die lateinischen Vokabeln abgefragt hatte. Genja.

Lou fühlte sich, als sei alles Leben, alle Kraft aus ihr gewichen. Der Brief glitt aus ihren Händen, die sich taub anfühlten, als gehörten sie nicht mehr zu ihr. Sie hob den Kopf, wollte etwas sagen, konnte es nicht. Sie wusste nicht, wie lange sie dagesessen hatte, völlig erstarrt. Es fiel ihr schwer, zu atmen, die Lungen mit Luft zu füllen und sie wieder auszustoßen. Sie bekam nur halb mit, dass Rainer und Carl sie in ihre Kammer führten und sie auf ihr Bett lagerten. Und sie wusste auch nicht, wie lange sie dort lag. Durch das Fensterchen drang manchmal Tageslicht und manchmal nicht. Sie machte sich nicht die Mühe, die Wechsel zu zählen.

Dann, eines Tages, es war schon fast Februar geworden, stand sie auf. Sie konnte sich nicht erinnern, einen Beschluss gefasst zu haben oder über irgendetwas nachgedacht zu haben, aber sie wusste nun, dass sie aufstehen musste. Sie würde nach Russland fahren, die Mutter und Sascha und Roba in die Arme schließen, wenn es sein musste, auch die Schwägerinnen und deren Kinder. Sie musste wissen, dass Mutter, Sascha und Roba noch da waren, sie anfassen, mit ihnen reden und lachen.

Das war sie ihrer Familie ebenso wie sich selbst schuldig, vor allem aber ihrer Liebe zu ihrem toten Bruder.

KAPITEL 36

Schmargendorf, März 1899

Als Lou »Fenitschka« abgab, fragte der Verleger sofort nach einem neuen Buch. Ihre Leser sollten nicht so lange darauf warten müssen. Lou entwarf sofort eine Skizze zu einem neuen Projekt. Sie würde sich in mehreren Novellen mit den verschiedenen Aspekten des Frau-Seins in der Beziehung zu Männern auseinandersetzen. Zu Ehren und in Erinnerung an Genja würde sie mit dem Mann als Bruder anfangen. Und da sie regelmäßig mit Carl und Rainer am Tisch saß, würde sie natürlich auch die Beziehung zum Partner beleuchten. Und zum Vater …

Die Form der Novelle lag Lou. Immer auf der Suche nach dem Wesen der Dinge, schien sich für sie in dieser kurzen Prosaform am besten ausdrücken zu lassen, was sie sagen wollte. Wovon sie sich erhoffte, dass ihre Leser sich interessierten und darüber weiter nachdachten.

Außerdem hatte sie eine Rezension zu Wilhelm Bölsches neuestem Buch geschrieben, das den klingenden Namen »Das Liebesleben in der Natur: Eine Entwickelungsgeschichte der Liebe« trug, sowie einen kurzen Aufsatz als Replik darauf, der erscheinen würde, nachdem ihre Rezension veröffentlicht worden sein würde.

Rainer war sogar noch drängender auf der Suche, allerdings eher nach Exzellenz in seiner Arbeit als nach dem Sinn des Lebens an sich. Er feilte an Worten, legte ein Manuskript beiseite, nahm es wieder auf, verzweifelte, schöpfte dann neuen Mut und schrieb es wieder neu.

Dann kam der April und mit ihm der Frühling. Lou machte einen langen Spaziergang allein mit Lotte, um sich von ihr zu verabschieden. Sie würde sie schließlich längere Zeit nicht sehen können, solange sie in Russland wären.

Danach packte sie Lottes Kissen ein, den Futternapf und die Ersatzleine und bestieg mit Lotte zusammen eine Droschke. Sowohl Carl als auch Rainer hatten ihr angeboten, sie zu begleiten, aber diesen Weg wollte sie allein gehen. Sie brachte Lotte zu Frieda.

Dort stiegen Lotte und Lou aus der Kutsche und die Stufen zur Eingangstür hinauf. Lou zog den Klingelzug, und innerhalb einiger Sekunden öffnete Frieda die Tür.

Lotte begrüßte sie schwanzwedelnd, dann drückte Lou die Freundin an sich.

»Kommt herein, ihr Lieben!« Frieda trat zur Seite und gab den Weg ins Haus frei. Ein Hausdiener eilte herbei, dem Lou Lottes Utensilien übergab. Dann folgte sie Frieda in den Salon, wo ein Mädchen Tee servierte.

Frieda ließ sich auf einem zierlichen Sessel nieder, Lou nahm ihr gegenüber Platz. Dann schenkte Frieda ein und sah Lou erwartungsvoll an.

Lou musste fast lachen. »Was brennt dir auf der Seele, liebe Frieda?«, fragte sie und nahm einen Schluck Tee.

»Du weißt, dass ich Lotte nur zu gern aufnehme …«

»Ich würde sie nirgendwo anders lieber sehen, während ich nicht in Berlin bin.«

»Ja, das habe ich verstanden. Trotzdem: Warum bleibt sie nicht bei Rilke, er tut doch sonst alles für dich?«

»Rainer? Er begleitet uns, Carl und mich.«

Frieda verschluckte sich am Tee und hustete. Lou überlegte kurz, ob sie der Freundin auf den Rücken klopfen sollte oder lieber nach dem Mädchen läuten, aber schon hatte sich Frieda wieder beruhigt.

Sie presste ein spitzenverziertes Taschentuch an den Mund. Als sie es abnahm, merkte Lou, dass sie kicherte.

»Du nimmst also doch ein Schoßhündchen mit.«

»Frieda!«, ermahnte sie Lou. »Du bist garstig!«

»Ich hatte mich schon gewundert, dass du mit Carl reisen willst. Das hast du bisher immer vermieden.«

»Carl ist immerhin mein Ehemann. Es schadet nicht, wenn meine Familie hin und wieder erinnert wird, dass ich eine ehrbare Ehefrau bin.«

»Seit wann ist dir wichtig, welchen Eindruck du machst?« Frieda hüstelte noch einmal in das Taschentuch, dann versteckte sie es im Ärmel ihres Kleides.

»Das ist es nicht. Dem Seelenfrieden meiner Mutter allerdings tut ab und zu eine Beruhigung gut.«

Die Mutter hatte nicht aufgegeben, in den letzten Jahren immer wieder zu fragen, ob Lou nicht endlich eine Familie gründen wollte. Sie hatte schon eine Schar Enkel, doch das schien ihr nicht zu genügen. Und Louise Salomé war über die seltsame Art der Ehe ihrer Tochter doch verwundert, von deren Arbeit und ihren zahllosen Reisen ganz zu schweigen. Aber das würde Lou nicht diskutieren. Sie warf Frieda einen Blick zu, der deutlich machen sollte, dass damit das Thema beendet war, und Frieda verstand. Natürlich tat sie das. Wie schon so oft war Lou froh, dass sie in Frieda eine so gute Freundin hatte.

KAPITEL 37

Berlin, 25. April 1899

Am nächsten Morgen bestiegen Lou, Carl und Rainer am Schlesischen Bahnhof den Schnellzug mit den vornehmen dunkelbraunen Waggons in Richtung Moskau. Kaum hatten sie die komfortablen Plätze in ihrem Abteil eingenommen, als ein gewaltiger Pfiff ertönte und die Dampflok sich mit ohrenbetäubendem Fauchen in Bewegung setzte.

Lou sah sich um. Die Bänke zu beiden Seiten waren weich gepolstert und mit samtigem grünen Stoff bezogen. Darüber waren Gepäckablagen angebracht, so schmal, dass man wohl befürchten musste, von einem Koffer erschlagen zu werden, sollte man vorhaben, ihn dort hineinzulegen. Ihr Gepäck fuhr natürlich im Gepäckwaggon, aber da sie während der nächsten beiden Tage ihre Koffer nicht erreichen konnten, hatte jeder der drei eine Reisetasche mit dem Nötigsten gepackt. In Carls Fall waren das vor allem einige schwere Lexika, er schien der ursprünglich geplanten Reise nach Transkaukasien noch nachzutrauern. Rainer hatte neben einigen hübsch anzusehenden Notizbüchern und Bleistiften ein dickes russisches Wörterbuch und natürlich seine *Kossoworotka* eingepackt. Lou selbst wiederum waren, abgesehen von ihrem Notizbuch und einem Geschenk für ihre Mutter, vor allem ein kleines Kissen, Proviant und eine Schlafmaske wichtig gewesen. Sie hatte ihre Erfahrungen mit langen Zugreisen gemacht.

Die Reise im Schnellzug bedeutete nicht nur, dass sie in relativ kurzer Zeit ihr Ziel erreichen würden. Es hieß auch, dass sie nur in Warschau, Brest und Minsk Station machen würden, bevor sie in Moskau ankamen, und daher die Gelegenheiten, sich auf dem Bahnsteig die Beine zu vertreten, rar waren. Man musste sich also die Reise so angenehm wie möglich gestalten, auch wenn der Platz beengt war.

Lou hatte am Fenster Platz genommen, Carl hatte sich neben ihr niedergelassen und Rainer gegenüber.

Dann vertiefte sich jeder in eine mitgebrachte Lektüre, und eine einträchtige Stille senkte sich über das Abteil, das Lou für sie gebucht hatte. Lou sah aus dem Fenster und hing ihren Gedanken nach. Sie wusste, dass Carl die Reise kaum zur Kenntnis nehmen würde. Er würde sich wie immer in Bücher versenken, einfach die russische Lebensart genießen, die er im Gegensatz zu Rainer gut kannte. Sie blickte Rainer an, der nun mit geschlossenen Augen in den Sitz gesunken saß und eine Ruhe ausstrahlte, die ihm sonst so oft fehlte. Was mochte er erwarten von dieser ersten Reise nach Russland? Sie wusste, dass sie ihn mitnehmen wollte auf ihre Suche nach Sinn. Würde das Land für sie beide die gleiche Antwort bereithalten? Lou spürte Ungeduld in sich aufsteigen, eine gespannte Erwartung. Würde sie Rainer zeigen können, was sie ihm so gern zeigen wollte?

Doch mit jedem Stopp kamen sie ihrem Ziel näher, und Lou fühlte nun auch die Freude über ihre Heimkehr in sich.

Gegen vier Uhr morgens am 28. April kamen sie endlich in Moskau an.

Das Hotel, in dem sie abstiegen, war nicht sehr vornehm, sondern recht einfach, seine mintgrüne Fassade hatte bestimmt schon bessere Zeiten gesehen. Aber die Zimmer waren sauber und billig, und vor allem bekamen sie drei auf derselben Etage. Die Waschgelegenheiten lagen abseits der Zimmer im Zwischengeschoss, wo nur eine Waschschüssel aus Emaille stand.

Lou richtete sich im Zimmer ein und sah aus dem Fenster. Dort sah sie, was das Beste an dem Hotel war, den Grund, weswegen sie es ausgewählt hatte – den Kreml.

In der Morgensonne leuchteten die roten Festungsmauern, die stattliche Kathedralen und Paläste umschlossen, deren goldene Kuppeln blinkten und funkelten. Dazwischen das helle frische Grün des ersten Laubs, das die Bäume noch recht zaghaft in die kalte Luft reckten. Ein Knacken in den Fenstern machte Lou bewusst, wie der Wind dafür sorgte, dass es draußen viel kälter war, als es von hier drinnen aussah.

Sie wandte sich von dem prächtigen Anblick ab, sah sich noch einmal in dem kleinen Raum um und nahm ihren Pelzumhang vom Bett. Dann verließ sie das Zimmer und stieg die Treppe hinab, um sich mit Carl und Rainer im Speisesaal zu treffen, wo sie ein kleines Frühstück zu sich nehmen wollten.

Carl verkündete, dass er zuallererst eine *Banja* aufsuchen würde, um sich den Staub der Reise abzuwaschen. Diese traditionellen russischen Badehäuser hatten neben Tauchbecken vor allem auch Dampfbäder zu bieten. Lou war früher mit ihrer Mutter in eins der vornehmen Häuser in St. Petersburg gegangen, aber sie hatte der heißen, feuchten Luft nie viel abgewinnen können.

Carl hingegen schwärmte sehr für diesen Ausdruck russischer Lebensart.

»Mein lieber Rilke«, sagte er, dann steckte er sich ein Stück eines *Blin* mit Blaubeermarmelade in den Mund, kaute und sprach mit vollen Backen weiter: »Sie müssen sich das ansehen, wenn Sie die Russen verstehen wollen. Sie sollten mich begleiten.« Er blickte bedeutungsvoll zu Lou, die sich versucht fühlte, ihm die Zunge herauszustrecken, weil er sich so gönnerhaft verhielt.

Rainer tupfte sich mit der Serviette die Lippen, bevor er antwortete: »Ich würde Sie gern begleiten, habe aber schon etwas anderes vor. Tatsächlich hat ein alter Bekannter aus München dafür gesorgt, dass ich Pasternak einen Besuch abstatten kann.«

»Pasternak?« Carl schaute fragend zwischen Lou und Rainer hin und her.

»Leonid Pasternak, ein Maler«, erklärte Lou. »Ein sehr talentierter sogar. Er nennt sich einen Post-Impressionisten, malt Porträts, aber er hat zum Beispiel auch einige Bücher von Tolstoi illustriert. Rainer hat ein Empfehlungsschreiben bekommen, um ihn treffen zu können.«

»Na dann. Gegen die Kunst habe ich natürlich keine Chance«, sagte Carl amüsiert.

Rainer schien es nicht zu bemerken. Er hatte Lou schon vor ihrer Abreise gebeten, ihn zu Pasternak zu begleiten, aber Lou wollte sich erst von der Reise erholen und ein wenig arbeiten. Sie wusste, dass Rainer sich über ihre Begleitung gefreut hätte, doch es war ihr wichtig, von Anfang an klarzustellen, dass sie nicht von morgens bis abends an seiner Seite sein würde.

Er pickte noch die Reste des Frühstücks von seinem Teller und verabschiedete sich dann, um seinen Vormittagsbesuch zu erledigen. Auch Carl verließ Lou kurz darauf.

Sie zog sich in ihr Zimmer zurück, rückte den Stuhl ans Fenster, holte sich Stift und Tagebuch und begann zu schreiben. Sie wollte nicht versäumen, festzuhalten, wie sie die Reise empfunden hatte und welche Erwartungen nun in ihr aufgestiegen waren. Danach nahm sie ein Notizbuch heraus und skizzierte die Idee für eine Novelle, die sie im Zug gehabt hatte.

~

Sie war ganz in ihre Arbeit vertieft, aus der sie einige Stunden später von einem Klopfen an der Tür gerissen wurde. Da sie niemanden erwartete, reagierte sie erst nicht, aber da klopfte es wieder.

»Herein?« Lou drehte sich zur Zimmertür um.

Die Tür öffnete sich, und Rainer streckte den Kopf ins Zimmer.

»Darf ich hereinkommen? Ich muss dir etwas erzählen!« Er wirkte so aufgeregt, dass Lou lächeln musste.

»Komm herein. Was gibt es denn so Wichtiges?«

Rainer nahm den zweiten Stuhl im Zimmer und zog ihn zu ihr heran. Dann setzte er sich rücklings darauf, eine geradezu verwegene Geste für ihn. »Es war unglaublich bei Pasternak!«

Lou legte das Notizbuch weg, rückte ihren Stuhl zurecht und sah ihn gespannt an. »Wie malt er?«

»Oh, ganz wunderbar. Modern. Post-impressionistisch, erinnere dich. Ganz ausgezeichnete Porträts. Ein sehr interessanter Mensch. Sehr unterhaltsam, auch sehr russisch, wie ich es mir vorgestellt hatte. Aber, Lou, hör nur, was viel wichtiger ist: Er ist ein Freund von Tolstoi!«

»Wirklich? Habt ihr über ihn gesprochen?« Lou fühlte, wie sich Aufregung in ihrem Bauch bemerkbar machte. Je mehr sie sich bei der Vorbereitung ihrer Reise mit den russischen Künstlern beschäftigt hatten, desto mehr waren sie von Tolstoi und seinen Werken begeistert gewesen. Wie er sich für bedingungslose Nächstenliebe und Gewaltlosigkeit einsetzte, faszinierte sie ebenso wie Rainer. Er setzte sich nicht nur in seinen Romanen intensiv mit den Moralvorstellungen ihrer Zeit auseinander, sondern propagierte auch, obwohl er aus dem russischen Adel stammte, ein einfaches Leben.

»Viel besser als das. Pasternak hat ihm eine Notiz geschickt, in der er ihm berichtet hat, dass wir drei, du, ich und dein Mann, in Moskau sind. Und ahnst du, was zurückkam?« Rainer zog einen Bogen Papier aus seiner Jackentasche und wedelte damit vor ihrer Nase herum.

»Was denn? Was hat Tolstoi geschrieben?« Lou reckte sich und versuchte lachend, den Brief in Rainers Hand zu erreichen.

»Es ist eine Einladung! Für heute Abend!« Damit senkte Rainer endlich den Arm und gab Lou den Brief.

Hastig überflog sie die Zeilen. Tatsächlich. Tolstoi lud sie in sein Haus in Moskau ein. Heute.

Alle drei.

Lou stand auf. »Ich muss nach Carl sehen. Hier steht sein Name an erster Stelle. Er muss mitgehen.«

Rainer zog sich auf sein Zimmer zurück, um sich ein wenig frisch zu machen. Lou dagegen klopfte an Carls Tür, die nur ein paar Meter den Flur hinunter lag.

Als Antwort bekam sie nur ein Brummen zu hören.

»Carl? Was ist los? Kann ich hereinkommen?«

Ein zweites Brummen folgte, das Lou kurzerhand als Ja interpretierte. Sie drückte die Klinke herunter und öffnete die Tür.

Carls Zimmer war ihrem sehr ähnlich. Ein Bett dominierte den Raum, links davon stand ein Schreibtisch mit einem passenden

Stuhl und ein Sessel wie derjenige, in den sie sich zum Schreiben am Fenster zurückgezogen hatte. Rechts vom Bett ein riesiger Kleiderschrank und ein kleiner Tisch, auf dem ein Waschgeschirr bereitstand. Carl lag auf dem Bett. Bäuchlings.

Lou trat näher und sah, dass er seinen Kopf unter seinem Kissen begraben hatte – das erklärte natürlich, warum sie nicht hatte verstehen können, was er gesagt hatte.

»Was machst du da? Geht es dir nicht gut?« Hatte der Aufenthalt im Dampfbad seiner Gesundheit zugesetzt? Lou runzelte die Stirn. Ausgerechnet heute. Jetzt!

Carl drehte den Kopf und schob das Kissen beiseite. Er sah eigentlich ganz gesund aus, bis auf einen gequälten Ausdruck in den Augen.

»Geht es dir nicht gut?«, wiederholte Lou und trat noch einen Schritt näher ans Bett.

Carl, der nur noch ein weites Hemd und seine Hosen trug, stemmte sich hoch. Dann setzte er sich auf die Bettkante und sah Lou an.

»Alles in Ordnung, na ja, fast.« Er senkte betreten den Blick.

»Fast? Was heißt das?«

»Das heißt, meine liebe Ljola, ich habe es in der *Banja* mit dem heißen Wasser übertrieben und mir den Rücken verbrüht.« Damit drehte er sich um, knöpfte das Hemd auf und ließ es ein wenig hinabgleiten, so dass Lou den Schaden begutachten konnte.

Sie sog scharf die Luft ein.

»Meine Güte. Das sieht aber schmerzhaft aus.« Die Wunde war zwar nicht großflächig, es sah eher so aus, als hätten Wassertropfen Carls Haut verbrüht. Mehrere knallrote Sprenkel zierten seinen Rücken.

»Du weißt, Ljola, ich widerspreche dir nie. Und auch dieses Mal hätte ich keinerlei Anlass dazu. Gleichwohl ich zugeben muss, dass mich diese Tatsache fast ebenso sehr betrübt wie mein Rücken.«

Lou war ein wenig erleichtert, dass Carl noch zum Scherzen aufgelegt war. Das musste heißen, dass die Schmerzen erträglich waren. Trotzdem war mit so einer Verbrennung nicht zu spaßen. Zumal sie ja gerade vorgehabt hatte, Carl davon zu überzeugen, mit zu Tolstoi zu kommen. Und das wollte sie eigentlich immer noch.

Sie warf einen weiteren Blick auf den lädierten Rücken. Sie musste eine Salbe besorgen, die Carl Linderung verschaffen würde. Damit und mit ein wenig Ruhe bis zum Abend sollte er eigentlich in der Lage sein, sie zu begleiten.

»Leg dich wieder hin«, befahl sie Carl. »Ich bin gleich zurück.«

Lou ging nach unten und bat den Concierge, eine Brandsalbe besorgen zu lassen. Und tatsächlich: Als sie den Rücken mit der beschafften Creme behandelt hatte, erklärte er sich bereit, Tolstoi die Aufwartung zu machen.

KAPITEL 38

MOSKAU, 28. APRIL 1899

Das Haus, in dem der einundsiebzigjährige Lew Nikolajewitsch Graf Tolstoi mit seiner Familie, seiner Frau Sofja und einigen der dreizehn gemeinsamen Kinder, in Moskau residierte, war in knalligem Orange gestrichen, das selbst im Abendlicht noch beeindruckte. Zumindest erging es Lou so, die in diesem Moment mit Rainer und Carl aus einer Mietdroschke stieg. Das Dach, die Fensterrahmen und -läden waren in einem sommerlichen Grün gestrichen, was einen eigenwilligen Kontrast darstellte. Lou fragte sich, ob Lew Tolstoi selbst diese Kombination ausgesucht hatte oder ob das Sofjas Entscheidung gewesen war. Jedenfalls wirkte das riesige Haus durch die eigenwillige Wahl der Fassadenfarbe kleiner, als es wohl tatsächlich war.

Ein Diener in einfacher Livree öffnete die Tür und führte sie in einen gut gefüllten Salon, wo Lou, Carl und Rainer eine Weile recht unschlüssig herumstanden, bis schließlich ein nicht besonders großer alter Mann mit einem gewaltigen Bart auf sie zukam.

»Andreas!«, sagte er. »Wie schön, Sie endlich einmal kennenzulernen! Ich habe schon viel von Ihrer Arbeit gehört.« Er fasste Carl am Arm, hakte sich unter und führte ihn durch den Salon. Lou und

Rainer folgten den beiden in gebührendem Abstand und hörten, wie der berühmte Schriftsteller Tolstoi ausgerechnet Carl über die persische Babisekte ausfragte. Natürlich war Carl als Experte für Persien ganz generell der richtige Mann für diese Fragen, aber warum interessierte sich Tolstoi dafür, der doch als Atheist galt? Während sie durch den Raum wanderten, erfuhren Lou und Rainer ganz nebenbei, dass der Sektengründer sich zu Beginn des Jahrhunderts für zahlreiche soziale Reformen und eine bessere Stellung der Frau eingesetzt hatte. Leider war der neuen Religion keine lange Blütezeit beschert gewesen. Es hatten sich zwar viele Anhänger der Ideen gefunden, doch die meisten waren getötet worden.

Nach einiger Zeit hatten sie den Salon verlassen und saßen zu viert an einem kleinen Tisch in einem rot tapezierten Arbeitszimmer, Lou und Rainer auf einem hübschen Sofa, Carl und Tolstoi auf passenden Sesseln. Carl berichtete, dass sie unter anderem deswegen in Moskau waren, um das russische Osterfest in all seiner Opulenz mitzuerleben.

»Oh, mein lieber Andreas! Tun Sie alles, nur das nicht! Beteiligen Sie sich nicht an diesem abergläubischen Ostertreiben.«

»Aber«, hob Lou an, »wir sind doch eben gerade deswegen hier, um das zu erleben.«

Nun traf sie der skeptische Blick Tolstois, was Lous Eifer, ihm zu erklären, was sie meinte, nur anstachelte. »Gerade zu diesem Anlass, zu Ostern, besteht doch die allerbeste Gelegenheit, die einfachsten, reinsten russischen Bürger dabei zu beobachten, wie sie ihren tiefen, reinen Glauben pflegen.«

»Tief und rein?«, höhnte Tolstoi. »Glauben Sie mir, Frau Andreas-Salomé, Sie sind nicht die Erste, die die Frömmigkeit russischer Bauern verklärt. Dabei ist es Aberglaube, nichts als Aberglaube.« Er wollte sich wieder Carl zuwenden. Vermutlich hielt er Lou für anstrengend, was ihr jedoch herzlich egal war.

Sie beugte sich vor, bis ihr Kopf so dicht bei Carl und Tolstoi war, dass keiner der beiden sie einfach ignorieren konnte. Dann sagte sie: »Etwas Kindliches mag an dieser Frömmigkeit sein, darin stimmen wir wohl überein, und ich denke, dass es das ist, was Sie zu der Annahme verleitet, es handele sich um puren Aberglauben. Dabei ist es doch so, dass gerade diese Frömmigkeit und Kindlichkeit verbunden mit zeitgemäßem, rationalem Denken die Welt voranbringen wird.«

Der alte Schriftsteller warf ihr einen Blick zu, den Lou nicht recht interpretieren konnte. Doch es schien, als hätte er eingesehen, dass er ihre Einwände nicht einfach beiseitewischen konnte.

»Was Sie sich wünschen, mag den besten Beweggründen entspringen, es ist dennoch unrealistisch, zu erwarten, dass sich die Frömmigkeit des einfachen Volkes mit irgendeiner Art von modernem Denken in Verbindung bringen ließe.«

»Warum unrealistisch? Wissbegierde und Seelenfrieden schließen sich doch nicht aus?«

Doch Tolstoi blieb bei seiner Meinung, dass russische Religiosität und diese Feiern das Letzte waren, was ein aufgeklärter Mensch sich ansehen sollte. Damit schien er auch genug von ihr zu haben, denn er bat Carl, ihn in sein Arbeitszimmer zu begleiten. Die beiden standen auf und verschwanden im Nebenraum.

Lou war es natürlich gewohnt, sich gegen Männer durchsetzen zu müssen. Aber die Abwehr, die Tolstoi heute Abend ihr gegenüber gezeigt hatte, störte sie doch. Sie blieb bei Rainer zurück und sah ihn an. »Glaub mir, in diesem Fall hat er nicht recht.«

Rainer sah sie verständnislos an.

Lou runzelte die Stirn. »Hast du nicht verstanden, worüber wir geredet haben?«

Rainer sah verlegen aus. »Nicht genug, um wirklich zu begreifen, worüber ihr gesprochen habt. Das Lesen und Übersetzen fallen mir wohl leichter als das Verstehen und Sprechen.« Er verzog das Gesicht zu einem entschuldigenden Lächeln.

Lou verschränkte die Hände vor der Brust und sah ihn streng an. »Ich glaube, wir müssen mehr üben.« Hörte sie sich gerade an wie eine Lehrerin? Schnell nahm sie die Hände herunter, strich ihren Rock glatt.

Gerade rechtzeitig, denn nun steuerte Sofja auf sie zu.

Tolstois Ehefrau, die wie Lou deutschstämmige Vorfahren hatte, setzte sich auf einen der frei gewordenen Sessel. Sie winkte einem Mädchen, das gleich darauf drei Tassen mit dampfendem Grog brachte. Und dann erzählte Sofja von der Osternacht im Kreml, denn im Gegensatz zu ihrem Mann war sie von der Feier sehr angetan.

Und so erlebten sie, trotz Tolstois Abneigung, eine Nacht später eine unvergessliche Osternacht in einer der Kathedralen im Kreml, die über und über mit Osterglocken geschmückt war. Es war eine lange Messe, bei der der orthodoxe Priester die Gebete in einem feierlichen Singsang und natürlich auf Latein darbrachte. Die Kirche war bis auf den letzten Platz besetzt. Kurz vor Mitternacht wurden alle Kerzen gelöscht, so dass die Besucher in völliger Dunkelheit in den langen Bänken knieten. Dann, begleitet von Glockengeläut, wurde um Mitternacht eine einzelne Kerze am Alter angezündet, und sie riefen im Chor mit den Gläubigen *Christos woskres* – Christus ist auferstanden.

»Das war mein Ostern«, flüsterte Rainer Lou auf dem Heimweg zu. Und ich glaube, es reicht für mein ganzes Leben.«

Noch lange danach sprachen und schrieben sie, Lou, Rainer und auch Carl, immer wieder von dieser Osternacht im Kreml, deren feierliche, erhabene Atmosphäre sie nicht mehr losließ.

KAPITEL 39

SCHMARGENDORF, FEBRUAR 1890

Neun Jahre zuvor

Zwei Jahre lebten sie nun schon in der Hundekehlestraße, und Lou fand, dass es doch mittlerweile sehr gut ging mit ihr und Carl. Er hatte es irgendwann aufgegeben, von ihr immer wieder den Vollzug der Ehe zu fordern. Und nachdem das ein für alle Mal geklärt gewesen war, hatten sie sich darauf konzentrieren können, Gemeinsamkeiten in ihren Wesen zu finden. Sie hatten eine stille Freundschaft geschlossen, die sogar beinhaltete, zusammen zu arbeiten, wie Lou es sich einmal von ihrer Freundschaft mit Paul Rée gewünscht hatte.

Als sie kurz nach Weihnachten einige Besuche gemacht hatte, hatte sie von einem norwegischen Dramatiker gehört, der große Begeisterung auslöste: Henrik Ibsen. Sie hatte mit Carl über diesen Mann gesprochen, der zwar in Deutschland lebte, aber seine Stücke nach wie vor auf Norwegisch schrieb. Wie gern hätte sie, nachdem sie das erste Buch verschlungen hatte, mehr gelesen, alles. Sie wollte mehr von diesem Autor wissen, mehr lernen darüber, wie dieser Mann seine Dramen konzipierte, was er seinem Publikum zu sagen hatte.

Carl hatte ob ihrer Begeisterung leicht gelächelt. »Norwegisch? Das stellt ja nun wirklich kein Problem dar, meine Liebe.«

Und in diesem Moment war Lou erst richtig klar geworden, dass sie mit einem Sprachwunder verheiratet war. Carl nannte sich Orientalist, weil er über das mittelpersische Schrift- und Lautsystem promoviert hatte und zunächst das Türkische und die persischen Sprachen studiert hatte. Schon als Kind hatte er Deutsch, Englisch, Niederländisch, Latein und Griechisch gelernt, und nach seiner Promotion hatte er sich den nordischen Sprachen zugewandt, die er nun ebenfalls beherrschte. Hin und wieder arbeitete Carl noch als Lehrer, aber er mochte diese Arbeit nicht besonders.

Nun jedenfalls machte er sich daran, für Lou alle Werke von Ibsen aus dem Norwegischen zu übersetzen, derer sie habhaft werden konnte. Und wie sie es sich gewünscht hatte, konnte sie alles lesen, was sie wollte. Lou fand es wunderbar, dass Carl das für sie tun konnte und dass er es tat.

Ein weiteres Zeichen ihrer Verbundenheit, wie Lou fand, hielt an ihrem neunundzwanzigsten Geburtstag am 12. Februar Einzug in die Hundekehlestraße.

Mittags ging Carl aus dem Haus, zuvor war er schweigsam gewesen und hatte Lou nur kurz beglückwünscht. Lou beschloss, sich nichts dabei zu denken, immerhin konnte sie sich mit der neuesten Übersetzung eines Stücks von Ibsen zurückziehen, und das tat sie.

Sie musste ungefähr eine Stunde gelesen haben, als sie hörte, wie die Haustür wieder aufgeschlossen wurde und Carl zurückkam. Aber sie hörte noch andere Geräusche, die sie nicht zuordnen konnte. Etwas Kratzendes, dann fiepste etwas. Jemand? Neugierig ließ Lou die Blätter sinken und stand auf. Da stand Carl auch schon in der Küchentür, auf dem Arm einen Hundewelpen.

»Sieh mal, Lou, was wir hier haben!« Carl reichte ihr das kleine

Fellbündel, und Lou ging das Herz auf. Das kleine Kerlchen strampelte in ihren Armen, die braunen Knopfaugen sahen sie jedoch ganz vertrauensvoll an. »Was für ein zauberhaftes Wesen, Carl!« Sie streichelte über den weichen Hundekopf und strahlte.

»Ich dachte, meine Ljola, es kann nicht angehen, dass wir immer nur unsere Nasen in die Bücher stecken. Diese kleine Dame – denn es ist eine Dame mit dem Namen Lotte – wird dafür sorgen, dass wir täglich spazieren gehen, einzeln oder zusammen, wie wir es für richtig halten. Und sie wird ein bisschen Leben in unseren stillen Haushalt bringen.«

Lou sah ihn an. Natürlich, Carl hatte sich einmal eine Familie gewünscht, Kinder. Das hatte sie ihm verwehrt, aber sie war nicht traurig deswegen. Sie wollte keine Kinder, hatte nie welche gewollt und würde ihre Meinung nicht ändern. Zum Glück war ihre Muschka mit den Kindern ihrer Brüder beschäftigt und fragte noch nicht, ob Lou nicht auch … Und mit ihrer Entscheidung hatte sie Carl nicht wirklich eine Wahl gelassen. Aber das hatte er ja vor der Hochzeit gewusst.

Lotte fiepste und holte Lou damit in die Gegenwart zurück.

»Das war die beste Idee seit Langem. Ich danke dir!« Lou drückte ihm einen scheuen Kuss auf die Wange und wandte sich dann der kleinen Lotte zu.

KAPITEL 40

St. Petersburg, 5. Mai 1899

In Moskau blieben sie einige Tage, genossen die Osterfeiern, besuchten zahlreiche Museen und entdeckten die Stadt, indem sie durch viele kleine Gässchen spazierten. Dann begaben sich Rainer, Lou und Carl an einem Morgen Anfang Mai mit ihrem Gepäck zum Nikolaibahnhof. Das war ein freundlich wirkendes Gebäude, schon jetzt viel zu klein für den zunehmenden Reiseverkehr in Richtung Norden. Sie bestiegen die Nikolaibahn, die *Nikolajewskaja shelesnaja doroga*, die nach dem Zaren Nikolaus I. benannte Zugverbindung nach St. Petersburg, und machten es sich in dem Abteil gemütlich, in dem sie die nächsten knapp zwanzig Stunden verbringen würden.

Rainer wurde nicht müde, von allem zu schwärmen, was sie in Moskau gesehen hatten, besonders natürlich vom Kreml und von den Kirchen und Kathedralen, die dort alle in reinem Weiß gemauert waren, so dass die goldenen Kuppeln umso mehr in der Sonne funkelten. Auch die Paläste waren so wunderbar gewesen, herrschaftlich, prachtvoll, dabei war der Zar mit seinem Hofstaat ja schon lange nach St. Petersburg umgezogen.

»Ja, mein Lieber, warten Sie nur, bis Sie Petersburg sehen, das

Venedig des Nordens wird es genannt, dabei ist es viel besser als Venedig, denn es ist Petersburg. Eine unvergleichliche Stadt.«

Als sie am prächtigen Moskauer Bahnhof in St. Petersburg ausstiegen, war Rainer zunächst überwältigt von der Pracht des Gebäudes und schließlich der ganzen Stadt. Nach der bodenständigen Klarheit und Schönheit Moskaus kam ihm die Zarenstadt vor wie Zuckerwerk.

Sie saßen in einer Droschke auf dem Weg zur Wohnung von Lous Mutter, und er streckte den Kopf hinaus, um möglichst viel in sich aufnehmen zu können. Doch was er sah, schreckte ihn seltsam ab. Er war noch so erfüllt von der russischen Erhabenheit Moskaus, dass er sich nun von der verspielten Stadt abgeschreckt fühlte, als verklebte süßes Backwerk seinen Mund.

Schließlich kamen sie vor einem herrschaftlichen Haus an. Lou und Andreas stiegen aus, er selbst musste noch einige Straßen weiterfahren zu einer Pension, die Lou für ihn ausgesucht hatte. Zum wiederholten Male verfluchte er innerlich diesen Mann, der ihm die Zeit stahl, die er mit Lou verbringen wollte. Der ältere Rechte hatte. Überhaupt irgendwelche Rechte. Und Lou dafür, dass sie, die Unkonventionelle, hier so brav den Sitten folgte, sich mit ihrer Familie beschäftigte, anstatt mit ihm, der ihre Nähe und Aufmerksamkeit viel nötiger gehabt hätte.

Einige Stunden später machte er sich ein wenig missmutig zu Fuß auf den Weg zurück zur Wohnung der Louise von Salomé. Es wurmte ihn, dass er so einfach ausquartiert worden war. Wenigstens wurde er zum Abendessen erwartet.

Doch weder der Empfang bei den von Salomés noch das Abendessen waren nach seinem Geschmack. Es gab Braten! Ausgerechnet. Das hätte er auch in Berlin, in München oder in Prag essen können. Nichts Besonderes, auch wenn er zugeben musste, dass das Fleisch recht zart geraten war. Er hätte so viel lieber etwas gegessen, das russischer war. Originaler. Echter. Aber Braten?

Lous Mutter … nun, was hatte er erwartet? Sie war eben schon eine ältere Dame, etwas mütterlich in ihrer Art, dabei so ganz und gar anders als Lou. Und der Rest der Familie war an diesem Abend mit der Erinnerung an Eugen beschäftigt, Lous verstorbenen Bruder. Nach dem Abendessen saßen sie im Salon zusammen und tauschten Geschichten aus. Rainer fühlte sich außen vor gelassen. Er hatte diesen Eugen ja nie kennengelernt. Kinderarzt war er gewesen, eine Profession, der er wenig abgewinnen konnte. Und obwohl die Unterhaltung auf Deutsch stattfand, einfach weil die Familie Salomé zu Hause schon immer Deutsch gesprochen hatte, begann er sich zu langweilen und verabschiedete sich schließlich. Lou, die in eine Unterhaltung mit ihrer Mutter vertieft war, hatte nicht mehr als einen Gruß mit der Hand für ihn übrig, als er ging.

Am nächsten Tag machten sie eine Art Stadtspaziergang den Newski-Prospekt entlang, eine lange Einkaufsstraße, die Rainer an den Berliner Ku'damm erinnerte und keine sonderlich große Begeisterung in ihm auslöste. Am Abend fanden sie sich wieder bei Louise von Salomé ein. Und diesmal war Rainer fest entschlossen, den Tag wenigstens mit einem anregenden Gespräch zu beenden. Nach dem Abendessen achtete er darauf, im Salon einen Platz in Lous Nähe zu ergattern, und schaffte es sogar, mit ihr auf einem kleinen Sofa zu sitzen. Und endlich fragte Lou ihn, fragte ihn, wie es ihm ging, wie ihm Petersburg gefiel. Er entschied sich dafür, ihr die Wahrheit zu sagen.

»Ich vermisse das Russische, das Klare, Einfache, das wir in Moskau gesehen haben.«

Lou lächelte nur.

Hatte sie überhaupt verstanden, was er meinte? Er ergriff ihre Hände, die sie ihm mit einem Blick zu ihrer Mutter sofort wieder entzog.

»Lou, wollten wir hier nicht genau das finden? Ich brauche Einfachheit und Klarheit, um meine Kunst zu verbessern. Um das allzu Romantische zu überwinden. Die Frömmigkeit der Menschen in Moskau, die Ikonen, in denen sich das Licht Gottes spiegelt, die Gespräche der Menschen auf der Straße. All die Ehrlichkeit, die scheint hier so weit weg zu sein.«

Der Blick, den Lou ihm nun zuwarf, sagte ihm, dass sie ihn verstand, also sprach er weiter: »Ich will das Wesen der Dinge finden, es ergründen, verstehst du?«

Lou nickte, und er wusste, dass sie, von allen Menschen auf der Welt, ihn wirklich verstand. »Das ist auch mein Ziel«, bestätigte sie. Natürlich, auch in ihrer Arbeit ging es darum, das Wesen von Kunst und Religion zu erkunden. Auch sie war eine Suchende, wie er.

»Und gerade hier, in Russland, habe ich erwartet, das zu finden, hier kann ich es schaffen. Überall mystische Zeichen, die Menschen gehen ganz natürlich damit um. In Moskau habe ich das gesehen.«

»Ja, Rainer, Sie haben recht. Es ist der besondere Sinn des Russen für Musik und Poesie, die Art, wie er mit der Natur lebt, die kindliche Unmittelbarkeit von Mensch zu Mensch. Das ist es, was wir suchen.« Sie siezte ihn, natürlich, vor den anderen, vor ihrer Familie, er war das doch eigentlich gewohnt, und doch schmerzte es, weil er sich von ihr distanziert fühlte, wobei er ihr doch nichts lieber als nahe sein wollte.

»Aber finden wir es hier, in dieser Stadt? Wir könnten genauso gut zu Hause in Berlin sein.«

»Rainer, es ist nicht die Stadt. Es sind die Menschen, die durch ihr vernunftdominiertes materialistisches Denken im Lauf ihres Lebens so sehr verwirrt werden, dass sie nicht mehr auf ihre Grundlinie zurückfinden. Was die Aufmerksamkeit der Menschen beansprucht, sind Liebe, Kinder, Ehrgeiz, Beruf, Geldsorgen und das ganze Getriebe des staatlichen und des gesellschaftlichen Lebens. Sie haben keine Zeit mehr, sich auf die Basis, auf das Wesentliche zu konzentrieren.«

Sie sprach ihm aus der Seele, aber auch aus dem Herzen. Lou, seine Lou! Sie war doch das Wesentliche für ihn.

Auf dem Weg zurück in die Pension war ihm das Herz wieder leichter. Er würde der Stadt noch eine Chance geben, selbst wenn es ihm schwerfiel. Für Lou.

KAPITEL 41

St. Petersburg, 18. Mai 1899

Sie verbrachten einige Zeit in St. Petersburg, besichtigten die Stadt, mit der Rainer ganz offensichtlich nicht warm werden wollte. Doch Lou genoss die Zeit mit ihrer Familie mehr, als sie erwartet hatte. Carl fügte sich völlig unauffällig in den Haushalt ihrer Mutter ein. Wie schon bei früheren Besuchen benahm er sich zwar außerordentlich höflich, war jedoch die meiste Zeit damit beschäftigt, seine Studien voranzutreiben. Er war zufrieden damit, zwischen seinen Büchern zu sein, und verbrachte viel Zeit in der kaiserlichen öffentlichen Bibliothek am Newski-Prospekt. Ein Empfehlungsschreiben hatte ihm die Möglichkeit eröffnet, die dortigen Handschriften zu untersuchen.

Lou gewann dadurch Zeit, die sie mit Rainer verbringen konnte, der inzwischen immer missmutiger wurde. Sie versuchte, ihm St. Petersburg näherzubringen, auch wenn sie ahnte, dass ein Teil seiner Abneigung der Tatsache geschuldet war, dass sie bei ihrer Mutter wohnte und er in der Pension. Er konnte nicht nach Herzenslust in dieser Wohnung ein und aus gehen, er musste warten, bis er eingeladen wurde, was durchaus regelmäßig geschah. Nur trotz allem seltener, als er es sich wohl wünschte.

An diesem Morgen hatte Lou allerdings eine kleine Überraschung vorbereitet. Nach dem Frühstück nahm sie ihren Mantel, gab ihrer Mutter einen Kuss, winkte dem Alterchen und verließ die Wohnung. Sie nahm eine Droschke bis zu Rainers Pension und hieß den Kutscher, auf sie zu warten, während sie Rainer herausholte, der keine Ahnung hatte, wohin sie ihr Ausflug führen würde.

Sie hatte gehört, dass der Maler Ilja Jefimowitsch Repin nach einem längeren Auslandsaufenthalt wieder in St. Petersburg eingetroffen war. Sie hatte ihn 1896 in Berlin kennengelernt, wo er einige seiner realistischen Kunstwerke präsentiert hatte. Rainer bedrängte sie während der Fahrt, ihm ihr Ziel zu nennen, aber sie schwieg eisern und lächelte ihn nur an.

Aber schließlich erreichte die Kutsche ihr Ziel. Rainer und sie stiegen vor einem imposant wirkenden Wohnhaus aus. Lou führte Rainer zur Eingangstür und läutete die Glocke an der Tür.

Repin selbst öffnete.

»Frau Andreas-Salomé! Welche Ehre, Sie in meinem bescheidenen Atelier begrüßen zu dürfen.« Neugierig sah er Rainer an.

»Die Freude ist ganz auf meiner Seite, Ilja Jefimowitsch. Darf ich Ihnen den talentierten Dichter Rainer Maria Rilke vorstellen? Er befindet sich auf Bildungsreise, und ich musste ihm einen Besuch bei Ihnen einfach nahelegen.«

Rainer verbeugte sich tief. »Es freut mich sehr, Ihre Bekanntschaft zu machen.«

Lou konnte aus seinem Gesicht nicht ablesen, ob ihm der Name des Malers etwas sagte. Und da sie es ja vorgezogen hatte, ihn auf diesen Besuch nicht vorzubereiten, musste sie nun wohl oder übel dafür sorgen, dass Rainer schleunigst mit dem fehlenden Wissen über den Maler versorgt wurde.

»Mein lieber Repin, ich muss Ihnen gestehen, dass ich meinen Begleiter mit dem Besuch bei Ihnen überrascht habe. Aber wir haben vor ein paar Wochen in Moskau die Möglichkeit gehabt, Tolstoi kennenzulernen.«

»Tolstoi? Seine Freunde sind auch meine Freunde, kommen Sie nur herein, Herr Rilke.«

Repin führte sie ins Haus und die Treppe hinauf in sein Atelier. Dort herrschte ein recht wildes Durcheinander. An den Wänden Stapel von Leinwänden, auf Tischchen und am Boden Farben und Pinsel. Es standen auch mehrere Staffeleien herum, mit offensichtlich begonnenen Gemälden.

»Sehen Sie nicht so genau hin, lieber Rilke. Ich arbeite meist an mehreren Aufträgen gleichzeitig. Aber ich habe auch unseren Freund Tolstoi porträtiert, sehen Sie hier.« Damit kramte er zwischen mehreren bemalten Leinwänden, die an einer Wand lehnten, eine hervor. Er präsentierte sie stolz.

Lou fand das Porträt gelungen, obwohl Repin selbst es sogleich kritisierte. »Natürlich wird es dem Meister nicht gerecht, es ist nur eine vorsichtige Annäherung, finden Sie nicht?«

Sie verbrachten einen angenehmen Tag bei Repin, der ihnen von seiner Mitgliedschaft bei den *Peredwischniki*, den Wanderern, berichtete. In dieser Vereinigung von Malern hatten sich Vertreter des Realismus in der Malerei zusammengeschlossen, vornehmlich, um Wanderausstellungen zu organisieren, aber auch, um gegen die Restriktionen der Kaiserlichen Kunstakademie zu protestieren. Eine ähnliche Bewegung wie die *Berliner Secession* und die Gruppe um den *Simplicissimus* in München, dachte Lou.

Es wurde später Nachmittag, und schließlich bot Repin ihnen an, mit ihm zusammen ein frühes Diner einzunehmen. Lou, deren

Magen schon knurrte, nahm den Vorschlag dankend an. Es gab Borschtsch, was Lou erstaunt, Rainer aber erfreut zur Kenntnis nahm. Der einfache russische Eintopf war offenbar geeignet, seine Meinung von den hochnäsigen St. Petersburgern zu beschwichtigen.

Beim Essen referierte Repin über den Vegetarismus und dass Tolstoi ihn dazu gebracht hatte, diese Ernährungsform auszuprobieren.

»Und glauben Sie mir, man fühlt sich nicht nur im Gewissen erleichtert. Es geht durchaus um rein gesundheitliche Aspekte. Ich bin so gesund wie nie zuvor.«

Lou betrachtete Repin, der sein fünfzigstes Lebensjahr schon ein paar Jahre hinter sich gelassen hatte, und fand, dass er tatsächlich frisch und gesund wirkte – jedenfalls für einen Maler, der die meiste Zeit des Tages in seinem Atelier zubrachte.

Zum Abschluss zeigte Repin ihnen einige Porträts, die er gemalt hatte. Lou war fasziniert von seiner Art, den Blick der Menschen einzufangen. Bei jedem neuen Bild, das Repin ihnen zeigte, war es die Art, wie die gemalten Menschen sie ansahen, die Lou gefangen nahm.

Als sie sich verabschiedeten, war sie erfüllt von neuen Eindrücken.

In der Droschke zurück nach Hause drückte Rainer Lous Hand. »Ich danke dir für diesen Tag. Er versöhnt mich ein wenig mit meinem Eindruck von dieser Stadt. Ich bin immer noch der Meinung, dass hier in St. Petersburg die Menschen nicht so echt und wahrhaftig sind wie die, die wir in Moskau kennengelernt haben. Aber es war ein schöner Tag.« Er hauchte einen Kuss auf Lous Lippen.

Sie zog ihn an sich und erwiderte den Kuss. Hier, in der geschlossenen Kutsche, verborgen vor den Blicken der Welt, wurde ihr Kuss immer inniger, drängender. Das Außen um sie herum versank, und ein leichter Schwindel ergriff Lou, als sie merkte, wie das Verlangen in ihr aufstieg.

Auch Rainers Atem ging schneller, und seine Hand wanderte über ihren Körper, über ihre Brust, was ihr ein Stöhnen entrang. Auch sie streichelte Rainer, spürte seine Erregung unter dem Stoff der Hose, hörte sein Keuchen an ihrem Ohr. Sie küssten sich wieder und wieder.

Doch viel zu schnell erreichte die Kutsche Louise von Salomés Wohnung, und sie mussten die gestohlene Zweisamkeit beenden.

KAPITEL 42

St. Petersburg, 14. Juni 1899

Es war warm geworden und sonnig. An diesem Tag wollten Lou, Rainer und Carl die Isaak-Kathedrale besichtigen. Die Kirche war die größte in St. Petersburg, mehr als zehntausend Menschen konnten darin der Messe beiwohnen. Rainer kam zu einem späten Frühstück in die Wohnung von Louise von Salomé. Sie saßen noch bei einer letzten Tasse beisammen und besprachen, wie sie den Tag verbringen wollten, als das Mädchen den Frühstückssalon betrat und einen Brief für Lou brachte.

Sie nahm den Umschlag von dem silbernen Tablett und betrachtete ihn.

»Oh, das ist ein Brief von Frieda!« Sie schob ihren Stuhl zurück und stand auf. »Entschuldigt mich einen kleinen Moment, Mama, Carl, Rainer. Ich würde den Brief gern sofort lesen.« Sie nickte ihrer Mutter zu und zog sich in einen Sessel an einem Fenster zurück. Dann öffnete sie lächelnd den Brief.

Doch das Lächeln schwand aus ihrem Gesicht, während sie Friedas Zeilen überflog. Dann las sie den Brief ein weiteres Mal. Sie spürte, wie das Blut aus ihrem Gesicht wich. Frieda ging es gut, daran war nicht zu zweifeln, dem Himmel sei Dank. Aber Lotte!

Frieda schrieb, dass Lotte seit einigen Tagen krank war. Sie hatte einen Tierarzt konsultiert, dem sie die Heilung Lottes zutraute. Doch sie war so besorgt, dass sie Lou lieber hatte informieren wollen.

Lou ließ den Brief sinken. Lotte! Die kleine, süße Lotte. Das durfte nicht wahr sein. Das arme Tier. Sie stand auf, ging ein paar Schritte auf die am Tisch versammelte Gesellschaft zu und sah Carl an.

Der bemerkte ihren Blick und verstummte mitten im Satz, den er gerade hatte beenden wollen. Dann sagte er: »Was ist passiert, Ljola? Du siehst aus, als hättest du ein Gespenst gesehen!«

»Ach Carl. Es ist etwas Schreckliches passiert. Das arme Lottchen ist krank. Frieda versorgt sie sicher gut, aber …«

»… aber du möchtest sofort nach Hause fahren?« Carl wusste, wie sehr sie die Hündin liebte, natürlich. Er liebte das Tier ja ebenso.

Lou nickte. »Könnten wir?«

Carl stimmte ihr sofort zu. »Natürlich.«

Louise hingegen runzelte die Stirn. »Wirklich, Kind? Du willst wegen eines Hundes deine Reisepläne ändern?«

Lou ging zu ihrer Mutter, kniete sich neben ihren Stuhl und nahm deren Hände in ihre. »Mama, ich muss.« Sie küsste ihre Mutter auf die Wange, dann stand sie wieder auf. »Außerdem neigt sich unsere Reise sowieso dem Ende zu. Unseren finanziellen Mitteln zufolge wenigstens.« Sie seufzte. »Abgesehen davon wird Frieda bald nach Thüringen reisen, wo sie ihren diesjährigen Sommersitz hat.«

Sie warf Rainer einen Blick zu.

»Dann holst du Lotte eben so schnell wie möglich ab.« Carl zuckte nur mit den Schultern.

Rainer nickte. »Natürlich. Machen Sie sich keine Sorgen.« Im Beisein ihrer Mutter oder anderer Bekannter von Carl verwendete Rainer das höflichere *Sie*, weil Lou ihn darum gebeten hatte. Und doch klang es stets falsch in ihren Ohren, wenn der Mann, den sie liebte, sie ansprach wie eine Fremde.

»Danke«, sagte Lou. Und sie meinte es so. Sie hätte es nicht ertragen, auch nur eine Minute länger als unbedingt notwendig von Lotte getrennt zu sein. Sie setzte sich wieder an ihren Platz am Tisch und nahm einen Schluck aus ihrer Tasse. Der Kaffee darin war kalt geworden und schmeckte bitter.

Noch am selben Tag besorgte Lou Zugfahrkarten für die Fahrt nach Berlin, anstatt Rainer die beeindruckende Isaak-Kathedrale zu zeigen. Sie mussten wohl noch einmal nach St. Petersburg kommen und den Besuch nachholen.

Schon am nächsten Abend bestiegen Lou, Rainer und Carl wieder einen Eisenbahnwaggon. Der Zug in Richtung Berlin bestand aus einem Packwagen, einem Speisewagen und vier Schlafwagen. Lou hatte Schlafwagenplätze für sie alle drei reserviert. Die hatten sie auch bitter nötig, denn der Tag war hektisch gewesen. Lou hatte noch einmal ihre Brüder besucht, dann natürlich die Verabschiedung von ihrer Mutter. Carl hatte in der Zwischenzeit seine Unterlagen zusammengerafft, die er überall in der Wohnung ausgebreitet hatte. Was Rainer getan hatte, wusste Lou nicht. Aber er war pünktlich zur Abfahrt bereit gewesen.

Sie nahmen ein frühes Abendessen im Speisewagen ein. Lou saß Rainer gegenüber und meinte, Erleichterung über die Abreise in seinem Gesicht zu erkennen. Sollte sie es ihm übelnehmen, dass er ihre Heimatstadt nicht so lieben konnte, wie sie es tat? Vermutlich nicht.

Vielleicht brauchte er einfach noch einen weiteren Versuch, um zu verstehen, dass Russland aus einer Art Dreieinigkeit bestand. Die Weite und Einfachheit der russischen Bauern auf dem Land, dann das weitläufige Moskau. Hervorgegangen aus einer kleinen Befestigungsanlage, dem ursprünglichen Kreml, war die Stadt über eine große Fläche gewachsen. Über eine Million Menschen lebten in der Stadt, immerhin gut halb so viele wie im riesigen Berlin. Vor knapp achtzig Jahren hatte Napoleon die Stadt fast vollständig niedergebrannt, so dass viele Gebäude noch recht neu waren und der Stadt auch dank der blühenden Industrie eine brodelnde Atmosphäre gaben. St. Petersburg dagegen war zu großen Teilen auf Pfählen im sumpfigen Untergrund gebaut, weil Zarin Katharina den Platz nach seiner Schönheit und nicht danach ausgesucht hatte, ob man darauf gut bauen konnte. Und das war in St. Petersburg eben Sumpf, wie es in Berlin Sand war. Aber St. Petersburg war eine Zarenstadt, in der die Aristokraten ebenso lebten wie die Künstler und Intellektuellen. Und es war ein wunderbarer Ort. Rainer würde das einsehen, wenn sie ihn das nächste Mal herbrachte.

KAPITEL 43

Berlin, Juni 1899

Wie durch ein Wunder erholte sich Lotte, sobald Lou sie unter ihre Fittiche nehmen konnte. Während der ersten Tage, die sie zurück in Berlin war, kümmerte sich Lou ausschließlich um den Hund. Sie kochte Schonkost für das Tier und unternahm kleine Spaziergänge, damit Lottes Gesundheit sich stabilisierte.

An diesem Morgen, sie machte gerade Kaffee, kam Carl in die Küche. Er runzelte die Stirn, blieb in der Tür stehen und sah Lou an, bis sie den Blick erwiderte.

»Was ist denn, Carl? Was hast du?«

Carl kam ganz in die Küche, die Zeitung in der Hand. Schwerfällig ließ er sich am Tisch nieder.

»Nun sag schon.«

»Ich habe überlegt, ob ich dir das überhaupt zeigen soll, Ljola. Aber da du ja mit Lotte spazieren gehst, solltest du das wissen.« Er reichte ihr die Zeitung und zeigte auf einen Artikel.

Lou las:

»Aus dem Schöneberger Ortsteil Friedenau wird über vergiftete Hunde berichtet. In kurzer Zeit waren 20 Tiere, in der letzten Woche 16 Hunde,

von der Straße vergiftet zu ihren Besitzern zurückgekehrt und verendet. Von den Tätern fehlte jede Spur.«

Lou sah besorgt zu Lotte, die auf ihrem Kissen unter dem Tisch lag und wieder ganz zufrieden wirkte.

»Sieht aus, als hätte die Kleine noch einmal Glück gehabt.« Carl beugte sich unter den Tisch und kraulte die Hündin hinter dem Ohr. Die robbte unter dem Tisch hervor und stellte sich schwanzwedelnd vor Carl auf. Der warf Lou einen fragenden Blick zu, so bittend, dass sie schmunzelnd auf die unausgesprochene Frage hin nickte. Dann schnitt sie eine Scheibe vom Schinken ab und reichte sie Carl, der sie Lotte vor die Nase hielt. Deren Schwanz klopfte aufgeregt auf den Küchenfußboden. Sie fiepte, und dann gab Carl ihr die Scheibe Schinken, die sie gierig verschlang.

Lou setzte sich ebenfalls an den Tisch und nahm einen Brief in die Hand, der dort schon eine Weile lag.

»Carl? Wir müssen vorsichtig sein, wenn wir mit ihr nach draußen gehen. Aber ich glaube, Lotte geht es wieder gut.«

Carl nickte nur, während er Lotte wieder kraulte.

Lou sah ihn an. Dann Lotte. Dann den Brief. »Frieda hat geschrieben.«

Carl sah auf. »Ja? Wie geht es ihr? Warum schreibt sie und kommt nicht einfach vorbei?«

Lou nahm den Brief wieder in die Hand. »Nun ja. Sie ist nicht in Berlin, sie hat in … warte … Meiningen ihr Quartier für den Sommer bezogen. Ich denke, ich werde sie dort besuchen.«

Carl nickte nur und hörte nicht auf, Lotte zu streicheln. Dann brummte er: »Na, Lottchen? Wir beide kommen schon allein zurecht.«

Lou spürte einen kleinen Stich. Sie wusste, dass Carl nicht aufgegeben hatte, zu hoffen, sie würde eines Tages eine ganz normale Ehefrau für ihn sein und alle dementsprechenden Pflichten erfüllen. Und sie wusste, dass er nicht begeistert darüber war, wenn sie ihn oft und lange mit sich allein ließ. Aber das war nun einmal die einzige Art und Weise, auf die sie mit ihm leben wollte und konnte. Sie brauchte ihre Freiheit, dafür war sie bereit, in der übrigen Zeit für Carl zu sorgen. Wieder fiel ihr ihre Idee ein, eine Haushälterin anzustellen, sobald es finanziell möglich war. Allerdings würde das Geld kosten, Geld, das sie, Lou, erst verdienen musste. Und arbeiten konnte sie am besten, wenn sie mit guten Freunden in der Sommerfrische war. Carl würde ihre Abwesenheit überleben, auch wenn er dieses Mal mit Lotte allein wäre.

»Das denke ich auch«, sagte sie also. Damit stand sie auf und überlegte, welche Gerichte sie einkochen könnte, damit Carl etwas anderes als Brot und Schinken äße während ihrer Abwesenheit.

KAPITEL 44

MEININGEN, JULI 1899

Nur eine Woche später war sie mit Rainer auf dem Weg nach Meiningen. Frieda hatte sich im Gartenhaus der Prinzessin Marie von Meiningen einquartiert und strahlte mit der Sommersonne um die Wette, als sie Lou und Rainer bei sich begrüßte.

Lou fiel ihr um den Hals. »Endlich, meine Liebe! Wir haben so viel zu erzählen, nicht wahr, Rainer?«

Frieda lud die Reisenden in den Salon zu Tee und Kaffee ein, damit sie sich von den Strapazen der Fahrt erholen konnten.

Es gab zwei wunderbare Gästezimmer, die sie bezogen, wobei Rainers Zimmer wie schon so oft im Wesentlichen dazu diente, seine Sachen zu beherbergen. Nach der erzwungenen räumlichen Trennung während der Reise war das Bedürfnis beider, sowohl Rainers als auch Lous, sich in möglichst enger Symbiose aneinander aufzuladen, geradezu überwältigend. Manchmal lag Lou nachts wach, betrachtete den schlafenden Mann neben sich und fragte sich, was es war, das sie so eng an ihn band. Wenn er im Badezimmer seine Toilette erledigte oder einen kurzen Spaziergang allein im Park unternahm, fühlte sie seine Abwesenheit schmerzlich, fast körperlich. Die Welt war dann kälter, grauer, selbst bei strahlendstem Sonnenschein.

Schon in den ersten Tagen bei Frieda stürzten sich Lou und Rainer in die Arbeit. Es galt, die geplante Reise nach Russland im nächsten Frühjahr vorzubereiten. Ja, Lou hatte beschlossen, dass es notwendig war, die Reise zu wiederholen, um dem wahren Russland auf den Grund zu gehen. Diesmal würde sie Rainer Russlands Dreifaltigkeit so näherbringen, dass er verstehen, ja erfahren würde, was sie gemeint hatte, als sie ihm von der russischen Seele, der Einfachheit und dem Ursprung von allem erzählt hatte. Sie würden noch einmal Moskau und St. Petersburg besuchen, aber dann auch eine Reise aufs Land unternehmen. Sie würden wieder Tolstoi besuchen und den Wurzeln der russischen Kultur nachspüren. Und Carl würden sie dieses Mal zu Hause in Schmargendorf lassen.

Rainer büffelte russische Vokabeln und machte sich erneut an die Übersetzung des Werks von Dostojewski. Sie lasen über die Kulturgeschichte Russlands in der mitgebrachten Literatur, wobei die Bibliothek des Hauses am Bibrasberg erfreulicherweise einige Bände bereithielt, die ihre Wissbegierde stillen konnten.

Frieda kommentierte die intensive Arbeit mit einer hochgezogenen Augenbraue, wenn sie die beiden Studierenden mehrmals ansprechen musste, um sie zu Tisch zu rufen. Wenn Rainer allerdings während des Essens einfiel, mit Lou Russisch zu sprechen, um seine Fähigkeiten zu verbessern, wurde Friedas Mund zu einem schmalen Strich.

Lou bemerkte durchaus, wie die Laune der Freundin sich trübte. Doch für den Moment hatte sie beschlossen, alles dem hohen Ziel des Eintauchens in die russische Welt unterzuordnen. Frieda würde ihr schon ein Zeichen geben, wenn sie zu weit ginge.

In der dritten Woche ihres Aufenthalts war es so weit. Frieda bat Lou an einem heißen Vormittag darum, sie auf einen Spaziergang zu begleiten – allein. Lou erwartete die Art Standpauke, wie sie sie im letzten Jahr in Wolfratshausen hatte über sich ergehen lassen müssen. Sie ließ Rainer mit einem missmutigen Gesicht und seiner Dostojewski-Übersetzung auf der Terrasse zurück und hakte sich bei Frieda ein und spazierte mit ihr den Kiesweg in den Wald hinab.

»Lou«, fing Frieda an, aber Lou schnitt ihr schnell das Wort ab.

»Frieda, ich weiß, was du sagen willst. Und du hast ja recht. Wir kommen her, überfallen dich in deinem Haus, genießen deine Gastfreundschaft, und dann hängen wir die ganze Zeit über der Arbeit. Aber du verstehst mich doch, oder? Wenn du ganz ehrlich bist, dann verstehst du, warum ich so für diese Studien brenne, warum ich wieder in dieses Land meiner Vorfahren muss.« Lou war stehen geblieben.

Frieda entzog ihr ihren Arm und ging ein paar Schritte weiter. »Darum geht es nicht, nicht nur zumindest, meine Liebe.« Sie drehte sich um und sah Lou ernst an und schüttelte den Kopf. »Nein, darum nicht. Oder auch. Nicht nur. Du siehst es selbst, Lou, natürlich hätte ich gern mehr von deiner Gesellschaft. Lass uns über Dinge sprechen, die nicht nur euer nächstes Projekt betreffen. Lass uns einmal ausgehen, eine Fahrt nach Bauerbach machen, auf Schillers Spuren wandern.«

Lou nickte. »Natürlich. Das werden wir tun. Wir sollten die Gegenwart nicht vergessen, ihr mit offenen Augen begegnen, sie annehmen und empfangen.«

Frieda stöhnte. »Hast du das wirklich gesagt? Dieser Dichter färbt schon auf dich ab. So hast du doch bisher nicht geredet.«

»Habe ich nicht?« Lou runzelte die Stirn. Nie zuvor hatte sie sich von einem Mann beeinflussen lassen, auch nicht in ihrer Sprache. Sie würde darüber nachdenken müssen, sich selbst prüfen. Später.

»Ich meine, aber das weißt du doch, dass ich …, dass wir sehr gern mehr mit dir unternehmen werden, solange wir dich besuchen.« Sie überwand die Distanz zu Frieda mit ein paar schnellen Schritten und nahm die Freundin wieder beim Arm. »Aber was brennt dir noch auf der Seele?«

Frieda schwieg, sie gingen weiter, tiefer in den Wald, wo es schattiger war, kühler. Lou sog die Waldluft ein, die so guttat. Die letzten Tage hatten sie tatsächlich fast ausschließlich über den Büchern verbracht, den Duft staubigen Papiers eingeatmet und Tinte an ihre Finger gekleckst. Es waren wunderschöne Sonnentage, aber so heiß, dass sie die meiste Zeit in der Bibliothek verbracht hatten. Nur morgens zum Frühstück und abends nach dem Dinner hatten sie sich auf die Terrasse gewagt. Aber hier im Wald war es wunderbar auszuhalten. Kühler als oben am Haus und frisch. Sie musste mit Rainer herkommen. Überhaupt sollten sie unbedingt ihre Morgengänge wiederaufnehmen. Gleich am nächsten Tag würden sie damit anfangen. Und vielleicht wollte Frieda sie ja begleiten? Lou sah die Freundin an, warf ihr ein Lächeln zu.

Frieda holte Luft, stieß sie erneut geräuschvoll aus. Dann sagte sie: »Wir kennen uns so gut, Lou. Ich kenne deine Ansichten, teile sie größtenteils. Ich toleriere deine Art, mit deinen Liebhabern umzugehen, dich auch mit ihnen in den Augenblick zu versenken. Du warst mir immer sowohl Lehrmeisterin als auch Freundin. Dein Rainer gehört dir, mach mit ihm, was du willst. Aber nun hast du etwas getan, das ich nicht verstehen kann. Und ich fürchte, wenn du keine sehr gute Erklärung hast, werden sich unsere Wege trennen.«

Lou schüttelte den Kopf. Hatte sie richtig gehört? Was war in Frieda gefahren, dass sie so sprach?

Frieda führte sie zu einer Bank, die am Rand einer kleinen Lichtung stand, und sie setzten sich.

»Lou«, hob Frieda dann an, »du hast ein Essay veröffentlicht, bevor ihr nach Russland gefahren seid. In der *Neuen Deutschen Rundschau* …«

Lou sah sie verständnislos an. »Ja, das stimmt. Hast du es gelesen?«

Frieda nahm ihre Hand und sah sie eindrücklich an. »Nicht nur einmal gelesen. Lou, was hast du dir nur dabei gedacht?«

»Wie? Was ich mir gedacht habe? Ich habe auf Bölsches Buch Bezug genommen. Hast du es auch gelesen?«

Frieda schüttelte den Kopf. »Aber darum geht es mir auch nicht. Lou, du willst doch nicht wirklich sagen, dass du gegen den Feminismus bist. Gegen die Gleichberechtigung der Frau!« Ihr Gesicht zeigte zwei hektische rote Flecken auf den Wangen.

Lou verstand immer noch nicht, warum Frieda sich so aufregte, denn das tat sie ganz offensichtlich.

»Du glaubst also tatsächlich, dass eine Frau weniger wert ist als ein Mann?«, schnaubte Frieda.

»Das glaube ich überhaupt nicht. Und ich erinnere mich nicht, etwas in der Art geschrieben zu haben. Es ist müßig, sich darüber zu streiten, welche der beiden Arten wertvoller ist.«

»Aber so liest man das Essay. Nicht nur ich, alle. Du hast eine Menge Leute, vornehmlich Frauen, damit gegen dich aufgebracht.«

Lou sah die Freundin stirnrunzelnd an. »Was gehen mich irgendwelche Frauen an? Wenn überhaupt, dann lege ich auf die Meinung derer Wert, die ich kenne. Auf deine also zum Beispiel.«

»Dann erkläre mir, wie ich diesen Artikel lesen und verstehen soll!« Frieda verschränkte die Arme vor der Brust. Ein zarter Windhauch, der durch den Wald strich, ließ die Sonne durch die aufgestörten Laubblätter bis auf den Waldboden fallen und spielte mit der Spitze an Friedas weißer Bluse.

Lou seufzte. Sie bevorzugte es, so zu schreiben, dass die angesprochenen Leser verstehen konnten, was sie meinte, ohne darüber erst lange Diskussionen zu führen. Offenbar war ihr das in dem Essay nicht gelungen.

»Gut. Ich will versuchen, von vorn zu beginnen, wie ich es in dem Aufsatz getan habe. Beginnen wir bei Ei- und Samenzelle.« Aus dem Augenwinkel sah Lou, dass Frieda die Augen verdrehte, aber sie ließ sich nicht von ihrem Thema abbringen. »Die Eizelle ist die weniger entwickelte, sie ist weniger differenziert und träger als die Samenzelle, die sich ja fortbewegen muss, um ihr Ziel zu erreichen. Aber bleiben wir bei der Eizelle. Schon sie zeigt, dass das Weibliche die intaktere Harmonie, sicherere Rundung trägt. Sie ist vollendeter, der Aristokrat im Gegensatz zum männlichen Emporkömmling.«

Frieda schien einen Einwand zu haben, aber Lou hob ihre Hand und fuhr fort: »Aus dieser Sicht auf die Weiblichkeit ergibt sich auch, dass das Weib, in der Ausprägung ihrer Weiblichkeit, organischer gewachsen ist, sie wächst und entwickelt sich aus sich heraus, ihr Tun ist physischer, intimer und unmittelbarer als das des Männlichen. Dem Männlichen zugehörig hingegen ist ein Vorwärtsdrang, eine Spezialisierung und auch eine Bedürftigkeit. Es ist damit unzufriedener, aggressiver und auch unternehmender.«

»Lou, das hört sich an wie etwas, was ein alter Herr mit einem langen weißen Bart sagen würde, der Angst hat, dass die werte Gemahlin es vorziehen könnte, eine eigene Meinung zu haben. Ich kann nicht glauben, dass ausgerechnet du so konservativ bist.«

»Das hat doch überhaupt nichts mit Konservatismus zu tun. Bisher habe ich nur versucht, dir darzulegen, worin meiner Meinung nach die Unterschiede zwischen dem Weiblichen und dem Männlichen zu finden sind.« Sie sah, dass Frieda schief grinste. »Mir geht es doch nicht darum, irgendjemand in vorgeformte Meinungen zu pressen. Ich frage nach dem Wesen der Dinge. Und das Wesen der Dinge ist eben letztlich nicht einfach und logisch, es ist vielschichtig und manchmal unlogisch, wodurch es vom Weib in seiner Art, die Dinge in sich aufzunehmen, viel besser verstanden werden kann. Und du weißt, was nicht in unser Gefühl eintritt, das beschäftigt unser Denken nicht lange.« Nun sah sie Frieda an, wartete auf ein Zeichen der Zustimmung.

Diese legte die Hände in den Schoß und atmete tief, sagte jedoch nichts.

»Es ist einfach falsch, das Männliche und das Weibliche als zwei zueinander passende Hälften zu betrachten, wie es lange getan wurde. Erinnerst du dich an diese lächerliche Darstellung des Urmenschen als Kugelmenschen? Als Kugeln, die getrennt worden wären und ewig nach der anderen Hälfte suchten? Einfach falsch. Und genauso falsch ist es, dem Männlichen allein die Schöpfergabe zuzuschreiben. Beim Geschlechtsakt sondern doch sowohl die weiblichen Körper wie auch die männlichen Zellen ab, die sich dann vereinigen. Lies bei Bölsche nach. Aber, Frieda, das ist ein gleichwertiger schöpferischer Beitrag beider Seiten.«

»Aber«, hob Frieda nun an, »sieh dir doch nur die Welt an. Alles ist darauf ausgerichtet, den Männern zu dienen. Und besonders in der Ehe arbeiten Mann und Frau zusammen daran, genau diesen Status weiter zu erhalten.«

»Du magst recht haben damit, Frieda, aber das heißt doch nicht, dass ich das gut finde. Im Gegenteil. Meine Forderung wäre die nach einer Freiheit zur Entwicklung für beide Geschlechter. Man müsste sich keine Sorgen machen, denn wie eine Schnecke ihr Haus hat die Frau ein gewisses Maß an Häuslichkeit immer dabei. Haus, Sitte und Beschränkung braucht der Mann von außen, denn er trägt sie nicht in sich. Die Frau hingegen muss sich ausbreiten können, um nicht in sich zu ersticken.«

»Dann verstehe ich nicht, warum du den Feminismus nicht unterstützt.«

»Die Emanzipation ist nach meiner Auffassung überflüssig.«

Frieda sog scharf den Atem ein, aber Lou sprach unbeirrt weiter: »Die Emanzipation ist doch gerade deswegen entstanden, weil es Grenzen, Vorgaben und Zwänge gibt. Ohne diese Zwänge müssten sich Frauen nicht dagegen auflehnen und könnten sich stattdessen der Entwicklung ihrer Weiblichkeit widmen. Man könnte die Weiblichkeit feiern, anstatt Männlichkeit nachzuahmen.«

Frieda sah nun etwas beruhigter aus. »Gut, ich kann deine Gedanken nachvollziehen. Und dennoch schreibst du, man dürfe das Werk eines Weibs nicht mit dem eines männlichen Künstlers vergleichen.«

Lou kratzte sich an der Nase. »Nun, das liegt ganz einfach an der Beschaffenheit des Weiblichen. Es ist nur aus sich selbst heraus kreativ. Der Sturm, die Expressivität, der Drang, sich aus sich heraus zu präsentieren, das fehlt dem Weiblichen einfach.«

»Und doch«, sagte Frieda, »haben wir in den letzten Jahren so viele interessante Künstlerinnen kennengelernt. Bist du nicht geradezu auf der Suche nach ihnen? Denk doch nur einmal an Broncia Koller.«

Lou dachte nach. In gewisser Weise hatte Frieda recht. Ihr Interesse an Künstlern, besonders an Künstlerinnen, mochte wie eine Suche wirken. Vielleicht suchte sie wirklich nach etwas, aber für den Moment konnte sie nicht recht erklären, was das sein könnte. Aber dann fiel ihr etwas ein. »Stimmt, Broncia ist eine herausragende Künstlerin. Aber wir sind unter den wenigen, die diese Gemälde je zu Gesicht bekommen werden. Wie du sehr wohl weißt, hat Broncia sich entschlossen, nur für sich selbst zu malen. Sie wird keines der Bilder je verkaufen.« Sie sah, dass Frieda widerwillig nickte.

»Und Sabine Lepsius?«

»Auch Sabine Lepsius versteht etwas von ihrem Handwerk. Andernfalls könnte sie nicht die ganze Familie mit der Porträtmalerei über Wasser halten. Aber ist es nicht bei ihr eher das: ein Handwerk? Da sie nach Aufträgen arbeitet, sind ihr viele Vorgaben gemacht, die sie einhalten muss. Und da sie verkaufen muss, ist sie ganz vom Geschmack ihrer Kunden abhängig.«

Frieda seufzte tief. »Ich werde dich wohl in dieser Sache nicht von deiner Meinung abbringen können. Dabei kennen wir doch so viele wunderbare Frauen.«

»Ich gebe dir ja ganz recht, Frieda. Aber zum einen bestätigen Ausnahmen nur die Regel, und zum anderen hat nicht der Feminismus bewirkt, dass diese Frauen künstlerisch schaffend tätig sind. Dem Feminismus fehlen aus meiner Sicht zwei sehr wichtige Voraussetzungen. Einerseits die Forderung nach der individuellen Freiheit eines jeden, sei es Mann oder Frau. Und zum anderen der

Wille dazu, anzuerkennen, dass es eben doch grundsätzliche Unterschiede zwischen Mann und Weib gibt. Lass mich nur ein einziges Beispiel anführen: Hast du je eine Feministin eingestehen hören, dass der weibliche Körper einem Zyklus unterliegt? Dabei liegt gerade in diesem Zyklus die Grundlage zur Kraft der Erneuerung, die nur dem Weiblichen eigen ist.«

Frieda schüttelte langsam den Kopf. Lou wusste, dass sie ihr nicht gern recht gab.

»Und bis es so weit ist, dass der Feminismus seine Ziele anpasst, halte ich lieber an meiner Forderung nach persönlicher, individueller Freiheit fest. Wir schreiben das Jahr 1899. Menschen, Frauen und Männer, werden sich immer deutlicher ihrer Beschränkungen bewusst und treten offen für ihre Bedürfnisse ein. Ich denke, die Zeit, in der sich Autorinnen hinter männlichen Pseudonymen verstecken müssen, ist so gut wie vorbei. Und die individuelle Freiheit – und nicht der Feminismus – wird auch dafür sorgen, dass Frauen wie Broncia ihre Kunst der Öffentlichkeit präsentieren können und wollen.«

Frieda lachte kurz auf. »Dein Wort in Gottes Ohr, meine Liebe.«

Lou nahm ihre Hand. »Freundinnen?«

Frieda grinste. »Natürlich Freundinnen.«

KAPITEL 45

Meiningen, September 1899

In den nächsten Tagen bemühte sich Lou, mehr Zeit mit Frieda zu verbringen. Sie spazierten zum Schloss Elisabethenburg und erfreuten sich an den Blumen, auf die sie durch das Gitter des Schlosstors einen Blick werfen durften. An einem anderen Tag packten sie schon frühmorgens Wasser und Brote in einen Rucksack und machten sich auf den Weg, um nach Bauerbach zu wandern, wo Friedrich Schiller in seinen jungen Jahren einige Zeit verbracht haben sollte.

Es war ein wunderbarer Tag, der Himmel strahlend blau, die Luft klar.

Sie gingen los, Rainer begleitete sie. Und Lou achtete diesmal darauf, dass er sie wirklich nur begleitete, auch wenn sie später einige Vorwürfe von ihm deswegen zu hören bekommen würde. Sie ging neben Frieda, hakte sich bei ihr ein, und da der Weg durch den Wald hinab in den Ort nicht breit genug war, musste Rainer hinter ihnen gehen. Lou hatte sich für diesen Tag vorgenommen, ganz den Moment zu leben und nicht in ihren Gedanken in die Ferne zu schweifen. Russland war Russland, es wartete auf sie, rief sie, lockte. Doch heute war sie hier, in Thüringen mit Frieda, und war fest entschlossen, den Tag zu genießen. Als sie nach Meiningen hinunterkamen, bewunderte Lou nicht zum ersten Mal den hübschen kleinen Ort, der so viele prächtige Gebäude zu bieten hatte. Da war das Staatstheater, dessen mächtige korinthische Säulen auch ein Theater in München oder Berlin hätten schmücken können. Prächtige Häuser wechselten sich mit schmucken Fachwerkstuben ab. Dann verließen sie das Städtchen in Richtung Süden und wanderten entlang der Felder, auf denen goldgelbes Getreide auf die Ernte wartete. Ein angenehmer Wind spielte mit den knallroten Blüten des Klatschmohns am Wegesrand. Frieda hatte einen lustigen kleinen Sonnenschirm dabei, der sie den Sommer über fast überallhin begleitet hatte, als bräuchte sie den Schutz vor der thüringischen Sonne, nachdem sie so viele Sommer in Ostafrika überstanden hatte. *Конфета*, Bonbon, nannte Rainer den zierlichen Schirm und lachte, als Frieda ihn mit der Schirmspitze bedrohte.

Vermutlich hätte ihre Freundin in diesem Moment gern richtig zugestoßen, dachte sich Lou, die wusste, dass Frieda zwar ruhiger, aber absolut nicht beruhigt war, was ihr Verhältnis zu Rainer betraf.

Sie bat Rainer, ein wenig vorauszulaufen und ein schönes Plätzchen für ihre erste Rast zu finden. Dann hakte sie sich wieder bei Frieda ein und verlangsamte den Schritt, so dass sie mehr schlenderten als kräftig ausschritten. Sie schwieg jedoch.

Frieda schien zu warten, hielt dann das Schweigen nicht mehr aus und sagte: »Weißt du, Lou, was ich immer noch nicht verstehe? So viele Menschen, selbst ich, würden dir einige männliche Eigenschaften zuschreiben. Du hast einen starken Willen, akzeptierst keine Einmischung in deine Angelegenheiten, viele würden auch die Dinge, die dich beschäftigen, das, worüber du schreibst, eher männlichen Autoren zutrauen.«

Lou kicherte. »Vielleicht sollte ich mir doch ein männliches Pseudonym zulegen?«

Frieda sah sie scharf an, woraufhin Lou erst recht in Gelächter ausbrach. »Lieber Himmel, so weit käme es. Wir stehen kurz vor der Jahrhundertwende. Die Zeiten, zu welchen es für eine Frau notwendig war, sich einen männlichen Autorennamen zuzulegen, werden bald endgültig Geschichte sein.«

»Hoffen wir es«, brummte Frieda.

»Kommt es denn nicht auf den Menschen an und die Freiheit, die ihm gewährt wird, sich zu entwickeln?«

»Das mag sein. Niemand kann jedenfalls behaupten, dass dein junger Poet, der sich nun unter deinem Einfluss mit Feuereifer zu einem jungen *russischen* Poeten verwandelt, keine weiblichen Eigenschaften hätte. Das Praktische, das Vernünftige und das Realistische scheinen ihm ganz und gar zu fehlen.«

»Sei nicht so streng mit ihm, Frieda. Seine Aufgabe ist wohl eine andere, als der Welt mit Vernunft und Zielstrebigkeit zu begegnen. Das ist es doch, was ihn so einzigartig macht, was ich an ihm so schätze. Und du hast natürlich recht. Ebenso wie es Frauen wie mich und dich gibt, die vielleicht ein paar Verhaltensweisen und Interessen aufweisen, die nicht der Norm entsprechen, gibt es Männer, auf die das Gleiche zutrifft. Die die Welt mehr aus sich heraus erforschen, denen es vielleicht an Härte und Durchsetzungswillen fehlt. Die sanft und zart sein können.«

»Und genau solche Männer ziehst du immer wieder an.«

Lou sah Frieda nachdenklich an. Tat sie das? Sie dachte an Zemek und an Rainer. Sie waren so unterschiedlich, aber vielleicht war es wirklich das, was die beiden verband.

KAPITEL 46

ORTASEE, PIEMONT, MAI 1882
Siebzehn Jahre zuvor

In ihm lag etwas verborgen, fand Lou, die Ahnung von Einsamkeit. Der flüchtige Blick mochte einfach einen durchschnittlichen Mann erkennen. Mittelgroß, einfach, aber sehr sorgfältig gekleidet, ruhige Züge und schlicht zurückgestrichenes Haar. Sein äußerst ausdrucksvoller Mund wurde durch den vornübergekämmten Schnurrbart fast völlig verdeckt. Sein Lachen war leise, die Art zu sprechen gewöhnlich fast geräuschlos. Die Augen dagegen verräterisch. Obwohl er so schlecht sah, dass man ihn als halb blind hätte bezeichnen können, blinzelte und kniff er sie nicht zusammen wie mancher Kurzsichtige. Es waren die Hüter stummer Geheimnisse, die kein unbefugter Blick erreichen sollte. Dadurch, dass er so schlecht sah, spiegelten seine Züge keine äußeren Eindrücke, sondern stets das, was in seinem Inneren vor sich ging.

Sie spazierte mit Nietzsche am Ufer des Ortasees hinauf zum Sacro Monte d'Orta, nur sie beide, was eigentlich bedenklich hätte sein müssen, schließlich waren sie ein unverheirateter Mann von siebenunddreißig Jahren und eine junge Dame von nur einundzwanzig, ohne die geringste Spur einer Anstandsdame, nicht einmal in Rufweite. Und das alles, weil Lous Mutter die Besteigung des

Sacro Monte d'Orta für zu anstrengend befunden hatte. Doch Lou störte das nicht im Geringsten, zumal sie Nietzsche ja schon bei seinem ersten Antrag, den er durch den lieben Paul Rée an sie herangetragen hatte, erklären hatte lassen, dass sie an einer Heirat nicht interessiert sei. Im Gegenteil, ihre Freiheit sei ihr höchstes Gut, ganz abgesehen von der Apanage für Töchter russischer Generäle, die sie verlieren würde, sollte sie sich verheiraten. Das musste nun doch jeder verstehen – so dachte Lou wenigstens. Nein, sie hatte bei diesem Ausflug etwas ganz anderes im Sinn, und diesen Plan legte sie Nietzsche nun dar.

»Stellen Sie sich vor, eine Gemeinschaft, in der man zusammen lebt, lernt und sich gegenseitig unterstützt. In Paris oder in Wien vielleicht. Eine wunderbare Wohnung, drei kleine Schlafkammern und in der Mitte ein Studierzimmer, in dem man sich trifft und debattiert, isst und trinkt, lacht und lebt. Was halten Sie davon?«

Sie kamen an der ersten der Kapellen des Pilgerwegs an und blieben kurz stehen, um sich das Fresko anzusehen, das die Geburt des heiligen Franziskus zeigte.

Als sie weitergingen, bot Nietzsche ihr seinen Arm, den sie ergriff. Er legte seine Hand auf ihre.

»Das, so denke ich, ist eine höchst interessante Idee, liebe Lou. Denn wenn ich mir eine Schülerin, eine Nachfolgerin vielleicht sogar, wählen sollte, dann würde meine Wahl auf Sie fallen und niemand sonst. Sie, meine Liebe, Sie sind scharfsinnig wie ein Adler und mutig wie ein Löwe.«

Lou fühlte, wie sich ihre Wangen vor Freude über das Kompliment röteten.

Sie spazierten weiter, ganz gemächlich, in diesem Tempo hätte bestimmt auch ihre Mutter den Berg erklimmen können, dachte

Lou, die gern ein wenig schneller gegangen wäre. Aber sie wusste, dass ihr Begleiter unter einer angeschlagenen Gesundheit litt. Also passte sie ihren Schritt dem seinen an. Auch bei der zweiten, dritten und vierten Kapelle blieben sie stehen, betrachteten die Darstellungen und lebensgroßen Figuren aus Terrakotta. Ihr Gespräch war anregend, eigentlich sogar so interessant, dass Lou das langsame Tempo überhaupt nicht langweilig wurde. Im Gegenteil, sie fühlte im Bauch eine unbändige Freude über die Situation. Immerhin war sie hier, nur ein Mädchen, mit einem recht eigensinnigen Kopf zwar. Ihr Professor für Religionsgeschichte in Zürich hatte versucht, es ihrer Mutter zu erklären, Lou würde seine Worte nicht vergessen: Ihr Fräulein Tochter sei ein ganz ungewöhnliches Wesen, von kindlicher Reinheit, aber doch kombiniert mit einem fast männlichen Geist und einer außerordentlichen Selbstständigkeit des Willens. Es gab sie doch, die Menschen, die einen Kern in ihr erkannten, den sie guthießen. Und Nietzsche schien einer davon zu sein, was sie umso mehr antrieb, ihm ihren Plan, mit ihm und Freund Rée zusammen eine solche Art Lebens- und Geistesgemeinschaft zu gründen, in den buntesten Farben zu schildern.

»Sie sehen mich vollkommen für die Idee einer Dreifaltigkeit eingenommen, liebe Lou. Und wie man erkennen kann«, Nietzsche zeigte auf die nächste Kapelle, »ist Dreifaltigkeit keine neue Idee. Es sollte möglich sein, die Welt von ihrem Wert zu überzeugen.«

Lou war begeistert. Sollte sich ihr Plan wirklich in die Tat umsetzen lassen, wäre das revolutionär, auf jeden Fall ein Himmel für Denkerinnen, wie sie eine war.

Sie gingen weiter, die fünfzehnte Kapelle war schließlich ein ganz entzückendes rundes Gebäude mit einem Säulengang darum herum. Nietzsche führte sie am Eingang der kleinen Kirche vorbei bis an die Rückseite des Gebäudes. Hier konnten sie die übrigen Pilger und Spaziergänger vom Weg aus nicht entdecken. Da blieben sie einen Moment stehen.

»Sie sind eine ganz außergewöhnliche Frau und Denkerin, wissen Sie das, Lou?« Nietzsche hatte ihren Arm losgelassen, hielt jedoch ihre Hand in seiner, zog sie jetzt näher an sich heran, betrachtete sie genau, als könne er sie erst aus der Nähe richtig erkennen.

Er beugte sich noch näher zu ihr, und dann trafen seine Lippen die ihren in einem zarten Kuss. Die Finger seiner Hand verschlangen sich mit ihren, mit der anderen Hand drückte er Lou an sich, die überrascht war, wenn auch nicht unangenehm berührt. Im Gegenteil, dieser riesige Schnurrbart kitzelte sie an der Nase, so dass sie den Mund zu einem Lächeln verzog. Die Situation war so absurd, wie konnte dieser faszinierende Gelehrte so seltsam irdische Gelüste haben, die Lou nur von ihren Eltern kannte? Sie mochte Nietzsche, aber sie hatte keine Ahnung, wie sie diese Situation einschätzen sollte.

Das Geräusch von auf dem Boden der Kapelle schlurfenden Schritten, die näher kamen, ließ sie auseinanderfahren.

Sie bewältigten die übrigen fünf Kapellen in einem etwas schnelleren Tempo, besuchten oben auf dem Berggipfel die Kirche des heiligen Nikolaus und machten sich dann an den Abstieg. Während der ganzen Zeit hielt Nietzsche Lous Arm, Lou sprach über die geplante Dreieinigkeit mit Rée, und sie erwähnten mit keinem Wort, was hinter der fünfzehnten Kapelle geschehen war.

KAPITEL 47

Meiningen, 12. September 1899

Lou und Frieda gingen nicht mehr lange weiter, bis sie um eine Ecke bogen und den fröhlich winkenden Rainer entdeckten. Er hatte eine hübsche Stelle für ihr Picknick aufgetan, an einem Bachlauf, der umstanden war von einigen Bäumen. Das Wasser plätscherte sanft über die Kiesel hinweg, Sonnenstrahlen, die ihren Weg durch das Laubdach fanden, glitzerten im Wasser, und einige Findlinge luden zum Sitzen ein.

»Gut gemacht, kleiner Tolstoi«, sagte Frieda, klappte den Sonnenschirm zu und ließ sich auf einem großen Stein nieder.

Lou nahm den Rucksack von den Schultern und reichte Frieda eine Wasserflasche, die sie begierig ansetzte. Auch Rainer bekam seine Ration, dazu einen der kleinen sauren Äpfel, die Lou am Morgen im Park des Hauses gepflückt hatte.

Rainer aß und trank, dann gab er Lou die Flasche zurück, die sie im Bach auffüllte und wieder einsteckte. Sie sah, wie er sein Notizbuch aus der Jackentasche zog. Er hatte es schon in der Hand gehalten, als sie angekommen waren, und sie war gespannt, was er ihnen nun präsentieren würde.

»Du Dunkelheit, aus der ich stamme,
ich liebe dich mehr als die Flamme,
welche die Welt begrenzt,
indem sie glänzt
für irgendeinen Kreis,
aus dem heraus kein Wesen von ihr weiß.

Aber die Dunkelheit hält alles an sich:
Gestalten und Flammen, Tiere und mich,
wie sie's errafft,
Menschen und Mächte –

Und es kann sein: eine große Kraft
rührt sich in meiner Nachbarschaft.

Ich glaube an Nächte.«

Lou applaudierte, sie war ernstlich beeindruckt davon, wie Rainer sich in den Monaten, die sie nun zusammen verbracht hatten, weiterentwickelt hatte, und auch Frieda nickte wohlwollend. Dann stand Frieda allerdings auf. »Wir sollten weitergehen, Freunde. Ein anderer großer Dichter wartet auf uns.«

Tatsächlich dauerte es nur noch eine halbe Stunde, bis sie in Bauerbach angekommen waren. Das Dorf war winzig, bestand nur aus einigen wenigen Häusern und der obligatorischen Wirtschaft, die mit einem lauschigen Gastgarten lockte. Zuerst aber wollten sie das Haus ansehen, in dem der junge Schiller gewohnt haben sollte. Es war nicht schwer zu finden, eine kleine Tafel an der Hauswand wies auf den berühmten ehemaligen Bewohner hin. Sie standen bald davor.

Lou kreuzte die Arme vor dem Körper, hielt den Kopf schief und überlegte. »Es ist …« Sie zögerte.

»Unspektakulär«, ergänzte Frieda ihren Satz, und Lou konnte nicht anders, als zustimmend zu nicken.

»Absolut unspektakulär«, stimmte auch Rainer zu.

Es war ein großes rechteckiges Fachwerkhaus, nahe an der Straße gelegen. Die Fenster standen windschief im weiß getünchten Mauerwerk, hinter dem Haus zog sich die Landschaft sanft den Hügel hinauf. Lou warf erst Frieda, dann Rainer einen fragenden Blick zu. Dann vereinbarten sie stillschweigend, den Rückzug anzutreten, und marschierten zurück in die Ortsmitte. Sie kehrten im Garten der Gastwirtschaft ein, tranken Bier und stärkten sich mit dem angebotenen Mittagstisch.

Frieda verwickelte eine der adretten Bedienungen in ein Gespräch und fragte sie nach dem Rückweg nach Meiningen. Das Mädel rieb sich die Nase und erklärte, dass es doch viel netter sei, durch den Wald nach Meiningen zu gehen, unabhängig davon, was dieser Schiller anno dazumal gemacht habe. Lou sah bei diesen Worten interessiert auf, während sich Frieda den Wanderweg durch den Wald genau erklären ließ.

Am frühen Nachmittag machten sie sich dann auf den Rückweg.

Die Sonne brannte mittlerweile vom Himmel, sie schien vergessen zu haben, dass doch eigentlich der Herbst vor der Tür stand. Es war so drückend heiß geworden, dass die drei erleichtert aufatmeten, als sie den Wald betraten. Sofort spürte Lou, wie die Luft einige Grad kühler wurde.

Sie schritten kräftig aus, im Wald auf dem federnden Untergrund machte die Wanderung wieder Spaß. Es ging bergauf und bergab, nicht steil, nur leichte Hügel, und die Bewegung versetzte sie in fröhliche Euphorie.

Sie mussten schon eineinhalb Stunden gelaufen sein, als es plötzlich dunkler und merklich kühler wurde. Donner grollte in der Ferne. Sie beschleunigten ihren Schritt, es konnte nicht mehr lang dauern, bevor sie die Wiesen vor der Stadt erreichen würden. Doch dann fielen klatschend die ersten Regentropfen.

Am Waldrand, mit Blick auf den Ort Meiningen, hielten sie an, suchten Schutz nahe dem Stamm einer mächtigen Buche und berieten.

»Lasst uns loslaufen. Ich möchte so schnell wie möglich nach Hause«, sagte Lou. Noch waren sie zwar feucht, aber nicht richtig nass geworden, und der Regen schien im Moment etwas nachzulassen.

Frieda schüttelte den Kopf. »Wir sollten besser abwarten. Vielleicht hört es bald ganz auf.«

Lou sah, dass Rainer mit gerunzelter Stirn den Himmel betrachtete, und folgte seinem Blick. Aus der Ferne schien eine neue schwarze Wolkenwand auf sie zuzukommen. Sie berührte Frieda leicht an der Schulter und wies in die Richtung. »Wenn wir warten, werden wir trotzdem nass. Aber vielleicht schaffen wir es, bevor das hier angekommen ist.«

Die Wolkenmasse im Westen schimmerte gräulich gelb und wurde von Blitzen durchzuckt.

Frieda sah erschrocken aus und nickte. »Gut, dann los.« Sie raffte ihre Röcke und verfiel in einen leichten Trab. Lou tat es ihr gleich und hörte Rainers Schritte auf dem Feldweg hinter sich.

So eilten sie schwer atmend durch die Natur, bis sie endlich am Gutshaus ankamen, alle drei bis auf die Haut durchnässt. Lous Haare klebten ihr strähnig im Gesicht, und auch Rainers übliches würdevolles Auftreten, das er selbst bei der Wanderung zu wahren verstanden hatte, litt darunter, dass seine Haare nass am Kopf klebten und sein Schnurrbart sich struppig aufgerichtet hatte. Friedas ehemals so hübscher Sonnenschirm drohte sich in seine Bestandteile aufzulösen. Sie gaben alle zusammen ein so trauriges Bild ab, dass es schon wieder zum Lachen war. Kichernd stürmten sie ins Haus und entledigten sich gänzlich außer Atem ihrer nassen Sachen.

Frieda bestellte warmes Wasser in die Badezimmer, so dass sie sich der Reihe nach in einem Badezuber wieder aufwärmen konnten. Rainer zog Lou an der Hand mit sich ins Badezimmer, sie kicherten immer noch, überwältigt vom Gewitter und vom Rennen, und dann presste Lou sich schnell die Hand über den Mund, damit das Dienstmädchen, das gerade erst den Raum verlassen hatte, sie nicht hören konnte. Rainer schloss die Tür und kam auf sie zu. Dann, als er vor ihr stand, lächelte er sie an, zog die Hand von ihrem Mund und verschloss ihn stattdessen mit seinen Lippen.

Irgendwann löste er sich von ihr, strich über ihre nassen Haare und über das Gesicht, vorsichtig, sanft, nur mit den Fingerspitzen. Lou schloss die Augen. Er fuhr ihre Augenbrauen nach, die Kante ihrer Nase entlang, über ihre Lippen. Dann führte er sie zum Badezuber, in dem das warme Wasser lockte. Rainer löste Lous Kleider, sie half ihm dabei, dann fiel erst ihr Rock zu Boden, dann die Bluse. Auch er entledigte sich seiner Sachen, dann stand er nackt vor ihr und sie vor ihm.

Lou nahm sich einen Augenblick Zeit, ihn zu betrachten. Ohne die Kleidung war es, als hätte er die Hülle, den Panzer, den er vor der Welt trug, abgelegt und stünde nun ganz bar, rein und jung vor ihr. Seine Haut war zart, die Schultern und Hüften schmal. Er sah aus wie der Schüler, der er ihr gewesen war. Doch als sie den Blick hob und in seine Augen sah, bemerkte sie das Feuer darin, grenzenloses Begehren. Lou nahm seine Hand und legte sie auf ihr Herz. Sie spürte das Echo ihres Herzschlags in seiner Hand, der immer schneller wurde, während sie dort standen und sich ansahen. Dann zog Rainer sie an sich und küsste sie. Gemeinsam stiegen sie in die hohe Wanne mit dem warmen Wasser. Rainer setzte sich an eine Seite, und Lou ließ sich in seinen Armen nieder. Im warmen Wasser und an Rainer geschmiegt wurde ihr langsam warm. Sie ließ den Kopf an Rainers Schulter sinken und schloss die Augen. Dann spürte sie, wie Rainer seine Hände über ihren Körper wandern ließ. Er umfasste ihre Brüste, was ihr ein Stöhnen des Wohlgefallens entlockte. Er küsste ihren Nacken, sein Bart kitzelte sie, was sich als Schauder bis tief in ihre Mitte fortsetzte. Immer weiter glitt seine Hand hinunter, über ihren Bauch, zwischen ihre Beine. Sein Arm griff fester um ihre Brust, er zog sie an sich, biss sanft in ihren Hals. Lou spürte seine Härte in ihrem Rücken, doch als sie mit der Hand hinter sich greifen wollte, um sie zu fassen, wehrte Rainer ab.

»Geliebte, lass mich tun, was ich tun möchte«, wisperte er, und sie gehorchte.

Lou drehte den Kopf, so dass sie sich küssen konnten. Rainers Lippen ließen nach einiger Zeit von ihren ab, wanderten über ihre Wange zu ihrem Ohr, hauchten dorthin Küsse, die ihr Schauer über den Körper jagten, während seine Hand ihre Spalte fand und zu reiben begann, bis Lou nicht mehr wusste, ob sie im Wasser oder im Himmel war, und dann explodierte ihre Lust.

Es wurde früher Abend, bevor Lou ihre Freundin im Salon wiedertraf. Frieda saß in einem Sessel vor einem knisternden Feuer im Kamin, es sah unglaublich gemütlich aus.

Friedas Augen blitzten. »Dekadent, nicht wahr? Setz dich doch zu mir, meine Liebe. Es ist Post für dich gekommen, aus Berlin.«

Lou nahm in einem Sessel gegenüber von Frieda Platz, die ihr den Umschlag reichte. Er war von Carl.

Lou warf einen Blick auf den Briefbogen, sie blieb an einem einzigen Satz hängen, der Rest verschwamm vor ihren Augen.

Lotte ist krank. Wieder krank.

Lou schloss kurz die Augen, sah wieder hin, doch der Satz stand da immer noch. *Lotte ist krank.* So kurze Worte, so wenige Buchstaben. So viel Schmerz. Schon wieder. Der Bogen Papier sank zu Boden.

»Was ist denn los, Lou?«

Als sie aufsah, bemerkte sie erst, dass Frieda sich über sie gebeugt hatte, sie sorgenvoll anblickte.

»Lotte ist krank.« Lou schluckte.

»O nein!« Frieda schlang die Arme um Lou. Sie roch den leichten Veilchenduft, der Frieda immer umgab, spürte den etwas steifen Taft des Kleids an ihrer Wange. Dann schob sie die Freundin sanft von sich.

»Sei mir nicht böse, Frieda. Ich möchte nach Hause. Ich muss packen.« Damit erhob Lou sich, straffte die Schultern und ging hinauf in ihr Zimmer. Noch am gleichen Abend reiste sie ab.

Rainer erreichte Berlin erst zwei Tage später. Lou hatte in der Zeit nichts anderes getan, als an Lottes Seite zu sitzen, sie zu kraulen und ihr stärkende Brühe einzuflößen. Sie war verzweifelt. Lotte musste doch einen der vergifteten Köder erwischt haben. Doch diesmal wollte und wollte es nicht besser werden.

Am 15. September 1899 am späten Vormittag schloss Lotte die Hundeaugen für immer, in ihrem Körbchen liegend, mit all ihren liebsten Spielzeugen um sich herum.

Lou, Carl und Rainer trugen Lotte am Nachmittag desselben Tages tief in den Wald hinter der Hundekehlestraße. Sie fanden einen verlassenen Fuchsbau, und Carl bettete den Hund hinein. Rainer schaufelte mit einem kleinen Spaten, den sie mitgebracht hatten, Erde darüber, dann erinnerten sie sich an die schönen Momente mit der Hündin.

~

Und so schwer es fiel, so mussten sie doch zum üblichen Tagesablauf übergehen.

Rainer schrieb seit der Rückkehr aus Meiningen beinahe unermüdlich. Er arbeitete an seinem Stundenbuch, einem Zyklus von Gedichten. Er wollte die Gedichte nicht einfach eins nach dem anderen hinwerfen, sondern in einer sorgfältig aufeinander abgestimmten Komposition präsentieren. Dafür arbeitete er an den Werken, die er in Russland und Meiningen geschrieben hatte, die ihm oft morgens oder spätabends zugeflogen waren, so dass er den Eindruck gehabt hatte, sie wären ihm direkt von einer höheren Macht eingegeben worden.

Lou, die noch schwer am Verlust Lottes trug, beschränkte sich für einige Tage darauf, sich die Gedichte vortragen zu lassen und Rainer zu erklären, was sie von seiner Arbeit hielt. Sie konnte erkennen, dass er sich nun umso mehr darauf konzentrierte, in seinem Schreiben den Urgrund des Lebens zu erforschen, den Sinn, der so vielen Menschen so gründlich verborgen war. Der sich auch gründlichstem Nachdenken immer wieder entzog, so dass es weiterer Forschungsreisen bedurfte, um herauszufinden, warum gerade die einfachen Bauern Russlands von so aufrichtiger Sinnhaftigkeit geleitet zu sein schienen. In jeder Pore spürte Lou, dass Russland nach ihr rief.

An jenem Abend in ihrer Küche in Schmargendorf las Rainer ihr vor:

»Wenn es nur einmal so ganz stille wäre.
Wenn das Zufällige und Ungefähre
verstummte und das nachbarliche Lachen,
wenn das Geräusch, das meine Sinne machen,
mich nicht so sehr verhinderte am Wachen –

Dann könnte ich in einem tausendfachen
Gedanken bis an deinen Rand dich denken
und dich besitzen (nur ein Lächeln lang),
um dich an alles Leben zu verschenken
wie einen Dank.«

Es blieb einen Augenblick ganz still, nachdem er geendet hatte. Lou ließ die Worte in sich einsinken, barg sie tief in sich.

Rainer öffnete den Mund, um etwas zu sagen, doch Lou wollte keinesfalls, dass er diesen Moment reiner Poesie zerstörte. Sie stand auf, setzte sich auf seinen Schoß und verschloss seinen Mund mit ihren Lippen.

Es gab eine Zeit für Worte.

Und es gab eine Zeit, der Worte nicht genügten.

KAPITEL 48

Berlin, Anfang Dezember 1899

Bei einer vorweihnachtlichen Soiree begrüßte Sabine Lepsius sie und Rainer mit den Worten: »Ah, da sind ja unsere beiden Russlandexperten. Wie schön, Sie begrüßen zu dürfen, ich muss Ihnen unbedingt eine ganz zauberhafte Person vorstellen, die wir heute Abend zu Gast haben!«

»Guten Abend, Frau Lepsius, vielen Dank für die Einladung. Sie haben uns neugierig gemacht.« Lou sah sich im gut gefüllten Salon um. Wie immer herrschte bei den Lepsius ein buntes Treiben; Maler, Schriftsteller und andere Künstler ließen es sich nicht nehmen, hier ihre Zeit zu verbringen und ein Glas Wein oder Bier zu genießen. Sie erkannte Stefan George und einige Maler, die zusammen in einer Ecke standen und rauchten.

Sabine Lepsius nahm Lous Arm. »Kommen Sie, unser Gast aus Moskau sitzt im Nebenzimmer, wo es ein bisschen ruhiger und weniger verqualmt ist. Sie rekonvalesziert nach einer überstandenen Tuberkulose, also überanstrengen Sie sie nicht.« Sabine Lepsius machte eine kleine Pause, sah Lou an und dann Rainer, der ihnen folgte. »Das tun Sie nicht, nicht wahr? Sie werden auf sie achtgeben.«

Lou nickte.

Sabine Lepsius führte sie zu einem Tischchen in einer Ecke des zweiten Salons, wo eine kleine Frau in einem der Sessel saß. Sie war in Lous Alter, aber sehr zierlich und, wohl als Folge der Krankheit, ihr Teint fast durchscheinend.

»Hier haben wir unseren heimlichen Star heute Abend. Darf ich Ihnen Lou Andreas-Salomé und Rainer Maria Rilke vorstellen, werte Frau Schill?« Sie wandte sich an Lou. »Und das ist Sofja Nikolajewna Schill. Sie ist Schriftstellerin, aber auch Pädagogin und beschäftigt sich mit den Sozialwissenschaften.« Sabine Lepsius sah ihre Gäste mit einem Lächeln an und verabschiedete sich dann, wohl in dem Wissen, dass sie hier Menschen mit ähnlichen Interessen zusammengebracht hatte, wie es eine gute Gastgeberin eben tat.

Lou fielen sofort die wachen Augen von Sofja Schill auf. In ihrem Blick lagen Intelligenz und Wissbegierde, die wohl nur von der scheinbaren körperlichen Schwäche gebremst wurden.

Sofja Schill wies auf das freie Sofa neben ihrem Stuhl. »Ich bin erfreut, Ihre Bekanntschaft zu machen, Frau Andreas-Salomé, Herr Rilke.« Sofjas Stimme war für ein so zierliches Persönchen erstaunlich tief, ihr russischer Akzent kaum hörbar. »Bitte setzen Sie sich doch.«

Lou und Rainer kamen der Aufforderung nach, und es entspann sich eine spannende Unterhaltung, bei der zunächst Rainer seine Eindrücke der Russlandreise im Frühjahr schilderte und wie sehr ihn Russland begeistert habe.

»Oh, so viel Enthusiasmus das Vaterland betreffend hört man gern, lieber Herr Rilke. Planen Sie eine weitere Reise?«

Lou erzählte von ihrem Eindruck, dass sie ausgerechnet St. Petersburg Rainer nicht so hatte nahebringen können, wie sie sich gewünscht hatte, und dass sie durchaus an eine weitere Reise dachten.

Sie plauderten über russische Kunst, Geschichte und Kultur, und Sofja Schill berichtete über ein Projekt, das sie betreute. In Moskau unterrichtete sie Arbeiter in einer Art Abendschule und brachte ihnen nicht nur Lesen und Schreiben bei, sondern lehrte sie, Kunst zu betrachten, Bücher zu diskutieren und auch, welche Rechte sie als Arbeiter hatten, selbst wenn das nicht viele waren. Für Lou war sofort klar, dass sie diese Abendschule besuchen mussten. Außerdem hielt Sofja in St. Petersburg Vorlesungen über Literatur. Sie wäre eine perfekte Reiseführerin.

»Ich schreibe unter Pseudonym, muss ich zugeben«, sagte Sofja augenzwinkernd. Sie verstellte ihre Stimme, so dass sie sehr tief klang, und sagte: »Gestatten, mein Name ist Sergej Orlowski!« Sie hustete, wohl von der Anstrengung, die Stimme zu senken.

»Warum haben Sie ein männliches Pseudonym gewählt, liebe Sofja? Nicht, dass ich den Namen nicht ansprechend fände, aber …«

»Das ist doch ganz klar«, fiel Rainer ihr ins Wort. »Wenn man gelesen werden möchte, ernst genommen, dann verleiht einem ein männlicher Name mehr Gewicht.«

Lou funkelte ihn böse an. »Ist das so?«, fragte sie spitz.

Rainer zuckte mit den Schultern. »Hast du nicht selbst zu mir gesagt, dass es besser wäre, den recht weiblich klingenden Namen René abzulegen und mich stattdessen Rainer zu nennen?«

Lou zog die Stirn in Falten. Das hatte sie natürlich. Aber dennoch empfand sie es als schmerzvoll ungerecht, dass eine kluge Frau wie Sofja unter einem Männernamen veröffentlicht wurde. Sie selbst hatte darüber nie nachgedacht. Ein Pseudonym zu wählen wäre ihr unehrlich vorgekommen. Mittlerweile zumindest, denn ihr fiel ein, dass sie ihr erstes Buch ja ebenfalls unter einem männlichen Namen veröffentlicht hatte.

Am Ende des Abends konnte Sofja ein Gähnen kaum unterdrücken.

»Wir haben Sie angestrengt, das war unaufmerksam von uns. Liebe Frau Schill, aber ich muss Ihnen sagen, wie sehr wir diesen Abend in Ihrer Gesellschaft genossen haben, nicht wahr, Rainer?«

Rainer nickte. »Es war mir ein Vergnügen.«

»Sie müssen mir versprechen, mich bald in Moskau besuchen zu kommen.« Sofja überlegte. »Ich werde schon nächste Woche zurück nach Hause reisen. Aber ich wäre entzückt, Sie bald wiederzusehen. Bitte kommen Sie!« Sie hustete.

»Natürlich kommen wir. Sehr gern sogar. Wir freuen uns.« Lou sah Rainer an, der nickte.

Sofja Schill unterdrückte ein weiteres Gähnen. »Nun müssen Sie mich entschuldigen. Es wird Zeit für mich, nach Hause zu fahren.«

Sie verabschiedeten sich, nicht ohne vorher ihre Karten getauscht und sich gegenseitig versprochen zu haben, in Kontakt zu bleiben.

~

Tatsächlich taten sie das. Abwechselnd schrieben sie Briefe an Sofja, weil die Arbeit an »Menschenkinder«, einer neuen Novellensammlung, Lou kaum Zeit für etwas anderes ließ, und Rainer wie ein Besessener an einer Sammlung von Gedichten arbeitete, die er »Die Gebete« nannte. Lou entdeckte darin seine Auseinandersetzung mit der russischen Frömmigkeit wieder, die sie in der Osternacht im Kreml erlebt hatten und die sie nicht wieder losgelassen hatte. Sie beide nicht. Dazwischen fand sie immer wieder Liebesgedichte, die gemeinsame Erinnerungen heraufbeschworen und Lou zum Lächeln brachten.

Als Rainer »Die Gebete« für vorerst abgeschlossen erklärte, wandte er sich wieder mit Feuereifer der russischen Sprache zu. Nun, da beschlossen war, dass sie ein zweites Mal in dieses weite Land reisen würden, wollte er die Sprache noch besser beherrschen und saugte alles in sich auf, was Russland betraf.

Zu Weihnachten schickte Sofja aus Moskau ein kleines Paket, in dem sich ein Notizbuch für Lou befand und für Rainer ein kleines handgeschriebenes Büchlein. Es war das Stück »Die Möwe« von Anton Tschechow. Als Rainer es aus dem Papier nahm, in das es verpackt war, war seine Freude grenzenlos. Er plante, es ins Deutsche zu übersetzen, und schrieb einen begeisterten Brief an Albert Langen, der »Die Möwe« in der Übersetzung herausgeben sollte. Langens erste Antwort war durchaus positiv, er verlangte eine Leseprobe, woraufhin Rainer mit Eifer die Arbeit aufnahm und seine Übersetzungen jeweils mit Lou besprach. Tatsächlich wurde sein Russisch immer besser, wie Lou zufrieden feststellte.

Mit einem weiteren Päckchen erreichten sie dann die Gedichte des Bauerndichters Droshshin. Sofja schrieb ihnen, dass Spiridon Droshshin eigentlich ein Bauer war, der in einem Dorf in der Nähe von Moskau lebte, von Frühling bis Herbst hart mit seinen Händen arbeitete und sein Feld bestellte. Im Winter jedoch, da schrieb Droshshin. Und zwar Gedichte, die von vielen gelesen wurden.

Sie saßen bis spätabends an diesem Januarabend in Lous Küche, nachdem sie Borschtsch gekocht, gegessen und ihre Teller abgespült hatten, und Rainer las Lou die Gedichte vor. Zunächst im Original, dann, ein wenig langsamer, in seiner Übersetzung.

»Sag, Lou, ist das nicht der Idealtyp des Menschen? Spiridon Droshshin, der Bauer, der dichtet? Die Verkörperung des einzigen, wahren Menschseins?« Rainer hatte Begeisterung in der Stimme. Dabei fand Lou seine Gedichte eigentlich um so vieles besser als die dieses Bauern.

»Er ist ein bewundernswerter Mann, so viel ist sicher«, stimmte Lou ihm jedoch zu. »Was hältst du davon, wenn wir ihn besuchen fahren?«

Rainer nickte eifrig. »Ja, das sollten wir tun. Und Tolstoi, ihn sollten wir auch besuchen.«

Lou nahm seine Hand. »Es wird eine wunderbare Reise, Rainer. Wir werden den Urgrund, den Sinn von allem, die Antwort auf alle Fragen suchen, und wir werden ihn finden. Wir werden herausfinden, was der Sinn der Kunst ist und wie sie das Menschsein beeinflusst, ja bedingt. Und natürlich werden wir Tolstoi besuchen, das steht ganz oben auf unserer Liste!«

»Das werden wir.« Rainer drückte ihre Hand.

Den Rest des Abends verbrachten sie damit, ihre Reisepläne auszuarbeiten, und in Lou reifte eine Idee.

KAPITEL 49

BERLIN, MAI 1900

Am Abend des 7. Mai 1900 fuhren Rainer und Lou von Charlottenburg aus mit dem Zug los. Zwei Tage verbrachten sie im engen Abteil, ehe sie endlich in Moskau ankamen. Dieses Mal wollten sie drei Wochen in der Stadt verbringen, sie stiegen wieder in »ihrem« Hotel nahe dem Kreml ab.

Als der Mann an der Rezeption ihnen zwei Zimmerschlüssel für zwei Zimmer reichen wollte, lächelte Lou ihn gewinnend an und sagte: »Danke sehr, aber ein Zimmer wird uns ganz und gar ausreichen.«

Der Mann ließ mit keiner Miene erkennen, ob ihn dieser Wunsch schockierte. Er lächelte. »Sehr wohl.« Dann überreichte er Lou einen der beiden Schlüssel und sagte: »Zimmer zwölf, auf der ersten Etage.«

Dann winkte er einem Burschen, der das Gepäck nahm und ihnen voraus die Treppen hinaufstieg.

Das Zimmer war nicht größer als die Einzelzimmer, die sie im Jahr zuvor bewohnt hatten. Aber Lou wusste, dass sie das nur zusammenschweißen würde.

Am nächsten Tag, nachdem sie einen kurzen Spaziergang im

Kreml gemacht hatten, Hand in Hand, bestiegen sie eine Droschke, die sie zu Sofja Schill brachte.

Die Freundin, denn eine solche war Sofja, das Schillchen, wie Lou sie nannte, in der kurzen Zeit geworden, empfing sie mit offenen Armen und heißem Tee im Salon. Die Tür zum Arbeitszimmer stand offen, und Lou spazierte neugierig zum Durchgang, um einen Blick hineinzuwerfen. Schillchens Schreibtisch, ein mächtiges Stück, war von Papier übersät. Daneben in einem Bücherregal, das sich über die ganze Wand zog, stapelten sich Bücher, offenbar Belegexemplare, die Schillchen unter ihrem männlichen Pseudonym veröffentlichte. Gleich daneben standen Werke von Tolstoi und dem Philosophen Wladimir Solowjow.

»Madame Lou, bitte sehen Sie nicht hin. Ich habe eine fürchterliche Unordnung, ich arbeite an zu vielen Projekten gleichzeitig, und dann verbringe ich doch die meiste Zeit damit, das Blatt zu suchen, das ich gerade im Moment benötige, um weiterzumachen.«

»Liebes Schillchen, ich verurteile doch nicht, ich dachte nur gerade, dass ich zu gern einen so großen Arbeitsplatz hätte. Es ist ein Luxus, den ich Ihnen neide.«

Dann befragte Sofja sie, während sie Tee tranken, über ihre Pläne, woraufhin Rainer ihr in seinem mittlerweile recht guten Russisch erklärte, dass sie vorhätten, drei Wochen in der Stadt zu bleiben und so viel von Moskau zu sehen, wie es nur irgendwie möglich war. Denn, so versicherte Rainer, Moskau sei schließlich ein wichtiger Teil dieses Landes Russland, das er als seine eigentliche geistige Heimat gefunden habe. Lou bemerkte ein warmes Gefühl in ihrem Inneren, als sie hörte, mit welcher Begeisterung ihr Geliebter von ihrer Heimat, ihrem Vaterland, sprach. Und fühlte sie nicht die gleiche tiefe Verbundenheit? Es war diese Sicherheit, hier in diesem Land das Wesen der Dinge, den Ursprung der Kunst, den Urgrund, nach dem sie ihr Leben lang suchte, finden zu können und endlich Antwort auf so viele Fragen zu erhalten.

Sofja Schill lächelte. »Mein lieber Herr Rainer, Sie sind auf der Suche nach einer Idylle, die ich Ihnen von Herzen gönnen würde. Doch über die Landschaft, die Heimat, die Sie beschreiben und glorifizieren, ziehen schon dunkle Wolken, und in der Ferne grollt der Donner. Nutzen Sie die Zeit, sehen Sie sich um, hier in Moskau und in ganz Russland. Sie werden entdecken, dass dringend notwendige staatliche und gesellschaftliche Reformen durch das Zarentum verhindert werden. Diese Struktur, in der wir leben, gereicht so vielen Menschen zum Nachteil, nur wenige profitieren vom System.«

Rainers Gesichtszüge veränderten sich nicht, als er antwortete. »Es mag sein, wie Sie beschreiben, liebe Freundin. Und doch ist das nur eine äußere Hülle, ein Gewand, das nichts am geistigen Sein dieser Nation ändert.«

Lou stimmte ihm zu. »Da Sie den Zarismus ansprechen, darf ich sagen, dass ich, als Tochter eines Militärs am St. Petersburger Hof, kein Übel darin erkennen kann. Denn ist er nicht verantwortlich für eine Vielzahl alter Sitten in einer Pracht, die ihresgleichen lange suchen muss?«

Schillchen schien etwas sagen zu wollen, doch Rainer fuhr fort: »Wir haben die Osternacht ja dieses Jahr verpasst, aber wie gern hätte ich erlebt, wie Ihr Kaiser mit all den Adligen um sich herum diesen Anlass im Kreml begeht. Da hätte ich mich gern hinter einem alten Bild versteckt und durch seine Augen diese Versammlung gesehen, die gewiss auch heute noch viel Stolz und Schönheit ausstrahlt. Ein besonders festlicher Moment, malerisch und prachtvoll. Es ist wirklich schade, dass ich das nicht sehen konnte.«

Später gingen sie zusammen in die *Pretschistenka*, eine Straße, in der sich ein Palais ans andere reihte, bis dann höhere Mietshäuser die herrschaftlichen Gebäude ablösten, um dem Schillchen zuzusehen, wie sie ihren Abendkurs in russischer Literatur für die Arbeiter gab. Der Weg dahin war nicht sehr weit vom Zentrum aus, wo nicht nur das Hotel, sondern auch Schillchens Wohnung lagen. Die *Pretschistenka* verband den Kreml mit dem Nowodewitschi-Kloster, und Lou überlegte kurz, ob es einen Besuch wert sein könnte. Dann verwarf sie den Gedanken wieder, sie hatten anderes vor. Schillchen führte sie in den dunklen Hinterhof eines stattlichen Hauses. Im Hinterhaus gelegen waren die Räume, die für die Abendschule angemietet worden waren.

»Es ist nicht die freundliche helle Atmosphäre, die ich mir für eine Schule gewünscht hätte. Aber es ist eine Schule, ein Anfang.« Der Stolz in Schillchens Stimme war nicht zu überhören. »Hier kann ich wirklich etwas tun, etwas verbessern und den Menschen helfen.«

Lou warf ihr einen Blick zu. Sie mochte Menschen, die ihre Leidenschaft lebten.

Sie verbrachten den Abend in der Schule, beobachteten die Menschen und verfolgten Schillchens Kurs. Erfüllt von neuen Eindrücken gingen Rainer und sie dann Hand in Hand nach Hause.

~

Am Abend schrieb Sofja Schill in ihr Tagebuch:
Heute sind meine beiden Berliner Freunde in Moskau eingetroffen. Sie sind ein merkwürdiges Paar. Die ein bisschen füllige Luise Gustawowna

in einem von ihr offenbar selbst genähten Kleid von undefinierbarer Farbe und daneben der schlanke, große junge Dichter in einer Jacke mit unzähligen Taschen und einem seltsamen Filzhut. Sie spazierten mit mir durch Moskau, über den Arbat, durch Gassen und Gässchen und hielten sich dabei wie Kinder an der Hand. Sie werden mir nach diesem Aufenthalt in Erinnerung bleiben als pilgernde Freunde, als Wallfahrer des kultivierten Europas, die ausgerechnet in unserem rückständigen Land auf der Suche nach der Einfachheit und Weisheit des Lebens waren.

KAPITEL 50

MOSKAU, 11. MAI 1900

Am nächsten Morgen besuchten Lou und Rainer auf Empfehlung von Schillchen den Fürsten Sergej Iwanowitsch Schachowski in seinem Palast. Der Fürst und seine Lebensgefährtin, Lidija Lepeschina, empfingen sie sehr freundlich und aufgeschlossen. Der Fürst schien einerseits neugierig auf diesen seltsamen deutschen Dichter zu sein, denn er beäugte Rainer und fragte ihn zu seiner Arbeit aus; andererseits gab er sich geschmeichelt ob Rainers Begeisterung für seine Stadt und sein Heimatland.

Schachowski war Schriftsteller und arbeitete für einige Moskauer Zeitschriften und Zeitungen. Die Lepeschina, die eine deutsche Mutter hatte, übte ihr Deutsch mit Lou und Rainer, kam aber schnell zu dem Ergebnis, dass ihr das zu mühsam sei. Gleiches galt für das Besichtigungsprogramm, das sich der Fürst für Rainer und Lou ausgedacht hatte. Schachowski hingegen war sehr aufgeschlossen und hatte seinen Spaß dabei, sie bei der Planung ihrer weiteren Reise zu beraten. Einige Male begleitete sie der Fürst auch bei ihren Besuchen durch den Kreml und die Museen.

Am selben Nachmittag beispielsweise besuchten sie den *Terem*, einen typischen Renaissance-Palast, fünf Stockwerke im italienischen Stil. Während Lou und Rainer staunend vor dem riesigen Gebäude standen, erklärte der Fürst, dass *Terem* das Wort für Wohnraum für Frauen im alten Russland war. Hier befanden sich die Gemächer der Zarinnen.

Sie gingen hinein, und Lou wäre am liebsten sofort eingezogen. »Nirgends anders möchte ich mehr wohnen!«, rief sie. »Sehen Sie nur, diese Zimmer mit ihren bunten Wölbungen und dem Blick auf das Gold der Kirchenkuppeln! Sie brauchen keine besondere Einrichtung, um wohnlich zu wirken. Und man muss auch nicht seinen eigenen Geschmack in ihren historischen Stil einfügen. Diese Räume sind wie Kleider, die man anzieht. Sieh nur, Rainer. Diese Pracht aus Farben und Linien, die trotz ihrer Buntheit ganz schlicht erscheint. Sehr exemplarisch für die russische Abwesenheit von Rangunterschieden, denn im Gegensatz zu den anderen europäischen Ländern scheint der Unterschied zwischen den Menschen hier weniger groß zu sein.«

Rainer schrieb eifrig mit, was Lou sagte, doch der Fürst runzelte die Brauen.

Sie gingen auch in die Rüstkammer, um alte Gegenstände und Trachten zu sehen, und fühlten sich ganz in die große Zeit der Moskauer Zaren hineingezogen.

Einige Tage später stand der Besuch der Schtschukin Galerie in der *Malaja Grusinkskaja*, einer Straße etwas außerhalb des Zentrums, an. Das Haus war nach Plänen von Freudenberg erbaut worden, und es wurden darin russische Altertümer, Kunstgewerbe und Bilder ausgestellt. Auch die Moderne war vertreten. Die Besichtigung fand schon am Vormittag in Begleitung des Hausherrn statt. Sergej Iwanowitsch Schtschukin war einer der bedeutendsten russischen Kunstsammler und zeigte die Schätze mit großer Geduld seinen interessierten Besuchern, die beide sehr beeindruckt waren.

Wann immer Lou von der Masse der Besichtigungen, der Menge an Menschen, Künstlern und Mäzenen, die sie trafen, überwältigt zu werden drohte, zog sie sich an ihren Lieblingsplatz zurück und schrieb in ihr Tagebuch, das sie für die Reise neu begonnen hatte. Es war eine kleine Kapelle im Kreml, die der Iberischen Mutter Gottes geweiht war. Die Ikone, eine im 17. Jahrhundert erstellte Kopie einer viel älteren Ikone aus einem georgischen Kloster auf dem Berg Athos, wurde jeden Tag mit einem Sechsspänner durch die Straßen Moskaus gefahren, bevor sie zurück in die blau-golden schimmernde Kapelle gebracht wurde, wo sie den inoffiziellen Auftrag hatte, den Zugang zum Kreml zu schützen. Lou hatte gehört, dass der Zar, wann immer er den Kreml, den Palast seiner Vorväter, betrat, zunächst der Mutter Gottes in dieser Kapelle einen Besuch abstattete.

Schillchen zog sie damit auf, dass sie diese kleine Kirche so schätzte, sie nannte sie eine *Bonbonnière*. Was angesichts der Basilius-Kathedrale, diesem Stein gewordenen Farbklecks, der für europäische Augen geradezu eine Zumutung gewesen wäre, wenn Lou nicht darin einen Teil des russischen Erbes gesehen hätte, verwunderte. Sie mochte die Pracht, die Überschwänglichkeit, mit der in den Kirchen des Kremls dem Glauben gehuldigt wurde, und auch Rainer war regelrecht überwältigt davon. Während Lou Zuflucht in ihrer Kapelle suchte, streifte er durch den Kreml, hingerissen wie ein Kind betrachtete er eine prächtige Kirche, ein goldverziertes Detail, eine Ikone nach der anderen, machte sich Notizen und schwelgte in dem puren Rausch der Farben. Lou überließ ihm diese Zeit gern allein, obwohl Rainer sie lieber an seiner Seite gesehen hätte. Je mehr Zeit sie miteinander verbrachten, umso anhänglicher wurde er, so dachte sie manchmal, was sie zwar einerseits mochte. Aber manchmal begann sie sich nach Luft zum Atmen zu sehnen.

KAPITEL 51

Moskau, 17. Mai 1900

Auf Empfehlung des Fürsten Schachowski besuchten Lou und Rainer am Donnerstag der zweiten Woche ihres Aufenthalts in Moskau die Bildhauerin Anna Semjonowna Golubkina. Schachowski hatte erzählt, dass die Golubkina in Moskau und St. Petersburg studiert habe und überhaupt noch sehr Großes von ihr zu erwarten sei.

Als die Künstlerin ihnen die Tür zu ihrem Atelier öffnete, war Lou zunächst sprachlos. Die Gestalt im Türrahmen war riesenhaft, die größte Frau, die sie je gesehen hatte. Doch hatte sie ein hübsches Gesicht und lächelte, als Lou sich und Rainer vorstellte. Die Golubkina bewegte ihren massigen Körper zur Seite, um sie einzulassen. Dann reichte sie sowohl Lou als auch Rainer ihre Hand, wobei Lou kurz Sorge hatte, dass die mächtige Pranke ihre Finger quetschen könnte. Doch der Händedruck war überraschend sanft.

Während die Bildhauerin ihnen eine Führung durch das Atelier gab, die nicht sehr lange dauerte, weil ihr ganz offensichtlich die Mittel für eine größere Werkstatt fehlten, dachte Lou über ihre Einschätzung weiblicher Künstler nach. Die Bildhauerei war natürlich eine Kunst, die mehr als andere körperliche Kraft verlangte und die die Golubkina ganz offensichtlich nicht nur einfach beherrschte, sondern auch mit Kreativität und Geist ausübte. Die Werke, die sie im Atelier sehen konnten, waren Büsten, Gesichter, die aus dem rohen Stein herauszuwachsen schienen. Immerhin, so erzählte die Bildhauerin ihnen, war sie gerade eben erst wieder in Moskau zurück. Die letzten fünf Jahre hatte sie in Paris studiert, zwei davon war sie die Assistentin Auguste Rodins gewesen.

Rainer nickte beeindruckt, als er das hörte, und wollte so viel wie möglich über den französischen Künstler wissen. Die Golubkina lud ihn ein, sich mit ihr an den Tisch zu setzen, und zeigte ihm zahlreiche Fotos, die während ihrer Pariser Zeit entstanden waren.

Lou beobachtete die beiden im Gespräch. Die Golubkina hatte ein ebenmäßiges, offenes Gesicht, das vielleicht einem Jüngling noch besser gestanden hätte als einer Frau. Ansonsten war sie groß und breit wie ein kräftiger Mann. Wie ein schaffender Mann. Rainer wirkte daneben noch jünger und zierlicher, als er es ohnehin schon war.

Vielleicht lag das Wesen der weiblichen Schönheit darin, dass sich der Körper üblicherweise eben nicht voll entwickelte, nicht zu voller Größe, Stärke, Derbheit. Frauen hatten unfertig, weich und jung zu sein. Wenn sie alterten, und deswegen hatten wohl so viele Frauen einen Abscheu vor dem Alter, wurden sie fertiger, glichen sich dem Mann an. Oder das Alter nahm ihnen etwas weg, nämlich die Jugendlichkeit, die sie zuvor ausgemacht hatte. Lou hatte vornehmlich Bedauern für diese Tatsache und ihre Opfer übrig. Sie hatte nicht vor, sich dieser gesellschaftlichen Norm zu beugen. Sie war Lou, keine Frau, die sich von der Beurteilung eines Mannes abhängig machen wollte.

Dann entdeckte sie eine Skulptur, an der die Golubkina offenbar gerade arbeitete. Es war ein schrumpeliges, hingekauertes Weib, mit zahnlosen Kiefern und einem geradezu frappierenden Ausdruck der Müdigkeit, den nicht nur das Gesicht, nein, der ganze Körper ausdrückte.

Die Bildhauerin bemerkte Lous Interesse. »Ich nenne es ›Das Alter‹. Sie wird bei einer Ausstellung der *Wanderer* präsentiert werden.«

»Die Wanderer?« Lou hatte diesen Ausdruck doch im letzten Jahr schon gehört.

»Oh, so nennen sie sich selbst. Oder wir uns? Egal. Es ist eine Vereinigung von Künstlern, offiziell ›Welt der Kunst‹ genannt, die vornehmlich Ausstellungen organisiert, na ja, neben ihrer Aufklärung über die Dogmen der Akademie. Aber ehrlich gesagt halte ich mich da raus. Ich begrüße allerdings natürlich jede Möglichkeit, meine Werke zu präsentieren.«

Lou nickte. Von der »Welt der Kunst« hatte sie ebenfalls schon gehört. »Ich glaube, die Mitglieder halten auch Kontakt zu anderen Vereinigungen, selbst zum *Simplicissimus* in München.«

Rainer sah sie interessiert an. »Wirklich? Aber das sollte man unbedingt fördern! Gibt es denn gemeinsame Ausstellungen? Fräulein Golubkina, Sie müssen unbedingt nach Berlin kommen und einige Ihrer Skulpturen präsentieren!«

Die Angesprochene lächelte geschmeichelt. »Ja, wenn ich eine solche Einladung bekäme, würde ich das nur zu gern tun.«

Lou blieb still. Das war doch wohl eine Sache zwischen Rainer und der Bildhauerin.

Rainer räusperte sich, dann sagte er feierlich: »Das werden Sie. Verlassen Sie sich auf mich!«

Die Golubkina ließ ein tiefes Lachen hören. »Nun, wenn Sie sich ein Bild machen wollen, was der Rest der Wanderer so macht, dann kann ich Ihnen empfehlen, die Ausstellung zu besuchen.«

Lou warf einen Blick zu Rainer. Sie konnte sehen, wie begeistert er war, und beschloss, sich zu bemühen, sich ebenso für das zu interessieren, was ihn faszinierte.

Also verabschiedeten sie sich von Anna Golubkina und fuhren ohne weiteren Umweg zu besagter Ausstellung.

Es war eine Sammlung von Landschaften. Neben den Bildern Lewitans mochte Lou das Landhaus im Winter von Schukowski am liebsten:

Waldgrün mit Wasser davor.

Einige Tage später besuchten sie Sergej Alexandrowitsch Lewitzki, der mit Schillchen gut bekannt war. Zusammen mit ihr hatte er die Abendschule in der *Pretschistenka* gegründet und war deren Vorsitzender. Er hatte Grafentitel und große Güter aufgegeben, um ganz nach den Ideen Tolstois zu leben. Ein einfaches Leben. Güte gegenüber den Mitmenschen. Ehrlichkeit und Wahrheit.

Höchst sympathisch, hatten Lou und auch Rainer gedacht, bevor sie ihn besuchten. Sehr russisch, das einfache Leben zu propagieren. Doch als sie in seinem Haus waren, fand Lou alle Räume kahl, kalt und leer und ganz ohne den russischen Charakter, der ihr immer warm und behaglich erschien. Und nach einem Blick zu Rainer wusste sie, dass er es genauso sah.

Lewitzki sprach mit ihnen bei einem kargen Mittagessen ohne Fleisch (den Vegetarismus predigte Tolstoi ja ebenfalls) über die Wirkungen und Notwendigkeit der Volksaufklärung.

»Der russische Bauer ist grundsätzlich skeptisch«, sagte Lewitzki ernst. »Die gläubige Veranlagung der Menschen wird eher von

Ritualen als von Dogmen der Kirche genährt. Insofern sind die Rituale das, woran sich die Menschen festhalten, nicht die Religiosität. Das macht es schwer, sie für Veränderungen zu begeistern.«

Lou dachte kurz darüber nach, dann sagte sie: »Aber Dogmen sind doch nur Auslegungen des Verstands. Rituale hingegen vermitteln Stimmungen und sind schon fast künstlerische Veranlagung. Daher kommt es auch, dass das Ritual besser geeignet ist, Religion zu vermitteln, als Dogmen.«

Auf diese Interpretation ließ Lewitzki sich anscheinend ein, er wiegte nachdenklich den Kopf.

Bevor er etwas sagen konnte, sprach Lou aber weiter: »Und gerade daher stelle ich fest, dass in Russland alles noch besser ist als im Westen, wo die Religiosität der Menschen immer mehr abnimmt. Hier hingegen lebt man noch mit einer Klarheit und Ehrlichkeit, von der man in Berlin nur träumen kann. Dort ist alles Hektik und Moderne. Die Menschen hetzen von der Fabrik nach Hause und am Morgen wieder dorthin zurück. Alles dreht sich um Fortschritt, als sei das eine Art Gottheit, deren Wesen allerdings in einem diffusen Nebel liegt.«

Lewitzki stellte nach einigem Hin und Her fest, dass er sie wohl nicht von ihren romantischen Vorstellungen, wie er es nannte, heilen könne. Es sei überlebenswichtig für Russland, sich Reformen zu öffnen und dabei die einfachen Bauern und Arbeiter nicht zu vergessen.

Kurz darauf verabschiedeten sich Lou und Rainer. Lewitzki war ein interessanter Gesprächspartner gewesen. Lou fand ihn intelligent und aufgeschlossen. Aber sie würde ihm nicht vergessen, dass er sie romantisch genannt hatte.

Abends waren sie bei Sofja Schill eingeladen. Dort trafen sie vier Arbeiter, von denen Lou drei schon bei den Kursen gesehen hatte, die Sofja an der Arbeiterschule gab, und sie konnten die vier nach ihren Wünschen und Zielen befragen.

Lou war wieder einmal fasziniert, diese einfachen Menschen näher kennenzulernen.

KAPITEL 52

Moskau, 18. Mai 1900

Genauso begeistert waren Lou und Rainer am nächsten Morgen in der Schule für arme Frauen, wo Erwachsene Lesen und Schreiben lernen konnten. Lou fand die Kleidung der Frauen von vornehmer Schönheit, offensichtlich trugen sie für die Schule ihre Festkleidung.

Am Nachmittag fanden Lou und Rainer sich in einer der vielen Gaststätten ein, wo sich die Arbeiter trafen. Sie suchten sich einen Platz in der Mitte des Raumes, wo sie einen guten Überblick über die Anwesenden hatten und sehen konnten, wer kam und wer ging. Lou beobachtete die Menschen aufmerksam, während Rainer sich Notizen machte. Sie machten Fortschritte bei ihrer Suche nach dem wahren russischen Menschen, dachte Lou. Sie hatte das Gefühl, dass sie hier der Lösung ganz nahe waren.

Und den nächsten Abend hatten sie die Ehre, bei Nikolai Iljitsch Storoshenko zu dinieren. Er lehrte Literatur an der Universität in Moskau und war mit Tolstoi gut befreundet. Wie viele Männer seines Alters, die Lou kannte, hatte er schlohweißes Haar und einen gepflegten Vollbart. Der Blick aus seinen Augen war warm und wissend.

Nach dem Essen saßen sie zu dritt an einem kleinen Tischchen, tranken Tee und sprachen über Tolstoi und seine Lehren. Rainer fragte immer weiter, was Tolstoi wohl zu diesem oder jenen sagte.

»Wissen Sie was?«, sagte Storoshenko in seiner sonoren Stimme. »Wir lassen den Meister selbst sprechen. Ich habe hier etwas Besonderes für Sie, etwas, das nicht jeder zu Gesicht bekommt beziehungsweise zu Gehör. Ich besitze einen Brief, den Lew an seine Tante geschrieben hat. Es ist schon ein paar Jahre her, die alte Dame ist mittlerweile verstorben, aber ich habe ihn aufbewahrt, weil ich ihn für ein bedeutendes Dokument halte. Warten Sie!« Er stand auf und verschwand in seinem Arbeitszimmer, kehrte aber gleich darauf mit einem Bogen Papier in der Hand zurück.

»Hier haben wir ihn ja.«

Rainer rutschte unruhig und offenbar voller gespannter Erwartung in seinem Stuhl hin und her. Lou setzte sich aufrecht hin und nahm einen Schluck Tee aus ihrer Tasse. Aber auch sie war gespannt darauf, zu hören, was der Meister schrieb.

»Also, hier steht es, ich lasse den Anfang weg und konzentriere mich auf das Wesentliche. Er schreibt also: »Natürlich sind Schmerzen und der Tod schrecklich, und ich kann nicht verstehen, wie irgendein Erwachsener fröhlich leben können sollte, wenn er immer nur darauf wartete, selbst wenn sein Leben während des Wartens nur genussvoll wäre. Daraus folgt, dass das Suchen nach Glück und Genuss, der Hedonismus, nicht der richtige Lebensweg sein kann, denn er hindert unser Leben nicht daran, durch das Wissen, die Erwartung von Schmerz und Tod vergiftet zu werden. Wenn wir dagegen nur leben, um den Willen Gottes zu erfüllen, dann macht uns das doppelt standhaft und tröstet uns. Ich sage nicht, dass mir diese Geisteshaltung gelingt, doch bemühe ich mich täglich darum, und ich kann auch Ihnen nichts Besseres wünschen als das. Wenn wir das Leben als Aufgabe betrachten, werden wir jenen Frieden erreichen, den selbst der Tod nicht schreckt und nach dem das irdische Glück vergeblich strebt.«

Als er geendet hatte, senkte sich andächtiges Schweigen über sie.

Doch dann runzelte Lou die Stirn. »Wie alt ist der Brief denn? Hat sich Tolstois Meinung über Religion denn so grundlegend geändert? Ich erinnere mich, dass er uns letztes Jahr dringend geraten hat, auf den Besuch der Osternacht im Kreml zu verzichten, weil das alles Aberglaube wäre.«

Storoshenko wiegte den Kopf. »Ja, ich muss sagen, dass zwischen diesem Brief und der heutigen Zeit ein paar Jahre und Forschungen vergangen sind. Tolstoi hat sich intensiv damit beschäftigt, was die einfachen, echten Lehren Jesu gewesen sind. Dazu hat er unter anderem die Evangelien neu ins Russische übertragen.«

Lou sah, wie Rainers Augen aufleuchteten. Und sie musste selbst zugeben, dass Tolstoi damit das Problem wirklich an der Wurzel angegangen hatte.

»Tolstoi hat aus dieser Arbeit geschlossen, dass es notwendig ist, die Nächstenliebe über alles zu stellen, und er leitete daraus auch das Diktat der Gewaltlosigkeit ab.«

Lou war begeistert, dass sie diesen Abend als ein Vorgespräch für den zweiten Besuch bei Tolstoi genutzt hatten. Es war so wunderbar, diesem Genie auf so viele Arten näherzukommen. Dieser Schriftsteller verkörperte mehr und mehr das, was Lou in Russland zu finden hoffte. Sie empfand ein Gefühl von Heimat, von Angekommensein. Sie wünschte sich, dass Rainer dieses Gefühl nachvollziehen, ja, ebenso wie sie spüren konnte.

KAPITEL 53

Jasnaja Poljana, 1. Juni 1900

Und dann verließen sie Moskau und fuhren zu Tolstois Landgut. Das Geschirr der Pferde schepperte hell, und die Sonne schien warm auf sie herab. Die Landschaft lag wunderbar sanft in gewellten Ebenen vor ihnen, und sie kamen gut voran. Weite Wiesen erstreckten sich, in denen Maiglöckchen eben die Knospen öffneten, um sie zu begrüßen, und Tausende großäugige Vergissmeinnicht die Köpfchen neigten. Schneeweiß hoben sich die Stämme der Birken von all dem Grün ab, auch von den wenigen alten Eichen, die gerade ihr erstes Laub in die Frühlingsluft reckten.

»Was wirst du als Erstes zu ihm sagen?« Lou kuschelte sich näher an Rainer. Sie genoss die Fahrt, es war so wunderbar, das Gefühl, auf der richtigen Fährte zu sein, ihm ihr Russland zu zeigen. Und bei Tolstoi, der mit seinen Thesen und seinem Leben eine Art Vater für die einfachen Russen war und gleichzeitig dem Adel entstammte, würden sie der Aufdeckung seines Geheimnisses näherkommen.

Den letzten Teil des Weges fuhren sie einen schmalen Pfad zwischen Birken entlang, es war nicht mehr Platz als für genau ein Fuhrwerk. Dann endete der Weg durch den Wald an einer weiten Lichtung, in deren Zentrum ein riesiges, freundlich angestrichenes

Herrenhaus mit weiß umrandeten Fenstern stand. Eine breite Auffahrt führte darauf zu, in der Mitte ein riesiges gepflegtes Blumenbeet. Der Kutscher stoppte die Pferde vor der mächtigen Eingangstür, zu der ein zweiseitiger Treppenaufgang führte. Trotz der Anmut des Gebäudes machte es einen abweisenden Eindruck. Die Tür war geschlossen, und es war weit und breit niemand zu sehen. Dabei hätte man die Kutsche auf der kiesigen Auffahrt eigentlich hören müssen, zumal Lou natürlich geschrieben und den Hausherrn über ihre Ankunft informiert hatte.

Rainer sprang von der Kutsche und drehte sich dann zu ihr, um ihr hinabzuhelfen. Noch immer rührte sich nichts, und Lou runzelte die Stirn. Rainer half dem Kutscher, das Gepäck abzuladen. Dann stiegen sie beide die Treppen hinauf zur Eingangstür. Daneben baumelte ein Klingelzug, an dem Lou nun kräftig zog. Man hörte die Glocke im Inneren. Dann lange nichts. Sie umfasste den Klingelzug ein weiteres Mal, aber auf einmal hörte sie Schritte. Jemand kam zur Tür, ohne besondere Eile allerdings. Dann wurde sie geöffnet. Ein Mann stand da, etwa dreißig Jahre alt, mit einem Strohhut auf dem Kopf. Lou wunderte sich nur kurz über ihre Enttäuschung, Tolstoi war ein berühmter Mann und außerdem über siebzig Jahre alt. Er würde natürlich nicht selbst die Tür öffnen, um sie zu empfangen.

Der Mann sah sie mit hochgezogenen Brauen an. »Ja, bitte?«

Rainer machte eine steife Verbeugung. »Rainer Maria Rilke und Lou Andreas-Salomé machen Lew Tolstoi ihre Aufwartung.«

Lou neigte den Kopf leicht anstelle einer Verbeugung. Schließlich wusste sie noch nicht, mit wem sie es hier zu tun hatte.

»Mein Vater erwartet Sie?«

Ah, einer der Söhne, das hätte Lou sich denken können.

Rainer nickte eifrig. »Ja, das tut er.«

Der Mann zog die Stirn in Falten, er sah nicht überzeugt aus. Aber er sagte, er heiße Lew Lwowitsch, sei Tolstois ältester Sohn, und bat sie ins Haus. Er wies einen Diener an, das Gepäck in die Halle zu bringen und den Hausherrn zu informieren. Dann ging er mit ihnen durch das Haus über die Terrasse in den Garten, der eigentlich ein Park war und von mächtigen Birken umrandet war. Doch Lew Lwowitsch machte sie, als Rainer anmerkte, wie sehr ihm die Umgebung gefiel, darauf aufmerksam, dass viele der Birken ihrem Tod entgegensahen. Sie waren schon an die hundert Jahre alt und müssten sterben, als erste von allen Baumarten, viel früher als die Eichen, die mehrere Hundert Jahre alt werden konnten.

Dann schien Lew Lwowitsch es plötzlich eilig zu haben, denn er führte sie zurück ins Haus und geleitete sie in einen luxuriös eingerichteten Salon.

Kurz darauf kam ein älterer Herr in den Raum. Da war er: Tolstoi. Lous Herz klopfte schneller. Tolstoi schien ihr deutlich älter als noch im letzten Jahr, auch gebrechlicher. Der Sohn führte ihn herein, er warf einen kurzen Blick auf Lou und Rainer, hob die Hand und murmelte: »So? Besuch? Willkommen. Willkommen.« Dann wandte er sich wieder um und ging aus dem Raum. »Ich muss arbeiten.«

Lous Herz sank, sie sah die Enttäuschung in Rainers Gesicht stehen. Warum war Tolstoi so abweisend?

Lwowitsch wartete im Türrahmen. »Ich darf Sie in eins der Gästezimmer führen.«

Lou war erleichtert. So wie der Besuch angefangen hatte, hatte sie kurz befürchtet, dass sie vergeblich hergekommen waren und womöglich wieder weggeschickt wurden.

Sie richteten sich im Gästezimmer ein, so schnell sie konnten. Dann stiegen sie die Treppe wieder hinab, sie schlichen fast, als würden sie etwas Verbotenes tun. Sie trafen niemanden in den schönen Räumen, die sie durchquerten, bis sie auf die Terrasse kamen. Dort saß Sofja Tolstaja und trank Tee. Neben dem Tisch stand ein prächtiger Samowar. Sofja drehte sich um und entdeckte sie. Sie sah sie erst stirnrunzelnd an, winkte dann freundlich und wies auf zwei leere Stühle neben sich. »Kommen Sie, wir haben uns in Moskau kennengelernt, stimmt das nicht?«

Lou beschloss, das Beste aus der Situation zu machen. Sie lächelte. »Stimmt, Gräfin Tolstaja. Wir freuen uns, Sie zu sehen. Wie geht es Ihnen?«

Sie machten höflich Konversation, doch Lou wartete ungeduldig darauf, endlich mit Tolstoi zu sprechen, und sie sah an der Art, wie Rainer unruhig auf seinem Stuhl herumrutschte, dass es ihm ähnlich ging.

Es schienen Stunden vergangen zu sein, als endlich der alte Mann auf die Terrasse trat. Er streckte sich und gähnte herzhaft. »Nun, mir ist nach einem Spaziergang. Wer kommt mit mir? Ein Familienausflug!«

Die Gräfin rümpfte die Nase, stand aber auf. »Wie du meinst, mein Lieber. Dann lass uns einen Spaziergang machen.« Sofja klatschte in die Hände und nickte einem Diener zu, der an der Terrassentür gestanden hatte. Wenige Minuten später standen fünf erwachsene Kinder, die Gräfin, ein Sekretär und auch Lou und Rainer an der Eingangstür. Lew Tolstoi kam die Treppe herab, einen Spazierstock in der Hand. Ein Diener begleitete ihn und schien aufzupassen, dass sein Herr keinen falschen Tritt tat. Lou und die anderen warteten geduldig, bis er die Stufen herabgestiegen war.

Sobald er an der Haustür angekommen war, übernahm Tolstoi die Führung. Lou hatte erwartet, dass er sich jetzt um sie und Rainer kümmern würde, doch er ignorierte sie vollkommen. Vielmehr nahm er den Arm seiner Tochter Alexandra und sprach leise mit ihr, während sie das Haus verließen und über die Auffahrt in den Wald gingen. Es war eine seltsame Prozession. Lou nahm Rainer an der Hand und beschloss, den Augenblick einfach zu genießen und im entscheidenden Moment die Chance zu ergreifen, mit dem Meister zu sprechen. Sie beobachteten Tolstoi, der nun vollkommen von der Natur um sie herum in Beschlag genommen zu sein schien. Er betrachtete das Blätterdach über ihnen, von wo einzelne Sonnenstrahlen ihren Weg zum Boden suchten. Dann wieder blieb er an einer dickeren Birke stehen, legte die Hände an den weiß-schwarzen Stamm und schien zu lauschen. Von Zeit zu Zeit bückte er sich, pflückte einige Blumen, hielt sie in der gewölbten Hand und roch daran, als wolle er den gesamten Geruch der Pflanze und nicht nur den Blütenduft aufnehmen, um sie dann zu Boden fallen zu lassen und nicht weiter zu beachten.

Seine gesamte Entourage, inklusive Lou und Rainer, beobachtete, was er tat, schwieg jedoch, niemand kommentierte, fragte oder flüsterte. Lediglich der Sekretär hatte einen Federkiel und ein Notizbuch in der Hand, das Kratzen seiner Feder störte die Geräusche der Natur. Alle Anwesenden schienen in gespannter Erwartung eines gewichtigen Ausspruchs, einer Offenbarung oder wenigstens einer kleinen Aufmerksamkeit zu sein. Tolstois Gestalt war gebeugt, seine gelbe Weste hing etwas unordentlich an seinem schmalen Körper, die weißen Haare standen unter der Mütze nach allen Richtungen ab. Doch die Augen im faltigen Gesicht waren so voller Aufmerksamkeit und Leben, dass es einen durchdrang, als sei er ein Zauberwesen und nicht einfach ein alter Dichter.

Das änderte sich auch nicht, als sie auf ein altes Bäuerlein trafen, das, eine Heugabel über der Schulter, offenbar auf dem Heimweg von der Feldarbeit war. Als er bemerkte, wer sich da näherte, versank er fast im Erdboden vor Ehrfurcht. Doch Tolstoi, wie es im Gebaren des Grafentums seit jeher Brauch war, beachtete ihn nicht.

Rainer dagegen reagierte ganz aufgeregt. »Sieh nur, Lou. Sieh. Dieser Mann dort. Ist er nicht die perfekte Vereinigung von Simplizität und Tiefsinn? Ein Musterbeispiel unseres einfachen russischen Bürgers!«

Er sah das Bäuerlein an, als erwarte er im nächsten Moment Erleuchtung oder eine überirdische Erscheinung irgendeiner Art.

»Möglicherweise«, sagte Lou, ein wenig trockener, als sie beabsichtigt hatte, »ist es auch einfach ein hart arbeitender Bauer, der seinem Landbesitzer seine Unterwürfigkeit zeigt.«

Später wurden sie doch noch an den Tisch gebeten zum Abendessen, aber auch hier in großer Runde und gar nicht in der intimen Art und Weise, wie sie es gehofft hatten.

Der Graf und seine Frau scheuchten dabei eine größere Menge Diener um die Tafel, als Lou es für möglich gehalten hätte. Hier mehr Wein, dort noch ein Kerzenleuchter mehr, von jener Speise und dann doch von dieser. Tolstoi aß zwar Grütze und nicht von dem Braten, der für die anderen Teilnehmer der Tafelrunde serviert wurde, doch Lou kannte dieses Verhalten, das ihr ganz Opulenz und Machtdemonstration vermittelte. Sie war damit aufgewachsen, es war die typische arrogante Haltung der russischen Aristokratie gegenüber dem Volk, seien es nun Bauern, Leibeigene, Diener oder wer auch immer. Es war durchaus ein schöner Abend, es wurde gelacht und gefeiert, doch etwas in Lous Blick auf das große Vorbild hatte sich verändert.

Nachdem sie später in der Ruhe ihres Zimmers zueinandergefunden hatten, drehte sich Lou auf den Rücken und starrte an die Zimmerdecke. »Ich hätte so gern mehr aus diesem Besuch mitgenommen, hätte gern mehr erfahren, ihn mehr gefragt.«

»Ich werde«, sagte Rainer, »ihn morgen fragen, was die Bildung der Arbeiter für ihn bedeutet.«

»Aber Tolstoi, mein Liebster, sieht keinen Konflikt des gebildeten Russen, verstehst du das nicht? Er nimmt die Menschen gar nicht wahr, weder den Bauern heute Nachmittag noch die Leute, die sich um sein Wohlergehen kümmern. Sie sind für ihn einfach unsichtbar.«

Rainer stemmte sich auf die Ellenbogen und sah sie überrascht an. »Was hast du denn, Lou? Hat der Abend dir nicht gefallen?«

»Doch, natürlich hat er es. Aber es war ein Abend für Privilegierte. Wo war da die Idee vom einfachen Leben?« Sie sah Rainer an, konnte er ihre Verwirrung auflösen, ihr Herz erleichtern? Hatte er nicht gesehen, was sie gesehen hatte?

»Nun, heute Abend war er nicht dabei, aber diese Opulenz, die Grandezza, all der Glanz! Komm schon, Lou. Das war doch wunderbar!«

Offenbar schwelgte Rainer noch immer im Überfluss des Abends. Wie verblendet. Als ob das irgendeinen Einfluss darauf hätte, wie die wahre russische Seele in ihrer Vollkommenheit war.

Rainer musste ihr Stirnrunzeln bemerkt haben, denn er sagte in beschwichtigendem Tonfall: »Der Meister hat so viel darüber geschrieben. Er lehrt uns doch, dass die Einfachheit das Ziel unserer Bestrebung sein muss.«

»Und was, bitte, war heute Abend einfach oder bescheiden? Er predigt doch nur, statt danach zu leben, was er sagt. Und er predigt seine Lösung, das, was er sich ausgedacht hat, um mit seinen persönlichen Problemen umzugehen. Die, die der gebildete Russe hat. Wo ist das Volk? Der Urgrund?«

»Du bist zu streng mit ihm, mit uns. Oder vielleicht willst du es nicht sehen. Tolstoi hat den Ausweg gesehen. Wir sollten uns noch mehr mit seinen Schriften befassen, die Lösung liegt darin. Sie ist da, ich weiß es. Und nun denk doch daran, wie herrlich der Abend war.«

Wollte Rainer nicht sehen, oder konnte er nicht?

Lou drehte sich von ihm weg, wünschte ihm eine gute Nacht und gab vor, einzuschlafen. Dabei grübelte sie noch lange darüber nach, wie sie zu Leuten stehen sollte, die Wasser predigten und Wein soffen. Und was sie davon halten sollte, dass Rainer sich von Reichtum und Opulenz so beeindrucken ließ. Natürlich war ihr klar, dass er nach Anerkennung strebte. Aber dass die sich in einer solchen Anbiederung an Menschen, die dem Adel angehörten, äußerte, das war für Lou schwer zu ertragen. Wie passte das mit ihrer eigenen Suche zusammen? Mit ihrer Überzeugung, dass es gerade die Einfachheit war, die das Beste in den Menschen zum Vorschein brachte?

Lange lag sie da, ohne einzuschlafen und ohne zu einem Ergebnis zu kommen.

KAPITEL 54

Jasnaja Poljana, 2. Juni 1900

Sie blieben noch eineinhalb Tage auf Tolstois Landgut, allerdings hielten sie sich von der Familie fern, vor allem die Gräfin schien diesen Kreis eifersüchtig zu bewachen und wenig Verständnis für die Anwesenheit der Besucher zu haben. Ihr Verhalten hatte sich von anfänglicher Freundlichkeit zu Distanziertheit gewandelt. Allerdings, das hatte Lou aus ihren Gesprächen herausgehört, verging auch kaum ein Tag, an dem sich nicht irgendein Gast auf dem Gut einquartierte und die Nähe Tolstois suchte. Der wiederum war wenig geneigt, seine Arbeit zu vernachlässigen, wenn, dann schon eher für seine Familie und seine Frau.

Und so streiften Lou und Rainer durch den Park und ließen die Zeit mit dem Dichter Revue passieren. Denn sie hatten beide das Gefühl, dass alles, was er zu ihnen gesagt hatte, erst eine gewisse Reifezeit brauchte, bevor sie es gänzlich aufnehmen konnten.

Kurz vor der Abreise gönnten sie sich am Vormittag einen Spaziergang, der an der Station mit den Datschen vorbeiführte, die in der Nähe des Gutes im Birkengrün wie hingewürfelt verstreut lagen. Der Anblick der frisch gestrichenen Sommerhäuser, die eben erst bezogen worden waren, in deren Fenstern noch die

Gardinen fehlten, löste in Lou plötzlich Kindheitserinnerungen aus.

Es schien, als würde ihr jetzt der Grund für die Melancholie klar, die sie immer empfunden hatte, wenn für den Sommer der Umzug aufs Land anstand. Da wurde der Frühling doch eben erst ausgepackt, wie die Sachen und Möbel in der Stadtwohnung eben erst eingepackt worden waren. Überall Unvollendetes, Provisorisches, im Haus und auch in der Natur. Lackgeruch, feuchte Bettwäsche und Fliederknospen. Vogelgezwitscher dazwischen, all das löste Bilder aus von all den vergangenen herrlichen Sommern voll Wärme und Fröhlichkeit. Und doch waren es Bilder, denen das Betreten einer vom Winter verlassenen Ruine vorausging. Eine Erinnerung, die schon verblasst war.

Sorge und Sehnsucht hatten Lou damals erfüllt, und heute stieg dieses Gefühl wieder in ihr auf. Das Gefühl, dass die Kinderseele von damals nicht mehr vorhanden war, nicht mehr naiv genießen konnte und sich jedes Jahr mühsamer den Platz im Leben erobern musste. Mit jedem Jahr in ihrem Leben, das verging, musste sich der Frühling mehr anstrengen, weiter gedeihen, damit man ihn wirklich wahrnahm. Denn jeder neue Frühling zeugte zugleich davon, dass er bald schon wieder vorüber wäre, dass man auf ihn ebenso wie auf den Sommer in der Datsche, zurückblicken würde und doch einfach nur die Zeit vergangen sein würde. Bei dem Gedanken daran wurde Lou ganz bang zumute. Hatte sie womöglich schon als Kind geahnt, wie das Erwachsenenleben sein würde, zwar immer neu und doch schrecklich, und dass der Tod manches einfach beenden würde?

Sie fuhren mit dem Wagen durch lichte Birkenwälder und über weite Ebenen zurück nach Tula. Wieder klimperte das Geschirr der

Pferde lustig im Takt, und die warme Nachmittagssonne verscheuchte die melancholische Stimmung, die der Abschied über sie gebracht hatte. Über Tolstoi sprachen sie nicht während der Fahrt, Lou wollte nicht, noch nicht, ihre Überzeugungen mussten noch gären und werden in ihr. Sie betrachtete lieber die Landschaft, und Rainer schien es ihr gleichzutun.

»Sieh nur, Lou!«, sagte er und zeigte auf ein Pferd, das ganz allein auf einer Wiese in der Sonne stand.

Lou lachte. »Kann es etwas Schöneres geben als das? Ein Pferd auf einer Wiese – so einfach und doch so schön. Ganz Natur und zugleich Verheißung der Freiheit.« Ein wunderbares Bild nach dem anderen entdeckten sie, hier einen Birkenhain an einer sanften Erhebung, dort einen Teich, auf dem ein paar Wasservögel planschten.

Als sie nach zwei Stunden Fahrt an einem Bach Pause machten, wo die Pferde getränkt werden konnten, und sich die Beine vertraten, kam eine alte Bäuerin vorbei, die eine Kraxe voll Reisig auf dem Rücken trug. Lou grüßte sie freundlich, auch Rainer sagte ein paar Grußworte und steckte ihr eine Münze zu, was die Frau die Hände zum Himmel heben und Segensworte für sie sprechen ließ. »Mögen die Herrschaften in ewiger Liebe miteinander verbunden sein!«

Rainers Wangen wurden ganz rot, er sah Lou an, umschlang sie und hob sie in die Höhe. »Ja, in ewiger Liebe!«, rief er und drückte einen Kuss auf ihren Bauch.

Lou kicherte. »Lass mich runter! Das geht doch nicht.«

Rainer setzte Lou wieder ab, ließ sie aber nicht los. Er vergrub sein Gesicht in ihr Haar. »Ewige Liebe, Lou«, flüsterte er. »Versprich mir, dass du mich ewig lieben wirst.«

Lou befreite sich, dann legte sie ihre Hand auf Rainers Gesicht. »Du, Liebster, nie wirst du an einem anderen Ort als in meinem Herzen sein.«

Rainer schien das als Zustimmung aufzufassen, denn er presste seine Lippen auf ihre und küsste sie, als stünden sie nicht gerade mitten in der zentralrussischen Steppe, beobachtet von einem Kutscher und einer alten Bäuerin. Und doch erwiderte sie seinen Kuss in aller Leidenschaft, verlor sich im Gefühl der Endlosigkeit, bevor sie sich schließlich losmachte. »Lass uns weiterfahren.«

KAPITEL 55

Kiew, Pfingsten 1900

Sie verbrachten noch einige herrliche Tage in Tula, der Hauptstadt des Verwaltungsbezirks Tula, in dem auch Jasnaja Poljana lag, bevor sie in den Zug Richtung Kiew stiegen. Es war wieder eine Tagesreise, die sie hauptsächlich damit verbrachten, aus dem Fenster zu sehen und die russische Landschaft zu genießen. Nur die Reisegesellschaft im Waggon war laut und anstrengend.

Lou hatte ihr Notizbuch herausgeholt, konnte sich aber kaum konzentrieren. Sie sah Rainer an und merkte, dass es ihm ebenso ging.

»Ich werde den Schaffner bitten, ihnen zu sagen, sie sollen ein wenig Anstand zeigen und sich ruhig verhalten.« Rainer hatte ein entschlossenes Gesicht aufgesetzt und wollte wohl aufstehen.

Doch Lou legte ihm die Hand auf den Arm. »Warte mal, Liebster.« Sie lauschte, nahm den Dialekt, mit dem die Leute sprachen, in sich auf, und dann wusste sie mehr. Sie verzog das Gesicht zu einem schiefen Lächeln.

»Was ist? Was hast du, Lou?«

»Wir sollten uns nicht weiter aufregen. Es sind einfach Kiewer. Dieser Schlag ist genauso aufdringlich, unliebenswürdig und albern, wie die Zentralrussen einfach, naiv und gütig sind. Wir werden das nicht ändern. Lass uns lieber die Aussicht genießen.«

Wenig später fuhren sie in die Stadt ein und überquerten den Dnjepr über eine imposante Brücke. In der Ferne sahen sie die Hügel, die mit weiß blühenden Akazien bestanden waren, so wunderbar, dass sie fast meinten, den betörenden Duft in ihren Nasen zu haben.

Das mussten sie sehen, dachte Lou, als sie wenig später in den Straßen der Stadt standen und zu den Hügeln hinaufblickten, dort stehen, im betörenden Duft der Akazien in einer sternenklaren Nacht und beim Gesang der Nachtigall von den Hügeln auf das elektrisch beleuchtete Kiew hinabsehen. Märchenhaft.

»Ich glaube«, sagte sie zu Rainer, während sie Hand in Hand durch die Straßen spazierten, »vielleicht ist genau in der Mischung aus Bergen und dem Flusstal jene altrussische Stimmung zu finden, die wir suchen. Sie wurde hier begründet, bevor sich das Reich zu Großrussland zusammengeschlossen hat.«

»Zu gern wäre ich damals hier gewesen«, seufzte Rainer.

»Oh, ich denke, in kleinrussischen Liedern kann man dieser Stimmung noch auf die Spur kommen. Wir müssten nur einen *Kobsar* finden.« Lou sah sich um.

»Einen was?« Rainer warf ihr einen verständnislosen Blick zu.

»Einen *Kobsar*. Hast du davon nicht gelesen? Ein *Kobsar* ist ein blinder wandernder ukrainischer Sänger, der von einem jüngeren Gehilfen geführt wird. Ein *Kobsar* dichtet und singt, begleitet von der Bandura, Lieder vom Glanz des Landes, von den Kämpfen gegen die mongolischen und tatarischen Truppen.«

Sie entdeckten einen Buchladen, und Lou zog Rainer mit hinein. Dort zeigte sie ihm das Buch »Der Kobsar in der Übersetzung russischer Schriftsteller« von Schewtschenko, von dem sie schon gehört hatte. Rainer war hingerissen, sowohl von der Tatsache, dass es *Kobsare* gab, als auch von dem Buch, und kaufte es, um es noch am Abend im Hotel zu lesen.

Während Rainer seine Nase in das Buch steckte, stand Lou am Fenster und blickte hinaus auf die Straße. Der Ausblick war nicht besonders schön, sie sah die Straße, auf der nur noch wenige Menschen unterwegs waren, die Häuserzeile gegenüber und ein kleines Stück vom Nachthimmel, ohne ausmachen zu können, wo der Mond stand. Das war einfach nicht das richtige Hotel, um Kiew zu erleben, nicht so, wie sie es wollte. Morgen würden sie umziehen.

Am nächsten Abend waren sie endlich in einem ganz entzückenden Hotel auf einem der Hügel eingezogen. Sie saßen auf der Terrasse des Hotels, hatten den wunderbarsten Ausblick auf die Stadt und tranken Tee.

Rainer beugte den Kopf über sein Notizbuch und schrieb eifrig. Lou wusste, dass er immer noch versuchte, die strahlend schöne Weite Zentralrusslands in die Zeilen seines Notizbuchs zu bannen. Er war mit seiner Arbeit aber bisher immer wieder unzufrieden, mehr, als sie es bisher erlebt hatte. Er riss Seiten aus dem Notizbuch, ächzte dabei, als hätte er körperliche Schmerzen, dann fing er von vorn an, bis sich Schweißperlen auf seiner Stirn bildeten. Er sah aus wie ein Gespenst.

Einige Pilger gingen am Hotel vorbei. Sie waren auf dem Weg zum Höhlenkloster, das sie und Rainer am nächsten Tag besichtigen wollten. Lou sah ihnen nach. Ja, Kiew mochte dem Vergleich mit Moskau oder Petersburg nicht standhalten. Und doch fühlte sie auch hier, wie sich so etwas wie Wurzeln in ihr bildeten. Sich erinnerten. Das Land, dieses große, vielfältige Heimatland, bot ihr an, ihre Basis zu sein, sich mit ihr zu verbinden. Lou wusste nicht, woran es lag, aber sie hatte das Gefühl, immer mehr nach Hause zu kommen.

Nachdem sie das Kloster angesehen hatten, es war natürlich voll von Besuchern, ansonsten aber herrschaftlich und prächtig wie erwartet, spazierten sie schweigend Hand in Hand durch den Akazienwald zurück. Rainer hatte sich die Kirchen und Gebäude, die in den Berg geschlagenen Höhlen und Kapellen mit Begeisterung angesehen. Doch nun bemerkte Lou, dass er wieder gespensterbleich geworden war. Was war das nur?

Plötzlich blieb Rainer wie angewurzelt stehen.

»Was ist, mein Liebster?«, fragte Lou mit Besorgnis. »Komm, wir wollen weitergehen und im Hotel eine Tasse Tee trinken, dann wird es dir besser gehen.« Sie versuchte, Rainer sanft vorwärtszuziehen, er rührte sich nicht vom Fleck, stand stocksteif da.

»Rainer!«, sagte Lou etwas lauter, sie nahm seinen Arm fester, wollte ihn rütteln.

Doch Rainer schüttelte den Kopf. Er begann stark zu schwitzen, konnte aber die Augen nicht von einem Baum vor ihnen lösen, als hätte er Angst vor ihm. Er schien etwas zu sehen, was Lou nicht sehen konnte.

»Rainer, komm zu dir!« Lou machte sich nun wirklich Sorgen. Doch sie drang nicht zu ihm durch, er schien wie weggetreten. »Rainer!« Sie versuchte, so viel Autorität in ihre Stimme zu legen, wie sie nur konnte.

Dann erschrak sie heftig, denn Rainer sackte plötzlich in sich zusammen, er kauerte auf dem Boden, nun liefen die Tränen seine Wangen hinab, in breiten Strömen. Etwas hilflos kniete sie sich neben ihn, versuchte, ihn zu halten und zu beruhigen. Doch es war, als stecke er in einer Welt fernab der realen fest. Immer wieder streichelte sie sein Gesicht, sagte seinen Namen, doch ohne Erfolg. Rainer blieb in einem Zustand, der ihr Angst einjagte.

Dann hörte Lou, dass vom Kloster her Pilger den Weg herabkamen. Sie schloss die Augen. Den spitzzüngigen Kiewern fielen bestimmt einige Bemerkungen zu Rainers Zustand ein, von denen sie keine einzige hören wollte. So verschloss sie ihre Ohren und kniete einfach neben Rainer, bis er aufhörte zu schluchzen, und versuchte dabei, ihre eigene Beunruhigung zu verbergen. Sie wusste nicht, wie viel Zeit vergangen war, aber schließlich rappelten sie sich auf, hielten sich eng umschlungen und gingen schweigend zum Hotel zurück.

Erst am nächsten Morgen sprachen sie wieder miteinander. Die Sonne suchte sich ihren Weg durch einen Spalt in den dicken Vorhängen und reichte schon bis aufs Bett. Sie lagen wach und schweigend nebeneinander.

»Ich, es … ich weiß nicht, was ich sagen soll, Lou. Es tut mir leid«, sagte Rainer und unterbrach damit die Stille.

»Aber was ist denn passiert? Was hat dich in einen solchen Zustand versetzt?«

»Dieser Baum …«

Lou drehte sich zu ihm. »So etwas bewirkt doch kein Baum!«

Rainer verzog den Mund, sah fast trotzig aus.

»Was war denn mit dem Baum?«, fragte Lou, denn sie ahnte, dass sie vorsichtiger vorgehen musste.

»Er … ich kann es nicht beschreiben. Es war, als lauerte in dem Baum die allergrößte Schrecklichkeit. Sie drohte mich zu übermannen, hat es gar …«, er seufzte, »du warst ja da, Lou. Du bist die, deren Anwesenheit die Dunkelheit zähmen kann.«

Lou runzelte die Stirn. »Aber über was hast du denn nachgedacht, bevor der Baum diese Macht über dich gewonnen hat?«

Rainer schwieg einen Moment. Dann stieß er heftig die Luft aus. »Ich habe an meine Arbeit gedacht, habe überlegt, wie ich Russland endlich aufs Papier bringen kann. Es ist alles so weit, so viel. Und auf dem Papier ist so wenig Platz, viel zu wenig, um dieser Weite gerecht zu werden. Weit mehr, als ich, der ich mich einen Dichter nennen möchte und doch nicht die Befähigung dazu zu haben scheine, mehr, als ich in meinem jämmerlichen Gekritzel schaffen kann.« Nun stand schon wieder der Schweiß auf Rainers Gesicht.

Lou rückte ein wenig von ihm ab. »Ich glaube, dass es genau das ist, was deine Anfälle auslöst. Diese schreckliche Diskrepanz zwischen dem, was du schaffen willst, und dem, was du nicht schaffen kannst. Du solltest aufhören, so hohe Ansprüche an dich selbst zu stellen. Du bist doch im Werden, wir alle sind im Werden. Und was du kannst und wirst, das wird sich doch erst herausstellen.«

Nun stemmte sich Rainer hoch auf die Ellenbogen und sah sie empört an. Sein Ton war scharf, als er sprach. »Wie sollte ich in der Lage sein, die Ansprüche, wie du es nennst, an mich selbst zu verringern? Gerade du hast Ansprüche, was Texte angeht, was Männer angeht. Wie sollte ich mir und dir und der Welt genügen, wenn ich mir nicht alles erdenklich Mögliche abverlangte?«

Lou sah, dass er sich nicht von seinem Standpunkt abbringen

lassen würde. Nur, wie sie ihn unter diesen Umständen vor weiteren Anfällen schützen sollte, war ihr schleierhaft. Und was sollte aus ihr und Rainer werden? Schließlich war sie eine Schriftstellerin und keine Krankenschwester.

Sie stand auf und zog sich an. Sie musste einen Brief schreiben.

KAPITEL 56

KIEW, 20. JUNI 1900

Schließlich traten sie die Weiterreise nach Osten auf dem Dnjepr an, auf einem Dampfer, der den klingenden Namen »Der Mächtige« hatte. Sie mussten quer durch Russland reisen, um den Startpunkt der Fahrt zu erreichen, die sich Lou als Überraschung für Rainer ausgedacht hatte.

Das Schiff legte gemächlich vom Pier ab, und dann stellten sie fest, dass es voll war mit Pilgern, die wahrscheinlich alle auch das Höhlenkloster besucht hatten; auf dem allgemeinen Deck für alle Klassen saßen Mädchen, die ihre Kleider flickten oder bestickten, und Männer, die kleinrussische, also aus der nördlichen Ukraine stammende Lieder sangen. Die Luft war feucht und gewittrig-schwül, der Wald am Ufer wirkte unausgeschlafen und struppig.

Dann wechselte die Landschaft zu weiten, öden Wiesen. Nachts ankerte der Dampfer in einem Weiler namens Tripole, und eine Menge der Pilger, es mochten auch Arbeiter sein, stiegen aus und machten sich durch die feuchten Wiesen auf den Weg zu ihrer Fabrik, die an einem niedrigen Abhang am Horizont zu sehen war und einen sehr trostlosen Eindruck machte.

Die Veränderung der Landschaft am nächsten Morgen bestand einzig darin, dass die Gegend ein wenig steiniger geworden war, wie Lou feststellte.

Bis zur Landung in Krementschuk vertrieben sich Lou und Rainer die Zeit, indem sie sich aus der Reihe der übrigen Reisegefährten einen kleinen Händler und seine Familie aussuchten, die sie beobachteten. Die ganze Familie war äußerst adrett gekleidet, aß vornehm die mitgebrachten Speisen und hielt ihr Gepäck ganz reinlich. Der Händler selbst las die meiste Zeit über halblaut aus einem Buch, das mit Goldschnitt verziert war. Leider konnten sie nicht verstehen, was er las, und erkennen, was für ein Buch es war. Lou beobachtete Rainer dabei immer wieder heimlich. War er gerade hier, in der Realität mit ihr? Sah er das, was sie sah? Oder drohte er schon wieder abzudriften in seine eigene Welt?

Dann war es Zeit, das Schiff zu verlassen und in einem Wagen in das Örtchen Krementschuk zu reisen. Sie nahmen eine offene Kutsche, so konnten Lou und Rainer die Landschaft betrachten, die er als unendlich trostlos empfand. Auch Lou musste zugeben, dass die Häuser in nichts charakteristisch waren, der Sand, der überall in weiten Dünen lag, verstärkte noch die traurige Wirkung. Sie stiegen am Bahnhof in eine kleine Bahn um, die sie unter einem rot glühenden Abendhimmel nach Poltawa brachte.

Als sie dort angekommen waren, stand schon der Mond groß am Himmel, und Lou, die es den ganzen Tag drückend warm gefunden hatte, fröstelte, weil es so kalt geworden war. Am Bahnhof wartete wiederum eine Kutsche auf sie, die sie in einer fast einstündigen Fahrt bis in die Stadt brachte. Hier kam Lou die Landschaft ganz zauberhaft und endlich wieder sehr russisch vor, oder lag das nur an der Dunkelheit?

Nach einer Fahrt über Land und zwei Tagen, in denen sie sich die Füße vertraten, stand die Bahnfahrt weiter in Richtung Osten nach Saratow auf dem Programm. Zwei weitere Tage, zweimal vierundzwanzig Stunden, die sie eingepfercht in einem Waggonabteil zubrachten und nichts zu tun hatten, als aus dem Fenster zu blicken und darüber zu schreiben oder zu reden, was sie sahen.

Am Himmel hingen dieselben Gewitterwolken, die sie schon seit Tagen begleiteten. Die Ebene war mit einzelnen Baumgruppen bestanden, an die sich hin und wieder einige hell getünchte Hütten schmiegten. Lou fand die Eintönigkeit beruhigend, Rainer hingegen schien wieder unruhiger zu werden.

In Koslow hatten sie fünf Stunden Aufenthalt, den sie zu einem Spaziergang nutzten, doch alles, was sie sahen, waren grasbewachsene Plätze und ärmliche Hütten. Immerhin konnte man in der Ferne Wald erkennen, der sich sanfte Anhöhen hinaufzog.

Sie waren noch nicht weit in den Ort vorgedrungen, als sie ein langhaariger Pope um fünf Kopeken anschnorrte, was Lou zu einem Kichern reizte, so seltsam sah der Mensch aus. Rainer dagegen war sofort bereit, dem Mann die geforderte Summe zu geben.

»Wenn du damit anfängst, werden die Leute uns für reich halten und wir müssen unser bisschen Reisegeld mit ihnen teilen«, tadelte Lou ihn, aber er winkte ab. Der Priester schien es ihm angetan zu haben. Und dann dachte Lou, dass sie wohl alles, was er tat, um sich besser zu fühlen, unterstützen sollte.

Um halb neun Uhr abends fanden sie sich wie bestellt am Hafen ein. Die Wolga war hier ein breiter Strom, eingefasst von der Stadt Saratow am diesseitigen Ufer und der Stadt Pokrowskaja Sloboda auf der gegenüberliegenden Seite. Die Sonne war noch nicht ganz untergegangen und ließ den Fluss orangerot glitzern und leuchten. Es war ein herrlicher Abend, noch immer sehr warm, Rainer schwitzte sichtlich in seiner Jacke und dem Hemd mit dem engen Kragen.

Sie standen am Pier bereit, die Koffer und Taschen hinter sich aufgetürmt, einige andere Fahrgäste neben sich, doch wer nicht da war, war der Dampfer.

Rainer tupfte sich mit einem weißen Taschentuch den Schweiß von der Stirn, er war wieder ungewöhnlich blass. Seit jenem Vorfall im Akazienwald über Kiew hatte es keinen weiteren gegeben – keinen richtigen. Lou hatte sehr wohl bemerkt, dass Rainer hin und wieder abwesend wirkte, als sehe er etwas, das sie nicht sehen konnte. Nun schien er fast wieder so weit zu sein. Sie legte ihm die Hand auf den Arm.

»Rainer, was ist denn?«

»Ach, es ist schon in Ordnung. Ich frage mich nur, wo der verdammte Dampfer bleibt.« Er fuhr sich mit dem Zeigefinger unter den Kragen.

»Wir sind im tiefsten russischen Hinterland, erwartest du deutsche Pünktlichkeit?« Lou musste ein Schmunzeln unterdrücken.

Rainer dankte ihr das mit einem missmutigen Blick.

Tatsächlich mussten sie noch eineinhalb weitere Stunden warten, bis endlich der Dampfer am Horizont zu sehen war, und erst um ein Uhr nachts hatten sie ihre Kabine auf dem Schiff bezogen.

Rainer war müde und nörgelte an allem herum, Lou dagegen

ging noch für einen letzten Spaziergang an Deck, um das Ablegen zu beobachten. Die Nacht war sternenklar und wunderbar warm. Der Sommer war endgültig angekommen und die Schwüle verschwunden.

Lou genoss die Nacht, die Stille und das Alleinsein so sehr, dass sie fast ein schlechtes Gewissen Rainer gegenüber bekam. Nach der langen Zeit, die sie nun gemeinsam verbrachten, fehlte ihr die Zeit allein. Selbst damals in der ersten Zeit in Wolfratshausen hatten sie nicht so viele Tage am Stück so eng zusammen verbracht, weil Lou immer wieder Gäste gehabt hatte oder kurz weggefahren war. Danach, in Berlin unter Carls Augen, hatten sie sich nichts mehr gewünscht, als ein paar Tage zu zweit und nur für sich zu sein. Aber heute Abend hatte sie gerade ganz und gar keine Lust, ihn zu wecken, nur um zu riskieren, dass er vielleicht auf die Idee käme, die Nacht sei zu schön, um sie aufschreiben zu können. Und danach müsste sie dann Stunden damit zubringen, ihn wieder davon zu überzeugen, dass er doch ein ganz passabler Dichter war. Nein. Lou schob den Gedanken beiseite und beschloss, die Nacht einfach zu genießen. Mit sich allein.

Rainer weckte sie am nächsten Morgen schon um sieben Uhr, als sie bei wundervollstem Wetter in Baronsk einliefen, damit sie die Stadt und den Hafen bewundern konnte. Es war eine deutsche Kolonie, die erste, die nach Zarin Katharinas Aufruf an deutsche Siedler entstanden war. Die Menschen hatten damals viele Vorteile geboten bekommen, darunter Steuererleichterungen und Unterstützung in Form von Geld zur Gründung eines landwirtschaftlichen oder handwerklichen Betriebs, und so waren mehr als dreißigtausend Menschen der Aufforderung gefolgt und hatten deutsche Siedlungen hier, mitten in Russland, gegründet.

Lou hätte den ganzen Tag nichts anderes tun können, als an der Reling zu stehen und die Landschaft und die Städte zu betrachten. Es war eine wunderbare Art zu reisen, langsam an all dem Wunderbaren vorbeigetragen zu werden. Es war nicht so pittoresk, als führe man auf dem Rhein, es gab keine Schlösser am Ufer, aber die Hütten und Kirchen entwickelten einen eigenen Reiz, der sich vor Lou voll entfaltete. Sie schrieb täglich in ihr Tagebuch, doch ansonsten begnügte sie sich damit, alles, was sie sah, in sich aufzusaugen. In Rainers Gesicht las sie allerdings die Frage, mit welchen Worten er alles beschreiben sollte. Immer nur schreiben, schreiben, schreiben.

Langsam hatte Lou genug davon, immer unter diesem Druck zu stehen. Zu Hause war es ihre Aufgabe, mehr oder weniger ununterbrochen zu schreiben, um für sich und Carl den Lebensunterhalt zu verdienen. Aber nun sollte man doch auch einmal einen Tag genießen können?

Gerade die folgende Strecke zwischen Samara und Stawropol empfand Lou als die bisher schönste. Der Himmel bewölkte sich zwar, doch sie konnten bis abends an Deck bleiben. Warum war es so viel schöner, berührender, sanft durch diese Landschaft zu gleiten, als dort zu wohnen? Vermutlich, weil man sie beim Wohnen durch Spaziergänge erfahren musste, während hier die Illusion erweckt wurde, als käme die Landschaft direkt zu ihnen, indem sie langsam vorüberglitt. Das Schiff verschwand in der Wahrnehmung, wurde eins mit einem selbst, und man war ganz da. Wenn man die Eisenbahn nahm, war der Effekt nicht der gleiche, denn er wurde durch die Wahrnehmung der Geschwindigkeit beeinflusst, man hatte es dabei eilig, von einem Ziel zum nächsten zu gelangen. Auf dem Schiff dagegen erfuhr man die Erhabenheit der Reise.

Den nächsten Tag erreichten sie Simbirsk, das sie im strömenden Regen nicht einmal ausmachen konnten. Aber dennoch war Lou von der Gegend bezaubert, als käme sie heim in eine stille Schönheit, von der sie vor langer Zeit geträumt hatte. Sie war ganz eins mit ihrem Russland, die Idee, die Kreuzfahrt auf der Wolga zu machen, war ganz sicher eine der besten, die sie je gehabt hatte.

Manchmal versuchte sie, Rainer mit ihrer Begeisterung anzustecken, aber er schien in einem fiebrigen Zustand festzustecken und sich nicht daraus befreien zu können. Und egal, was sie sagte, ihm zeigte oder wovon sie schwärmte, nichts half.

Das Wetter wurde besser, und sie konnten wieder an Deck gehen und erleben, wie sich der Dampfer durch ein auf beiden Seiten dicht mit Hochwald bestandenes Ufer schob.

Am späten Nachmittag erreichten sie Tetjuschi, eine sehr kleine Stadt, die schon im Mittelalter von Tataren gegründet worden war und doch mitten im Nirgendwo zu liegen schien. Das Wasser der Wolga schimmerte im diffusen Licht, Möwen umflogen den Bug, schwarze Flecken gegen den weißgrauen Himmel. Da es fast windstill war, konnten sie sich ein Plätzchen ganz vorn am Bug aussuchen und alles in sich aufnehmen. Die Wolga glich hier weniger einem bloßen Fluss, ihre Weitläufigkeit ließ sie gleich einem Meer scheinen.

»Schau nur, wie schön!«, versuchte Lou, ihre Empfindungen mit Rainer zu teilen.

Er warf ihr einen Blick zu, und so sprach sie weiter: »Ich glaube, der stärkste, einzigartige Reiz der Wolga ist diese Mischung von

Intimität und Weite. Man sitzt hier, sieht diese ganze Erhabenheit und fühlt sich dabei im Innersten berührt wie sonst fast nie zuvor. Das ist die Wolga: Manchmal so weit wie das Meer, die Steppe oder eine bewaldete Ebene, manchmal so nah und intim. Und die Bauernhäuser, ist es nicht, als bildete die Landschaft den Rahmen für ein Gemälde? Das ist der russische Mensch für mich, eine Mischung aus Temperament und spontaner, vorbehaltloser Wärme und einer Sachlichkeit, die alles Sentimentale ablehnt, und dabei wirkt er so breit, so vollständig, als sei er der Mensch an sich.«

Wie schon zuvor in Tula fühlte sie sich in die sichere Heimat ihrer Kindheit zurückversetzt. Als ihr Vater noch gelebt hatte, als sie noch in Petersburg und auf dem Land gelebt hatten, mit der Familie, den Brüdern. Sie war seine Prinzessin gewesen, das jüngste seiner Kinder, das einzige Mädchen. Er hatte sich gefreut, wenn sie wissbegierig war, und sich nicht daran gestört, dass sie die gleiche Ausbildung erhalten wollte wie ihre großen Brüder. Er war immer für sie da gewesen, und im Gegensatz zu Mama, die sich manchmal eine mädchenhaftere Tochter gewünscht hätte, hatte er sie getröstet und ermutigt, wenn sie beim Klettern aus dem Baum gefallen war und sich den Fuß verletzt hatte.

Rainer schien ihre Worte zu hören, in sich aufzunehmen, doch sein Gesicht glich einer Maske, und an seinen Kiefern sah sie, wie sie sich leicht bewegten und die Muskeln sich spannten. Seine Stirn war von einer tiefen Falte durchzogen.

Lou wollte nicht aufgeben, er musste es doch verstehen, musste doch sehen, was dieses Russland für sie war. »In all dem fühle ich mich, als sei ich endlich heimgekehrt. Kindheitserinnerungen, wohin ich auch blicke, was ich sehe, höre und rieche.«

Sie wollte weitersprechen, es drängte geradezu aus ihr heraus, ihr Herz war so voll und so weit, dass sie sich danach sehnte, zu teilen, was in ihr war, doch Rainer stand abrupt auf. Sie sah zu ihm hinauf, sah, dass sein Gesicht wieder wachsweiß geworden war. Wie erstarrt.

»Ich muss gehen«, sagte er. Damit drehte er sich um und ging davon, zog noch im Gehen das Notizbuch aus seiner Jacke und den Stift.

Lou wusste, sie würde ihn später in der Kabine finden, fiebernd über das Papier gebeugt.

KAPITEL 57

Kasan, Juni 1900

Als sie in Kasan einliefen, war Lou fast enttäuscht. Nach all der Weite, Pracht und Schönheit entpuppte sich die Tatarenstadt als ziemlich hässlich. Als einzige Höhepunkte der Besichtigung empfand sie eine Fahrt mit einer Pferdekutsche mit Tatarenweibern und den Besuch des Minaretts, wo die Menschen im stillen Gebet versunken waren. Je weiter sie in Richtung Osten, Richtung Asien, gekommen waren, desto mehr waren die Menschen still, ja fast stumm geworden. Zwar wollte Lou gern irgendwann einmal weiterfahren und Asien wirklich kennenlernen, aber in diesem Moment führte ihr diese Andersartigkeit umso mehr vor Augen, wie heimisch sie im Russischen war. Durch und durch.

Es war schon mitten in der Nacht, als sie ihr neues Schiff besteigen konnten. Der Schnelldampfer, der nach der grausamen Großfürstin Olga Nikolajewna benannt war, war sehr viel komfortabler als der vorherige. Doch bald sehnte sich Lou nach der kaum merkbaren langsamen Fahrt zurück, denn nun war es vorbei mit der Einheit mit der Landschaft, die Geschwindigkeit des Schnelldampfers verdarb das Gefühl.

Als Rainer und sie am Morgen das Frühstück einnahmen, empfanden sie auch die Gesellschaft der Mitreisenden als störend. Es waren, wie Lou ihm erklärte, weder Mitglieder der elitären Gesellschaft, der gebildeten, aristokratischen Russen, mit denen sie auf ihrer Reise zumeist verkehrten, noch Arbeiter, also einfache Menschen, sondern Beamte. Protzig und neugierig.

Als es Lou mit dem Begafftwerden doch zu viel wurde, küsste sie Rainer vor all den staunenden Mitreisenden mitten auf den Mund. Dann nahm sie seine Hand und zog ihn hinaus. Keine Sekunde länger wollte sie in dieser Umgebung bleiben. Wie anders war es doch in München oder sogar in Berlin, wo die Menschen einen nicht mit den Augen verurteilten.

Während sie weiter flussaufwärts fuhren, nach Norden und Westen, wandelte sich die Landschaft mehr und mehr zu einer, die Lou wirklich aus ihrer Kindheit im Norden kannte – und nicht einer alles umfassenden, die sie nur im Traum gesehen hatte. Nun fühlte sie, dass ihre Seele wirklich heimkam, denn alles war gut.

Zwei Tage brauchten sie mit dem Schnelldampfer von Nowgorod bis Jaroslawl. Zwei Tage, während derer Lou sich immer mehr und mehr zu Hause fühlte, während der sie das Gefühl hatte, endlich das gefunden zu haben, was sie auf dieser Reise gesucht hatte – und während derer sich Rainers Zustand immer mehr verschlechterte. Es schien ihm immer schwerer zu fallen, bei ihr, in der Realität zu bleiben.

Jaroslawl war ebenfalls wunderschön, und hier beendeten Lou und Rainer die Wolgakreuzfahrt, denn sie wollten noch eine Woche bleiben, bis sie die Bahn zurück nach Moskau besteigen würden.

Lou fand die breiten Plätze in der Stadt wunderbar, die Kirchen merkwürdig vornehm und jeden einzelnen Menschen, den sie trafen, sympathisch. Ein Kutscher, der sie von der Anlegestelle zu ihrem Hotel brachte, erzählte von einem sehr malerischen Dorf, das nicht weit entfernt an einem Hügel über der Stadt lag, und Lou hatte eine Idee.

»Was meinst du, Rainer? Sollen wir versuchen, uns dort einzumieten? Auch einmal ein paar Tage in einem russischen Dorf verbringen?«

Und endlich sah sie wieder Leben in Rainers Augen aufblitzen. Er war einverstanden. Ja, sie würde hier noch den letzten Schritt gehen und selbst zur russischen Bäuerin werden.

Der Kutscher nannte Lou den Namen einer Frau, die ihnen möglicherweise ein Zimmer vermieten konnte, und am nächsten Tag, einem Montag, machten sie sich in der noch heißen hellen Abendsonne auf den Weg den Hügel hinauf ins Dorf Kresta-Bogorodskoje. Nach kurzer Suche fanden sie die leer stehende Bauernkate, die der Kutscher beschrieben hatte. Die Holzbalken dufteten von der Hitze des Tages, unten sah man die Wolga schimmern und hörte ab und an das Tönen der Schiffe. Lou inspizierte die Kate, die ganz leer war. Als Rainer auf den Heuboden kletterte, sprang ihm eine Katze entgegen. Aber es war ganz wunderbar und sehr passend.

Die Bäuerin, sie hieß Natalja Michailowna Makarowa, brachte einen Strohsack, auf dem sie schlafen sollten.

»Nein, gute Frau, vielen Dank, aber wir brauchen einen zweiten Strohsack.« Lou besah skeptisch den Sack.

Die Bäuerin sah sie verständnislos an. »Wieso einen zweiten? Der ist doch breit genug!« Zum Beweis ihrer Worte hob sie den Sack hoch, als ob sie auf dem Markt eine Ware anpriese.

Lou spürte Rainers durchdringenden, bittenden Blick auf sich ruhen, aber er sagte nichts. Sie schüttelte energisch den Kopf.

»Nein, wir brauchen zwei Säcke. Bitte holen Sie noch einen.«

Die Makarowa ließ den Strohsack sinken. Dann drückte sie ihn Rainer in die Hand und verließ leise vor sich hin schimpfend die Kate, in der Rainer und sie schweigend zurückblieben.

Doch nach einiger Zeit erschien sie wieder, in der Hand einen zweiten Sack, den sie Lou gab, nicht ohne darauf hinzuweisen, dass ihre vier Töchter nun mehr oder weniger in einem Bett schlafen müssten. Sie brachte auch noch zwei große Holzeimer und ein Waschgefäß aus Ton. Und dann standen zwei der besagten Töchter vor der Tür und hatten einen Tisch dabei und einen Samowar, den sie in eine Ecke des Raums stellten. Zusammen mit dem ausgepackten Gepäck war die Kate jetzt fast wohnlich eingerichtet.

Rainer schaffte die Holzeimer vor die Hüttentür und stellte sie umgedreht vor die Wand, so dass sie jeder einen Schemel hatten. Dort saßen sie noch lang in der milden Nacht, sahen hinunter auf die glitzernde Wolga und genossen ihre Idylle mit jeder Pore.

Nur die Mücken störten.

Sie störten sogar so sehr, dass Lou schon um vier Uhr morgens ihr Lager verließ, ohne ein Auge zugemacht zu haben. Auf der anderen Seite des Raums schnarchte Rainer, etwas, was er sich erst in den letzten Tagen angewöhnt haben musste. Oder war es ihr vorher nur nicht aufgefallen?

Sie stemmte die Tür auf und unterdrückte einen Schrei. Sie betrachtete ihren Finger, dort, wo es schmerzte, und sah einen Splitter unter dem Fingernagel stecken. Dann bemerkte sie, dass auch ihr Kleid einen Riss hatte, sie musste an der Tür gleich doppelt hängen geblieben sein. Sie biss sich fest auf die Unterlippe, denn die Tränen stiegen ihr in die Augen. Sie zog die Tür der Kate hinter sich zu und ließ sich auf einen der beiden Eimer fallen. Es war ihr jetzt egal, ob Rainer von dem Geräusch der schließenden Tür aufwachte. Und auch, dass die Sonne schon unerträglich auf sie herabbrannte. Sie war so müde und hatte solche Sehnsucht nach ein bisschen Einsamkeit, Alleinsein, nur mit sich. Sie steckte den schmerzenden Finger in den Mund und saugte daran. Dann schloss sie die brennenden Augen, versuchte, die aufsteigende Übelkeit zu unterdrücken, merkte jedoch, wie sich nun doch die Tränen ihren Weg bahnten.

Und während die Tränen ihre Wangen hinabrannen, dachte Lou an die Zeit, die sie mit Rainer verbracht hatte. An all die guten Augenblicke, an das blinde Verstehen, die Leidenschaft, die sie im Körperlichen wie im Geistigen miteinander teilten. Sie weinte um diese Zeit, denn sie wusste, dass sie bald vorbei sein würde. Sie hatte nicht die Mittel, Rainer aus seiner Wahnhaftigkeit, die ihn immer wieder einholte, herauszuholen. Sie war am Ende ihrer Kräfte und ihrer Weisheit. Vielleicht auch am Ende einer Liebe. Sie fühlte in sich hinein, doch alles, was sie da fand, war Überforderung.

Bis Rainer aus der Hütte trat, waren ihre Tränen längst in der Sonne getrocknet.

Zum Morgen aßen sie trockenes Brot, und dann stellte Lou fest, dass die Fenster in der Kate so verschmutzt waren, dass sie kaum hindurchblicken konnten. Rainer holte Wasser vom Brunnen am Hof, und dann wischten sie zusammen. Im Wischwasser weichte Lous Fingernagel ein wenig auf, so dass sie den Splitter entfernen konnte. Sie steckte den Finger wieder in den Mund, fühlte ein wenig Erleichterung. Dann setzte sie sich an den Tisch.

»Rainer«, sagte sie. »Ich muss mein Kleid flicken.«

Rainer brachte ihr das Etui mit Nadel und Faden, das sie bei ihren Waschsachen aufbewahrte.

»Darf ich mich zu dir setzen? Ich würde gern ein wenig dichten. Aber ich möchte auch bei dir sein.«

Lou musste ein Lächeln unterdrücken. »Natürlich, Liebster. Du brauchst mich doch nicht um Erlaubnis zu fragen, ob du schreiben darfst.«

Und für eine Weile saßen sie ganz einträchtig, und jeder ging seiner Beschäftigung nach.

Um die Mittagszeit gingen sie hinüber ins Bauernhaus, wo die Makarowa eine Grütze kochte. Sie klatschte zwei Portionen in Schüsselchen und reichte sie Lou und Rainer zusammen mit zwei Holzlöffeln.

Lou kostete vorsichtig die dampfende Masse und verzog das Gesicht. Was war das denn? Nur verbrannt oder doch mit irgendeiner Geheimzutat verdorben?

Die Makarowa verriet mit keiner Miene, ob sie die Reaktion ihrer Gäste bemerkt hatte, wies aber auf einen Krug mit Sauermilch, der auf dem Tisch vor ihnen stand.

Lou gab etwas davon über ihre Grütze, kostete wieder und reichte dann auch Rainer von der Sauermilch. So konnte man es essen.

Zurück in der Kate wollte auch Lou schreiben, nämlich einen Brief an Carl. Doch der Tisch in der Kate, auf dem schon der Samowar stand, war einfach zu klein für zwei. Rainer strebte aus der Hütte und kam kurz darauf mit einem einzelnen Fensterladen zurück.

»Können wir hieraus nicht einen Tisch bauen?«

Lou überlegte. »Wir brauchen noch etwas, worauf wir das legen können.«

Gemeinsam gingen sie wieder hinaus und fanden eine Leiter, die hinten gegen die Wand der Kate gelehnt war. Die schleppte Rainer in die Hütte, und Lou platzierte sie zwischen zwei Balken. Dann legten sie den Fensterladen darauf und feierten ihr Werk mit selbst gebrautem starken Kaffee und einem Strauß wilder Rosen, den Rainer Lou feierlich überreichte.

Am Abend gingen sie durchs Dorf, um sich die restlichen Bauernhäuser und Katen anzusehen und die Menschen, die darin lebten. Dabei begleitete sie Grinka, die älteste Tochter der Makarowa. Sie mochte vielleicht Anfang zwanzig sein und erzählte, dass sie eigentlich vor eineinhalb Jahren geheiratet hatte. Doch sowohl ihren Mann als auch ihr kleines Kind hatte sie bei einem Unfall verloren.

Grinka erzählte das mit einer solchen Gleichmut und Größe, dass Lou unwillkürlich die Tränen in die Augen stiegen.

Als Grinka es bemerkte, schüttelte sie den Kopf und drückte Lou. »Sie sollten sich nicht deswegen grämen. Ich tue es auch nicht mehr. Das Leben kommt, wie es kommt, und unser Herrgott wird schon wissen, warum er die Meinen so schnell wieder zu sich holen wollte.«

Lou sah, wie Rainers Hand nach dem Notizbuch zuckte, und schüttelte kaum merkbar den Kopf. Dieses Erlebnis würde Rainer in sich aufbewahren müssen, bevor er es zu einem Gedicht verarbeiten konnte.

Sie spazierten die staubige Straße entlang. Die Kate und das Bauernhaus waren die ersten Häuser im Dorf, und am entgegengesetzten Ende warteten die Kirche und eine reizend anzusehende Windmühle. Dazwischen mehr kleine als größere Häuschen.

Grinka erzählte, dass sie wie ihre Schwestern und die meisten Leute im Dorf in der Fabrik arbeitete.

Aus einer Seitengasse kam ihnen ein älterer Mann entgegen. Lou dachte im ersten Moment, Tolstoi sei aus dem Nichts aufgetaucht, doch Grinka grüßte den Mann ehrerbietig. »Väterchen.«

Ah, der Mann der Makarowa, den sie bisher noch nicht gesehen hatten. Er sah wirklich wie Tolstoi aus, aber vielleicht hatten Lou und Rainer nur so viel über ihn geredet, dass sie ihn jetzt überall zu sehen glaubten, wo sie echtes Russland erlebten.

Ein Nachtwächter mit einer Handklapper scheuchte sie zurück in ihre eigene Kate, wo Lou später, als sie auf ihrem Strohsack lag, immer wieder das Gefühl hatte, doch noch auf dem Schiff zu sein und draußen die Landschaft vorbeiziehen zu sehen. Sanft schaukelte sie der Gedanke in den Schlaf.

Den nächsten Tag verbrachten sie mit Spaziergängen im Dorf und zum Teich. Sie fütterten Hühner, und die Küken kletterten dabei ganz zutraulich auf Lous Schoß. Im Dorf war es auch morgens, wenn eigentlich Zeit zu arbeiten war, immer sonderbar still. Selbst die Kinder spielten leise.

Abends besuchte sie eine Kuh. Sie tauchte vor dem Fenster auf, muhte und muhte und schien nicht mehr weggehen zu wollen. Lou richtete gerade das Abendbrot auf ihrer selbst gebauten Tafel an und bot der Kuh etwas von dem Brot an in der Hoffnung, das Tier würde von der Muherei ablassen. Doch nichts half, bis Rainer hinüber ins Bauernhaus eilte und um Hilfe bat. Grinka kam und führte die Kuh schließlich weg von ihrer Hütte. Danach streckte sie den Kopf zur Tür herein.

»Ist denn alles zu Ihrer Zufriedenheit?«

»Natürlich, wir danken dir, dass du uns von diesem unseligen Geist befreit hast. Möchtest du uns nicht ein wenig Gesellschaft leisten?«

Grinka kam herein und erzählte beim Abendbrot von ihrer Arbeit in der Fabrik und von den Leuten im Dorf. Aber nach ein paar Minuten verschwand sie wieder, sie sagte, sie wolle der Mutter keinen Grund zur Klage geben.

Als sie weg war, war es seltsam still in der Kate.

Lou räumte das Geschirr beiseite, als Rainer fragte: »Wollen wir nicht noch einen Abendspaziergang machen? Die Nacht ist so wunderbar lau.«

Lou sah ihn an, sah die Bitte in seinen Augen und nickte. Sie wusch sich die Hände, dann gingen sie hinaus. Rainers Finger suchten die ihren, und sie ließ es geschehen, fühlte seine zierliche kühle Hand in ihrer. Sie stiegen wieder hinab zum Teich, auf dessen Wasseroberfläche sich der Mond spiegelte. Es war eine wundersame Nacht, in der sie sich schließlich doch einen Strohsack teilten.

Der nächste Morgen war bewölkt, so standen sie erst spät auf. Lou ging hinüber ins Bauernhaus, um die Makarowa um einen Samowar zu bitten, und traf sie dort an, wie sie gerade die Wäsche machte. Die schmutzige Wäsche lag in dem einzigen richtigen Bett, das die Familie hatte. Grinka stand am Tisch und knetete Teig für ein Schwarzbrot. So brachte die Makarowa den Samowar, als er fertig war, selbst hinüber in Lous und Rainers Kate. Sie nahm auch die Einladung an, sich zu ihnen zu setzen, und erzählte. Von den Wundern, die die Muttergottes früher in der kleinen Kirche des Ortes gewirkt haben sollte. Und davon, dass nun noch so wenig zu ihr gebetet würde, dass wohl keine Wunder mehr geschahen. Lou und Rainer saßen beide fasziniert, hörten die Frau reden und erzählen, es war, als läse ihnen jemand eine altehrwürdige Chronik des Ortes, ja der ganzen Gegend vor. Dann musste die Makarowa weiter, die Wäsche erledigte sich schließlich nicht von allein. Sie krempelte die Ärmel hoch bis fast zu den Achseln und überließ Lou und Rainer den Rest des Tees im Samowar.

Ein leichter Nieselregen hatte eingesetzt, als Lou und Rainer mit einer Droschke hinunter in die Stadt fuhren. Sie nutzten den Tag in der Stadt und besichtigten einige recht eindrucksvolle Kirchen, kauften ganz reizendes russisches Geschirr, das sie sorgsam einpacken ließen, und trafen unten durch Zufall den Kutscher wieder, der sie am Montag hinauf ins Dorf gebracht hatte. Er stimmte zu, das Gleiche auch heute wieder zu tun.

Lou kam das Pferd heute sehr unruhig vor. »Ist alles in Ordnung mit ihm?«, fragte sie.

»Jaja, natürlich, alles in Ordnung. Es ist nicht sehr ruhig, aber es ist ein gutes Pferd, mein Pferd.«

Seine Selbstsicherheit beruhigte Lou ein wenig, und sie entspannte sich während der Fahrt hinauf. Wahrscheinlich war auch diese Gelassenheit, die der Kutscher an den Tag legte, seinem russischen Wesen zu verdanken.

Und dann war es Zeit, zu packen. Noch am selben Abend würden sie den Zug nach Moskau besteigen. Schweren Herzens nahmen sie Abschied von ihrer kleinen Kate. Es war, so fühlte es Lou, als gingen sie von zu Hause fort. Rainer ging noch einmal hinaus und pflückte einen Strauß Feldblumen, den Lou voller Freude in Empfang nahm. Die Makarowa schenkte ihnen einen Krug, in dem sie die Blumen transportieren konnten, und dann war es Zeit für den Abschied.

Lou würde die Zeit vermissen, es waren trotz aller Schwierigkeiten schöne Tage gewesen. Ein würdiger Abschluss der Wolgareise. Und doch freute sie sich nun, zurück nach Moskau und dann nach St. Petersburg zu kommen. Sie brauchte nun ihre Familie, ihre Arbeit und vor allem sich selbst.

KAPITEL 58

Moskau, Juli 1900

Sie retteten den Krug mit den wunderbaren Blumen der Makarowa bis ins Hotel in Moskau. Nach der langen Reise übers Land, die sie hinter sich hatten, fühlte es sich an, als kämen sie nach Hause. Lou packte ihren Koffer aus und sagte: »Mütterchen Moskau und Mütterchen Wolga sind doch die größten Herrlichkeiten Russlands, meinst du nicht, Rainer?«

Das Zimmer im Gasthof, das sie bezogen hatten, war ebenfalls herrlich. Es war im Turm gelegen und daher rund. Trotzdem hatten einige hübsche Einrichtungsgegenstände Platz. Und vor dem Fenster lag der Kreml, die goldenen Kuppeln der Kirchen funkelten im Sonnenschein.

Lou erwartete ein Brief. Die Antwort auf den Brief, den sie in Kiew losgeschickt hatte, nach Wien, um sich Rat zu holen bei dem einzigen Arzt, dem sie vertraute. Sie hatte Zemek geschildert, was sie an Rainer beobachtet hatte, in der Hoffnung, dass er ihr vielleicht ein Heilmittel nennen könnte oder wenigstens eine Idee hätte, was Rainer aus seiner Verzweiflung helfen könnte. Sie bat Rainer um ein wenig Zeit für sich und machte sich auf den Weg zu ihrem Lieblingsplatz, der kleinen Kapelle im Kreml.

Dort setzte sie sich hinten in eine ruhige Kirchenbank und nahm den Brief aus dem Umschlag.

Meine liebe Lou,
es bedrückt mich, zu lesen, dass Du Sorgen hast, und ich wünschte so sehr, ich hätte bessere Nachrichten für Dich, könnte Dir ein wirksames Mittelchen oder einen Trank empfehlen, der Rilke heilen kann. Was Du schilderst, erinnert mich an den Schriftsteller Garschin. Ihn quälten Schwermut und Melancholie, Schlaf- und Appetitlosigkeit, Reizbarkeit und Weinkrämpfe, erst nur von Zeit zu Zeit und dann immer häufiger in kürzeren Abständen. Es gipfelte darin, dass Garschin sich in seiner St. Petersburger Wohnung in den Treppenschacht stürzte und fünf Tage später starb. Erinnerst Du Dich daran?

Ich mag mich irren, liebe Lou. Aber was Du schreibst, lässt mich das Schlimmste befürchten. Dein junger Freund hat keine stabile Persönlichkeit. Gib bitte auf Dich acht, lass Dich nicht mit hinunterreißen in den Abgrund. Du weißt, dass ich immer für Dich da bin und immer für Dich da sein werde. Schreib mir, jederzeit.

Dein Zemek

P. S. Ich glaube zwar nicht, dass es einen durchschlagenden Erfolg zeigen wird, aber Du könntest ihm Johanniskraut (Hypericum perforatum) verabreichen. Ein Sud aus Knospen und Blüten soll eine beruhigende Wirkung haben.

Lou ließ den Brief sinken. Sie hatte bessere Nachrichten erhofft. Garschin, gute Güte! Sie hatte von dem Fall gehört, ihre Mutter hatte ihr davon geschrieben, weil es in St. Petersburgs Salons lange ein Thema gewesen war. Sie barg ihr Gesicht in den Händen. So saß sie eine Weile hinten in der Kirchenbank, versuchte, den Gedankensturm in ihrem Kopf zu beherrschen und einen Weg zu finden, den sie weitergehen konnte. Mit Rainer.

Wieder nahmen sie sich Zeit, die Kirchen im Kreml aufs Neue zu bewundern, und auch einige Galerien und Gemälde besuchten sie, für die sie vor ihrer Abreise keine Zeit gefunden hatten.

Und dann stand ein Höhepunkt an, auf den sie sich schon gefreut hatten, vor allem Rainer. Sie fuhren Droshshin besuchen, den Bauerndichter, dessen Buch ihm das Schillchen im Januar geschickt hatte. Rainer hatte die Gedichte übersetzt, so gut er es gekonnt hatte, zwei davon sogar ans *Prager Tagblatt* verkauft, und war dabei ein Bewunderer geworden. Er, Droshshin, war ja wohl der lebende Beweis für ihre These, dass sich die Kunst aus dem Einfachen entwickelt. Dass der Bauer, der russische Bauer im Speziellen mit seinem einfachen Gemüt, seiner klaren, gottesfürchtigen Art, der Urgrund der Menschheit, des Sinns und der Kunst sein musste.

Sie fuhren mit einem *Tarantas*, einer Pferdekutsche, hinaus nach Nisowka, dem kleinen Dorf an der Wolga, in dem Droshshin seinen Hof hatte. Auf der Fahrt mit dem hölzernen Gefährt wurden sie so durchgeschüttelt, dass sie sich fortwährend auf die Zunge bissen. Doch als sie da waren, wussten sie sofort, dass sich die Fahrt gelohnt hatte. Der Fluss war hier schmal und still, nicht wie die Naturgewalt eines Flusses, die sie im Osten erlebt hatten. Das Haus der Droshshins, ihre *Isba*, ähnelte denen, die sie schon gesehen hatten, schmale Zimmerchen mit den Tieren als Nachbarn.

Zunächst nahm sie Droshshins Frau in Empfang, weil ihr Mann beim Heuen war, woran er große Freude hatte, weil es, wie sie sagte, seinen Appetit weckte.

Sie arbeitete selbst eigentlich Tag und Nacht zu dieser Zeit, erzählte sie, und für Lou war der Klang ihrer einfachen Worte, als sie von ihren Tagen berichtete, fast schöner als die Gedichte ihres Mannes.

»Ich stehe auf, bevor es hell wird, und gehe erst schlafen, wenn es wieder dunkel ist. Die Müdigkeit vertreibt mir dabei allen Hunger, und oft kommt es vor, dass ich übers Arbeiten das Trinken vergesse und dann Moorwasser trinke, wenn mich das rasende Gefühl daran erinnert. Beim Heuen kratzt die trockene Luft in der Kehle.«

»Ist sie nicht wunderbar in ihrer Schlichtheit und Kraft?«, sagte Rainer ehrfürchtig auf Deutsch zu Lou. »Diese Heiterkeit bei all der schweren Arbeit. Kaum von dieser Welt ...«

Lou nickte ihm zu und sagte zu Droshshins Frau, wie sehr sie die Sauberkeit und Funktionalität ihres Hofs bewundere. »Das ist ganz anders als das, was man sich vorstellt, wenn man die Moskauer über die Bauern reden hört.«

»Das, was die reden, entspringt doch mehr ihrer Phantasie als der Wirklichkeit«, sagte der Dichter selbst, der soeben durch die Tür trat. Er hatte ein weites Bauernhemd an, schmale Hosen und war noch erhitzt von der Arbeit. »Aber, meine lieben Gäste, wollen wir nicht einen kleinen Besuch machen und meine Frau ihre Arbeit erledigen lassen?«

Droshshin führte sie ein paar Häuser weiter zu seiner Mutter. Dort staunten Lou und Rainer. Als sie die Frau von hinten sahen, meinten sie zuerst, dass da ein junges Mädchen stehen müsse. Da drehte sie sich um, und sie stellten fest, dass die siebzigjährige Bäuerin keinen Tag älter als Mitte fünfzig aussah. Ihr Haar war ungebleicht immer noch blond, sie hatte alle Zähne im Mund, und die Wangen zeigten lustige Grübchen, wenn sie lachte. Sie begrüßte die Gäste ihres Sohnes überschwänglich, fast pathetisch lieb. »Herein, herein, kommen Sie bitte, möchten Sie essen? Aber etwas trinken, nicht wahr?«

Lou kam sie vor wie eine etwas hübschere Version der Makarowa. Sie nahmen das Angebot lächelnd an und tranken Tee mit der alten Bäuerin, die ebenso bereitwillig erzählte wie ihre Schwiegertochter.

»Zwölf Kinder hab ich geboren, zwölf waren es einmal, nur zwei Söhne sind mir geblieben. Unser lieber Droshshin bleibt hier, aber sein Bruder geht in den Krieg in die Mandschurei.«

Nach einer Weile bedankten sie sich und spazierten ein wenig durch das Dorf. Es war ein Dorf ohne Kirche, tief im Land, umgeben von Wald und Wasser. Sie übernachteten bei Droshshin, der sie am nächsten Tag mit in den Wald nahm. Das Wetter war herrlich, das war auch gut so, denn der Wald war stellenweise sumpfig. Vor einiger Zeit hatte ein Sturm darin gewütet und mehrere Bäume umgerissen. Droshshin würde nach der Ernte daran arbeiten, das Holz aus dem Wald zu bringen.

Am Abend saßen sie zu zweit am Wolgastrand, der sich anfühlte wie das Meer.

»Wäre es nicht schön, wenn wir für immer hierbleiben könnten, Lou? Nur du und ich an diesem herrlichen Ort?« Rainer war ganz versunken in die Umgebung.

»Ja, hier müsste man leben«, antwortete Lou, »aber ich könnte es doch nicht, ohne Heimweh nach der großen Wolga zu haben, mit ihren hohen Ufern, den mächtigen Wäldern und Steppen.«

In der Ferne hörten sie Pferdegewieher, sicher kehrte ein Ausreißer zur Herde zurück. Und weit weg sahen sie ein Feuer lodern, das von Hirten für die Nacht entfacht worden war. Ansonsten war es ganz still und stumm, so feierlich, wie sie das russische Dorf kennen- und lieben gelernt hatten. Die Menschen hier redeten nicht viel, dafür beteten sie umso mehr, was wohl einer der Gründe war, warum man im Gespräch mit ihnen, so wenig sie auch gebildet sein mochten, gleich bei den ganz großen Fragen anlangte. Lou hatte die Erfahrung gemacht, dass es schon nach wenigen Sätzen stets um Dinge wie Gott, den Tod, die Ewigkeit oder das Erwachen allen Lebens im Frühling ging. In Deutschland empfand sie die kleinen Leute meist als gebildeter als die russischen Bauern auf dem Land, aber deren Interesse streifte kaum einmal solch tiefgründige Themen, wie sie hier ständig präsent zu sein schienen.

Lou liebte auch das äußere Erscheinungsbild des Dorfes. Die Hütten standen wie geschnitzt auf einer weiten Rasenfläche, ein grüner Teppich, auf dem sich alles abspielte, was im Dorf passierte. Dabei ließ die weite Landschaft die Häuschen noch winziger wirken. Der Stallhof war strohgedeckt, was in der Sonne wie ein goldener Baldachin über den Tieren wirkte und sie an den Stall in Bethlehem denken ließ. In den Zimmerchen links und rechts davon schliefen Lou und Rainer, im Hauptraum die Frau und die Töchter, in einer improvisierten Wiege das Enkelchen. Im Stall gab es eine Waschtoilette, in der ein Tontopf mit zwei Löchern an einem Seil hing. Wenn man den Topf neigte, floss das Wasser heraus. Und jeden Sonnabend ergänzten die braven Leute das mit einem Gang in die *Banja*, die selbst im ärmsten Dorf Platz hatte.

Den nächsten Tag machten sie sich auf, um einen Besuch bei einem Gutsbesitzer zu machen, mit Namen Nikolai Alexejewitsch Tolstoi, dessen Gut Nowinki in der Nähe lag. Lou fand es dort so entzückend, dass sie das Angebot, dort ein paar Tage zu übernachten, annahm.

Dieser edle und vornehme Mann Tolstoi ließ sie allerdings Droshshin in einem etwas anderen Licht sehen, was sie Rainer gestand, als sie des Nachts in der Kutsche auf dem Weg nach Weliki Nowgorod saßen, ihrer letzten Station vor St. Petersburg. Der Bauerndichter kam ihr im Vergleich zu ihm doch ein wenig gekünstelt und unecht vor.

Rainer schien mit ihrer Beurteilung nicht zufrieden zu sein, aber er sagte nichts dazu, sondern schloss die Augen.

Lou tat es ihm gleich. In einigen Stunden würden sie in Weliki Nowgorod ankommen und die letzte gemeinsame Nacht zusammen auf dem Land in Russland verbringen, bevor sie endlich wieder in ihr St. Petersburg kamen. Und dort konnte sie weitersehen.

KAPITEL 59

St. Petersburg, 27. Juli 1900

Das letzte Stück von Nowgorod nach St. Petersburg konnten sie mit der Bahn fahren. Die Fahrt dauerte nicht lange, nur einen halben Tag, aber Lou kam es endlos vor. Rainer hatte versucht zu arbeiten. Er hatte ein, zwei Gedichte aufs Papier geworfen, doch das hatte ihn wieder in einen Anfall geführt.

Lou hielt ihn fest neben sich auf ihrem Platz im Abteil, ignorierte die Blicke und abfälligen Bemerkungen ihrer Mitreisenden und wiegte ihn sacht, bis der schlimmste Heulkrampf überstanden war. Danach gab sie ihm ihr Taschentuch, damit er seine Tränen trocknen konnte, und streichelte über sein Haar.

Und schließlich schlief Rainer vor Erschöpfung ein. Friedlich saß er da. Als wäre er nicht in ständiger Gefahr, beim nächsten Anfall seinen Verstand ganz zu verlieren. Lou befreite sich vorsichtig aus seiner Umarmung. Sie wusste nicht, was sie tun oder wie sie ihm helfen sollte, wohin diese Anfälle noch führen sollten. Nicht einmal Zemek hatte einen Rat für sie. Konnte sie Rainer überhaupt helfen? Und wollte sie das? Es war doch nicht ihre Aufgabe. Als seine Geliebte, ja seine Muse, war sie mit ihm glücklich. Sie konnte ihm zeigen, wie er seine Gedichte weiterentwickeln und in wirklich einzigartige Kunst verwandeln konnte, konnte ihn lieben. Aber wie sollte sie ihm in dieser Krise beistehen?

Sie wusste nicht, was zu tun war, wusste nur, dass sie diese Reise gemacht hatte, um ihre Heimat zu finden, ihrer Kindheit wiederzubegegnen, und das hatte sie getan. Sie war tief ins Land und tief in ihre Erinnerung gereist. Hatte russische Bauern, russische Gutsleute, russische Landschaft, die Wolga in all ihrer mächtigen Pracht gesehen, hatte sich erfüllt gefühlt, während Rainer neben ihr immer leerer geworden war. Die ganz gleichen Bilder, Landschaften und Begegnungen, die für sie bereichernd, inspirierend und überwältigend schön gewesen waren, hatten Rainer zurückgeworfen auf sich selbst, hatten ihn kleiner werden lassen statt größer. Was war nur mit ihm geschehen? Wie hätte sie das erwarten, damit umgehen sollen? Sie fühlte eine unendliche Traurigkeit in sich. Sie war so voll von Russland, wie sie zuvor voll von Rainer gewesen war. Er aber hatte sie durch seine Reise in sich selbst irgendwie ausgeschlossen. Sie waren zusammen durch ihr Heimatland gereist, doch nur scheinbar auf dem gleichen Weg. Auf einmal verstand Lou, dass ihre Reise sie zu ihren Wurzeln und zur Seele des wahren, echten Russland geführt hatte, während Rainer offenbar in die entgegengesetzte Richtung gegangen war.

KAPITEL 60

St. Petersburg und Rongas, Finnland
Ende Juli 1900

Als Rainer ihr mit weinerlicher Stimme vorwarf, Lou würde ihn in der Fremde ganz allein lassen, ihn verlassen, schon wieder, da machte er eigentlich alles nur noch schlimmer.

Während der letzten Nacht hatte sich in ihr das Gefühl manifestiert, unbedingt Abstand zwischen ihn und sich bringen zu müssen. Was Lou empfand, glich einer Panik, einer fast überlebenswichtigen Reaktion auf das Gefühl einer unmittelbaren Bedrohung. Seine Gegenwart schnürte ihr die Luft zum Atmen ab, nahm ihr die Freiheit, so zu entscheiden, wie sie es gewohnt war, die Freiheit, um die sie doch stets mit sich und der Welt gerungen hatte.

Sie verschloss die Ohren vor seinem Gejammer, ließ ihn in der Pension in St. Petersburg, die sie eben gerade erst bezogen hatten, zurück und machte sich mit ihrer Reisetasche auf den Weg zum Bahnhof.

Schon seit sie die Reise begonnen hatten, hatte Lou mit dem Gedanken gespielt, ihre Familie zu besuchen, die sich auf dem Sommergut des Bruders in Rongas aufhielt. Aus irgendeinem Grund hatte sie Rainer nichts davon gesagt, und nun war es ihr nur recht, dass sie allein fahren konnte. Wollte. Musste. Oh, dieser Junge! Wie hatte sie diese Zweisamkeit, diese Enge mit ihm so lange aushalten können?

Am Bahnhof, sie hatte weniger Zeit für die Strecke gebraucht, als sie gedacht hatte, so schnell war sie gegangen, kaufte sie ein Billett für den Zug in Richtung Helsinki, und schon kurz darauf sank sie in den weich gepolsterten Sitz im Waggon der ersten Klasse.

Lou schloss für einen kurzen Moment die Augen. Rainers Blick tauchte vor ihren Augen auf. Tief verletzt in dem Moment, als sie ihm gesagt hatte, dass sie Abstand brauche, dass sie allein fahren werde, dass er hierbleiben und auf sie warten könne. Und dann tauchte noch ein Bild vor ihren Augen auf. Der kleine René, zehn Jahre gerade, der fassungslos vor seiner Mutter stand, die ihn bisher verhätschelt, als Mädchen behandelt und ihn kaum aus den Augen gelassen hatte. Die ihm gerade unter den strengen Augen des Vaters mitgeteilt hatte, dass er auf eine Militärakademie gehen würde. Weit weg von zu Hause, am nächsten Tag schon.

Lou riss die Augen auf und rieb sich über die Stirn, um das Bild zu verscheuchen. Was sollte das? Sie war doch nicht seine Mutter. Seine Lehrmeisterin vielleicht. Arbeitsgenossin, Freundin, Geliebte. Sie schnaubte, dann hielt sie sich schnell die Hand vor den Mund und tat unter den tadelnden Blicken der Mitreisenden so, als ob sie geniest hätte.

In ihrem Kopf brodelte es, alles drehte sich. Alles war voller Rainer. Sie musste wieder klar werden, brauchte Abstand zu ihm – und zu sich, zu der Frau, die sie an seiner Seite war.

Lou schloss die Augen.

Am Bahnhof erwartete sie niemand.

Was nicht weiter verwunderlich war, ihr Entschluss, sofort aufzubrechen, hatte es unmöglich gemacht, dass eine Nachricht an Sascha und ihre Mutter vor ihr auf dem Gut eingetroffen wäre.

Lou überredete also einen Mann, einen Händler, der gerade dabei war, schwere Kisten mit Korn auf seinen Wagen zu hieven, einen kleinen Umweg zu machen und sie ein Stück näher an ihr Ziel zu bringen. An der Abzweigung zum Gut ließ sie ihn sein Pferd zügeln und kletterte vom Kutschbock. Sie stand in einem lichten Wald von Hängebirken, und hätte sie nicht ihre Tasche zu tragen gehabt, wäre es ein wunderbarer Spaziergang gewesen.

Als sie die Auffahrt zum Gut hinauflief, wurde sie natürlich sofort von den Kindern, ihren Nichten und Neffen, auch Roba war mit seiner Familie zu Besuch, entdeckt, die sie mit großem Hallo begrüßten.

Louise, Lous Mutter, trat neugierig aus dem Haus und riss, als sie Lou erblickte, überrascht die Hände an den Mund. Lou befreite sich von den vielen Kinderhänden, trat auf Mama zu und küsste sie auf beide Wangen.

»Kind! Was tust du denn hier? So eine Freude!«

Lou lächelte. Mama war so wunderbar, und sie kostete die Freude über das Wiedersehen aus. Was immer Lou in der Vergangenheit getan hatte, wie sehr sie auch die Grenzen der Konvention strapaziert hatte, welche Eskapaden sie auch begangen hatte, Mama hatte immer zu ihr gestanden, auch wenn sie oft lange hatte diskutieren müssen. Und auch jetzt fragte sie nicht weiter, was ihre einzige Tochter dazu angetrieben hatte, so plötzlich aufzutauchen, dazu noch allein, sondern hakte sich bei ihr ein und führte sie ins Haus, wo auch die Brüder und Schwägerinnen sie voller Herzlichkeit begrüßten.

Mama ließ ein Zimmer herrichten, und dann war es, als sei Lou wie eine verlorene Tochter nach langer Zeit endlich in den Schoß der Familie zurückgekehrt.

Lou blieb einige Wochen in Rongas.

Sie genoss lange warme Tage, streifte mit ihren beiden kleinen Nichten durch hohe Wiesen mit Margeriten und flocht kleine Blumenkränze, die die Mädchen als Kronen trugen, die Häupter erhoben, die kleinen Stupsnasen in die Luft gereckt, hochwohlgeboren. Bis das Glitzern in ihren Augen sich in einem gewaltigen Kichern Bahn brach und sie sich vor Lachen ausschütteten und über die Wiese kullerten.

Wie diese beiden kleinen Mädchen, erst fünf und sechs Jahre alt, die langen Sommertage genossen! Fröhlich, frei und verbunden mit der Umgebung. Sie schienen wirkliche Heimat zu spüren, die Verbundenheit zu besitzen, die Lou gesucht hatte.

Oft sammelten sie zu dritt Blaubeeren in den lichten Wäldern aus Kiefern und Hängebirken, wobei sie an diesem Tag bis ans Ufer des Sees gelangten. Lou stellte den Korb mit den Blaubeeren ab und ließ die Mädchen im seichten Wasser mit ein paar Steinen spielen. Sie setzte sich auf einen großen Stein, der von der Sonne aufgeheizt war, und sah aufs Wasser hinaus. Ein paar Meter entfernt auf dem See schwamm ein Singschwan. Sein Gefieder strahlte im hellen Licht und das Gelb-Schwarz seines Schnabels wirkte wie eine Warnung. Er reckte den Hals und beäugte die Gäste am Ufer misstrauisch. Lou sah sich um und entdeckte in einiger Entfernung zwischen Schilfhalmen seine Partnerin mit dem gemeinsamen Nachwuchs.

Vier gräuliche, unbeholfen wirkende Vögel, denen die Eleganz der Eltern noch fehlte. Kein Wunder, dass der Schwan so wachsam war.

Viele Jahre waren schon vergangen, seit Lous Vater nicht mehr lebte, doch in diesem Moment vermisste sie ihn schmerzlicher als je zuvor. Konnte sie ihn nicht erst nun, heute, nach allem, was sie erlebt und gelernt hatte, wirklich verstehen und war ihm noch inniger verbunden als bislang?

Die Sonne wärmte Lous Glieder, und die Erinnerung an eine Umarmung ihres Vaters zog herauf. Dieses Gefühl von Sicherheit und Zärtlichkeit, das er ihr vermittelt hatte. Es war so stark, so anhaltend, dass sie sich selbst dann warm und geborgen gefühlt hatte, wenn sie, wie so oft, einsam Gedanken nachhing, die sie mit niemandem teilen konnte. Seit sie ein Kind war, hatte sie immer innerlich erzählt und gedichtet. Schnell hatte sie gemerkt, dass sie damit anders war, sich mit ihrer Art und ihrem Wesen von den anderen Kindern unterschied.

Obwohl Lous Mutter ihre Lebensaufgabe, ja, die aller Frauen, darin sah, dem Mann, den sie sehr liebte, das Leben zu verschönern, hatte sie keinen rechten Erfolg damit gehabt, ihre Tochter in diesem Sinne zu erziehen. Sie hatte darum stets mit Lou gerungen, wohingegen der alte General seine kluge, willensstarke Tochter schlicht vergötterte. Und ihr erlaubte, worauf Lou so bitter beharrte, nämlich in der Oberstufe die Schule nicht mehr zu besuchen und endlich nur noch das lernen zu können, was sie wollte und was sie interessierte: Latein und Griechisch, Mathematik und Französisch. Nur um eines kam sie nicht herum: Vom Konfirmandenunterricht der deutsch-reformierten Kirche konnte der Gründer der deutsch-reformierten Kirche in Russland seine Tochter kaum freistellen.

KAPITEL 61

St. Petersburg, April 1878
Zweiundzwanzig Jahre zuvor

Und das sollte ein Lehrer sein? Ljola stürmte aus dem Schulzimmer, ließ Hermann Dalton darin sitzen und musste sich zurückhalten, um nicht wütend zu schnauben, eine Geste, die sie sich nicht zugestand, für den Fall, dass ihre Mutter in der Nähe wäre. Oder der General. Schließlich war er der einzige Grund, warum sie diesen Menschen überhaupt ertrug, der allen Ernstes versuchte, ihr die Existenz, Macht und Güte Gottes zu beweisen. Hätte Gott das für nötig gehalten? Sie selbst glaubte höchstens noch an einen beschützenden, behütenden und gütigen Gott, wie sie von ihm als Kind gehört hatte, doch es mochte sein, dass ein solcher nicht existierte. Und wenn er es doch tat, wenn es einen Gott gab, dann sicher nicht so, wie dieser Dalton ihn sich vorstellte! Als Pedanten, der Kleinigkeiten zählte! Das konnte nicht sein, und wie sollte sie als verstehender, sehender Mensch an so etwas glauben?

Es gäbe keinen Ort, an dem Gott nicht wäre, hatte Dalton gesagt, was das Fass zum Überlaufen gebracht hatte.

Natürlich, die Hölle! Das hatte sie ihm entgegengeschmettert. Doch statt die Logik ihrer Antwort zu sehen, hatte dieser Mann ihr erklärt, sie sei wohl noch nicht auf dem richtigen Weg und bräuchte daher ein weiteres Jahr seines Unterrichts. Ein weiteres Jahr! Pah!

Es gab nur eine Lösung – sie konnte nicht konfirmiert werden, im Gegenteil, sie musste aus der Kirche sogar austreten. Ljola stürmte die Treppen hinauf nach oben ins Dachgeschoss, wo sie sich ganz oben auf dem Treppenabsatz niederließ, ein Versteck, in dem sie nachdenken konnte. Sie ließ den Kopf hängen. Aus dieser Kirche austreten, ja, das wäre die einzige ehrliche Lösung. Und doch kam es nicht infrage. Seit einigen Wochen lag ihr Vater krank im Bett, mit seiner Gesundheit stand es nicht zum Besten. Die Nachricht, dass seine einzige Tochter beschlossen hatte, aus der von ihm gegründeten Kirche auszutreten, wäre ihm nicht wohl bekommen. Das war sicher. Und sosehr es für Ljola wichtig war, ihrer eigenen Wahrheit zu folgen, so sehr liebte sie ihren Vater.

Die Konsequenz lag auf der Hand. Sie musste die Wahrheit selbst herausfinden, der Sache auf den Grund gehen. Lernen, wo, wie und was Gott wirklich war. Und dabei ein weiteres Jahr diesen Dalton ertragen, wenigstens solange ihr Vater lebte und atmete.

Der Zufall kam Ljola zu Hilfe. Ihre Cousine Emma berichtete ihr von einem Prediger, der seit Kurzem in St. Petersburg arbeitete. Hendrik Gillot hatte sich in kürzester Zeit den Ruf als berühmtester Redner der Stadt erarbeitet. Emma erzählte, dass er als Beistand für die niederländischen Seeleute nach Petersburg geschickt worden war, keine feste Gemeinde hatte und meist auf Deutsch predigte.

Und nachdem Ljola den großen blonden Mann zum ersten Mal hatte predigen hören, stand ihr Entschluss fest. Sie würde zwei Fliegen mit einer Klappe schlagen und einerseits den verhassten

Dalton loswerden, ohne den Vater zu enttäuschen, andererseits einen Geistlichen als Lehrer bekommen, der der Auffassung war, dass Gott eine Geschichte habe, was bedeutete, dass er zumindest zu Teilen von Menschen erschaffen worden war, selbst wenn er sie zuerst erschaffen haben sollte. Und die Religion als Gottes Verehrung hatte natürlich erst recht eine Geschichte. Ljolas Interesse war geweckt.

Im Februar 1879 starb schließlich Ljolas Vater, woraufhin sie ihrer Mutter mitteilte, dass sie sich von Hermann Dalton unter keinen Umständen konfirmieren lassen würde. Die folgende Auseinandersetzung mit ihrer Mutter war wohl die lauteste und schwierigste in ihrem Leben. Doch Ljola hatte nicht vor nachzugeben. Sie sah es als Zeichen ihres guten Willens, als sie dann endlich an Hendrik Gillot schrieb und ihm ihr Dilemma schilderte: Ohne blinden Glauben könne sie sich nicht konfirmieren lassen.

Als Ljola dem Prediger zum ersten Mal gegenüberstand, herrschte für einen langen Moment Schweigen. Dann öffnete Gillot die Arme in einer einladenden Geste und sagte: »Kommst du zu mir?«

Ljola machte einen Schritt auf ihn zu, dann ergriff er ihre Hände, die wie zum Gebet aneinandergepresst waren. Sie sah ihn an, in seine blauen Augen, die auf sie so offen und wissend wirkten.

»Wie heißt du, mein Kind?«, fragte Gillot.

»Ljola«, antwortete sie und lächelte, als sie seinen verwirrten Gesichtsausdruck sah.

»Lola«, sagte er, und man hörte den niederländischen Akzent, der ihm den russischen Kosenamen nicht zu erlauben schien.

»Nein, nicht Lola, Ljola«, versuchte Ljola zu erklären.

Gillot sah sie zweifelnd an. »Ich glaube nicht, dass ich das aussprechen kann. Ist das dein Taufname?«

Ljola zögerte. »Nein. Mein Taufname ist Louise. Aber ich möchte so nicht genannt werden.« Ihr Ton war bestimmt. Ganz sicher würde sie sich nicht mit dem Namen ihrer Mutter ansprechen lassen.

»Nun, dann müssen wir eine andere Lösung finden.« Gillot lächelte. »Wie wäre es mit: Lou?«

»Lou«, wiederholte Ljola, aus der in diesem Augenblick Lou geworden war.

KAPITEL 62

RONGAS, AUGUST 1900

Ihre Gottessuche hatte mit Gillot begonnen, der schon früh erkannt hatte, dass ihr Weg zu Gott nur über die Theorie führen konnte, niemals über einen blinden, alles hinnehmenden Glauben. Er hatte sie schließlich konfirmiert, weil die Universität in Zürich sie ohne dieses Siegel nicht als Studentin akzeptiert hätte. Gillot hatte auch ihre Trauung mit Carl durchgeführt. Und als sie mit Frieda in St. Petersburg gewesen war, 1895 zuletzt, hatten sie seine Predigt gehört und ihm einen Besuch abgestattet. Dann war Rainer in ihr Leben getreten, und an Gillot hatte sie nicht mehr gedacht, bis heute.

Indes schrieb ihr Rainer, natürlich. Wie immer, wenn sie getrennt waren, erklärte er ihr, dass er ohne sie nicht sein könne. Aus jeder Zeile dieses Briefs sprach Verzweiflung. Doch diesmal ging er noch weiter, schrieb, dass er ein Verlassener, Unglücklicher, Gottloser sei und so nicht mehr weiterleben wolle.

Sie sandte ihm einen Brief zurück, schließlich zwang er sie praktisch dazu, schilderte, was sie tat, wie sie in Finnland ihre Zeit verbrachte. Sie berichtete ihm, dass wenn sie auf der Terrasse des Gutes saß und las, immer wieder drei junge Eichhörnchen zu ihr kamen, ganz zutraulich. Sie schrieb von schönen Dingen, weil er Schönes lesen und sich von seinen dunklen Gedanken ablenken sollte. Immer noch wollte sie, dass es ihm gut gehe, dass er nicht zu leiden habe.

Was sie nicht erwartet hatte, war, wie überschwänglich seine Antwort war. Sie hatte ihm einen Finger gereicht, schien es. Er war begeistert von jeder Kleinigkeit, die sie aus Rongas beschrieben hatte. Er machte sich Sorgen um das Wohlergehen der drei Eichhörnchen. Fragte nach den Mädchen, nach den Schwänen und nach den Hängebirken.

Lou legte den Brief zur Seite. Sie wusste, dass ihr nicht mehr viel Zeit blieb. Unruhe überkam sie, und wieder fühlte sie die Verantwortung für Rainer auf sich lasten, die sie fast erdrückt hätte, bevor sie vor ihr geflohen war. Sie musste zurück und Rainer aus seinem St. Petersburger Gefängnis befreien.

Und dann würde sie eine Entscheidung treffen.

KAPITEL 63

St. Petersburg, August 1900

Lou war undamenhaft braun gebrannt, dafür umso erholter, als sie wieder in St. Petersburg eintraf und Rainer in seinem Zimmer in der Pension traf, in die sie ihn eingemietet hatte. Er hingegen sah aus wie vor fast vier Wochen, als sie ihn allein gelassen hatte – blass, hilflos und ein wenig verloren.

Er zog sie in seine Arme, hielt sie fest, und dann standen sie eine Weile einfach so da. Still und eng umschlungen.

»Lou, meine liebe Lou. Ich habe so auf dich gewartet. Und nun plagt mich fast ein schlechtes Gewissen. Was werden die Eichhörnchen dort in Rongas tun ohne dich? Werden sie den Sommer überleben?«

»Die Eichhörnchen? Ach, Lieber. Mach dir um die Tierchen keine Sorgen. Die Kinder werden ihnen Körner und Nüsse hinlegen.« Wirklich? Warum fragte er nach diesen Tieren? Wollte er die Bestätigung, dass er ihr wichtiger war als ein paar kleine Eichhörnchen? In welchem Geisteszustand war er nur?

»Ich bin jetzt hier«, sagte sie also.

Rainer atmete aus, als sei er erleichtert. Er küsste ihren Nacken und hielt sie noch fester im Arm.

Lou spürte in sich hinein, konnte sie denn wirklich keinen kleinen Rest der Gefühle, die sie so lange für ihn gehegt hatte, mehr in sich finden? Doch alles, was sie in sich fühlte, war Taubheit. Wo war die Leidenschaft für ihn geblieben, die Euphorie, wenn sie im Gespräch mit ihm gemerkt hatte, dass sich ihr neue Türen öffneten? Stattdessen war da höchstens noch mütterliche Sorge. Und je genauer sie ihn betrachtete, desto mehr wurde ihr bewusst, wie schlecht Rainer aussah. Er schien das Zimmer in den letzten vier Wochen kaum verlassen zu haben, an seinen Fingern prangten Tintenkleckse, ebenso auf seinem Hemd. Wann hatte er das zuletzt gewechselt? Seine Haare hingen ihm wirr in die Stirn, sein Bart war zu lang.

Das Zimmer war auch in keinem guten Zustand. Überall lag Papier herum, zerknüllt auf dem Boden, auf dem Schreibtisch, unter dem Bett und sogar auf dem Schrank. Er musste ihren Blick bemerkt haben, denn nun sagte er in entschuldigendem Ton: »Ich habe geschrieben.«

Lou fühlte Wärme in sich aufsteigen. Das war es doch, was sie verbunden hatte, vielleicht noch verband. Der Versuch, das Bestreben, die Welt im Schreiben zu enträtseln.

»Was hast du geschrieben, Liebster?«

Ein Licht erschien in Rainers Gesicht, ein Blitzen in den Augen, dann ließ er sie los und stürzte zum Schreibtisch. Hektisch suchte er dort zwischen all den Papieren und Notizbüchern und Tintenfässern, fand dann wohl, was er gesucht hatte, riss die Blätter an sich und kam zu Lou. Er zog sie zu sich und bedeutete ihr, sich aufs Bett zu setzen. Dann trug er vor, wirre Gedichte, denen ein Ziel zu fehlen schien. Ein Text über St. Petersburg, der ebenso einer klaren Linie entbehrte.

Sein Vortrag ließ sie ratlos zurück. Lou nickte langsam. Was sollte sie sagen? Sie musste etwas sagen, das wusste sie. Er brauchte das, er brauchte eine Bestätigung, Unterstützung. Er brauchte sie. »Es gefällt mir. Wir können im Zug daran arbeiten.«

Mehr konnte sie nicht sagen, aber es schien zu genügen.

Sie befahl Rainer, sich ordentlich anzuziehen, und räumte in der Zwischenzeit die schlimmste Unordnung im Zimmer auf. Dann packten sie gemeinsam Rainers Koffer und brachen schließlich zum Bahnhof auf, wo Lou ihr Gepäck hatte aufbewahren lassen.

Und tatsächlich arbeiteten sie im Zug, und es war fast ein bisschen wie früher.

KAPITEL 64

BERLIN, ENDE AUGUST 1900

In Berlin erwartete sie Carl – aber keine Lotte mehr. Lou konnte sich einfach nicht daran gewöhnen, dass kein Hund sie schwanzwedelnd begrüßte, dass kein Hund am Tisch bettelte, eine Unsitte, die allein Carls nachlässiger Erziehung zuzuschreiben war.

Rainer wich ihr nicht von der Seite, seit sie das Haus betreten hatten, seit sie aus dem Zug gestiegen waren, eigentlich seit sie nach Petersburg zurückgekehrt war. Offensichtlich begriff er einfach nicht, dass er durch diese Enge, dieses Sich-an-sie-Klammern ihren Drang nach Freiheit, nach Alleinsein, nach Trennung von ihm immer mehr verstärkte. Doch sie hatte auf ihn eingeredet, ihn gebeten, ihr Zeit zu geben und vor allem Raum, und es war, als hätte sie gegen die Wand gesprochen. Keine Freiheit, keine Unabhängigkeit, nichts ließ er ihr, und so blieb ihr nichts anderes, als immer ärger zu werden, immer energischer zu fordern, was ihr Lebenselixier war.

Sie braute Kaffee in dem Automaten, brachte Carl eine Tasse ins Arbeitszimmer und setzte sich dann mit Rainer an den Küchentisch.

»Rainer, es geht nicht anders, glaube mir, ich wünschte, es wäre nicht so. Aber ich brauche Platz zum Arbeiten, Luft zum Atmen.

Gerade jetzt ist es so weit gekommen, dass wir uns gegenseitig nicht mehr guttun, unsere Arbeit nicht mehr befördern. Wir brauchen Raum für neue Ideen, für neue, andere Menschen um uns herum. Auch du.«

»Willst du mich verlassen? Schickst du mich weg?« Wieder lag ein abgrundtiefer Ausdruck des Grauens in Rainers Gesicht. Sie wollte und konnte diesen Anblick einfach nicht mehr ertragen, nicht mehr bewältigen, was damit verbunden war. »Ich schicke dich weg, ja. Ich verlasse dich nicht, Rainer. Aber ich brauche nun mich, nur mich. Und die Freiheit, allein zu sein. Und du brauchst andere Menschen.«

Rainer sah sie zweifelnd an. »Wo soll ich denn hin?«

Lou stieß die Luft aus. »Besuche Freunde, mein Lieber. Fahre nach München oder zu diesen Leuten, die du in Rom getroffen hast, wie hieß er noch?«

»Vogeler.«

»Ja, genau. Warum reist du nicht zu ihm? Es ist nicht ganz so weit wie München, und die Landluft wird dir guttun. Du bist immer noch so blass.«

Rainer dachte nach. Sie sah, dass er seine Möglichkeiten abwog, und als er den Mund öffnete, um noch einmal zu bitten, warf sie ihm einen strengen Blick zu. Da schloss er die Lippen, nickte und sagte: »Gut, dann werde ich zu Vogeler fahren.«

Noch am gleichen Tag setzte Lou ihn in den Zug und spürte, wie der Druck von ihr genommen wurde.

KAPITEL 65

Worpswede bei Bremen und Berlin,
27. August 1900

Rainer traf noch vor der Ankündigung seines Besuchs im Barkenhoff bei Heinrich Vogeler ein und klopfte an die Tür. Er hielt sich sehr aufrecht, trug in der einen Hand seine Reisetasche mit dem Nötigsten, in der anderen seine Tatarenstiefel, denn ihm war auf dem Weg vom Bahnhof zu heiß geworden.

Die Haushälterin öffnete die Tür, doch statt ihn hereinzubitten, schlug sie sich die Hand vor den Mund und knallte die Tür wieder zu.

Rainer sah an sich hinab. Er musste selbst zugeben, dass er vermutlich etwas ungewöhnlich für den Bremer Landstrich aussah. Er trug seine grüne *Rubaschka*, ein Hemd, wie Tolstoi es gewöhnlich trug und das er lieb gewonnen hatte während der Reise. Um seinen Hals hatte er ein großes Kreuz, auch das hatte er aus Russland. Doch sein Haar war gekämmt, sein Bart gestutzt, er hielt sich eigentlich für ganz passabel und vorzeigbar. Also hob er die Hand und klopfte erneut. Er hörte, dass drinnen gesprochen wurde, diskutiert, die schrille Stimme der Haushälterin erkannte er wieder, dann die dunklere von Vogeler. Und dann öffnete sich die Tür, und Vogeler selbst erschien. Seine Miene war erst streng, dann hellte sie sich auf.

»Rilke! Schön, Sie zu sehen, wir haben Sie nicht erwartet!«

Rainer ignorierte die Spitze in Vogelers Worten und lächelte gewinnend. »Mein lieber Vogeler, ich bin auf Wanderschaft, wie Sie sehen, und hatte gehofft, Sie würden einem Wanderer ein Obdach gewähren.« Das war ein wenig direkt, fast dreist, aber nun stand er schließlich hier, und die Einladung war noch nicht von allein gekommen.

In Vogelers Augen blitzte etwas auf. »Unverhofft kommt oft, sagt man doch. Treten Sie ein, lieber Freund. Wir werden schon ein Plätzchen für Sie finden.«

Und so war es. Rainer wurde im Giebelzimmer einquartiert, dessen Fenster auf den Arbeitshof hinausging. Es war kein Vergleich zum Ausblick, den er in Rom gehabt hatte, aber er hatte ein Dach über dem Kopf, bekam zu essen und konnte an seinen Gedichten arbeiten. Mehr verlangte er im Moment nicht.

~

In Berlin versuchte Lou indes, ihre Gefühle zu verstehen. Sie war verwirrt, immer noch. Die Erinnerung an die Liebe zu Rainer war noch so präsent in ihr, als wäre sie selbst noch da. Aber wenn sie tiefer in sich hineinfühlte, dann war da nichts davon zu finden. Wo war all das hingeraten? Konnten sich Gefühle in Luft auflösen und nur den Schatten ihrer selbst wie eine leere Kuchenform zurücklassen? Sie verstand es nicht. Also schrieb sie darüber.

Ihre Tage waren so angenehm voll von den gewohnten Tätigkeiten, vom Alleinsein mit Carl zusammen. Denn Carl, das war vielleicht das Geheimnis ihrer Ehe, störte sie nie beim Alleinsein, schon lange nicht mehr. Er begnügte sich damit, mit ihr verheiratet zu sein, er fragte nicht nach mehr. Verlangte nur wenig Aufmerksamkeit von ihr und freute sich, wenn er seinen geliebten Kaffee bekam. Und immer wieder, immer mehr fanden sie als Freunde zusammen, besprachen, was wichtig war, was sie bewegte (wobei Lou die Geschichte mit Rainer natürlich ausließ) und woran sie gerade arbeiteten.

Die Tage und einen Teil der Nächte verbrachte Lou nun wieder über ihre Notizbücher gebeugt. Es ließ ihr keine Ruhe, wie sich ihre Gefühle für Rainer verändert hatten. Sie hatte gedacht, dass sie damals in München ihren Seelenverwandten gefunden hätte. Sie hatte eine so innige Verbindung gefühlt wie noch nie zuvor zu irgendeinem Menschen. Warum war das so? Ging es allen Menschen so? Was war mit jenen, die für immer zusammenblieben? Blieb die Liebe da bis zum Schluss? Oder ähnelten diese Paare ihr und Carl?

Innerhalb der Beziehungen der Menschen, die Gefühle beinhalten, schrieb sie, schien sich auf den ersten Blick alles in zwei Gruppen einteilen zu lassen. Auf der einen Seite alles uns Ähnliche, Sympathische und Vertraute und auf der anderen das Feindliche, Fremde. Entweder freute man sich mit dem anderen, wenn es ihm gut ging, und litt mit ihm, wenn es das nicht tat. Oder man reagierte ablehnend, feindlich auf den anderen. Beide Verhaltensweisen prägten sich im Lauf der Menschheitsgeschichte weiter aus, bewirkten Freundschaft oder Feindschaft. Frieden und Krieg.

Doch es gab noch eine dritte Art von Gefühlsbeziehungen, befand Lou, abgesehen von den freundschaftlichen und den feindlichen. Diese dritte hatte ihre Wurzel da, wo sich die beiden ersten Arten von Beziehungen voneinander abtrennten, wenn man sich deren Entstehung wie einen Stammbaum vorstellen wollte. Zu dieser dritten Art gehörten die erotischen Beziehungen.

Dabei trafen zwei sich gegenseitig eigentlich abstoßende Wesen aufeinander, zwischen denen es keine Brücken gab, wie es bei der ersten, sympathischen Art der Fall war.

Und von dem Augenblick an, an dem der Gegenstand der Liebe einem unendlich bekannt und vertraut war, ging der eigentliche Liebesrausch zu Ende. Was früher in hundert kleinsten Dingen entzückt hatte, gab nun Anlass zu Reizbarkeit.

Liebesleidenschaft war von Anfang an nicht in der Lage zu einer wirklich sachlichen Wahrnehmung des anderen, wie es zum Beispiel die Freundschaft konnte. Was die Liebe bewirkte, war eher ein tiefes Eingehen in uns selbst. Liebe war und blieb stets selbstsüchtig, auf den bezogen, der sie fühlte. Aber dieses betrübliche Ende, das der erfahrene Mensch für jeden Verliebten mit wehmütiger Sicherheit voraussehen konnte, kam doch auch daher, dass zu Anfang die Flitter der Liebe zu wichtig genommen wurden, dann aber das Recht der Liebe auf ihr Feiergewand und ihre Feiertagsaufgabe zu gering geschätzt wurden.

Überall, wo Menschen einander liebten, rührte der eine nur ganz leise am anderen und überließ ihn dann doch sich selbst.

Doch der schaffende, der künstlerische Mensch erkannte, dass in allen intensiven, schöpferischen Erfahrungen unseres Lebens Glück und Qual dasselbe waren.

~

Liebste,

ich schreibe Dir aus meinem Aufenthalt im Zwischenland, wo Tage voller Hoffnungslosigkeit, voller Atemnot der Seele die meinen sind.

Dieses unsäglich zusammenhanglose, ratlos vereinsamte, von den Stimmen der Stille abgeschiedene Bewusstsein, das in sich hineinfällt wie in einen leeren Brunnen, wie in die Tiefe eines Teiches mit stehendem Was-

ser und Tieren, die aus Fäulnis geboren werden ... Man will ja, man will gehen, man steht eine Weile, und es kommt so weit, dass man liegt, liegt und glücklich ist, den Kopf so weit zu heben, um die Nahestehenden zu sehen – Menschen und Dinge. (...)

In Liebe, Rainer

Lou legte den Brief zur Seite und atmete tief durch. Was war es nur, was sie fühlte? Mitleid? Sorge um den jungen Freund, den Liebhaber, den Mann, mit dem sie so viel verbunden hatte? Nein. Sie vermisste ihn nicht, verspürte kein Bedürfnis, ihn aus seinem Leid zu befreien. Eher eine Überforderung, den notwendigen Rückzug in sich selbst.

Dann nahm sie den Zeitungsausschnitt noch einmal in die Hand, den Frieda ihr geschickt hatte. Es war nur eine kleine Notiz, die Frieda sorgfältig ausgeschnitten hatte. Nach langjähriger Krankheit war Friedrich Nietzsche am 25. August 1900 in Weimar gestorben.

Zum zweiten Mal in diesem Jahr weinte Lou. Der Freund und Lehrer war zwar längst aus ihrem Leben verschwunden, und sie wusste, dass er die letzten Jahre in einem umnachteten Zustand hatte verbringen müssen. Dennoch trauerte sie um diesen großen Geist, den sie hatte kennenlernen dürfen, und um den Freund, der er einst gewesen war.

KAPITEL 66

LEIPZIG, OKTOBER 1882
Achtzehn Jahre zuvor

An diesem Abend besuchte die Dreieinigkeit das Theater. Wie lange schon hatte Lou sich solche Tage herbeigesehnt, wie sehr hatte sie es genossen, dass sie gerade jetzt und hier in Leipzig einen Vorgeschmack darauf erlebten, was vielleicht bald in Berlin sein würde.

Sie malte es sich so schön aus, drei Zimmer, ein Salon, in dem man zusammen studierte, eine Dreieinigkeit. Sie würde lernen können, von Paul Rée, vor allem aber von Fritz Nietzsche. Fritz, so nannte ihn seine Schwester Elisabeth, die Lou in Bayreuth kennengelernt hatte. Es war doch kaum zu glauben, dass ein so intelligenter Mann eine solch kleingeistige Schwester haben konnte. Die hatte Lou tatsächlich in aller Öffentlichkeit – allerdings in Abwesenheit des Bruders – vorgeworfen, sie werfe sich Nietzsche an den Hals, hätte gar unlautere Absichten. Dabei hatte gerade Lou solche eben nicht. Sie nahm an, dass Elisabeth einen Anteil daran hatte, dass Nietzsche sich immer noch nicht hatte entschließen können, nach Berlin zu kommen. Stattdessen hatte er Lou und Paul eingeladen, nach Leipzig zu kommen, und sie hatten fest vor, bald einige Tage in Paris zu verbringen.

Doch nicht in Berlin.

Also nahm sie, was sie kriegen konnte, und das war heute Lessings »Nathan« auf der Bühne, was sie nicht so gut gefunden hatte, wie sie gehofft hatte. Paul dagegen war sehr angetan, als sie aus dem Theater traten. Lou wollte auf ihn zugehen, sich bei ihm einhaken und seine Meinung hinterfragen, doch Nietzsche war schneller. Er nahm ihren Arm und legte die andere Hand auf ihre, führte sie dann voraus, so dass Paul zurückbleiben musste.

»Nun, meine Liebe? Wie hat Ihnen unsere abendliche Unterhaltung denn gefallen?«, fragte er und zwinkerte ihr zu.

»Nun ja, das Spiel war ja leider nur mittelmäßig ... wobei ich den Nathan sehr gut fand.« Lou musste ein Husten unterdrücken. Der Grund, warum sie im Sommer mit ihrer Mutter nach Rom gefahren war, war ein elender Bluthusten gewesen. Der hatte sich gebessert, doch Lous Konstitution war weiter anfällig. Der Abend war anstrengender gewesen, als sie gedacht hatte. Nicht nur dieser, die letzten Tage in Leipzig waren nicht einfach gewesen, wenn sie es sich eingestand. Nietzsche war brillant, aber auch nervtötend. Und offenbar eifersüchtig.

Paul trat an sie heran. »Du bist ganz blass, Lou. Lass uns gleich nach Hause fahren.«

Nietzsche neben ihr sah sie kritisch an. Dann nickte er. »Ausnahmsweise möchte ich sagen, dass ich mit unserem kleinen Nachwuchsdenker hier einer Meinung bin. Wir sollten gehen, Ihre Gesundheit ist unser höchstes Gut, Lou.«

Lou stöhnte innerlich. Gerade erst war sie der Obhut ihrer Mutter entronnen, aber doch nicht, um sich der Besorgnis zweier Möchtegern-Ärzte auszusetzen. »Meine Herren. Ich habe gerade einen sehr interessanten Abend im Theater genossen. Ich würde lieber über Nathan reden als über meine höchst uninteressante Gesundheit.«

Paul schien ihr widersprechen zu wollen, aber Nietzsche zeigte ein triumphierendes leises Lächeln. »Sehr wohl. Was sagen Sie denn zu unserem Nathan?« Er zog sie weiter aus dem Theater hinaus auf die Straße und überließ es Paul, eine Droschke zu rufen.

»Sie ziehen mich auf, Herr Nietzsche.« Lou klopfte ihm leicht auf die Finger.

»Durchaus nicht, Fräulein Salomé. Lassen Sie hören.«

»Ich habe den Eindruck gewonnen, als sei es Nathan nicht so sehr darauf angekommen, die Wahrheit zu sagen, als vielmehr auf den Ausspruch, der im jeweiligen Moment am besten passte. Paul, was meinst du?« Lou drehte sich zum Freund um.

»Sie sind streng mit Lessing«, sagte Nietzsche und zog sie wieder ein Stück weiter von Paul weg.

»Man muss es doch sein mit jenen, die dem Publikum nicht die Wahrheit sagen wollen, sondern nur das, was es hören will.«

»Nun …«

»Lassen Sie es mich präzisieren. Vielleicht eine Wahrheit, das mag sein. Aber eine, die eben leicht bekömmlich ist. Die man den Zuschauern unterjubelt mit einem Sahnehäubchen.«

Paul hatte unterdessen eine Droschke gefunden und winkte. Also ließ sich Lou, immer noch an Nietzsches Arm, bis zur Kutsche führen. Dann kletterte sie hinein und ließ sich auf die Bank sinken. Sie war wirklich müde. Aber sie würde den Teufel tun und es zugeben.

Doch als sie zu Hause ankamen, da wehrte sie sich nicht gegen den Vorschlag, nun schlafen zu gehen, zumal Paul und sie am nächsten Tag wieder abreisen wollten.

Sie schlief lang und traumlos und wurde tatsächlich erst davon geweckt, dass ein Mädchen hereinkam und ein Blatt Papier überbrachte.

Wollen wir vor Ihrer Abreise noch ein halbes Stündchen miteinander verbringen? Sagen Sie Ja. Schreiben Sie Ja? Ja!

Lou fragte das Mädchen nach der Uhrzeit und erschrak. Sie hatte nur noch wenig Zeit und musste doch noch einiges packen und für die Reise vorbereiten. Sie stand rasch auf und wusch sich. Für Nietzsche warf sie einige Zeilen der Entschuldigung auf ein Blatt. Sie würden sich ja bald in Paris wiedersehen.

Doch tatsächlich sollte es das letzte Mal gewesen sein, dass Lou, Paul und Nietzsche aufeinandertrafen. Die Reise nach Paris kam nie zustande. Entweder hatte Nietzsche selbst nach diesen Tagen des neuerlichen vergeblichen Werbens um Lou aufgegeben, oder Elisabeth, seine Schwester, hatte sich endlich durchgesetzt. Lou hatte versucht, sich gegen Elisabeth zu behaupten, die immer gegen sie gewettert hatte, vorgeblich, weil sie durch ihr Benehmen Nietzsches gutem Ruf schadete, doch Lou glaubte, dass es pure Eifersucht war, die die Frau dazu angestachelt hatte, einen Keil zwischen die Freunde zu treiben. Es schmerzte, den Freund zu verlieren. Aber wenigstens hatte sie noch Paul.

KAPITEL 67

Schmargendorf, Mitte Oktober 1900

Mit dem Herbst und dem Regen kam auch Rainer zurück nach Berlin.

Plötzlich stand er nachmittags vor der Tür in der Hundekehlestraße, ohne sich vorher angekündigt zu haben.

Lou ließ ihn herein, es regnete so sehr, keinen Hund hätte man da vor die Tür gejagt, wenn man denn einen gehabt hätte. Dann braute sie Kaffee, und als Carl aus seinem Zimmer kam, um seine Tasse aufzufüllen, grüßte er Rainer, als sei der eben erst weggegangen. Dabei sah er tatsächlich ganz verändert aus im Gegensatz zum Spätsommer, als er nach Worpswede gefahren war. Als sie ihn weggeschickt hatte.

Er saß auf der Küchenbank und strahlte regelrecht von innen heraus, so wie er es früher getan hatte, in ihrer ersten Zeit. Lou betrachtete ihn. Wartete auf eine Reaktion in ihrem Inneren, doch da war nichts, nichts Gutes, kein großes Gefühl, schon gar keine Leidenschaft. Stattdessen eher eine intuitive Abwehr und die Sorge, dass er sich wieder an sie kletten könnte. Eng und immerdar. Da war der zarte Mund, den sie so oft geküsst hatte, die hohen Wangen, über die sie in zärtlichen Momenten gestreichelt hatte. Seine schönen Augen mit den langen Wimpern. Sie hatte geglaubt, eine Zeit lang, dass es diese Augen wären, die sie wirklich sehen konnten. Für die sie wirklich war.

Aber das war vorbei. Entschwunden in ein Land, in das sie nicht zurückkehren konnte.

Doch nun war er bei ihr, saß unversehens wieder morgens in ihrer Küche, wie früher. Wie früher unternahmen sie morgendliche Spaziergänge und sprachen, während sie gingen, über seine Arbeit und über ihre. Aber sosehr Lou auch suchte, die Verbindung, die sie einmal gespürt hatte, war nicht mehr da. Wenn sich ihre Blicke trafen, rührte sich nichts mehr in ihrem Inneren, wenn sie sich berührten, kribbelte ihre Haut nicht, wie sie es früher getan hatte.

Einmal, als Carl aus dem Haus gegangen war, um sich ein Buch zu besorgen, auf dessen Erscheinen er schon lange gewartet hatte, schlief Lou sogar mit ihm.

Kaum war die Tür hinter Carl ins Schloss gefallen, stand sie vom Küchentisch auf und zog Rainer mit sich in ihre Schlafkammer. Sie ließ sich auf ihrem Bett nieder und bedeutete Rainer, neben ihr Platz zu nehmen. Seine Augen waren geweitet. Nie zuvor hatten sie Zeit in ihrer Kammer verbracht, hier war schließlich immer Carl in der Nähe, und es bestand die Gefahr, entdeckt zu werden. Lou streichelte über Rainers Wange, den Bart, seine Lippen. Sah in das vertraute Gesicht, bemerkte das Glühen in seinen Augen, auch er berührte sie jetzt, legte die Hand in ihren Nacken, zog sie zu sich heran, und dann fanden sich ihre Lippen. Sie küssten sich, erst zart, dann mehr und fordernder. Dann war da plötzlich zu viel Stoff zwischen ihnen, Lou zog Rainers Hemd hoch, er schob ihren Rock nach oben. Lou spürte eine Erregung in sich, aber sie konnte sie nicht aufsteigen lassen, sie nicht die Oberhand gewinnen lassen, denn neben der Vertrautheit, die ihr Rainers Körper, den sie nun so oft gesehen und gespürt hatte, vermittelte, stand eine neue Fremdheit zwischen ihnen, und es gelang ihr nicht, diese zu überwinden. Rainer streichelte und liebkoste sie, aber erst, als sie die Augen schloss und ein anderes Gesicht vor ihr auftauchte, Zemeks dunkelbraune Augen, die ihr gleichzeitig Sicherheit und unendliches Vergnügen versprachen, da ging ihr Atem schneller. Lou blendete den Dichter aus, ließ den Arzt in ihren Kopf, und dann konnte sie sich endlich fallen lassen.

~

Kurz vor Weihnachten besuchten sie eine Probe von Hauptmanns Stück »Michael Kramer« im Deutschen Theater Berlin. Zwei Tage später sollte die Premiere stattfinden, und so war die gespannte Stimmung auf der Bühne bis in den Zuschauerraum spürbar, in dem Lou und Rainer ganz allein in einer Loge saßen. Hauptmann hatte Lou darum gebeten, eine Rezension über das Stück zu schreiben, die in der *Freien Bühne* erscheinen und hoffentlich viele Besucher ins Theater locken sollte. Lou hatte Rainer gebeten, sie zu begleiten, hatte darauf gehofft, sich mit ihm in spannender Weise über das Stück austauschen zu können. Aber auch der Besuch im Theater holte nicht die Gefühle zurück, die Lou fast vier Jahre zuvor in München gespürt hatte.

Rainer war irgendwie immer da, wie ein Körperteil, wie ein drittes Bein. Auf den ersten Blick konnte man nicht erkennen, warum das Bein nicht dazugehörte, aber allein durch seine Anwesenheit irritierte und störte es im Alltag, selbst wenn es eigentlich ganz normal funktionierte. Wenn es erst seinen Dienst versagte, wurde es richtig schlimm. Dann sah es vielleicht noch so aus, als gehörte das überflüssige Körperteil dazu, aber in Wahrheit hielt es das ganze System auf. Es machte krank, statt zu ergänzen.

Am Nachmittag des Weihnachtstages, kurz bevor Rainer eintreffen und erst mit ihnen essen und dann die Messe besuchen sollte, genoss Lou die feierliche Ruhe, die sich über die Wohnung, ja die ganze Stadt gelegt hatte, und sortierte ihre Unterlagen. Dabei stieß sie auf das Tagebuch, das sie mittlerweile gegen ein neues ausgetauscht hatte, nachdem sie es vollgeschrieben hatte. Gedankenverloren blätterte sie, ließ die Daten und Tage und Ereignisse des vergangenen Jahres an ihrem geistigen Auge vorbeiziehen, mal stahl sich ein Lächeln auf ihr Gesicht, mal ein nachdenklicher Zug. Doch dann erschrak sie. Kurz nach der Rückkehr aus Russland im Sommer hatte sie geschrieben:

Damit R fortginge, ganz fort, wäre ich zu einer Brutalität fähig. (Er muss fort)

Sie erinnerte sich ihrer Gefühle in diesem Moment und wie Rainer tatsächlich gleich darauf nach Worpswede abgereist war. Doch das, was sie eigentlich erschreckte, war die Tatsache, dass diese Gefühle, dieser Abscheu vor ihm und der unbedingte Wille, sich von ihm nicht die Freiheit nehmen zu lassen, noch da waren. Sie war nur davon abgelenkt gewesen, durch Rainers erneute Anwesenheit wurden sie jedoch wieder wach.

Auch Rainer war durch seine Abwesenheit zur Ruhe gekommen, aber sie fühlte, dass es unter diesem brüchigen Deckel rumorte. Sie kannte ihn nur zu gut. Seine Heimsuchungen, seine beständige Furcht, dass sein widerspenstiger Körper die Herrschaft über seinen Geist übernähme, eben dieser Körper ihn zum »Affen des Geistigen« machte, indem er aus dem Nichts heraus die heftigsten physischen Schmerzen produzierte.

Seine Ängste mussten daher rühren, glaubte Lou, dass er abgesehen von seinem Schreiben kaum einen Sinn in seinem Leben fand, ja sich selbst kaum der Existenz für wert befand, wenn er nicht unablässig Poesie produzierte. Als ob er ohne sein Werk gar nicht da wäre. Sie erinnerte sich, wie sehr sie sich gewünscht hatte, mit ihm einfach nur sein zu können, nur Mensch, Liebende, nicht nur Künstler, als sie die Flussfahrt auf der Wolga gemacht hatten. Er hatte es nicht gekonnt.

Ohne seine Gedichte war er nichts. Doch wie konnte sie jemanden lieben, der es nicht selbst tat? Sie hatte es versucht, daran geglaubt und es versucht festzuhalten. Doch es war ihr nicht gelungen.

Lou liebte ihn nicht mehr.

KAPITEL 68

Berlin, Februar 1883
Siebzehn Jahre zuvor

Als Lou an diesem Morgen erwachte, dachte sie darüber nach, was sie bisher in ihrem Leben erreicht hatte. Es war ihr zweiundzwanzigster Geburtstag. Sie hatte eine bessere Schulbildung bekommen als die meisten anderen jungen Frauen ihrer Zeit und sich dabei stets auf das konzentrieren können, was sie interessierte. Sie hatte in Zürich studiert und Nietzsche und Paul kennengelernt. Auch wenn es sich herausgestellt hatte, dass Nietzsche nichts mehr mit ihnen zu tun haben wollte, hatte sie doch immerhin den Plan mit der Lebens- und Lerngemeinschaft in die Tat umgesetzt; aus der Dreieinigkeit war eine Zweieinigkeit geworden. Paul und sie hatten eine kleine Wohnung in Berlin genommen, so, wie sie es sich vorgestellt hatte.

Paul war ein feiner Mensch. Erst gestern hatten sie bis spät zusammen über den Büchern gesessen, sie schrieb ihr Tagebuch, und er arbeitete an seiner Habilitation, und das hatte sie daran erinnert, wie sie, als sie noch ein Kind gewesen war, mit dem liebsten Genja zusammen lateinische Vokabeln gelernt hatte. Vormittags Vokabeln, nachmittags draußen auf Bäume klettern, abends dem Vater vom Tag erzählen. Genja und sie hatten alles zusammen gemacht, er hatte sie die lateinischen Begriffe abgefragt und ihr geholfen, vom Baum auch wieder herunterzusteigen, bis er von zu Hause fortgegangen war, um zu studieren. Fortan war er nur in den Ferien zu Hause gewesen, und sie hatte selten die alte Vertrautheit ganz zurückholen können. Trotzdem war er immer ihr liebster Bruder geblieben.

Und nun mit Paul, diesem wunderbaren Mann, war es, als hätte sie den Genja von früher zurückbekommen. Ein liebevoller, sensibler älterer Bruder, der auf sie aufpasste, immer für sie da war und keine unangenehmen Fragen stellte, weil er sie so sein ließ, wie sie war.

Heute war ihr Geburtstag, und sie würde ihn feiern, würde feiern, dass sie das Leben lebte, das sie sich ausgemalt und gewollt hatte.

Als Lou in der kleinen Küche einen schwarzen Kaffee für das Frühstück zubereitete, kam ein verschlafener Paul aus seinem Zimmer. Seine dunklen Haare standen wild in alle Richtungen ab, die von langen Wimpern umrandeten Augen blinzelten gegen das Morgenlicht.

»Bist du schon lange wach?« Paul kam schnuppernd in die Küche. »Es gibt Kaffee?«

»Ja, denk dir. Es ist früh morgens, und es gibt Kaffee. Kannst du dich denn daran nie gewöhnen?« Lou musste lachen. Dass sie in die Wohnung eingezogen waren, war ja nun schon fast acht Wochen her, langsam konnte sich Paul doch einmal merken, dass sie morgens Kaffee machte.

Paul fuhr sich durch die Haare, was allerdings nicht den Effekt hatte, ihn ordentlicher aussehen zu lassen. »Heute ist etwas anders, das habe ich nicht vergessen.« Er trat auf Lou zu, nahm ihre Hand in seine und sagte mit rauer Stimme: »Heute ist dein Geburtstag, Liebes. Alles Gute.« Er drückte ihr einen scheuen Kuss auf beide Wangen und hielt sie dann einen Moment fest im Arm. Lou hörte, wie er tief einatmete, und meinte, seinen Körper beben zu spüren.

Lachend befreite sie sich aus der Umklammerung. »Genau, Geburtstag. Also, zieh dir etwas an und lass uns den Tag mit Frühstück begrüßen, so, wie es anständige Intellektuelle tun.«

»Tun anständige Intellektuelle das?« Paul sah sie lange an.

»Keine Ahnung, ob sie das tun. Aber wir sollten ohnehin unsere eigenen Regeln aufstellen, findest du nicht?«

Paul drehte sich um, um in sein Zimmer zu gehen, trotzdem hörte sie noch, dass er murmelte: »Es sind deine Regeln, Lou.«

Am Abend besuchten sie ein Restaurant, um etwas zu essen und auf Lous Ehrentag anzustoßen, außerdem auch einige von Pauls Freunden zu treffen. Als sie im Lokal ankamen, saßen dort schon drei Männer. Lou winkte, Paul nickte, und die drei erhoben sich, um Lou mit großem Getöse zu empfangen.

»Ihre Exzellenz beehrt uns!«

»Glückwünsche zu Ihrem Geburtstag!«

»Und die Ehrendame darf nicht fehlen.« Großes Gelächter folgte.

Lou lachte mit, obwohl sie sich dafür verfluchte, erzählt zu haben, dass der Ehrentitel Exzellenz in ihrem Pass stand, weil sie ihn von ihrem Vater, einem russischen General im Dienste des Zaren, geerbt hatte. Das hatte die Herren zwar beeindruckt, aber dann hatte einer haarscharf geschlossen, wenn Lou die Exzellenz sei, müsse Paul wohl ihre Ehrendame sein. Und Lou fand es zwar ganz amüsant, von den Studenten mit ihrem Titel aufgezogen zu werden, doch sie wusste nur zu gut, dass Paul dieser Name einen

Stich versetzte, jedes Mal, wenn er ihn sich anhören musste. Und es gefiel ihr ganz und gar nicht, wie man sich über ihre Beziehung, die nun einmal eine besondere war, lustig machte. Lou wollte nach ihrer Art leben, so, wie es ihr selbst gefiel. Und es war ihr ziemlich egal, was andere davon hielten, seien es Studenten oder Matronen, Professoren oder Fabrikarbeiter. Der Ärger, den sie empfand, kam schlichtweg daher, dass Paul zu leiden hatte. Wäre die Welt wohl jemals bereit, die Vorstellung einer selbstständigen, unabhängigen, ja womöglich sogar überlegenen Frau an der Seite eines Mannes anzuerkennen? Aber heute, heute war nicht der Tag, um darüber zu diskutieren. Heute würden sie feiern.

So lebten sie in Berlin, in der zweieinigen Dreieinigkeit. Lou hatte sich vorgenommen, jede einzelne Sekunde davon auszukosten. Denn auch wenn sie in diesem Zustand am liebsten für immer gelebt hätte, hatte sie in dem Moment, als sie in die Wohnung getreten waren, gespürt, dass ihre Wunschwelt nicht für immer andauern würde. Sie hätte nicht sagen können, warum. Sie hatte in Paul einen wunderbaren Lebenspartner gefunden. Er forschte über die Entstehung des Gewissens, während Lou sich wieder der Religionsphilosophie zugewandt hatte. Sie dachte auch noch oft über ihre Begegnung mit Nietzsche nach. Sie und auch Paul hatten einen Freund und Lehrer verloren. Ob er wohl auch darüber trauerte, dass sie die Dreieinigkeit nicht hatten Wirklichkeit werden lassen können? War Nietzsche einsam? Dann wieder schüttelte sie den Kopf, um die trüben Gedanken zu vertreiben, und besann sich auf das, was sie hatte, nämlich Paul und ihre Freiheit.

So war es für Lou wie im Himmel. Aber sie hörte doch, dass Paul nachts oft an ihrer Zimmertür stand. Dann lag sie mit klopfendem Herzen im Bett und fürchtete sich vor dem Moment, wenn sie Paul abweisen musste. Er war für sie zu einem vierten großen Bruder geworden, und sie wusste nicht, ob sie ihm würde verzeihen können, wenn er ihr klarmachte, dass es sich in Wahrheit anders verhielt. Dann aber hörte sie immer, wie Paul seinen Posten vor ihrer Tür verließ und kurz darauf die Wohnungstür ins Schloss fiel. Sie wusste nicht, was er tat, ob er nur spazieren ging, wie er manchmal sagte, oder etwas anderes vorhatte. Es ging sie nichts an, und sie wollte es auch nicht wissen.

Alles, was sie tat, war, ihn morgens damit aufzuziehen, dass er zu wenig schlief, und ihm dann einen starken Kaffee zu brauen.

KAPITEL 69

BERLIN, SILVESTER 1900

Zu Silvester schrieb Lou in ihr Tagebuch:
Was ich vom kommenden Jahr will und brauche, ist fast nur Stille. Mehr Alleinsein, so, wie es vor vier Jahren gewesen ist. Das wird und muss wieder kommen.

Heute blicke ich nur auf das große Ereignis aus dem Jahr 1900 zurück, auf die Russlandreise. Alle Erinnerungen verschwimmen zu einem Gefühl von Weite, zu etwas Erhabenem ohne Schwere, Zutraulichkeit ohne Enge. Beethoven und Volkslied. Zu etwas wie den Hütten am Wolgastrand im Unbegrenzten zwischen Nord und Süd. Und über viele Jahre, wohin ich auch gerate, so werde ich in irgendeinem Sinn an den Ufern dieses Flusses weitergehen auf der Suche nach Heimat.

In den Tagen nach dem Jahreswechsel stürzte Lou sich in ihre Arbeit, wie eine Besessene arbeitete sie an »Rodinka – meine russische Kindheit«. Diese letzte Russlandreise mit Rainer – was sie fühlte, was sie erlebt hatte, das musste doch einen Sinn ergeben? Wie war es zu erklären, dass das, was eine glückliche Reise in die Heimat, die sie Rainer hatte zeigen wollen, hätte werden sollen, so anders auf sie gewirkt hatte. Sie fühlte, dass ihre Verbindung zu

Rainer zerrissen war, vielleicht unwiederbringlich verloren. Doch was sie mit Eifer erfüllte, was jedes andere Gefühl verdrängte, war die Gewissheit, dass sie nun endlich bei sich selbst angekommen war. Dass sie, während sie versucht hatte, Heimat in der Heimat zu finden, erkannt hatte, dass die Heimat doch eher in ihr selbst lag.

Aber wie hatte es dazu kommen können, dass Rainer jeder Wurzel beraubt worden war, wo sie doch gehofft hatte, nicht nur ihre eigene Heimat, sondern eher so etwas wie die Wurzel der Menschheit zu ergründen?

Und nicht nur ihre Wurzeln, nein, den ganzen Sinn, die Antwort auf die allumfassende Frage nach dem Warum. Warum waren wir hier? Was war unsere Aufgabe? Gab es überhaupt eine Aufgabe für den Menschen, oder war alles sinnlos? War Gott tot? Vielleicht konnte sie nun, da sie sich gefunden zu haben glaubte, auch Antworten finden auf diese Fragen, die ihr nicht mehr aus dem Kopf gehen wollten.

Lou verließ ihren Platz am Küchentisch nur, um sich in den frühen Morgenstunden wenige Stunden Schlaf zu gönnen und sich danach kaltes Wasser ins Gesicht zu spritzen.

Sie sah und hörte wenig davon, was um sie herum vor sich ging, und kümmerte sich auch gar nicht um Carl, der das nach den ersten beiden Tagen murrend akzeptierte und nur hin und wieder in der Küche auftauchte, um sich einen Kanten Brot abzuschneiden oder eine Tasse Kaffee zuzubereiten.

Dann, fast zwei Wochen war das neue Jahr da schon alt, stand Carl plötzlich neben Lou und wollte nicht mehr weggehen, ja, er berührte sie sogar an der Schulter und rüttelte sie sacht.

»Ljola!«, sagte er.

Lou sah zu ihm auf, funkelte ihn an und fuhr sich durch die zerzausten Haare. Was wollte er denn? Er musste doch sehen, dass sie arbeitete und keine Unterbrechung wünschte. Sie spielte ungeduldig mit dem Bleistift in ihrer Hand.

»Ljola, da steht Besuch für dich vor der Tür.« Carls Stimme war ganz ruhig, aber eindringlich.

»Was für ein Besuch?« Lou schüttelte unwillig den Kopf. »Ich arbeite, das siehst du doch.« Damit wandte sie sich wieder ihrem Manuskript zu.

»Es ist der Junge, Ljola.«

Lou warf ihm einen bösen Blick zu. »Was sollte das daran ändern, dass ich arbeite? Sag ihm, ich bin nicht da.«

Sie bemerkte noch, wie Carl die Augenbrauen hochzog, bevor sie den Bleistift wieder über das Papier fahren ließ. Sie hörte, wie Carl die Küche verließ und an der Wohnungstür einige Worte sagte. Dann wurde die Tür geschlossen, und Carl ging ganz offensichtlich zurück in sein Arbeitszimmer.

Lou legte den Stift sacht auf ihr Notizbuch, atmete tief aus und sank gegen die Lehne des Stuhls.

Was war nur los mit ihr? Allein der Gedanke an Rainer rief heftigen Widerwillen in ihr hervor, eine fast körperlich spürbare Abwehr. Sie konnte nicht genau einordnen, warum; sie wusste nur, dass Rainer jetzt der letzte Mensch war, den sie um sich haben wollte. Vor ein paar Monaten noch war es gewesen, als sei seine Anwesenheit notwendig, damit sie schreiben, damit sie wirklich arbeiten konnte. Aber jetzt?

Jetzt hatte sich alles geändert. Das, was sie einmal für Seelenverwandtschaft gehalten hatte, war nun nicht mehr als ein schwaches Abziehbild einer Freundschaft. Einer Beziehung zwischen einer älteren Schriftstellerin und einem jungen Dichter. Er hatte sie ausgesaugt mit seinen Unsicherheiten und seiner Bedrängnis, mit seinen Anfällen und seinem stets drohenden Wahnsinn. Sie hatte gedacht, sie könnte ihn retten, und hatte dabei feststellen müssen, dass das ihre Kräfte, ihr Wissen und ihre Fähigkeiten bei Weitem überstieg. Konnte ein einzelner Mensch einen anderen durch ein Schicksal wie das, das Rainer getroffen hatte, begleiten?

Sie fand keine Antworten auf ihre Fragen, mochten sie sie auch noch so bedrängen, und beschloss, sich vorerst wieder der Arbeit an »Rodinka« zuzuwenden.

Zu ihrem Geburtstag im Februar erreichte sie ein neuer Brief von Zemek, in dem er sie zu beruhigen versuchte. Er versicherte ihr, dass sie nicht in der Lage gewesen wäre, Rainer über seinen Wahnsinn hinwegzuhelfen. Niemand könne das, weder ein Arzt wie er noch eine großartige Frau wie sie. Zemek schrieb auch, wie sehr er sie vermisste. Und dass ihre Aufgabe, die sie an Rainer zu erfüllen gehabt habe, nun am Ende angekommen sein müsse. Dass er nur zu gern an ihrer Seite stehen würde, sie wenigstens auf andere Gedanken bringen könnte.

Lou überlegte lange. Nicht nur Sicherheit, auch Leidenschaft – und Freiheit – erwarteten sie, wenn sie nur Ja sagte, zu ihm nach Nürnberg zu reisen. Sie dachte an die Tage zurück, die sie vor vier Jahren in Hallein mit Zemek verbracht hatte, an das Glück, die Unbeschwertheit und die Leidenschaft, die er in ihr wecken konnte.

Ja, es musste sein, sie musste sich endgültig von Rainer lossagen, musste ihre Freiheit im Fühlen und Denken wiederfinden. Ihr Weg war ein anderer.

KAPITEL 70

Berlin, 26. Februar 1901

Letzter Zuruf

Nun, da sich unsere Wege trennen, erinnere ich mich daran, und es ist Dir sicher auch noch in Erinnerung, wie ich in Wolfratshausen zunächst das Gefühl hatte, wie eine Mutter für Dich zu sein. Ich möchte Dir deswegen erklären, was mir nach langer Unterredung mit Zemek klargeworden ist.

Solltest Du in Zukunft frei und alleine bleiben, so trägst Du nur die Verantwortung für Dich selbst. Für den Fall aber, dass Du Dich bindest, solltest Du erfahren, warum ich so unermüdlich versucht habe, Dich zu einem gesunden Leben zu bewegen: Zemek befürchtete, dass Dein Schicksal dem von Garschin ähneln könnte, der sich in tiefer Verzweiflung in einen Treppenschacht stürzte. Das, was Du und ich den Andern in Dir nannten, – diesen mal Deprimierten, mal Getriebenen, früher allzu Furchtsamen, dann hin und her Gerissenen –, Zemek meinte, dass er diesen Zustand kenne, der von einer seelischen Krankheit bis zu einer Rückenmarkserkrankung oder einer Geisteskrankheit führen kann.

Das muss aber nicht sein!

In den »Mönchsliedern«, früher manchmal, im vorigen Winter, auch in diesem Winter, standst Du heil vor mir! Verstehst Du meine Angst und meine Hilflosigkeit, wenn Du wieder abglittest, und ich das alte Krankheits-

bild sah? Wenn Du wieder wenig Willenskraft abwechselnd mit jähen, nervösen Willensausbrüchen zeigtest, die Dich auch körperlich schwächten. Wenn Du Dich in deinem Handeln von Trugbildern leiten ließest, ohne nachzudenken und die Situation richtig einzuschätzen? Wenn diese Ungewissheit auftauchte, die Du mit lauten Worten kundtatst und versichertest, dass Dein Wahn Wirklichkeit wäre. Schließlich wurde es mir zu viel, es beeinträchtigte mich, griff auf mich über. Ich konnte nur noch verzerrt, gequält, überanstrengt, automatisch, ja mechanisch an Deiner Seite sein, konnte Dir keine Wärme mehr geben. Es griff meine eigene Nervenkraft an! Immer öfter stieß ich Dich fort – dass ich mich immer wieder von Dir an Deine Seite zurückziehen ließ, das geschah wegen dem, was Zemek gesagt hatte. Ich fühlte, dass Du genesen würdest, wenn Du nur an Dir arbeiten würdest! Doch dazu kam etwas, das ich fast wie eine Schuld mit mir herumtrage: nämlich der Umstand, dass ich, trotz unseres Altersunterschiedes, seit Wolfratshausen immer noch erwachsen werden musste. Weiter und weiter wachsen, bis in das hinein, was ich Dir beim Abschied so froh erzählte, ja, so seltsam es klingt: bis in meine Jugend hinein!

Denn erst jetzt bin ich jung, erst jetzt darf ich sein, was andere mit achtzehn Jahren werden: ganz ich selbst. Darum lösten sich meine Gefühle für Dich, die in Wolfratshausen noch so innig gewesen waren, mehr und mehr in Einzelteile auf, waren in der weiten Wolgalandschaft nicht mehr zu sehen, und die kleine Hütte, die ich als meine Heimat bezeichnete, war nicht die Deine.

Ich gehorchte, ohne es zu wissen, dem großen Plan des Lebens, das ein Geschenk über alles Verstehen und Erwarten lächelnd für mich bereithielt. Mit tiefer Demut nehme ich es entgegen und rufe Dir zu: Geh denselben Weg, furchtlos Deinem dunklen Gott entgegen! Er bewirkt, wobei ich Dir nicht mehr helfen kann und es schon so lange nicht mehr mit voller Hingabe tun konnte. Er kann Dich auf den Weg zu innerer Reife führen. Aus weiter Ferne schicke ich diesen Zuruf zu Dir. Um Dich vor dieser schlechtesten Stunde, von der Zemek damals sprach, zu bewahren, kann ich nichts mehr tun für Dich als das. Darum war ich so bewegt, als ich beim Abschied die letzten Worte aufschrieb auf ein Stück Deines Papiers, weil ich sie nicht aussprechen konnte. Ich meinte alle diese Worte.

Für immer Deine Freundin

Lou

KAPITEL 71

Worpswede, Februar 1901

Rainer empfing Lous Brief wie ein in Ungnade gefallener Philosoph den Gifttrank. Er hatte es nicht wahrhaben wollen, hatte sich an ihr festhalten wollen, sie festhalten wollen, um jeden Preis. Er wusste und hatte immer gewusst, dass Lou die einzige Frau war, die er je lieben würde, die er je brauchen würde, die einzige Lehrerin, die beste Mutter. Sie war alles für ihn gewesen, und nun war sie weg. Er hätte wieder zu ihr fahren können, hätte an ihre Tür klopfen können. Aber selbst wenn er es dieses Mal geschafft hätte, den Schutzwall Andreas zu überwinden, wenn er vor ihr gestanden hätte, sie wäre immer noch weg gewesen. Ihr Herz, ihr Geist und ihre Seele waren in ein Land gegangen, in das er ihr nicht folgen konnte. Es tat unglaublich weh, tief in ihm drinnen, also legte er sich ins Bett und wartete darauf, zu sterben.

Ein paar Tage danach stand er wieder auf, noch immer in der Gewissheit, dass er ohne Lou nicht leben könne. Aber offensichtlich konnte er ohne Lou auch nicht sterben. Also galt es, herauszufinden, ob er ohne Lou dichten konnte.

Er klingelte nach Vogelers Haushälterin und ließ sich von ihr etwas zu essen, Wein und Wasser bringen. Und dann schrieb er.

Als er fertig war, war er zufrieden, dass er wohl doch ohne Lou in der Lage war, etwas zu erschaffen. Das war immerhin ein Anfang. Sein Hochgefühl hielt allerdings nicht lange an, und als er die Flasche Rotwein geleert hatte, stand sein Entschluss fest. Wie sie alles gesehen und gelesen hatte, was er in den letzten Jahren geschrieben hatte, würde Lou auch das sehen und lesen müssen. Denn diese Zeilen waren seine Replik auf ihren Brief. Er schrieb das Gedicht noch einmal auf ein sauberes Blatt Papier und bemühte sich um die Schönschrift, die Lou immer von ihm gefordert hatte. Dann steckte er es in einen Umschlag, versiegelte und adressierte ihn und ging nach unten, um der Haushälterin die Post zu übergeben. Und bei dieser Gelegenheit konnte er ja auch nachsehen, wo sich diese kleine Malerin herumtrieb, die ihm so gefiel. Schon bei seinem Aufenthalt bei Vogeler im letzten Jahr war sie ihm aufgefallen.

Wie hieß sie noch? Fräulein Westhoff, genau. Clara. Vielleicht konnte die ihn auf andere Gedanken bringen, die ihn dann wiederum auf ein neues Thema für ein Gedicht brachten?

I

Ich steh im Finstern und wie erblindet,
weil sich zu Dir mein Blick nicht mehr findet.
Der Tage irres Gedränge ist
ein Vorhang mir nur, dahinter Du bist.
Ich starre drauf hin, ob er sich nicht hebt,
der Vorhang, dahinter mein Leben lebt,
meines Lebens Gehalt, meines Lebens Gebot –
und doch mein Tod –.

II

Du schmiegst Dich an mich, doch nicht zum Hohn,
nur so, wie die formende Hand sich schmiegt an den Ton.
Die Hand mit des Schöpfers Gewalt.
Ihr träumte eine Gestalt –
da wurde sie müde, da ließ sie nach,
da ließ sie mich fallen, und ich zerbrach.

III

Warst mir die mütterlichste der Frauen,
ein Freund warst Du wie Männer sind,
ein Weib so warst Du anzuschauen,
und öfter noch warst Du ein Kind.
Du warst das Zarteste, das mir begegnet,
das Härteste warst Du, damit ich rang.
Du warst das Hohe, das mich gesegnet –
Und wurdest der Abgrund, der mich verschlang.

KAPITEL 72

NÜRNBERG, FRÜHJAHR 1901

Die Fahrt nach Nürnberg kam Lou endlos vor. Dann endlich fuhr der Zug in den Bahnhof ein, und sie beeilte sich, mit ihrer Reisetasche aus der Tür zu kommen. Der Aufenthalt in Nürnberg war auf wenige Minuten gekürzt worden, und nun konnte sie sehen, warum. Der Bahnhof hatte sich in eine riesige Baustelle verwandelt. Von ihrer letzten Fahrt nach Süden konnte sie sich noch erinnern, wie pittoresk das Gebäude ausgesehen hatte, mit den zinnenbewehrten Dachsimsen und Türmchen. Fast wie eine englische Schule oder eine Villa, die ein misstrauischer Landadliger erbaut hatte.

Nun aber herrschte nur Trubel; Fahrgäste, Angestellte, Bauarbeiter, alle liefen durcheinander, und von der einstigen Pracht war nichts mehr zu sehen. Wer auch nicht zu sehen war, war Zemek. Wo steckte er nur?

Fast wurde Lou unsicher, ob er auch wirklich kommen würde. War doch alles anders, als sie es erhoffte? Fast vier Jahre lang hatten sie sich nicht gesehen. Vier lange Jahre, in denen sie viel gesehen, gelernt und geliebt hatte, doch der Gedanke an ihn, Zemek, hatte sie nie ganz verlassen.

Sie blieb am Ende des Bahnsteigs stehen und sah sich um. Ein Herr, der wohl dringend den Zug erreichen wollte, rempelte sie heftig an, als er an ihr vorbeilief. Lou fand ihr Gleichgewicht wieder und stellte die schwere Tasche kurz ab. Dann hob sie den Kopf, und endlich sah sie ihn, dort am Eingang des Bahnhofs. Sie neigte den Kopf und lächelte, und obwohl die Entfernung zu groß war, um erkennen zu können, ob Zemek ebenfalls lächelte, wusste sie, dass er sie gesehen hatte. Sie nahm ihre Reisetasche wieder auf und schritt auf ihn zu. Mit jedem Schritt fühlte sie, wie ihr Herz mehr klopfte. Der Trubel, die anderen Fahrgäste, alles verblasste, wurde unwichtig. Sie ging auf ihn zu, er kam ihr entgegen. Schließlich standen sie voreinander. Seine wunderbaren braunen Augen strahlten. Sie streckte beide Hände aus, er ergriff sie, zog Lou in seine Arme. Wortlos.

Und nun war sie da. Dort, wohin sie gehörte.

NACHWORT

Als Lou mit ihrem Chronisten Ernst Pfeiffer im Jahr 1933 begann, ihren Lebensrückblick zu schreiben, stellte der fest, dass sie ihm zwar ihre Unterlagen, Briefe und Tagebücher zu lesen gab, dabei aber strenge Kontrolle ausübte. Sie wusste zu diesem Zeitpunkt, dass sie nicht mehr lange zu leben hatte und die Nazis nur darauf warteten, an ihre Aufzeichnungen zu gelangen. Also verbrannte sie eine Menge Unterlagen, darunter wohl auch alle Briefe von Zemek. Tatsächlich ist von ihm und über ihn nur sehr wenig zu finden, im Gegensatz zu praktisch allen anderen Freunden, Bekannten und Geliebten, denen Lou in ihrem Leben begegnete. Zemek stellte die große Ausnahme dar. Warum nur?

Nachdem die beiden sich nach der langen Pause wiederbegegneten, wuchs ihre Beziehung zu einer großen Liebe, die von Sinnlichkeit und Leidenschaftlichkeit geprägt war. Seelische Verschmelzung schien für Lou kein Thema mehr zu sein, obwohl die beiden immer wieder viel Zeit zusammen verbrachten. Sie reisten zusammen, wanderten, liebten sich, Lou verbrachte immer wieder Wochen bei ihm in Wien und auf dem Sitz der Familie in Oberwaltersdorf. Im Herbst 1901 erwartete sie sogar ein Kind von Zemek, das sie aber verlor. Trotzdem erfuhr sie dadurch noch eine weitere Seite ihrer Weiblichkeit. Ihrem Ehemann Carl verschwieg sie dieses Erlebnis. Die Beziehung zu Zemek endete 1909. Wer die Trennung wünschte, war nicht klar, doch Zemek blieb für immer unverheiratet. Er machte Karriere an der Universität Wien und lebte dort bis zu seinem Tod 1936.

Zwei Jahre hatte Lous Vorstellung vom Paradies als eine Art Wohngemeinschaft mit Paul Rée gehalten. Sie lebten in Berlin, reisten zusammen, schrieben, arbeiteten gemeinsam. Dann im Jahr 1885 bat Paul sie um eine räumliche Trennung. Er brauchte wohl seinen Schlaf, um doch endlich die Habilitation fertigstellen zu können. Lou zog in eine Pension, und sie trafen sich fortan zum Arbeiten und Ausgehen, bis Lou Friedrich Carl Andreas kennenlernte. Paul Rée hatte 1875 über den Begriff des Schönen promoviert, seine Habilitation wurde dann allerdings von keiner Universität angenommen. Nach der Trennung von Lou nahm er ein Medizinstudium auf, das er 1890 beendete. Bis zu seinem Tod arbeitete er als Armenarzt, also ohne Entlohnung, erst für die Menschen, die um das Gut seines Bruders herum lebten, nachdem der Bruder dann das Haus verkauft hatte, in Italien. Paul Rée, Nietzsches Freund und Lous Kamerad, 1849 geboren, starb am 28. Oktober 1901 bei einem Absturz während einer Wanderung in den italienischen Alpen. Ob es Selbstmord war, konnte nie geklärt werden.

Friedrich Nietzsche, geboren am 15. Oktober 1844, wurde schon mit vierundzwanzig Jahren, unmittelbar nach Abschluss seines Studiums an der Universität Basel, Professor für klassische Philologie. Schon zehn Jahre später wurde er aus gesundheitlichen Gründen frühverrentet, er litt unter Migräne und Magenschmerzen. Wie sich erst nach seinem Tod herausstellte, müssen das die ersten Symptome einer nicht erkannten Syphilis-Erkrankung gewesen sein. Lou hatte also ziemliches Glück, dass sie auf seine Avancen nicht eingegangen war. Ab 1889 litt er zunehmend unter geistiger Verwirrung, schließlich versorgte ihn seine Schwester, bis er 1900 an den Folgen seiner Erkrankung starb.

1901 stellte Lou eine Haushälterin, Marie, ein, die während ihrer Abwesenheiten ihren Mann versorgte. 1903 zog das Ehepaar Andreas nach Göttingen, wo Carl eine außerordentliche Professur an der Universität bekommen hatte. Marie nahmen sie mit. Sie fanden ein kleines Häuschen mit Garten, das wiederum den Namen Loufried bekam. Carl bewohnte das Untergeschoss, und Lou hatte die obere Etage für sich. Zum ersten Mal hatte sie ein eigenes Arbeitszimmer, in dem sie saß und einen neuen Roman schrieb. Da wurde Marie schwanger. Lou stellte ihren Mann wohl nie zur Rede.

Rilke, der wahrscheinlich nie verstanden hat, dass es einen Wiener Arzt gab, der in einigen Belangen seine Stelle eingenommen hatte, startete immer wieder neue Versuche, Lou nahezukommen. Mal bezeichnete er sich als verlorener Sohn, mal beschwor er ihre Liebe. Er wollte über Neujahr zu ihr nach Göttingen kommen, was sie ablehnte. Schließlich war Marie hochschwanger, und Lou begleitete sie Anfang Februar ins Krankenhaus. Eine kleine Marie wurde geboren und lebte nun auch auf Loufried, mit einem Vater und zwei Müttern.

Hendrik Gillot, geboren 1836, war zweiundvierzig Jahre alt, als er Lous Lehrer wurde, verheiratet und Vater zweier Kinder im Alter seiner Schülerin. Lou besuchte ihn zuerst heimlich. Aber es schien, als hätte sie endlich einen Lehrer gefunden, der sie wirklich verstand. Zumindest hatte Gillot erkannt, dass er seiner Schülerin die Religion nur über die Theorie näherbringen konnte. Und sie war eine gute, gelehrige Schülerin, schrieb ihm sogar dann und wann seine Predigten. Sie arbeiteten sich durch Kant, Leibniz, Schopenhauer, Kierkegaard, alle großen Philosophen und die Geschichte der Weltreligionen. Der Unterricht endete, als Gillot der achtzehnjährigen Lou einen Heiratsantrag machte. Er war bereit, Frau und Kinder für das kluge Mädchen zu verlassen. Die aber lehnte ab und schwor sich, sich niemals auf eine Ehe einzulassen.

1911 lernte Lou Sigmund Freud kennen. Die Zeit zwischen Oktober 1912 und April 1913 verbrachte sie in Wien, besuchte die Mittwoch-Kolloquien von Freud und beschäftigte sich intensiv mit der Psychoanalyse. Sie befreundete sich mit Freuds Tochter Anna, und auch mit Sigmund Freud verband sie eine Freundschaft, die bis zu ihrem Tod andauerte. Die Beschäftigung mit der Psychoanalyse schien ihr die Möglichkeit gegeben zu haben, auch sich selbst besser zu verstehen, obwohl sie nie eine richtige Psychoanalyse machte. Das Verfahren faszinierte sie so sehr, dass sie ab 1915 eine eigene psychoanalytische Praxis in Göttingen eröffnete. Auch Rilke empfahl sie, eine psychoanalytische Therapie zu machen, natürlich nicht bei ihr. Doch in ihren Briefen an ihn spiegelte sich ihr neues Wissen. Und sie trafen sich wieder, diesmal auf freundschaftlicher Basis.

Rilke, der noch 1901 die Malerin Clara Westhoff geheiratet hatte, mit ihr eine Tochter bekommen und sie wenig später wieder verlassen hatte, führte ein Wanderleben, das er an verschiedenen Orten und auch mit verschiedenen Frauen verbrachte. Er starb am 29. Dezember 1927 in einem Sanatorium in der Schweiz an den Folgen seiner Leukämie-Erkrankung.

Am 3. Oktober 1930 starb Friedrich Carl Andreas im Alter von vierundachtzig Jahren an Krebs. Lou war traurig, in den letzten Jahren hatten sie wieder zueinandergefunden, viel miteinander gesprochen. Mariechen, die auch Lous Ziehtochter war, war mittlerweile erwachsen und hatte den Platz ihrer Mutter als Haushälterin bei Lou eingenommen. 1931 zog Mariechen mit ihrem Mann, einem Schornsteinfeger, und ihrer beider Sohn ins Untergeschoss von Loufried.

Lou betrieb weiterhin ihre psychoanalytische Praxis und empfing Patienten, bis sie 1935 die Diagnose Brustkrebs bekam. Sie bereitete sich auf ihren Tod vor. Ernst Pfeiffer kam damals zur rechten Zeit, um ihren Nachlass zu sammeln und zu verwalten. Lou wählte sorgfältig aus, was er bekam, was er erfuhr und was er schreiben sollte, den Rest vernichtete und verbrannte sie, denn die Nazis schlichen schon ums Haus, das bald Mariechen gehören sollte, die Lou als ihre Erbin eingesetzt hatte.

Lous Herz wurde immer schwächer, auch das Augenlicht schwand.

Am 5. Februar 1937 schlief Lou Andreas-Salomé für immer ein.

DANK

Ich möchte meinen Dank aussprechen an Stefanie Werk vom Aufbau Verlag und an Isabel Schickinger von der Verlagsagentur Kolf. Ohne beide würde dieses Buch wohl immer noch im Stadium der Idee verharren.

An Carla, Gabi, Kris, Bea und Uli für den unermüdlichen Zuspruch während des Schreibprozesses und für guten Rat und noch bessere Fragen.

Anne Stern für Freundschaft, Ermutigung und fachliche Beratung.

Claudia, Micha, Anna, Benedikt und Kilian für Liebe, Zeit und steten Zuspruch.

Michael für Inspiration, Björn für Freundschaft und David für eine Idee.

Dank auch Lou und Rainer, die mich manchmal an meine Grenzen geführt haben, mich aber auch viel gelehrt haben.

Und an Sie, liebe Leser*innen.

LITERATUR UND QUELLEN

Lou Andreas-Salomé und Rainer Maria Rilke waren, wie viele ihrer berühmten Zeitgenossen, öffentliche Personen. Sie schrieben Tagebücher, Briefe, Gedichte und Essays, aus denen wir viel über ihr Leben erfahren können.

Die Gedichte von Rilke (»Sehnsucht singt«, »Lösch mir die Augen aus«, »Ich steh im Finstern«, »Wenn es nur einmal«, »Es lärmt das Licht«, »Du Dunkelheit«), das Gedicht von Stefan George (»komm in den totgesagten park«), Lous Essay über Kunst, ihre Tagebuchnotizen zum gleichen Thema sowie Wedekinds Gedicht über den bayerischen König sind Zitate im Original, die ich gewählt habe, um Ihnen vor allem die beiden Hauptfiguren näherzubringen.

Für Rainers Briefe aus Italien und Lous Briefe an Rainer habe ich mich von ihren Originalbriefen und Tagebucheinträgen inspirieren lassen, sie jedoch gekürzt und in ihrer Sprache zeitgemäßer gestaltet. Lous umstrittene Überlegungen zur Emanzipation haben mich viel Nachdenken gekostet. Wie konnte diese starke Frau, die sich nicht um Konventionen scherte, der Meinung sein, dass Männer Frauen in irgendeiner Weise überlegen seien? Ich hoffe, ich habe einen Weg gefunden, ihre Ansichten in einer Art zu schildern, dass man sie auch mit einem modernen Verständnis von Emanzipation nachvollziehen kann. Andere Briefe und Tagebucheinträge, wie der von Sofja Schill, der Brief von Louise von Salomé, Frank Wedekinds joviales Schreiben und auch die Korrespondenz mit Zemek habe ich mir mit viel Vergnügen ausgedacht.

Von den folgenden Büchern und Webseiten habe ich zitiert, mich dort informiert und inspirieren lassen:

Lou Andreas-Salomé: Grundformen der Kunst: Eine psychologische Studie. Taching am See, 2014 *(Daraus im Text zitiert: Lous Essay über Kunst)*

Lou Andreas-Salomé: Lebensrückblick. Grundriß einiger Erinnerungen. Aus dem Nachlaß herausgegeben von Ernst Pfeiffer. Neu durchgesehene Ausgabe mit einem Nachwort des Herausgebers. Frankfurt am Main, 1968

Lou Andreas-Salomé: Der Mensch als Weib. E-Book, Taching am See, 2014

Lou Andreas-Salomé: Rainer Maria Rilke. Mit den Fotografien der Erstausgabe. Herausgegeben von Ernst Pfeiffer, Frankfurt am Main, 1988

Lou Andreas-Salomé: »Russland mit Rainer«. Tagebuch der Reise mit Rainer Maria Rilke im Jahre 1900. Herausgegeben von Stéphane Michaud in Verbindung mit Dorothee Pfeiffer. Vorwort von Brigitte Kronauer. Marbach, 2000 *(Daraus zitiert: Lous Tagebuchnotizen zum Thema Kunst)*

Jens Bisky: Berlin. Biografie einer großen Stadt. Berlin, 2019

John E. Bowlt: Moskau & St. Petersburg. Kunst, Leben und Kultur in Russland 1900–1920. München, 2008

Kerstin Decker: Lou Andreas-Salomé. Der bittersüße Funke Ich. Berlin, 2012

Ralph Freedman: Rainer Maria Rilke. Band 1: Der junge Dichter 1875–1906. Frankfurt am Main und Leipzig, 2001

Stefan George: Das Jahr der Seele. Stuttgart, 1987 *(Daraus zitiert: Stefan Georges Gedicht »komm in den totgesagten park«)*

Rainer Metzger: München. Die große Zeit um 1900. München, 2008

Rainer Maria Rilke - Lou Andreas-Salomé: Briefwechsel. Herausgegeben von Ernst Pfeiffer. Frankfurt am Main, 1989 *(Daraus zitiert: Rilkes Gedichte »Sehnsucht singt«, »Lösch mir die Augen aus« und »Ich steh im Finstern«)*

Rainer Maria Rilke: Das Stundenbuch. Enthalten die drei Bücher: Vom mönchischen Leben. Von der Pilgerschaft. Von der Armut und vom Tode. Leipzig, 1981

Rainer Maria Rilke: Gesammelte Werke. Köln, 2014 *(Daraus zitiert: Rilkes Gedichte »Wenn es nur einmal«, »Es lärmt das Licht« und »Du Dunkelheit«)*

Gunna Wendt: Lou Andreas-Salomé und Rilke – eine amour fou. Berlin, 2010

Kazem Sadegh-Zadeh: www.lou-andreas-salome.de

LESEPROBE

BEATE RYGIERT
DIE PIANISTIN
Clara Schumann
und die Musik der Liebe
ROMAN
atb

1. KAPITEL

Hamburg: Anfang April 1835

Der Saal vibrierte vor Erwartung.

Clara stand hinter dem Bühnenvorhang, durch den die Geräusche aus dem Zuschauerraum gedämpft zu ihr drangen. Leises Geplauder, vereinzeltes Lachen und Hüsteln, das Rascheln von Kleidern und Programmzetteln – all das erfüllte die Fünfzehnjährige mit jener Mischung aus Nervosität und Erregung, die sie so liebte, seit sie vor vier Jahren in ihrer Heimatstadt Leipzig zum ersten Mal öffentlich aufgetreten war. Dies war Hamburg, eine weitere Station auf der nun schon fünf Monate dauernden Konzertreise durch Norddeutschland, und sie war gespannt, ob man sie hier ebenso lieben würde wie vor drei Jahren in Paris, wo sie Chopin kennengelernt hatte. Oder wie in Hannover, wo sie vor Kurzem noch bei Hofe gefeiert worden war wie eine kleine Königin.

»Bist du bereit?« Ihr Vater stellte sich neben sie und lugte durch einen Spalt im Vorhang. »Ausverkauft«, murmelte er erleichtert. Wie immer hatte Friedrich Wieck den Saal selbst gemietet und das Kammerorchester engagiert. Er veranstaltete das Konzert auf eigene Rechnung und trug das gesamte finanzielle Risiko.

»Wollen wir?« Der Inspizient schob seinen Kautabak von einer Backentasche in die andere, die Hand schon am Seil, um den

Vorhang aufzuziehen. Friedrich Wieck sah auf die Taschenuhr, die er seit einer Viertelstunde nicht mehr aus der Hand gelegt hatte.

»Gib auf die Tempi acht«, raunte er seiner Tochter zu. »Nicht, dass dir die Läufe wieder so schnell geraten wie neulich in Hannover.«

Clara wandte sich ab. Sie war wütend auf ihren Vater. Nicht wegen der ständigen Maßregelungen. Immer hatte er etwas zu beanstanden, auch wenn sie noch so gut spielte. Die Tempi, der Anschlag, die Haltung, einen Akzent hier oder dort. Sie nahm ihm das nicht übel, so war er schließlich immer gewesen, und im Grunde wusste sie, dass sie nur deshalb so weit gekommen war, weil er sich nicht zufriedengab, mit nichts. Übel nahm sie ihm, dass er ihr Roberts Briefe vorenthielt und ihre eigenen Zeilen an ihn las. Und jeden ihrer Schritte kontrollierte. Erst am Nachmittag hatten sie einen erbitterten Streit darüber geführt, warum Clara Robert Schumann nicht einen Abzug von der hübschen Radierung schicken durfte, die der Lithograph Julius Giere in Hannover von ihr angefertigt hatte, und die im Foyer verkauft wurden. Warum konnte alle Welt sie haben und Robert nicht?

»Du bist eitel«, hatte ihr Vater sie getadelt.

Wäre sie eitel, würde sie es sich nicht gefallen lassen, schon seit Wochen im selben Kleid zu konzertieren. Nein, eitel war sie bestimmt nicht. Aber verliebt …

Der Vorhang öffnete sich. Im Zuschauerraum erloschen die Lichter. Claras Herz machte einen kleinen Sprung, und diese wunderbar prickelnde Spannung stieg in ihr auf, wie damals, als sie heimlich am Champagnerglas ihres Vaters genippt hatte. Dies war der Moment. Ihr Moment. Und dann geschah es wieder, das, was Robert »das Magische« nannte. Von der kleinen Zehe bis zu ihrem kunstvoll gescheitelten und am Hinterkopf festgestecktem Haar begann eine Energie sie zu durchfluten, für die sie keine Worte hatte.

Sie trat ins Licht und verbeugte sich. Aus Erfahrung wusste sie, dass sich das Publikum erst an ihre Erscheinung gewöhnen musste. Sie konnte das Staunen der Hamburger Konzertbesucher förmlich fühlen: So ein zartes Kind will einen ganzen Abend bestreiten? Sie trug das hellgelbe Kleid, das ihr am Busen langsam zu eng wurde, und dessen bauschige Gigot-Ärmel beim Klavierspielen eigentlich ein wenig störten, was sie allerdings nie und nimmer zugegeben hätte. Ihr Vater wäre imstande, sie in einem altmodischen Empirekleid auftreten zu lassen, wenn er das wüsste. Das Dekolleté ließ der Mode entsprechend die Schultern frei, geraffte Stoffbahnen quer über ihre Brust betonten ihre erblühende Weiblichkeit. Auch wenn sie Abend für Abend dasselbe Kleid trug, das tagsüber sorgfältig ausgelüftet wurde – es entsprach der allerneuesten Mode.

Als der Applaus verebbte, trat sie zum Hocker, rückte ihn zurecht, breitete den weiten Rock aus und nahm Platz. Sie hob die Hände über die Tasten. Im Saal war es so still geworden, man hätte eine Stecknadel fallen gehört. Einen Moment lang genoss sie die Spannung. Dann begann sie zu spielen.

Wie immer eröffnete sie mit einem Bravourstück, die Leute sollten von Anfang an wissen, mit welcher Virtuosin sie es zu tun hatten. Nichts war dazu geeigneter als die *Variations brillantes* von Henri Herz. Ihr Spiel ließ vergessen, dass es bessere Instrumente gab als diesen Flügel, den ihr Vater vom Konservatorium ausgeliehen hatte. Clara hatte während der vergangenen Tage täglich auf ihm geübt. Sie kannte ihn nun bis hin zum letzten leicht klemmenden Dämpfer und hatte ihn sich zum Freund gemacht. In Paris vor zwei Jahren hatte sie auf viel schlimmeren Kästen brillieren müssen.

Niemals war sie so glücklich, als wenn sie spielte. Pianoforte zu üben war ihr Trost und Zuflucht, so lange sie denken konnte. Und das einzige Mittel, ihren Vater dazu zu bringen, sie zu lieben. Obgleich er es nicht zeigen konnte und sie, statt zu loben, mit Geld belohnte, wenn sie in seinen Augen etwas gut gemacht hatte. Sie und ihre beiden jüngeren Brüder mussten sich ihr Taschengeld ebenso wie seine Zuneigung erspielen. Wobei sie immer die Glücklichere war und oft genug die Süßigkeiten, die sie von diesem Geld kaufte, mit ihnen teilte. Ach, wie sie ihre Geschwister vermisste!

»Du bist etwas Besonderes, Clara«, hatte ihr Vater so oft gesagt. Vor allem, nachdem er streng zu ihr gewesen war und mitunter vor lauter Wut die Noten zerrissen hatte, wenn sie seiner Meinung nach nicht ordentlich spielte, sie zwang, tagelang nur Tonleitern und Kadenzen zu üben, ehe er ihr wieder erlaubte, etwas Richtiges unter die Finger zu nehmen. »Du bist dazu geboren, es ganz nach oben zu schaffen, dorthin, wo die Meister thronen. Clara, die Helle, die Leuchtende. Was glaubst du, warum ich dir diesen Namen gegeben habe?«

Sie beendete Herz' Variationen mit der schier unspielbaren, rauschenden Kadenz so perlend und leicht, als gäbe es nichts Leichteres. Die Stille danach war ein Loch, in das man sich fallen lassen konnte. Bis der Applaus sie auffing und zurück in die Wirklichkeit holte.

Als Nächstes stand Chopin auf dem Programm. Darum hatte sie mit ihrem Vater kämpfen müssen. Er war der Meinung gewesen, dass das Hamburger Publikum zu konservativ für diese Art von neuer Musik war. Die Welt befand sich an einem musikalischen Wendepunkt: Die einen ließen nur das Alte gelten – Mozart, Haydn, Hummel, Scarlatti, selbst Beethoven war vielen schon zu revolutionär. Sie und Robert waren jedoch davon überzeugt, dass die Zukunft den »Neuen« gehörte: Liszt, Chopin, Berlioz, Mendelssohn – und Schumann. Musik, in der sich Virtuosität und Ausdruck der Empfindung die Waage hielten. Musik, die in der Lage war, Gefühle auszudrücken, für die es keine Worte gab. Ohnehin misstraute Clara Worten mehr als allem anderen. Vielleicht hatte sie deswegen bis zu ihrem vierten Lebensjahr geschwiegen, so dass alle dachten, sie sei taub und stumm?

Sie hatte keine Erinnerung mehr an diese frühen Kindheitstage, sondern wusste davon nur das, was ihr Vater ihr erzählte. Auch wie es gewesen war, als ihre richtige Mutter noch bei ihnen lebte, lag hinter einem dichten Schleier aus Vergessenheit verborgen, gemeinsam mit dem Schmerz, den sie damals empfunden haben musste. Ihr Vater sprach stets nur abfällig über Mariane, die inzwischen mit ihrem zweiten Mann in Berlin lebte. Eine Frau, die Mann und Kinder verlässt, war etwas absolut Verwerfliches. Seit der Scheidung hatte Clara sie nicht mehr gesehen, sie schrieben sich hin und wieder Briefe, die ihr Vater natürlich kontrollierte. Doch je älter Clara wurde, desto besser verstand sie ihre Mutter. Friedrich Wieck war ein schwieriger, jähzorniger und herrschsüchtiger Mann, der sich in alles einmischte und keinen Widerspruch duldete. Vielleicht hatte Mariane jene Stärke gefehlt, die man brauchte, um neben einem solchen Mann zu bestehen? Stark genug, um wegzugehen, war sie jedenfalls gewesen. Nun würden sie sich nach so langer Zeit endlich wiedersehen, falls ihr Vater es sich nicht im letzten Moment anders überlegte. Denn ihre nächste Station hieß Berlin.

Nach Chopins *Nocturne Nr. 2* in E-Dur opus 9, bei dem sie das Instrument geradezu zum Singen brachte, verblüffte sie ihre Zuhörer mit zwei Préludes des Exilpolen in C- und F-Dur, die virtuoser nicht hätten sein könnten. Um so etwas spielen zu können, benötigte man Kraft, und wenn man es ihr auch nicht ansah, so hatte sie eine Menge davon. Das kam von den täglichen Wanderungen, die ihr Vater ihr von klein auf verordnet hatte. Drei Stunden täglich draußen an der frischen Luft in strammem Tempo unterwegs sein. Drei Stunden üben. In der restlichen Zeit erhielt sie Gesangsunterricht und spielte Geige. Wurde von ihrem Vater in Musikgeschichte und Rechenwesen unterwiesen. Außerdem legte Wieck Wert darauf, dass sie Fremdsprachen lernte. Als er vor drei Jahren in Paris versucht hatte, Clara in die Salons einzuführen, war ihm der Mangel seiner Sprachkenntnisse schmerzlich bewusst geworden. Außer Französisch lernte Clara Englisch, unterrichtet wurde sie von Emilie List, die mit ihrer Familie eine Zeit lang in Amerika gelebt hatte. Denn Friedrich Wieck hatte große Pläne mit seiner Tochter: Er wollte mit ihr die Welt erobern, und auf den internationalen Tourneen, die er plante, musste sie sich verständigen können.

Der erste Teil des Konzerts war zu Ende. Clara erhob sich, trat an die Rampe und machte einen tiefen Knicks. Verharrte in demütiger Haltung und sog doch voller Stolz den Applaus in sich ein, bis in die letzte Pore. Richtete sich auf, verbeugte sich wieder, und ging von der Bühne ab.

Dreimal wurde sie zurückgerufen, dann schloss sich der Vorhang für den Orchesterumbau. Denn im zweiten Teil würde sie nicht nur Friedrich Kalkbrenners Klavierkonzert in D-Moll spielen, sondern als Krönung ihr eigenes Konzertstück, das einmal ein ausgewachsenes Klavierkonzert werden sollte. Wenn sich das Orchester nur einigermaßen Mühe gäbe, würde dieser Abend gelingen.